L'AMOUR EST ROUGE

SOPHIE
JAFF

L'AMOUR EST ROUGE

Roman traduit de l'anglais
par Carla Lavaste

CALMANN
LEVY

Titre original (États-Unis) :
LOVE IS RED

COUVERTURE
Conception graphique : Rémi Pépin, 2017

ISBN 978-2-7021-6029-9

À ma famille :
Ma mère qui a corrigé le texte,
Ma sœur qui m'a stimulée,
Et mon père qui attend toujours
patiemment de pouvoir lire le livre.
Je vous aime tous.

« Point de mot ou d'acte
qui n'ait d'écho dans l'éternité. »

PYTHAGORE,
Pythagoron.

« Ô monde,
que ne puis-je t'embrasser pleinement !
Tes vents, tes vastes ciels gris !
Tes brumes qui roulent et s'élèvent !
Tes bois, ce jour d'automne,
qui souffrent et déclinent
et presque pleurent
de toutes leurs couleurs ! »

Edna SAINT VINCENT MILLAY,
Le Monde de Dieu.

PREMIÈRE PARTIE

1

Tu la lèves dans un bar. D'ordinaire, elle n'est pas du genre à se laisser lever, mais cela ne t'inquiète pas outre mesure. C'est une belle femme, mais elle est très seule. Les hommes qu'elle s'est choisis n'ont pas été tendres avec elle. Ils lui ont menti et l'ont rabaissée. Et le temps continue de passer ; elle est désirable, mais elle n'est plus toute jeune. Quand tu es arrivé, elle était assise au bar. Avec un livre. Ce stratagème ne t'est pas étranger. Un livre, pour montrer qu'elle est assez cool pour aller dans un bar avec un livre, un livre plutôt que des copines, un livre plutôt qu'un homme. Ce livre est *Le Monde selon Garp* de John Irving. Tu apprécies ; ça dénote un certain style, un sens de l'humour. Tu ne l'approches pas tout de suite. Ce serait sot. Clairement, elle est sur son quant-à-soi, ça se voit à sa façon de cajoler son verre et de se concentrer sur sa lecture. Il n'empêche, sa tenue dit ceci : « Certes, je suis occupée à lire, mais ça ne signifie pas que je ne suis que pur esprit, et n'ai pas de corps. »

Tu admires l'étalage, les longues jambes galbées que sublime le lustre du collant noir. On en voit juste assez pour deviner les cuisses, laiteuses et douces sous le Nylon. Mais il n'y a là qu'allusion, que suggestion, rien de plus. Ça aussi tu apprécies. Cette femme n'est pas une allumeuse. Elle a une certaine classe, peut-être même a-t-elle un master. Elle porte la jupe fourreau quasi réglementaire ainsi qu'un anodin chemisier blanc de bonne qualité. Selon toute apparence, elle boit une vodka tonic.

Un verre pâle, une tranche de citron vert et une belle femme seule qui fait semblant de lire. Le tableau est charmant et tu l'admires un moment avant d'entrer en scène. Mais sans rien d'aussi grossier que « Salut ! ». Tu en as vu d'autres tenter cette approche, allant même jusqu'à l'appeler « madame la bibliothécaire ». Des amateurs.

Au lieu de ça, tu attends qu'ils partent et qu'elle se retrouve vraiment seule. Cela fait bien trop longtemps qu'elle est sur la même page. Alors tu lui commandes quelque chose de sérieux, un verre de Macallan dix-huit ans d'âge. C'est une boisson qui, tu le sais, la surprendra par sa qualité et son élégance. Tu le lui fais porter et tu attends. Au début elle est agacée et soupçonneuse, même s'il est plus qu'improbable que ce breuvage ambré lui ait été offert par quelque étudiant de fraternité ou cadre moyen.

Et puis elle te repère.

Tu n'es pas du tout ce à quoi elle s'attendait. Tu es séduisant, tu parais sérieux. Tu la fixes suffisamment longtemps pour la mettre mal à l'aise, puis tu lui décoches un infime sourire, les lèvres à peine ourlées. Rien de plus. Que les choses soient claires : elle ne te doit rien en échange de ce breuvage onéreux. Elle le boit, ça lui plaît, elle t'oublie. Sauf que maintenant, elle ne peut plus ; maintenant qu'elle se sait libre de t'ignorer, elle ne le fait pas. C'est donc elle qui te fait signe pour t'indiquer que tu peux venir t'asseoir à côté d'elle, elle qui amorce la conversation, elle qui maintenant est inquiète. Inquiète que tu aies une petite amie, une épouse, que tu t'ennuies, que tu t'en ailles. Et toi, tu ne te montres pas très encourageant, juste ce qu'il faut. Tu lui laisses suffisamment d'espace pour qu'elle se sente en sécurité. Tu parles avec calme. Tu es spirituel. Jamais tu ne la touches, pas même pour donner du poids à tes paroles. Elle se penche vers toi pour t'entendre y aller d'une autre remarque amusante et pince-sans-rire. Elle a envie que tu la touches.

Ce que tu ne fais pas.

À la place, tu commandes une deuxième tournée, suivie d'une troisième. Bien sûr, rien de tapageur dans ton geste. Tu te contentes de faire un signe de tête au barman. Ce qui montre que même si tu as de la classe, du style, de l'argent, du pouvoir, tu n'es pas du genre à en faire étalage. Tu es bien élevé, intelligent, puissant et ambitieux, mais tu n'es pas un connard.

À présent, l'alcool court dans ses veines.

Elle se détend un peu. Ses cheveux, les mèches fines et soyeuses près de ses oreilles, commencent à se rebeller, s'assouplissent et se décoiffent. Le livre est mis de côté, oublié. Les coudes sur la table, penchée en avant, elle rit et t'effleure le bras. Ce faisant, elle sent à quel point il est ferme. Tu fais du sport. Quand elle pense que tu ne la vois pas, elle te jauge. Elle se demande où tout cela pourrait mener.

Déjà dans sa tête elle raconte à ses copines comment vous vous êtes rencontrés. Dans sa tête elle teste les mots « dans un bar », qu'elle change en « sur le point de m'en aller, j'ai levé les yeux, on s'est regardés et on a parlé toute la nuit ».

Le barman annonce qu'il prend les dernières commandes avant la fermeture. Tu dis : « Alors ? » Tu souris. Tu hausses les épaules.

Tout à coup, tous ses rêves semblent être à deux doigts de s'écrouler. Tu restes silencieux juste assez longtemps pour que son cœur enivré devienne aussi lourd qu'une pierre, puis tu lui demandes où elle veut aller. C'est la question qui ouvre toutes les portes. La question qui équivaut à un « oui ».

Mais peut-être n'est-elle pas encore tout à fait prête à admettre où elle aimerait aller avec toi. Toi avec tes bras forts, ton sourire ironique, ta chaleur, tes pattes d'oie autour des yeux, ta façon d'être à l'écoute, détendu, tes vêtements propres et coûteux qui te siéent. Elle ne veut pas que tu la prennes pour une fille facile. Elle n'est pas comme *ces femmes-là*. Elle est diplômée de l'enseignement supérieur et elle travaille. Elle se débrouille plutôt bien. Elle est adorable. Elle veut juste être courtisée, un petit peu plus, en tout cas. Même si elle se sent un peu chancelante, elle garde le contrôle d'elle-même. Tu lui dis de ne pas oublier son livre. Elle rougit. Elle est charmante.

Vous vous rendez dans un petit bar que tu connais, illuminé par des bougies qui projettent de drôles d'ombres miniatures sur les murs. Tu commandes pour vous deux. Elle adore le Pisco Sour que tu lui choisis. Tu le savais d'avance. Elle le boit trop vite. Elle pense que toi aussi tu es pompette parce que tu es très chaleureux, parce que tu sembles si bien la connaître.

L'étroit box rouge que tu as choisi vous oblige à être assis l'un en face de l'autre. Elle étudie ton beau visage aux traits fins. Elle n'en revient pas de sa chance. Elle aimerait que tu la touches. Elle a tout à coup très très envie de toi. Si tu ne la touches pas, elle va en mourir.

Le désir a la couleur du miel qui coule de la cuillère; il sent le pop-corn que les autres dégustent au cinéma. Il t'entraîne comme une vague qui reflue sous tes pieds, tinte comme un bracelet sur la surface en verre d'une vitrine, résonne comme l'éclat de rire de deux amis qui partagent une plaisanterie, il est drap qui glisse sur ta joue, mur qui presse contre ton dos.

Tu te penches vers elle et l'embrasses avec fougue. Tes lèvres sont fermes, chaudes et douces. Tu lui écrases la bouche, la langue avec la tienne. Ta bouche est chaude, un petit goût de menthe l'imprègne. Tu l'embrasses, encore et encore et encore. Et ce baiser est merveilleux. Ce baiser est sublime. Ce baiser est si parfait qu'il la laisse pantelante et sans voix. Tous ses os se sont dissous en elle, elle se demande comment elle tient encore assise. Tu lui dis que tu es prêt à t'en aller de ce bar. Elle acquiesce. Elle aussi, elle est prête. Elle a envie de toi, tellement envie de toi qu'elle se fiche de ce que toi, ou qui que ce soit d'autre, voire même elle-même, peut bien penser d'elle. Elle veut coucher avec toi. Elle a envie que tu l'embrasses et que ce baiser l'enveloppe tout entière, comme si elle pouvait vivre à tout jamais dans ce baiser. Elle veut que tu sois en elle, sur elle et que tu la consumes.

Cette fois, c'est toi qui ramasses le livre. Tu ne veux pas qu'elle l'oublie à nouveau.

Vous allez chez elle. Elle sait encore ce qui est prudent, elle veut rester en territoire connu. L'endroit est agréable, mais impersonnel. Des estampes de style Matisse sont accrochées aux murs blanc cassé. C'est l'appartement d'une femme qui travaille de longues heures, l'appartement d'une cadre dynamique, l'appartement d'une femme qui n'a pas envie d'assembler ses meubles elle-même. Tu lui as proposé d'aller chez toi, mais as accepté son choix sans réserve. Elle imagine ton intérieur très beau et rempli d'objets masculins élégants. Le moment venu, elle en est sûre, elle pourra juger sur pièces. Elle te dit de te servir du vin. Ce que tu fais. Tu lui en sers aussi un verre. Elle est assise sur son long canapé moelleux et n'a qu'un désir : être au lit avec toi. Mais tu ne l'as pas encore touchée depuis que vous êtes entrés chez elle. Elle n'arrête pas de penser au baiser échangé dans le bar et à tous ceux qui suivront ainsi qu'aux autres choses à venir. Tout en versant le vin, tu lui parles. Tu es drôle, mais pas lourd. Tu n'es jamais lourd, jamais grossier. Tu es assis près d'elle avec le vin. Maintenant, elle est vraiment saoule. Mais tu l'encourages à boire encore une gorgée. Tu admires sa gorge tandis qu'elle avale. Puis elle ferme les yeux. Tu lui ôtes ses chaussures, elle sourit légèrement lorsque tu lui masses les pieds. Tu es fantastique. La sensation est merveilleuse.

Elle gémit doucement parce que tu sais bien t'y prendre et agis vite. Elle garde les yeux fermés, ce qui est bon, car ça rend la chose meilleure encore. Elle sent tes mains, est envahie d'impressions, de textures, de touchers. Elle aimerait y réfléchir, mais ne peut plus. Sa tête est trop lourde. Ses vêtements trop serrés. Serrés. Tu passes tes mains sur ses bras immobiles, tu les masses et descends jusqu'à ses mains. Ça aussi, ça lui procure une sensation incroyable. Ses yeux sont toujours fermés tandis qu'elle essaie de jouir de toutes ces impressions qui assaillent ses sens, tour à tour faites de douceur, de fermeté et de caresses. Chaque doigt léger et fuselé, l'ossature de ses poignets habile et élégante. Pendant que tu la travailles, que tu la prépares, tu admires ses phalanges, l'une après l'autre. Elle soupire et tu lui dis de garder les yeux fermés encore un peu.

Le moment d'après, te voilà à côté d'elle, ton bras autour de son cou. Tu l'attires plus près.

Encore un peu plus.

Tu te penches vers elle et tu lui murmures un petit secret au creux de son oreille d'un blanc crémeux, toute en courbes et vulnérable. Exposée telle une petite souris soyeuse.

Ses yeux s'écarquillent.

Tu continues de murmurer, elle essaie de se redresser. Elle essaie de se redresser pour pouvoir te regarder dans les yeux. Elle essaie de se redresser pour voir si tu es sérieux.

Mais tu es très fort.

Tu as mis quelque chose dans son verre.

Et là, elle va se rendre compte que tu lui as attaché les mains avec une cordelette. Fine, en Nylon, de celles qui se glissent facilement dans la poche, de celles qui ne s'effilochent pas ni non plus ne se rompent.

Ta main puissante se déplace de la base de son cou à ses lèvres, douces et chaudes. Elle essaie de te mordre, mais tu connais la chanson. Tu introduis quelques doigts dans sa bouche pour lui tenir les mâchoires écartées et rendre la pression qu'elles exercent aussi inoffensive que celle d'un chiot qui souffrirait d'une poussée de dents. Tu aimes la cavité humide de sa bouche, tes doigts dans cette cavité humide, et tu tires légèrement sur sa langue. Très légèrement, parce que le chiot doit savoir qu'il ne doit pas mordre, le chiot doit apprendre. Elle gémit. Peut-être cela fait-il mal. Mais cette douleur est bonne. Et ça te plaît. Tu sais que son adrénaline tente de contrer l'effet de l'alcool et des drogues. Mais l'adrénaline n'est pas de taille à lutter contre toi. Ta main libre descend le long de son corps. Parce qu'il y a d'autres parties de ce corps que tu aimes. Bien d'autres parties. Lentement tu défais un à un les boutons de son chemisier. Elle essaie de se libérer, mais elle est encore incertaine. Malgré ses contorsions, tu es incroyablement délicat. D'autant plus délicat, peut-être, que tu aimes les défis.

Tu ne veux pas abîmer son chemisier. Ses seins, dans son soutien-gorge, maintenant apparaissent. Tu les caresses délicatement de la main. Ses mamelons se durcissent en dépit, ou à cause, de la peur qu'elle éprouve. Tu penches la tête et tu les suçotes à travers le tissu. À nouveau, elle gémit. Elle est tétanisée à l'idée que tu lui mordes les mamelons, que tu les mordes méchamment. Elle a peur à cause du secret que tu lui as révélé.

Comment peut-on apprécier pleinement la vie quand on ne l'a jamais détruite ?

Elle pense savoir quel genre d'homme tu es. Elle va être surprise. Elle ne sait rien de ce qui l'attend. Personne ne le sait. Alors, tu te bornes à suçoter et à lécher ses seins crémeux et ronds. Jusqu'à ce que ses mamelons deviennent durs et chauds, bien malgré elle. Elle se débat encore, mais s'épuise.

Ce qui est idiot.

Toi qui apportes la mort, tu sais à quel point la vie est fugace. Tu le sais parce que tu la prends, la brises, l'inhales, sang, souffle et os.

Une main toujours dans sa bouche chaude, rose et mouillée, tu tiens sa langue avec dextérité, et glisses l'autre main le long de sa jupe fourreau, petit à petit, tout doucement. Une caresse ferme et délibérée puis, d'un coup, ta main remonte jusqu'à son entrejambe. À nouveau elle tente de se libérer et peut-être à ce moment se sent-elle pour la première fois prisonnière parce tu lui as aussi attaché les jambes. Ta main va et vient de ses cuisses lustrées et soyeuses à sa motte moelleuse. Encore d'autres couches de vêtements à ôter. Que faire maintenant ? Cette situation te plaît. Avoir le choix est agréable. Le chiot geint et se débat un peu.

« Gentil, le chiot, lui dis-tu. Tiens-toi tranquille. »

Tout en réfléchissant, tu dessines des cercles sur sa vulve avec ton pouce, d'abord larges puis de plus en plus resserrés, puis tu la caresses d'avant en arrière, le doigt pressé contre le tissu moulant. Elle essaie de serrer fort les jambes. Quel bêta, ce chiot ! Ça ne fait qu'accroître ton envie de jouer. Il va falloir que tu lui donnes une leçon. Avec calme, tu troues le collant. Un trou parfait.

« Vilain chiot, murmures-tu. Regarde ce que tu m'as fait faire. » Tu aimes l'odeur qu'elle dégage à présent. Une odeur de sueur. Un relent de panique animale qui sourd au travers de son parfum floral. Son soutien-gorge est en dentelle, mais sa culotte, elle, est en tissu bleu pâle. Ce n'est certainement pas la plus jolie qu'elle possède. Jamais elle n'aurait imaginé se retrouver nue ce soir-là. Elle n'avait pas prévu de te rencontrer. Tu la caresses encore et encore à travers sa culotte tandis qu'elle tente toujours de se dégager. Les yeux si grand écarquillés, si pleins de larmes. Tu aimes ce qui est mouillé. Tu lèches ses larmes et le sel te fait bander. Très très fort. Ce que tu peux t'amuser. C'est amusant de pouvoir jouer ainsi après un si long temps mort. Son odeur est exactement celle que tu aimes sentir sur elle. Tu as envie de dévorer ce qu'elle sent. Tu sais flairer les femmes comme le cochon la truffe. *Sniff, sniff,* tu flaires la truffe. L'humidité commence à se voir. Maintenant, tu baisses la culotte bleu pâle.

« Mon petit chiot mouille-t-il ? »

Tu veux savoir.

Tu appliques une phalange contre son petit berlingot rose et tu frottes doucement. Frotti-frotta contre son petit berlingot. Tu vas la rendre aussi excitée que toi. Tu tires à peine dessus. Elle gémit. Tes doigts tiennent toujours sa langue. Tu es infatigable. Tu es fort.

« Tu aimes ça ? » lui demandes-tu. Oui. Oui, elle doit aimer ça. Tu en es sûr. Elles aiment toujours ça. Ton pouce qui frotte et dessine un cercle, tes doigts qui descendent. C'est la petite bête qui monte, qui monte. Et qui entre. Doucement, tout doucement tes doigts s'introduisent dans cette étroite cavité humide. Tellement étroite et mouillée, bien malgré elle. Deux doigts enfoncés dans cette obscurité rose. Très loin de là, les gémissements de plus en plus forts du chiot te parviennent aux oreilles.

« Tais-toi, dis-tu. Sois un gentil chiot. »

Maintenant, tes deux mains sont en elle : une dans sa bouche, l'autre dans sa chatte. Tu pourrais la faire tourner comme une toupie. La faire tourner, encore et encore et encore. Peut-être le feras-tu. Mais elle gigote et gémit trop. Tu lui secoues un peu l'épaule. Comme si tu saupoudrais de sel un rôti.

« Sois gentille », dis-tu.

Mais tu ne dis pas, toi, que tu vas être gentil. Tu ne le seras pas.

Elle est ta première gorgée après la sécheresse, ta première bouchée après la famine. Ces premiers filets, ces premiers ruissellements d'une couleur vive et brillante, ce sont les siens. Et tu as bien l'intention d'en savourer jusqu'à la dernière goutte.

Au Commencement, tu ne chassais pas. Tu te contentais de chercher et de détruire.

Au Commencement, tu étais rapide et ne t'attardais pas. Tu prélevais ce dont tu avais besoin, tu récoltais le Vaisseau et tu disparaissais. Mais le temps s'écoulant, tu as commencé à aimer les couleurs qui fredonnaient dans tes veines, qui pulsaient par ton cœur. Chaque couleur te rapprochait de la vie, te permettait de mieux comprendre la façon dont elle était vécue, tout cela si différent du rien du néant, de la grande absence.

Tu as commencé à prendre ton temps.

Tu as commencé à prendre du plaisir.

Tu lui raconteras d'autres histoires. Des histoires qui lui feront écarquiller les yeux et serrer les cuisses tandis qu'elle tentera de s'écarter de toi. C'est pourquoi il est plus prudent qu'elle soit entravée. Il y a longtemps que tu le sais. C'est pour leur bien. Sinon, elle s'agitera trop, plus qu'il ne te plaît, et tu devras mettre fin à cette agitation. Mais alors, elle ne tiendra plus très longtemps. C'est déjà arrivé. On ne peut pas jouer avec les mauvaises filles.

Les drogues et le vin font pleinement effet maintenant. Tu te dis qu'à ce stade, elle ne t'opposera plus trop de résistance. Ta joie et leur souffrance prennent toujours fin trop tôt. Il faudra que tu lui montres le couteau. Ça devrait la réveiller un peu, un moment tout du moins. Tu ouvres ton élégante pochette italienne en cuir – ces Italiens ont vraiment de la classe – et tu en sors quelques-uns de tes objets favoris.

Tu la bâillonnes habilement avec le foulard doux en soie rouge que tu réserves pour les occasions comme celle-ci. Une fois qu'elle ne peut plus hurler, tu lui montres la lame.

Tu souris. Visiblement, celle-ci se battra jusqu'au bout.

Tandis que tu la prépares en vue de ton véritable objectif, tu t'adresses à elle en utilisant enfin le prénom qui te brûle la langue depuis le début de cette soirée.

Tu te penches et, d'une voix douce, tu l'appelles Katherine.

Elle te fixe de son regard embué, les larmes roulant sur ses joues. Mouillée, elle est mouillée, tout partout. Hébétée, elle secoue la tête. Ce n'est pas son prénom et, plus amusant encore, elle vient de se rendre compte que peut-être tu la laisseras filer une fois que tu auras mesuré ton erreur.

Désolé, je me suis trompé, lui diras-tu.

Ça, c'est vraiment hilarant.

Tu lui demandes si elle veut dire qu'elle n'est pas Katherine Emerson. Tu laisses tes sourcils se froncer de façon charmante. Elle secoue violemment la tête, fait autant de bruit qu'elle le peut à travers son bâillon. Ce qui est bien peu. Tu sais comment ajuster un bâillon. Tu lui demandes à nouveau si elle est bien certaine de ce qu'elle dit. Elle tourne follement la tête d'un côté et de l'autre, des sons moites et étouffés montent de sous le foulard en soie. Ses yeux s'illuminent. Elle a peut-être encore une chance de t'échapper. Tu es complètement dingue et sans doute ceci explique-t-il cela.

Elle s'appelle Kathleen, pas Katherine. *Kathleen*, essaie-t-elle de dire à travers le bâillon, *je m'appelle Kathleen. Kathleeeeen!* Mais tout ce qu'on entend c'est « Imm, imm! »

« Dans ce cas », dis-tu d'un ton enjoué tandis que tu te positionnes à côté d'elle comme si tu t'apprêtais à la détacher. Le regard éperdu chargé d'espoir et de soulagement qu'elle te lance est vraiment délicieux. C'est une femme charmante, vraiment.

Puis tu éclates de rire, la traites de « petit chiot idiot », te redresses et t'éloignes. Pour le simple plaisir de la voir se décomposer. Tu t'imprègnes de cette sensation.

La terreur est couleur dessous de lit, couleur de moelle et de craie, elle hurle comme une sirène, bourdonne comme une guêpe, gronde comme un appareil IRM, a un goût de sueur, de métal, de bile, elle est frottement de ciment contre ta peau, elle cogne comme un cœur qui s'emballe.

Tu te concentres sur ton objectif en soupirant. Aussi plaisante que soit la situation présente, tu as une mission à remplir.

Elle n'est qu'une étape en vue du Vaisseau.
Katherine qui t'a extrait de l'obscurité.
Katherine qui t'appelle à elle.
Katherine, ta destinée.
Katherine, la femme parfaite.
Katherine, l'unique.

Tu te tournes à nouveau vers Kathleen qui gît, entravée et bâillonnée, sur le canapé.
Kathleen, ta généreuse donatrice, la première femme que tu moissonneras. Ses teintes éclatantes de désir et de terreur mêlés, contenues par son épiderme, clament d'être libérées.

« Merci », lui dis-tu. Puis tu saisis ton couteau.
Après tout, il ne faut jamais faire attendre une dame, c'est impoli.

2

L'homme vêtu d'une boîte en carton me parle de cuisine mexicaine.

Tout en discourant sur un restaurant qui s'appelle Agave et que, d'après lui, je dois essayer, il me fixe. J'aimerais pouvoir soutenir son regard, mais je n'ai pas l'habitude de ce genre de contact visuel. Pas plus que je n'ai l'habitude que des hommes plus qu'à moitié nus discutent avec enthousiasme de restaurants avec moi. Mon cerveau reptilien me crie de baisser le regard. Je voudrais voir son pénis. Je ne veux pas voir son pénis. De toute façon, je ne me souviens jamais de pénis en particulier. Je les apprécie, mais il m'est impossible de me souvenir d'eux dans leur individualité.

Distraite, distraite, distraite, distraite, distraite, distraite.

À présent, l'homme vêtu d'une boîte en carton me parle d'*empanadas*.

« Ce sont les meilleures que j'aie jamais mangées, me dit-il. Cent pour cent garanties bio. »

Tandis qu'il palabre, son regard ne quitte pas un instant mon visage. Ce qui n'est pas du tout normal lors une conversation. Au cours d'une conversation normale, le regard a naturellement tendance à errer avant de revenir sur l'interlocuteur. Personne ne garde le regard aussi fixe à moins de vouloir dresser un chien ou d'être en train de considérer son bébé ou son amant au lit. C'est déstabilisant.

— Ça s'appelle Agave parce qu'ils n'utilisent pas du tout de sucre et, si tu t'intéresses vraiment à la nourriture mexicaine, il faut que tu essaies.

En ce moment, je suis à une soirée « TSF », ce qui signifie « Tout sauf des fringues ». En ce qui me concerne, je ne porte qu'un rideau. Bien que, théoriquement, le rideau ne soit pas considéré comme une « fringue », il est, de fait, en tissu, ce qui n'a pas manqué de susciter l'hostilité de ceux qui prennent le thème de cette soirée à cœur. À leur nombre figurent deux filles bien en chair et trois petits hommes velus qui dansent avec elles. Le printemps se montre chiche et grincheux et tout le monde en a marre de devoir s'emmitoufler.

L'absence de vêtements ne me gêne pas vraiment, même si je trouve cela étrangement décadent compte tenu du contexte. Une nouvelle victime vient d'être découverte. Ce qui porte leur nombre à trois ce mois-ci. Trois filles retrouvées dans leur appartement, la gorge tranchée et le corps couvert d'entailles aux formes complexes. On ne parle plus que de ça.

On dit que c'est un tueur en série.

Ils n'arrivent pas à savoir comment il fait pour entrer dans les appartements.

Merde, ça fout vraiment les jetons. On ne l'a trouvée qu'une semaine plus tard ?

Ces jours-ci, quand je vais en soirée, je veux boire juste assez de vin rouge pour être un peu pompette. Je veux parler de films, vus ou pas encore, et un peu de politique avec des gens qui partagent mes points de vue. Je veux flirter, rire et peut-être même danser sur des chansons comme *Love Machine* du groupe Miracles. Sauf que là, c'est un gobelet en plastique contenant du punch que je serre dans ma main, tout en rêvant de me retrouver dans un bar cool où personne ne serait habillé de bric et de broc et ne discuterait des derniers assassinats. C'est exactement à cause de ce genre de soirée que j'aimerais être mariée. Que j'aimerais avoir une relation stable, ou, à défaut, passablement stable. Cette soirée me donne envie d'être chez moi, à regarder la télévision en mangeant des plats livrés thaïlandais, japonais, malais, ou de tout autre pays en « ais ». Un dîner tout préparé, avec mes pieds en chaussettes posés sur les genoux de quelqu'un.

C'est Colin, l'un de mes rares amis gays et célibataires qui me restent, qui m'a forcée à venir. « Il faut que tu m'accompagnes à cette fête géniââle », m'avait-il dit. Il me l'avait demandé très longtemps à l'avance et je lui avais dit oui. Avoir un ami gay et célibataire est une véritable aubaine. Il ne m'en reste plus beaucoup et je ne peux pas me permettre de le perdre.

C'est seulement après qu'il m'a avoué qu'il s'agissait d'une soirée déguisée. L'enfoiré. Le pire, c'est que j'aurais pu la passer avec David. Mais il aurait été mal élevé de planter Colin, Colin qui est maintenant assis trop près de notre hôte. Et puis je me suis dit que ce serait bien de jouer les filles un peu difficiles à attraper avec David. « N'aie pas l'air trop empressée », me conseillent mes amies mariées. « Il faut qu'il te mérite », me recommandent celles qui sont en couple depuis un moment ou qui ont des petits amis attitrés.

C'est parce que j'ai commis l'erreur d'écouter ces gens qui ont oublié ce que c'est que d'être célibataire que je me retrouve dans mon coin drapée d'un rideau, furieuse, avec une seule envie : rentrer chez moi. Des individus à peine vêtus sont en grande conversation, je vois leurs dents briller dans la lumière tamisée. Certains sont à moitié allongés sur des canapés, d'autres forment de petits groupes. Ils se déplacent comme s'ils évoluaient sous l'eau. Je m'assois sur le canapé. Je fixe mon téléphone. Rien.

J'attends un SMS. Même s'il n'a aucune raison de m'en envoyer un, j'ai quand même envie qu'il le fasse. J'aurais pu être avec lui ce soir. Nous nous sommes rencontrés il y a tout juste une semaine et me voilà plantée là, à espérer un message de sa part.

La semaine dernière, j'étais au musée de la Morgan Library à l'attendre. Il était près de 19 heures, mais le hall d'entrée était toujours inondé de lumière. Certains musées restent ouverts tard les vendredis et je m'étais dit que pour un premier rendez-vous, ma proposition avait de la classe. Le parquet ciré et la pureté des lignes architecturales donnent l'impression que (a) on en a pour son argent en termes de culture et que (b) il est temps de penser à réorganiser son appartement. J'étais en avance et je n'arrêtais pas de regarder ma montre – un tic nerveux que je trimballe depuis des lustres – lorsque ce type m'a accostée :

— Savez-vous à quelle heure le musée ferme aujourd'hui ?

J'allais lui répondre quand je l'ai regardé de plus près. Il était grand et dégingandé, avec des cheveux châtain clair qui lui retombaient sur le front, des lunettes rondes, des yeux gris et un menton ovale.

— David ?

— Katherine ?

Quand il a souri, il était encore mieux que sur la photo qu'il avait postée sur Internet.

— Je suis content que ce soit toi, a-t-il dit.

— Pourquoi ?

— Parce que si tu n'avais pas été Katherine, j'aurais dû faire semblant que tu étais quand même elle.

— Merci, enfin… je crois.

— On y va ?

Il avait déjà acheté les billets.

C'était l'heure idéale pour visiter le musée ; la plupart des touristes étaient déjà partis dîner tôt avant d'assister à une comédie musicale à Broadway et les visiteurs du soir commençaient tout juste à arriver. En traversant l'imposant atrium où résonnaient des bruits de pas et des conversations, nous sommes passés devant les tables de bistrot blanches et les chaises métalliques du petit café situé en son centre. Deux serveurs lançaient des regards furibonds à deux femmes flasques en baskets ceinturées de sacs banane. Attablées devant des cappuccinos qui refroidissaient, elles étaient entièrement absorbées par leur conversation. Je me suis dit qu'ensuite nous pourrions venir boire un verre à cet endroit. C'était un peu cher, mais parfait pour jouir du spectacle qu'offrait la foule.

Nous avions prévu d'aller voir l'exposition *Le Petit Prince : une histoire de New York*, mais à peine avions-nous mis le pied dans la galerie du premier étage que nos oreilles ont été assaillies par la voix de la guide. L'air hagard, le ton autoritaire et la tête surmontée d'une masse de cheveux roux, elle faisait signe à ses ouailles de se rapprocher.

— Saint-Exupéry fumait comme un pompier, disait-elle d'un ton accusateur et d'une voix râpeuse au groupe rassemblé autour d'elle. Rapprochez-vous et vous pourrez voir où la page a brûlé.

Tous se sont alors exécutés, brandissant leurs portables et traînant leur progéniture qui ne tenait pas en place pour mieux voir. David et moi nous sommes regardés et, d'un commun accord silencieux, sommes montés au deuxième étage pour jeter un coup d'œil à l'exposition de gravures sur bois.

Là, dans une atmosphère feutrée, on pouvait voir, suspendues aux murs rouge sombre, des estampes avec aplats d'encre noire représentant des silhouettes en chapeau melon. Un exemplaire illustré des *Œuvres complètes de Geoffrey Chaucer* était exposé dans une vitrine. Une superbe jeune Noire montait la garde. On aurait dit qu'elle mourait d'envie que quelqu'un ne fasse ne serait-ce que mine de vouloir prendre une photo pour pouvoir plaquer le coupable au sol et lui casser les doigts un à un.

Nous n'avons pas pris de photos. Au lieu de ça, nous avons tranquillement parcouru l'exposition en admirant chaque estampe une à une. Sans pour autant me délaisser, David ne me collait pas non plus. Nous avancions plus ou moins au même rythme, en émettant régulièrement de petits bruits de gorge en signe d'appréciation, comme le font les gens qui étudient les tableaux. À la fin de l'exposition, il m'a demandé :

— Alors, qu'en penses-tu ?

— Les estampes des années 20 m'ont paru sinistres, comme si l'artiste pressentait ce qui allait se passer.

— Je suis complètement d'accord.

— Quant à celles de Chaucer, ai-je ajouté en haussant les épaules, elles m'ont fait penser à des illustrations de contes de fées. Sombres et fascinantes.

— La description est parfaite. C'est exactement ce que je me suis dit.

Bêtement, j'ai été contente d'avoir vu juste.

Au premier étage, comme la guide continuait à dérouler son exposé – elle en était aux avions de combat –, nous avons décidé d'aller explorer les collections permanentes. Le changement esthétique était radical : nous déambulions maintenant dans les opulents appartements privés d'un financier du XIXe siècle. Là, les volutes roses du sol en marbre étaient masquées par de riches tapis persans rouges. Une imposante cheminée en pierre se détachait d'un mur en lambris et des chevaux en bronze se cabraient à côté de portraits de madones éplorées. Mais les vedettes incontestées du lieu étaient les livres. Un océan de volumes protégés par des fenêtres à treillis aux montants dorés à l'or fin montait jusqu'aux plafonds, eux-mêmes décorés de fresques où anges et cupidons flottaient autour de dieux et de déesses batifolant sur des nuages dorés. Les yeux levés, je m'imprégnais de tout ça.

— *Psitt !*

Amusée, je l'ai rejoint.

— On dit encore « Psitt » de nos jours ?

— OK, j'avoue, je mourais d'envie de le dire. Mais regarde.

D'un mouvement de tête, il m'a montré une porte entrouverte dans un coin de la pièce.

D'un pas nonchalant, nous nous en sommes rapprochés.

À côté de la porte, un panneau indiquait :

TRÉSORS DE LA SALLE DES COFFRES :
L'ESPRIT SÉCULIER AU MOYEN ÂGE

Je me suis penchée pour en savoir plus et me suis rendu compte que l'exposition avait pris fin deux jours plus tôt.

David souriait.

— On y va ?

Le garde était à l'autre bout du hall. Nous étions seuls. En temps normal, je ne fais pas ce genre de chose, mais…

La galerie était plus fraîche que le reste du musée, et pas éclairée, exception faite de la lueur émanant des vitrines dont on avait ôté la plupart des objets. Ces vitrines vides qui brillaient avaient quelque chose d'inquiétant, comme si les objets qu'elles contenaient s'en étaient allés de leur gré. Tels des enfants qui se seraient furtivement introduits dans un cirque, nous nous déplacions sans faire de bruit, nous arrêtant pour regarder le peu de choses qui restait : un bijou, une partition de musique enluminée. Chaque artéfact découvert au cours de cette chasse au trésor secrète me procurait un étrange sentiment de satisfaction. Piquée par cette nouvelle façon de vivre en marge des règles, je me suis volontairement éloignée de David et suis entrée dans une autre antichambre de la galerie.

J'ai presque aussitôt regretté cette décision. Toutes les vitrines étaient vides et il y avait quelque chose dans cette salle qui me dérangeait. J'avais l'impression qu'elle *attendait*. J'allais ressortir quand mon regard a été attiré par quelque chose dans une des vitrines au fond de la pièce.

Un manuscrit enluminé ouvert.

Je m'en suis rapprochée pour mieux voir.

L'enluminure était saisissante. Soleil couchant avec ciel rouge cramoisi lardé de traits dorés. Éclairée par les derniers rayons du soleil, une femme se tenait au milieu et vous regardait droit dans les yeux. Elle avait la peau d'un blanc crémeux, ses yeux étaient deux minuscules ovales noirs, sa bouche, rouge, ne faisait ni la moue ni ne souriait, et d'épais cheveux châtains reposaient sur ses épaules. Sa robe vert forêt lui tombait jusqu'aux pieds. Dans sa main droite, elle tenait une pomme ; dans la gauche, elle serrait une dague en argent richement décorée, quatre gouttes de sang s'écoulant de la lame. Derrière elle, une forêt de troncs tordus, de feuilles blêmes et de fougères jaunes formait un amas dense. Sur le côté, un peu de vapeur s'échappait d'un chaudron en fer trapu. Au loin, la tour élancée et grise d'un château se profilait. Mon regard fut attiré par cette femme : une pomme dans une main, une dague dans l'autre. *Fais ton choix*, semblaient dire ses petits yeux noirs ovales. *Fais ton choix.*

— C'est un ouroboros.

J'ai poussé un petit cri de surprise. C'était David. Il s'était glissé derrière moi et quand j'ai éclaté de rire, il a fait la même chose.

— Désolé de t'avoir fait peur, a-t-il dit en baissant les yeux.

— Que dis-tu ?

— Je te montrais l'ouroboros, le serpent qui se mord la queue, là.

Du doigt, il me désignait la page de texte latin en regard de l'illustration, calligraphié à l'encre noire, tout en courbes. La première lettre, un *O*, représentait effectivement un énorme serpent qui se mordait la queue. Émerveillée, j'admirai la finesse des coups de pinceau, la beauté des rangs alternativement rouges et bleus d'écailles minuscules et le ventre doré de l'animal. Les yeux du reptile étaient d'un vert venimeux et les crocs luisants qui dépassaient de sa lèvre inférieure, elle aussi à écailles, mordaient sa queue avec férocité.

David m'a regardée.

— Ce n'est pas tous les jours que tu rencontreras un homme qui sait aussi facilement placer le terme « ouroboros » dans une phrase ! J'espère qu'avec ça je marque des points.

— C'est donc pour ça qu'on s'est glissés ici ?

— Exactement. Depuis que je t'ai rencontrée, j'attends le moment de pouvoir placer ce mot. En plus de *psitt.*

Il a baissé le regard sur la note descriptive de l'œuvre.

— *La Jeune Fille de Morwyn Castle.*

Il parlait doucement, mais sa voix portait, soulignant le silence qui régnait autour de nous. Ça m'a mise mal à l'aise.

— *Collection privée de…*

Il s'est interrompu puis a continué.

— *Matthew de Villias.* C'est incroyable !

— Pourquoi ?

— C'est le même nom de famille que celui d'un de mes amis.

— C'est étrange.

— Pas tant que ça, en fait. Ce type vient d'une famille si ancienne qu'en comparaison les descendants du *Mayflower* font figure de parvenus.

Il s'est penché à nouveau sur l'ouvrage.

Un son creux de cloche s'est fait entendre, suivi de : « Mesdames et messieurs. »

La voix était forte et le ton sévère. Nous avons tous les deux sursauté, puis éclaté de rire.

— « Le musée fermera ses portes dans quinze minutes environ. »

— Je crois qu'il est temps d'y aller.

— Malheureusement.

J'ai essayé d'avoir l'air déçue, mais en réalité j'étais soulagée. Nous n'avions rien à faire là.

Tandis que David se dirigeait vers la porte principale de la galerie, j'ai voulu, malgré mon malaise, jeter un dernier coup d'œil au manuscrit. Il était plus que probable que je ne le reverrais jamais et l'illustration me fascinait et me troublait tout à la fois. Elle me faisait penser à un diable en boîte. On a beau savoir qu'à force de tourner la manivelle pendant que la petite musique s'égrène, un horrible pantin grimaçant finira par jaillir, on le fait quand même.

Juste pour voir si on en est capable.

La femme tenait toujours la pomme dans la main droite et la dague dans la gauche. Derrière elle, la forêt tourmentée et la grande tour grise étaient toujours là. Mais il me semblait que quelque chose avait changé. J'ai regardé de plus près. Les herbes hautes penchaient-elles du même côté ? Le chaudron fumait-il toujours ? C'était la femme. Elle souriait. *Contrairement à avant*, me suis-je dit. Je me suis encore approchée, le nez presque collé à la vitrine. Oui, elle souriait et n'y avait-il pas, en plus, quelqu'un ou quelque chose qui se tenait derrière elle, au milieu des arbres ?

— Katherine !

Il y avait une note d'urgence dans sa voix.

— David ?

Pas de réponse.

— David ?

Je l'ai appelé à nouveau, un peu plus fort cette fois, tout en revenant sur mes pas et en laissant derrière moi une interminable rangée de vitrines vides. J'ai bifurqué et me suis retrouvée par erreur dans une pièce dans laquelle je n'étais jamais entrée. Une boule s'est formée dans mon ventre.

— David, où es-tu ?

— Ici.

Ressaisis-toi, Katherine. Je me suis dirigée vers lui en me fiant à sa voix. Il était debout face à la porte par laquelle nous étions entrés, le dos tourné vers moi.

— Qu'est-ce qu'il y a ?

— C'est fermé.

Il tournait la poignée en tout sens.

La boule dans mon ventre s'est durcie.

— Tu plaisantes ?

— Pas du tout.

Dit d'un ton monocorde.

J'ai dû lutter contre la panique. Pas seulement parce que je savais qu'on risquait des ennuis, mais aussi parce que je me retrouvais enfermée dans le noir avec un étranger. Je ne connaissais rien de David.

Samantha Rodriguez.

— On pourrait crier pour essayer d'attirer l'attention de quelqu'un.

Je m'efforçais de garder un ton détaché, mais ma voix était partie dans les aigus et tremblait.

David avait cessé d'agiter la poignée. Il se tenait immobile, les épaules avachies. Sans faire preuve d'aucune émotion, la tête baissée, il a alors énoncé ce simple fait :

— Personne ne t'entendra.

Oh, mon Dieu. Oh, mon Dieu. Mon corps s'est crispé, prêt à prendre la fuite ou à se mettre à hurler. Le nom de Samantha m'était venu à l'esprit parce que…

C'est à ce moment-là qu'il a éclaté de rire et a ouvert la porte en me disant :

— Je t'ai bien eue, hein !

Je suis sortie. Sans un mot, sans un regard. Le sang me battait les tempes.

— Ce n'était pas drôle.

— Désolé, je n'ai pas pu m'en empêcher.

Il avait le sourire aux lèvres, content que sa petite blague ait si bien marché. Quand il a vu que je ne disais toujours rien, il s'est mis sur la défensive.

— Eh mais, pourquoi es-tu si tendue ?

Je me suis retournée pour lui faire face.

— Tu sais qu'on a retrouvé une nouvelle fille assassinée ? C'est la deuxième en deux jours à qui on tranche la gorge. Je ne trouve donc pas ta plaisanterie très drôle.

Il a tout de suite pris l'air contrit.

— Merde, je n'y avais pas pensé.

— Tiens donc !

Tandis que nous nous dirigions vers la sortie, j'ai remarqué qu'il me jetait des regards furtifs, mais j'ai continué à l'ignorer. Dehors, la nuit était tombée et, bien qu'on soit à la mi-mai, il faisait un peu frais.

— S'il te plaît, Katherine, je suis vraiment désolé. Parfois, mon sens de l'humour est un peu puéril.

J'ai haussé les épaules. Un taxi est passé. Quelque part une femme a ri.

— Laisse-moi t'offrir un verre pour me rattraper.

— Pas besoin, merci.

— Ne sois pas fâchée contre moi.

— Je ne suis pas fâchée, c'est juste qu'il est tard et que…

— Allez, m'a-t-il dit en me prenant la main.

Le geste m'a surprise et je me suis sentie mal à l'aise. J'ai essayé de retirer ma main, mais il refusait de la lâcher. La sienne, grande et chaude, qui tenait la mienne. Je ne voulais pas le regarder dans les yeux.

— Maintenant tu penses que je suis un abruti, je le sais, et je reconnais que ma blague était totalement déplacée vu les circonstances. Mais s'il te plaît, excuse-moi et laisse-moi t'emmener dans cet incroyable bar à vin où je pourrai faire acte de contrition et toi me crier dessus en jouissant du confort que tu mérites.

J'ai fini par lever les yeux sur lui. Il n'a pas détourné le regard, mais s'est arrêté, toujours en me tenant la main.

— D'accord, ai-je répondu, gênée. Je veux bien prendre un verre pendant que tu te prosterneras comme il faut.

— Je connais l'endroit idéal pour ça.

J'ai été contrariée de ressentir un léger pincement au cœur quand il m'a lâché la main.

Il s'agissait en réalité d'un bar à tapas avec de petits tabourets de bar chics et, accrochées au mur, de vieilles photos encadrées de matadors en grande tenue. David était chaleureux et détendu. J'ai commencé à me calmer. Si j'avais bien pensé au destin tragique des deux femmes assassinées, c'était le manuscrit qui m'avait déstabilisée. Quelque chose m'y avait vraiment mise mal à l'aise, et il n'était pas étonnant que la petite blague de David m'ait secouée plus que je ne voulais l'admettre. Mais ma réaction avait été exagérée et cela m'embarrassait. Le pauvre! Je me suis demandé si je ne ferais pas mieux d'en discuter ouvertement et de m'expliquer, mais finalement ça ne s'est pas révélé nécessaire. D'un commun accord tacite, nous n'avons pas reparlé de l'incident.

Le vin, charpenté et doté d'une belle robe rouge, était délicieux. Assis au bar, nous avons dégusté de délectables et onéreuses choses posées sur de petits toasts. Il parlait, je parlais, et les heures se sont envolées jusqu'à ce que nous nous retrouvions seuls et que le personnel commence à empiler les chaises bruyamment en nous jetant des regards courroucés. Il était effectivement très tard et David a voulu me donner de l'argent pour que je prenne un taxi, mais j'ai refusé et il m'a raccompagnée jusqu'au métro.

Il m'a ensuite envoyé un SMS pour s'assurer que j'étais bien rentrée et je lui ai répondu. C'était sympa, bête et charmant.

Le mardi d'après, il m'a téléphoné.

— Salut.

J'aimais bien le son de sa voix au téléphone.

— Salut.

J'étais tout à la fois nerveuse et heureuse.

On a parlé un moment de tout et de rien, puis il m'a dit:

— Un de mes amis fête son anniversaire dans un bar ce samedi, on sera un petit groupe…

— Je ne peux pas. J'aurais bien aimé, mais…

— Merde, alors! Tu as déjà quelque chose de prévu, c'est ça?

— Malheureusement, oui.

— Je savais bien que je n'aurais jamais dû attendre soixante-douze heures avant de te proposer une sortie pour dans trois jours, mais je voulais jouer le mec cool.

— Tu vois où ça mène?

C'était amusant de flirter avec lui.

— Et maintenant, tu sors avec plusieurs super canons à la fois ?

— Évidemment.

— Je vois.

Il semblait si malheureux que j'ai ri.

— J'ai promis à un ami que je n'ai pas vu depuis une éternité que je l'accompagnerai à cette soirée, alors je ne peux pas me défiler. Pour ne rien te cacher, c'est une soirée costumée, ai-je reconnu.

— Une soirée costumée ? Es-tu certaine que cette amitié en vaille la peine ?

— Pas vraiment, mais parfois, il faut savoir faire des sacrifices.

— La prochaine fois, je n'attendrai pas aussi longtemps avant de t'appeler.

Alors comme ça, il y aura une prochaine fois. C'est ce que je me suis dit, mais nous n'avons rien convenu ni non plus fixé de rendez-vous et depuis, il ne m'a envoyé aucun message. Je me suis demandé si ce n'était pas la chance que j'attendais depuis toujours et si je ne l'avais pas brisée.

Je vérifie mon téléphone. Rien. Le barbu affaissé vêtu de boîtes Tupperware et la fille à l'air morose habillée de verres et de peluches qui dansent ensemble offrent une image quelque peu tragique. Leurs bouches sourient, mais pas leurs yeux. Ils veulent trouver l'amour en dehors du petit cercle présent dans cette pièce plongée dans la pénombre. Ils veulent faire partie d'un club qui ne les acceptera pas.

Dire qu'en ce moment je pourrais être avec David dans un bar top, en train de faire connaissance avec ses amis, et qu'au lieu de ça je suis ici, assise sur le canapé à côté d'un inconnu, à écouter les spéculations morbides des gens autour de moi.

Pourquoi seulement maintenant ?

Cette fille, Samantha Machinchose, avait un petit ami jaloux. Ils pensaient qu'il avait pété un câble et l'avait poignardée à mort. Ils n'ont fait le rapprochement avec la première victime que lorsqu'ils ont découvert la dernière. Là, ils ont compris que toutes les trois avaient été tuées de la même manière.

Merde.

Je sais, ça fout la trouille, pas vrai ?

J'essaie de parler d'autre chose. Je dois faire des efforts, me faire entendre par-dessus la musique, me pencher vers le type à côté de moi, qui, lui, ne s'efforce même pas de me retrouver au milieu du gué. Il sourit, mais ne quitte pas les danseurs des yeux. Je me demande s'il est saoul. J'aimerais l'être. Mais c'est une de ces nuits où je sais que cela m'est impossible. *Va te faire foutre, connard*, lançé-je dans ma tête, tout en me levant, à mon voisin de canapé qui refuse de faire le moindre effort. *Toi, m'emmener voir l'expo de gravures sur bois ? Même pas dans tes rêves.* Je passe à côté d'une fille vêtue d'un abat-jour, puis d'une autre âme courageuse avec une ceinture de plantes en pots à la taille. Il est vraiment temps que j'y aille. Je repère Colin dans un coin. Il est assis tout près de l'hôte. Une intimité naturelle, celle des relations qui en sont à leurs prémices, se dégage d'eux. Je reconnais la chaleur de son sourire. C'est pour ça que j'ai dit non à David. *Merci à vous, encore.* J'annonce à Colin que je vais rentrer, au prétexte que je dois me lever tôt le lendemain. Comme d'habitude, il proteste, mais je sais que maintenant qu'il a trouvé quelqu'un, cela ne le dérange pas. Un instant, je me demande si je ne vais pas envoyer un SMS à David pour qu'il me donne l'adresse de son bar, mais il est tard et je suis à Brooklyn, donc pas la porte à côté.

Je vais dans la chambre de notre hôte pour me changer. Le lit n'est plus qu'un océan de vêtements. Les murs sont gris clair, doucement éclairés par la lampe de chevet. Je me dépêche. Je n'ai aucune envie de me retrouver nez à nez avec quelqu'un. Je veux juste me rhabiller normalement et partir aussi vite que possible. Mon soutien-gorge est agrafé, mon haut enfilé, mon jean boutonné, mes chaussures lacées et ce n'est que lorsque je lève le regard sur le miroir en pied que j'aperçois l'homme assis dans le fauteuil. Il est là depuis le début.

Je me retourne en poussant un petit cri.

Le type a des cheveux brun foncé bouclés, un visage léonin, des paupières tombantes qui lui donnent un regard endormi et une grande bouche. Il ne s'excuse pas. Ne se lève même pas de son fauteuil.

— Ce qui est génial à New York, dit-il d'une voix traînante, c'est d'observer les gens.

— Qu'est-ce que vous faites ici ?

Il m'a regardée me changer et j'ai mis mes dessous les plus pourris. Est-ce que je me suis grattée ? Est-ce que j'ai dû ajuster mon soutien-gorge ?

— Il me semblait que c'était évident.

— Tu t'es fait plaisir ?

Il réfléchit. Comble de l'insulte.

— Rien d'extraordinaire.

Sa bouche esquisse un sourire.

— Tu vas t'excuser ?

— Non.

— Tu devrais.

— Pourquoi ? Je ne suis pas désolé.

— Je ne sais pas comment tu as été élevé, mais quand on fait quelque chose de mal, d'habitude, on s'excuse.

— En fait, tu te trompes. C'est la société qui fait pression sur les individus pour qu'ils demandent pardon afin de satisfaire le besoin de reconnaissance du tort commis. On se sent rarement coupable d'avoir mal agi, on regrette seulement d'avoir été pris.

Il parle comme s'il s'ennuyait, d'un ton légèrement condescendant.

Quel connard. Je réfléchis à la chose la plus blessante que je pourrais lui répondre. Je suis vulnérable. Il a vu l'arrière de mes cuisses et mon cul, tout cela sous un angle peu flatteur.

— Tu n'es qu'un psychopathe.

Ma bouche est sèche et mes joues sont en feu.

— Parce que je n'ai pas de remords ? (Il réfléchit à la question.) Peut-être que je suis franc, c'est tout.

Ses yeux luisent. Le vert de leur iris est si pâle qu'il en paraît presque jaune. Clairement, il s'amuse. Il faut que j'arrive à effacer le sourire narquois du visage de ce petit arrogant.

— Tu as raison. Tu n'es pas un psychopathe. Tu n'as tout simplement pas de manières. Aucune classe.

Son sourire s'évanouit. Bingo.

Il me regarde avec froideur.

— Bon alors, combien de dîners il te faut ?

— Comment ça ?

— Au bout de combien de dîners peut-on te voir nue d'habitude ?

Je ne sens plus ma bouche. Les joues me picotent, comme s'il m'avait giflée.

— En général, deux suffisent pour les femmes avec lesquelles je sors, enchaîne-t-il. Parfois même un seul, cela dépend du restaurant… Et de la fille, ajoute-t-il comme s'il n'y avait pensé qu'après coup.

L'atmosphère est devenue glaciale. Nous nous fixons.

— Lève-toi.

Ma voix est posée, mon ton coupant. Quelque chose dans mon intonation l'incite à s'exécuter. Tel un chat, il déplie langoureusement son corps du fauteuil.

— Viens ici.

Il s'approche.

— Stop.

Il s'arrête. Il est debout, il attend.

Je le contourne pour me diriger vers la porte et la ferme à clé. Puis je prends à mon tour place dans le fauteuil depuis lequel il m'a observée. Je le fixe. Les rôles sont inversés.

— Alors ?

— Alors ? me répond-il en écho.

Le sourire est insolent.

Mon ton reste neutre.

— Déshabille-toi.

Il me regarde longuement et je me demande s'il va se mettre à rire ou sortir de la pièce. Le temps se solidifie. Impossible que je me tire à bon compte de cette situation.

L'air impassible, sans baisser le regard, il commence à déboutonner sa chemise.

— Lentement.

J'ai la bouche sèche. Je garde un ton neutre, comme si j'avais l'habitude de donner des ordres de ce genre.

Un à un, chaque bouton est défait.

Sa chemise.

Enlevée.

Ses épaules sont lisses.

Un grain de beauté de la taille d'une pièce de dix *cents* se détache avec netteté sur son buste crémeux.

Torse nu, il me considère. À nouveau, les coins de sa bouche se redressent.

Il ne me croit pas assez gonflée pour aller jusqu'au bout.

Je déglutis. Je me force à soutenir son regard.

— Le jean.

Maintenant, il ne sourit plus.

Je ne sais pas ce que j'ai initié, mais je ne peux pas m'arrêter là.

Il refusait de s'excuser.

Il baisse son pantalon et le retire.

Il me fixe, debout devant moi, vêtu de son seul boxer noir avec un élastique blanc. Je le regarde, il reste calme et posé. Je laisse mon regard peser sur lui. Il a un corps magnifique. La sueur qui a commencé à perler entre mes seins et sous mes bras me picote la peau.

J'irai jusqu'au bout.

— Ça aussi, dis-je.

Ce doit être un rêve. Ce n'en est pas un. Mais comme dans un rêve, les mouvements sont alanguis et la scène dotée d'une certaine pesanteur.

Un homme aux épaules carrées, musclé et mince, se tient nu devant moi.

Je ne sais comment, la force gravitationnelle qui règne dans cette pièce s'est accrue. Mes jambes me porteront-elles ? Soutiendront-elles le poids de mon corps ? Une petite voix à l'intérieur de moi s'interroge : *Était-ce aussi simple que cela depuis le début ? N'avais-je qu'à demander ?* Son visage est impassible, mais je vois clair en lui. Le corps des hommes les trahit. Il est excité.

Je m'oblige à me lever, à me diriger vers lui. Aussi lentement que je lui ai dit de se déshabiller.

Il se contente de me regarder. Il attend de voir ce que je vais faire.

Doucement, je pose mes mains sur ses épaules.

Je me hausse sur la pointe des pieds.

Je me penche et lui murmure au creux de l'oreille :

— Cinq.

Puis je passe devant lui, gagne la porte, la déverrouille et l'ouvre, laissant entrer les vibrations sourdes de la musique, les rires tapageurs, les cris rauques qui passent pour de l'hilarité lorsqu'il est 1 h 30 du matin un dimanche.

Puis je m'en vais. Sans me retourner.

3

La troisième fille adorait cette épicerie.

Ici, dans cette épicerie fine, la lumière est chaude et jaune beurre. Pas de néons, mais un éclairage diffus qui baigne les multiples allées et rayonnages chargés de tout ce dont elle n'avait pas besoin mais envie.

La section traiteur dispose d'un comptoir et derrière ce comptoir des serveurs sourient, ou pas, c'est selon. Celui qu'elle aimait bien s'appelle James. Il savait bien qu'elle n'achèterait jamais rien, mais cela ne l'empêchait pas de lui servir de généreux échantillons de salade de poulet teriyaki ou de riz sauvage aux airelles. Peut-être lisait-il sur son visage qu'elle en aurait volontiers acheté si elle en avait eu les moyens.

Dans cette épicerie fine, tous les fruits et légumes sont beaux et brillent d'une lumière intérieure. Tout comme les chalands, ils sont éclatants de fraîcheur.

Voilà le rayon des laits. Il y a des laits de riz, des laits de soja, des laits de coco, des laits d'amande, des laits à la vanille ou au chocolat, allégés ou non, du lait à la fraise, du lait entier et partiellement écrémé, du lait entier et du lait 50/50[1], qui s'appelle « 50/50 »

1. Le *half and half* est un mélange 50 % lait entier, 50 % crème légère. Au Royaume-Uni, il est appelé *half cream. (Toutes les notes sont de la traductrice.)*

mais dont le contenu calorique est le double de celui des autres laits, du lait enrichi en vitamine A, du lait enrichi en vitamine D, du lait avec vitamine B^{12}, du lait enrichi en calcium, du lait avec vitamines A, D, B^{12} et enrichi en calcium, du lait bio non homogénéisé, du lait UHT, du lait demi-écrémé enrichi, du lait à 1 % de matière grasse, à 2 % de matière grasse, du lait non bio, du lait écrémé, du lait de chanvre, ainsi que des boissons crémeuses sans lait ni lactose qui ressemblent au lait, ont le goût du lait et sont utilisées à la place du lait sans en être.

De toute façon, la troisième fille n'était pas fan de lait.

Ce dont elle raffolait, c'était des chips de chou frisé. Elles coûtaient vraiment cher, mais la dépense en valait la peine. Au rayon fromages, son préféré était le végétalien. En réalité, l'étiquette « fromage végétalien » indiquait que ce n'était pas du tout du fromage. Elle avait toujours trouvé cela drôle parce qu'elle n'était pas végétalienne, ni même végétarienne. « Je ne suis pas végétarienne, avait-elle coutume de dire, mais parfois je sors avec l'un d'entre eux. » Les chips de chou frisé étaient si délicieuses que parfois elle se disait qu'ils devaient mettre un truc dedans pour la convertir. Une fois, elle avait eu un petit copain végétarien qui lui avait fait connaître le chou frisé ainsi que le seitan. « Es-tu Seitan ? » lui avait-elle demandé. Ce qui n'avait pas été complètement une blague. Il n'avait pas été gentil. C'était entre autres raisons pour cela qu'elle était tombée amoureuse de lui. Après, elle avait raconté à ses amis que si les végétariens faisaient montre de compassion envers les animaux, cela ne les empêchait pas d'être cruels envers les femmes. « C'est comme pour Hitler », leur avait-elle dit. Mais elle n'avait pas réitéré cette remarque parce que la comparaison était un peu exagérée et qu'elle avait beaucoup d'amis juifs.

Mélange de noix sans sel ajouté, noix de cajou salées, noix de cajou nature, noix de cajou grillées au miel, pignons nature, noix de soja, mélange noix-raisins secs, mélange croquant au sésame, mix énergétique aux fruits secs, mix de fruits rouges séchés au naturel, mix naturel extra, mélange de luxe au yaourt, mix à teneur garantie en oméga-3, mix au chocolat diététique, mix cajun épicé, mix extra de fruits secs, mix avec abricots secs de Turquie, mix airelles-yaourt, cacahouètes enrobées de chocolat au lait, cacahouètes enrobées de chocolat noir, amandes enrobées de chocolat noir, amandes enrobées de chocolat au lait, mélange fraises et myrtilles séchées, mix détonnant aux airelles.

Les rares fois où la fille venait vraiment faire ses courses dans ce magasin, elle achetait un sachet de fraises séchées. Si elle aimait bien les fraises en général, elle les adorait lyophilisées car elles lui rappelaient les crèmes glacées lyophilisées, à la mode quand elle était écolière. Petite, elle avait appris que les astronautes en consommaient et quand elle en mangeait, elle s'imaginait en apesanteur, flottant au-dessus de la Terre qu'elle observait de haut. La glace, laiteuse, crayeuse et sucrée, avait le goût interdit des ingrédients chimiques. Sa mère ne lui en achetait jamais. Elle se rappelait la première fois qu'elle en avait goûté après en avoir pris un morceau dans le paquet d'une de ses amies. La mère de cette dernière achetait plus de cochonneries pour le goûter que la sienne ; les parents étaient divorcés. Cette troisième fille plaçait chaque fraise sur sa langue, l'y laissait pétiller et se ramollir jusqu'à ce qu'elle retrouve sa forme d'origine. Elle essayait de ne pas les manger trop vite parce que le sachet n'est jamais aussi plein qu'il le devrait, mais la plupart du temps elle ne pouvait s'empêcher de les dévorer ; à la fin, le bout de ses doigts était couvert de poudre rose.

Le jour où tu l'as rencontrée, tu n'avais pas de Caddie. Pas plus qu'aujourd'hui. Ces choses-là sont encombrantes. Elles gênent quand on veut suivre quelqu'un correctement. L'un des aspects les plus réjouissants dans le fait de suivre quelqu'un qui n'en a pas conscience est le délicieux sentiment de contrôle que cela procure. C'est lisse et rafraîchissant, comme lorsque l'on suçote une pastille à la menthe pendant une pièce de théâtre, comme un secret.

La troisième fille ne se doutait absolument pas qu'elle était observée. Elle pensait que c'était elle qui t'observait du coin de l'œil. Comme lorsque tu avais attrapé une boîte de thé trop haut placée pour une adorable petite vieille et que tu t'étais ensuite éloigné. Elle avait alors pu constater que tu n'étais ni suffisant ni dégoulinant de sollicitude, mais tout simplement prêt à rendre service avec efficacité. Elle t'avait également observé au rayon traiteur tandis que tu plaisantais avec James qui te servait une portion de salade de pâtes aux tomates séchées, aux artichauts et à la feta.

Canneberge, Cocktail de canneberges, Canneberge-Grenade, Canneberge-Framboise, Canneberge-Myrtille, Canneberge-Pomme, Canneberge-Cerise, Canneberge-Fraise, Canneberge-Tangerine, Canneberge-Grenade-Cerise, Canneberge blanche, Canneberge-Citronnade, Canneberge-Raisin, Raisin blanc, Raisin, Mangue, Mangue-Passion, Mangue-Papaye, Mangue-Carotte, Mangue-Orange, Orange, Orange-Carotte, Orange-Tangerine, Orange-Fraise, Fraise-Kiwi, Fraise-Banane, Fraise-Banane-Orange, Pêche blanche, Citronnade, Fruit de la passion, Passion du Christ, Cocktail de fruits, Goyave, Ananas-Gingembre, Ananas-Goyave, Ananas-Noix de coco, Grenade, Tamarin, Pamplemousse rose, Oseille-Gingembre, Poire, Mûre, Framboise, Cerise, Ruby rose, Ruby rouge, Ruby blanc, Myrtille-Grenade, amen.

C'est merveilleux d'avoir le choix.

Le jour où vous vous êtes rencontrés, la troisième fille avait envie de te parler, mais sa timidité l'en empêchait. Elle le désirait, mais n'osait pas. Alors, c'est toi qui as engagé la conversation, au rayon fromages. Tu as pris un morceau de brie et tu as fait une remarque sur son prix. La troisième fille n'en avait que faire, mais elle était contente que tu t'adresses à elle. Elle a aussi apprécié le fait que, malgré le prix qui t'avait fait hausser les sourcils, tu aies quand même déposé le fromage dans ton panier rouge. Tu n'es pas « pourri » comme les fruits exposés à l'extérieur du magasin de primeurs et qu'elle est parfois obligée d'acheter. Tu as de l'argent, mais cela ne t'empêche pas de rester conscient des prix. En souriant, tu lui avais demandé : « Un luxe indispensable ? », et cela lui avait plu.

Tu avais dit cela comme si c'était une question, comme si tu lui demandais sa permission, comme si – bien qu'elle te soit totalement étrangère – son opinion comptait pour toi. Elle n'avait pas tout de suite répondu et tu avais commencé à faire le geste de remettre le fromage à sa place, la faisant rire avec ton air consterné et la lenteur de ton geste.

« Vous avez réfléchi trop longtemps, lui avais-tu dit, ce qui signifie que c'est un luxe *dis*pensable », ce à quoi, elle t'avait répondu : « Désolée », même si, à l'évidence, elle ne l'était pas ; elle était heureuse. Elle était heureuse que vous ayez engagé la conversation, heureuse qu'on soit un jeudi et qu'il n'y ait pas classes le lendemain, heureuse parce qu'à ce moment-là le magasin diffusait une chanson des années 80 qu'elle adorait. La troisième fille avait une prédilection pour les chansons dont les couplets, depuis l'accord initial en mode mineur, progressaient vers un quart augmenté, puis une sixte et un accord de septième pour se conclure par un retour au premier. Elle aimait malgré tout les refrains un peu plus prévisibles, avec des accords évoluant du premier au quart puis à la quinte, avant de revenir à l'accord initial.

Mais tout cela, elle l'ignorait. Elle savait juste qu'elle adorait cette chanson. Tu lui as confié que tu adorais cette musique, mais as ajouté que tu savais bien que c'était un subterfuge destiné à te pousser à consommer. Elle t'a regardé, ébahie, parce qu'elle se disait exactement la même chose et ça aussi, ça l'a rendue heureuse.

Ce jour-là, la troisième fille était pleine d'espoir, un sentiment vert pâle qui embaume le bourgeon, les pousses de tulipe et la gomme. L'espoir pétille comme le champagne. Il sonne comme le premier accord du petit orchestre invité à jouer lors d'un mariage en plein air.

L'espoir est une bouffée vert frais. Il est délicieux.

Dans tout autre type d'épicerie, on trouverait à l'entrée des caisses une sélection de titres de la presse à scandale comme le *New York Post* ou le *National Enquirer*. La majorité des clients qui font leurs courses ici les regarderaient sans doute avec dédain, même si, au fond d'eux-mêmes, ils les liraient bien. Feuilleter ce genre de journaux est facile et agréable et ne demande pas de réfléchir, comme lorsque l'on plane.

Ces journaux seront les premiers à annoncer la mort de cette fille. Elle fera la une et un long article lui sera consacré sur deux pages intérieures. Cela change des comptes rendus de matchs de baseball et comme il n'y a rien de croustillant à rapporter sur les politiciens et les célébrités… mais surtout, c'est la troisième. Deux photos d'elle, jolies, quoiqu'un peu floues – l'une prise lors d'une soirée, l'autre lors de la cérémonie de remise des diplômes de l'université –, accompagneront la description de son assassinat. Sur la moitié d'une colonne, le journaliste expliquera comment son corps n'a été retrouvé que plusieurs jours après les faits. Il est facile de disparaître dans cette ville, surtout lorsqu'on vit seul. Les journaux raconteront comment le terrier de son voisin n'arrêtait pas d'aboyer quand lui et son maître sont rentrés de leur week-end et comment la police a dû défoncer la porte de l'appartement de la victime. Ils feront leurs choux gras des cordelettes en Nylon qui l'entravaient et des draps imbibés de sang. La troisième fille a été retrouvée torse nu, toujours vêtue de son jean. À moitié déshabillée, totalement vulnérable. Ce qui est infiniment mieux pour exposer ton travail, ton art, tes courbes libératrices.

Malgré tout, ils ne rendront pas justice aux innombrables lignes sinueuses et volutes qui se déploient tout le long de son bras, à la fine dentelle gravée sur son épaule, aux trois vagues délicates qui viennent effleurer son nombril. Ils préféreront se concentrer sur la forme au milieu de son buste, sur ce dessin qui ressemble à l'œil d'un serpent placé au centre d'une feuille. Sans oublier, évidemment, la longue estafilade délibérée au cou. Ces journaux sont incapables d'apprécier les subtilités de ton travail, ton adresse extrême. Au lieu de cela, leurs gros titres massacrent la beauté que tu as créée :

D'ÉTRANGES SCULPTURES SEXUELLES !

L'ENSEIGNANTE A EU LA GORGE TRANCHÉE

MACABRES RÉVÉLATIONS CHOCS

Quelques détails seront volontairement omis à la demande de la police. On n'est qu'au début de l'enquête.

Même si ces journaux sont les premiers à établir un lien entre les victimes, personne ne les prend au sérieux. Ils feront le rapport entre les deux premiers meurtres que tu as commis et elle, la *troisième jeune femme assassinée découverte plusieurs jours après.* Ils font de ces femmes des êtres aussi plats et sans défense que les minces feuilles de papier sur lesquelles leur nom est imprimé. Un temps appelées les « victimes tragiques », ces femmes appartiennent maintenant au passé. *Après tout, cela ne pourrait jamais nous arriver à nous ou à l'une de nos connaissances – nos morts seraient trop sérieuses pour ces torchons.*

Ce sont ces mêmes journaux qui te baptiseront. Tout d'abord, ils t'ont surnommé « Le Moissonneur », « l'Épouvanteur » ou, encore plus crûment, « le Tailladeur ». Quand on finira par découvrir l'outil que tu utilises pour expédier ces jeunes femmes, l'une de ces publications, inspirée par tes entailles, inspirée par ta lame, te désignera d'un nom que tous viendront à connaître, avec le temps. Ce n'est évidemment pas ton nom véritable, mais c'est un nom qui te plaît. Un bon nom.

Bientôt, il ne restera plus de la troisième fille qu'une seule et unique photo, celles d'autres mortes prenant peu à peu sa place. Puis, à mesure que l'été progressera, elle diminuera en taille jusqu'à n'être plus qu'une simple vignette au sein d'une galerie de portraits de jeunes femmes assassinées qui ne cesse de s'étoffer.

D'autres sont mortes avant elle et d'autres suivront, mais c'est elle qui a fait ta renommée et t'a donné une place dans ce monde. Les gens se souviendront d'elle comme de la fille qui a officialisé la nouvelle, qui est arrivée en troisième position dans cette course où les gagnantes sont des perdantes.

LE TUEUR EN SÉRIE COURT TOUJOURS !

Cela te paraît juste de retourner dans cet endroit qu'elle aimait, cet endroit où vous vous êtes rencontrés, cet endroit où elle a passé l'une de ses dernières heures sur terre. La caisse que tu choisis aujourd'hui est la même que celle par laquelle elle est passée, dans tous les sens du terme. Mais la caissière ne se souviendra pas d'elle, même après qu'elle aura vu sa photo dans le journal une semaine plus tard. La troisième fille était sa deux cent quarante-neuvième cliente ce jour-là. Tout ce qu'elle voulait, c'était…

… finir mon boulot et aller voir ce que cette ordure qui prétend être un homme est en train de faire et s'il est en train de baiser cette salope… je sais qu'il est en train de la baiser… alors…

Tu lui souris et elle te sourit en retour, malgré ses pensées fiévreuses. Tout le monde le fait. C'est automatique. Ton sourire est si contagieux… Infectieux, transmissible, irrésistible.

Tu as une bonne raison de sourire. L'endroit est en fait fabuleux pour venir y trouver ce qu'il te faut. Toi qui n'as qu'un seul but, de plus en plus proche.

Rien de mieux qu'une petite virée à l'épicerie pour que la fête commence.

PERSONNE N'A JAMAIS SU D'OÙ VENAIT la jeune fille ; certains disaient qu'elle était d'un village voisin et d'autres d'une autre ville, la plupart s'accordant à raconter qu'elle était arrivée au milieu d'eux par les bois, sans y avoir été invitée, sans famille ni tribu. Avec sa chevelure aussi noire que le plumage d'un corbeau et ses yeux aussi ténébreux qu'une nuit sans étoiles, les avis divergeaient quant à savoir si elle était belle ou pas. Mais puisqu'elle était jeune fille et seule de surcroît, les femmes du village proposèrent de l'héberger chez elles. Cependant, elle déclina leur offre charitable, les informant qu'elle tenait à gagner son pain. Elle prétendait n'avoir pas son pareil pour brasser tant la bière que le vin.

Tous ceux qui l'avaient entendue, voulant mettre sa vantardise à l'épreuve, l'emmenèrent rencontrer la brasseuse qui tenait la taverne. Celle-ci, une femme aussi robuste que farouche, s'exclama :

« Viens donc nous montrer si tu es aussi douée que tu le prétends. Mais je te préviens, si les boissons que tu brasses ne sont pas meilleures que les miennes, tu devras te taire et gagner ta croûte d'une autre manière. »

Dès le premier regard, elle avait jalousé la jeunesse et la beauté de la jeune fille et craint pour ses affaires.

La rumeur de la mise au défi de la jeune fille s'étant répandue, l'on vit affluer de tout le village une foule bruyante et grossière, bol à la main, désireuse de goûter les breuvages. La brasseuse remuait la préparation avec tant d'ardeur qu'elle en était toute rouge et suait à grosses gouttes. La jeune fille, elle, restait posée, aussi plaisante qu'un zéphyr et aussi fraîche qu'une eau de puits ; les gens remarquaient qu'elle ne suait ni ne faisait d'efforts, se contentant de sourire et de chanter doucement une chanson :

Fruits de la terre
Précieux comme or
L'orge et le blé
Donnent douce satiété

Tout en fredonnant, elle remuait jusqu'à ce que, pour finir, les deux breuvages soient prêts à être goûtés. La bière de la brasseuse n'était ni mauvaise ni amère, mais celle de la jeune fille fut déclarée meilleure, car personne n'avait souvenir d'en avoir jamais bu d'aussi délectable. Elle leur parlait de plein été et de doux baisers, de ruisseaux joyeux et de pain frais, elle les rendait tout à fait rieurs et gais, si bien qu'ils en réclamèrent davantage, se servant de leurs mains comme de tasses pour vider le fond de la cuve et finirent par se battre pour les dernières gouttes.

4

Quelqu'un tousse dans la grande salle de lecture de la bibliothèque publique de New York. Une toux sèche et convulsive. Tu lèves les yeux, tu repères le malade. Âgé d'une cinquantaine d'années, l'air sérieux et courroucé, concentré sur son écran d'ordinateur, l'homme se trouve à deux tables de la tienne. Tu baisses les yeux. À nouveau la toux, à nouveau tu lèves les yeux. Cette fois, ton regard croise celui d'une autre lectrice – dérangée elle aussi, elle s'est brièvement retournée. C'est une jeune fille d'une vingtaine d'années, assise à la même table que toi, avec des cheveux roux et brillants qui lui arrivent aux épaules. Vous échangez un bref sourire, d'une seconde à peine. Tu ne laisses pas ton regard s'attarder trop longtemps sur elle. Cela pourrait la mettre mal à l'aise. Une minute passe, suivie d'une autre, puis l'homme est pris d'une nouvelle quinte de toux. Quand tu lèves à nouveau les yeux, tu la vois qui t'attend, désireuse d'établir un contact avec toi. Avec l'homme séduisant assis à sa table. Maintenant, tu peux soutenir son regard. Échanger un sourire. Vous êtes tous les deux également dérangés par ce vieux con égoïste qui ne cesse de tousser.

L'enfer, c'est bien les autres, non ?

Tu laisses ton sourire s'épanouir sur tes lèvres, puis tu te lèves et te diriges vers elle. Sans hésitation. Elle se raidit. Tout à coup, elle est nerveuse. Elle se dit : *Tu souris à un mec et hop ! il croit que tu lui fais des avances*. Elle se dit : *Je lui dirai que j'ai un petit ami.* Elle se dit : *On a retrouvé une femme assassinée l'autre jour.* Tu te penches sur elle, ses épaules sont crispées, elle est prête à prendre la tangente. Prendre la tangente ou prendre les armes, enfin, pas vraiment, elle se contentera de te traiter de haut. Tu te penches et tu murmures :

— S'il vous plaît, pourriez-vous surveiller mes affaires un instant ?

Ses épaules se relâchent. Elle respire. Mince, tu lui as fait peur. Déjà, elle se fait des reproches. Il n'y a qu'à regarder comment tu es habillé, on voit bien que tu n'es pas cinglé.

Sans faire de bruit, avec assurance, tu sors de la salle de lecture. Tu sens qu'elle t'observe en douce, te jauge selon tous les indices qu'elle peut rassembler : ta chemise, ton pantalon, tes chaussures. Un jour, son père lui a dit : « Ne fais jamais confiance à un homme qui porte des chaussures grises. » Les tiennes ne sont pas grises. Elles sont noires. Presque un peu trop sérieuses pour ton âge, mais professionnelles. Italiennes, si ça se trouve. Pantalon sombre, chemise blanche, épaules carrées, hanches étroites, longues jambes. Tu es grand. Elle considère la façon dont tu marches. Elle jette un coup d'œil à tes fesses. Pourquoi pas ? Les mecs la reluquent bien sans arrêt. Pourquoi ne pourrait-elle pas faire pareil ? Bref, discrètement, sans se faire remarquer, elle te suit du regard, toi, ce bel homme qui s'éloigne. Tu souris.

Tu t'es absenté un long moment. Elle se surprend à lever les yeux pour voir si tu es revenu. Pas encore. Elle s'agace d'elle-même. Que tu sois revenu ou non, cela ne devrait pas avoir d'importance. Elle finira par avoir besoin d'aller aux toilettes. Elle finira par devoir partir. Si tu n'as pas reparu alors, ce sera de ta faute. Elle continue de vérifier. Elle se force à se concentrer sur son travail. Mais maintenant, tout l'irrite : la façon dont cette femme respire par la bouche, le tapotement régulier d'un stylo contre des dents, l'individu qui se racle sans cesse la gorge, un reniflement.

Enfin, tu es revenu. Tu n'as pas fait de bruit. Tes lèvres forment le mot *merci*, puis, d'un signe de tête, tu lui indiques l'homme aux cheveux blancs, celui qui toussait.

Elle lui jette un regard. L'homme extrait un bonbon contre la toux d'un sachet, puis l'enfourne en froissant l'emballage.

Surprise, elle se tourne vers toi. *C'est vous?* miment ses lèvres.

Tu acquiesces, souris et hausse les épaules d'une façon charmante, comme si tu t'excusais, *Que pouvais-je faire d'autre?* Puis tu clignes de l'œil, pas de manière lascive, mais comme pour dire: *Problème résolu*.

À ce moment-là, elle comprend que c'est cela qu'elle cherche depuis toujours: *Problème résolu*. Résolu avec humour, résolu avec charme, résolu avec légèreté. Si seulement il pouvait en aller de même dans sa vie.

Peut-être lui feras-tu ce plaisir.

— Je n'en reviens pas que vous ayez fait ça, dit-elle.

Vous êtes dehors, debout sur les marches de la bibliothèque. Juste à côté des lions au port altier, leurs têtes usées, impassibles et résignées en cette fin d'après-midi. Tu te tournes vers elle. Ses cheveux, son visage sont magnifiés par la lumière du soleil couchant.

— Je n'avais qu'une envie: tuer ce type, enchaîne-t-elle.

Tu souris. Que dirait-elle si tu lui annonçais que, effectivement, il va bientôt passer l'arme à gauche?

De fait, il empestait la dépression.

Mais tu ne réponds pas. Tu la regardes, comme si tu pouvais voir à travers sa belle enveloppe charnelle son beau moi intérieur. Jamais personne ne la regarde de cette façon. Tu souris.

Y a-t-il une chance que tu lui demandes son numéro? Elle le voudrait bien. Mais tu n'en fais rien.

— Alors…? reprend-elle en penchant la tête, pleine d'espoir, nerveuse, incertaine.

Tu lui réponds. Tu espères que la prochaine fois l'endroit sera plus calme, mais tu avoues aussi que tu es heureux que ce type qui toussait ait été là : sans lui, vous ne vous seriez pas rencontrés.

Elle ne sait plus quoi penser. Si tu es content de l'avoir rencontrée, pourquoi ne lui demandes-tu pas si tu peux avoir ses coordonnées ? Devrait-elle te demander ton numéro de téléphone, ton adresse e-mail, ou tout autre moyen de te joindre ? Mais non, c'est impossible. Impossible. Elle a déjà étudié tes doigts et constaté que tu ne portes pas d'alliance. Tu dois avoir une petite amie. Les mecs sympas ont toujours une petite amie. Un éclair de frustration passe dans son regard. Elle a l'habitude que les hommes la désirent. Toi, tu étais son chevalier servant. Pourquoi ne donnes-tu pas suite ?

— Ravi de vous avoir rencontrée, dis-tu.

Alors, elle n'a plus le choix ; elle doit s'en aller, mais avant qu'elle ne s'éloigne, tu aperçois à nouveau cet éclair.

Tu l'aimes cet éclair, cet éclair de contrariété assumée.

La contrariété est couleur lie-de-vin, elle s'effrite comme un Petit Beurre rassis, elle sent la moquette tachée de jus de pomme, irrite comme un tapotement d'ongles impatient, elle est comme le raclement d'un collier de perles sur des dents, comme un pincement, une pointe de sel ajoutée à l'insécurité lavande.

Tu espères que tout cela, tu le ressentiras, plus tard.

D'un pas alerte, elle descend la Cinquième Avenue, son dos plus droit que d'habitude, consciente que tu es probablement en train de la regarder, et ce n'est qu'une minute plus tard environ qu'elle reprend un rythme normal, qu'elle ralentit pour réfléchir à ce qui vient de se passer, qu'elle essaie de se persuader qu'elle n'a pas échoué, qu'elle tente de ne pas se sentir fautive. Tu n'étais sans doute qu'un connard qui prend son pied avec ses petits jeux. Mais pourquoi a-t-elle échoué ? Trouvera-t-elle un jour quelqu'un ? Elle est tellement décidée à ne pas regarder derrière elle qu'elle ne remarque pas que tu as commencé à la suivre.

Sans te presser, mais délibérément, avec grand plaisir.

Les mains croisées, tu t'étires ; tu fais craquer ton cou d'un côté puis de l'autre, puis d'avant en arrière ; un doux fredonnement enfle dans ta poitrine, emplit ta gorge ; avant de te mettre en route, tu remontes ta sacoche en cuir sur ton épaule.

L'après-midi s'annonce fantastique.

5

Je suis assise au comptoir d'un bar. Nous sommes mardi. Les murs sont en brique apparente, les cuirs capitonnés. Des dorés, des rouges, des marrons. D'innombrables bouteilles vert pâle et crème sont exposées, leurs couleurs adoucies par le rétroéclairage.

Je viens ici le mardi. Les mercredis sont réservés aux vrais buveurs, les jeudis ont pris la place des vendredis. Les vendredis sont les nouveaux samedis, les samedis sont insupportables, les dimanches sont tristes et lundi est bien trop loin de vendredi.

Je suis seule, un verre de côtes du rhône entre les mains. Ce n'est pas le meilleur, mais il fait l'affaire. C'est un vin de travailleur.

La journée a été longue et, sans avoir été catastrophique, on ne peut pas non plus dire qu'elle s'est très bien passée. Tout s'est déroulé comme en claudiquant, à commencer par mon jogging, aux alentours de 7 heures du matin. Il faisait déjà plus de 20 degrés et le mercure ne cessait de grimper. Après, je me suis douchée. J'ai écouté la radio en m'habillant. Les nouvelles étaient toutes mauvaises. Les gens appelaient pour poser des questions qui ne pouvaient obtenir de réponse.

Que fait la police pour nous protéger ?

Ma fille s'est inscrite à l'université de New York pour la rentrée. Est-ce qu'on devrait être inquiets ?

Après, j'ai dû affronter la cohue maussade du matin pour me rendre au bureau où je remplace une assistante administrative actuellement en congé maternité. J'ai pris les appels téléphoniques, noté les messages, répondu aux e-mails tout en travaillant sur un article critique à propos d'un artiste qui peint des triangles blancs sur lesquels je n'ai rien à dire. Au déjeuner, j'ai mangé une salade un peu sableuse à mon bureau. J'ai réservé trois vols vers des destinations glamour pour d'autres employés. Mon amie Leigh m'a appelée ; elle essaie de tomber enceinte et rien que le coût de la consultation avec un spécialiste est un cauchemar. J'étais désolée pour elle, mais comme j'étais au bureau, je ne pouvais pas lui exprimer pleinement ma peine. J'ai reçu un e-mail de mon amie Sasha m'invitant à son anniversaire la semaine prochaine puis je suis partie à 18 heures et me suis retrouvée prise dans le même flot d'individus, opiniâtres et déterminés à rentrer chez eux pour s'asseoir à nouveau, mais cette fois dans leur canapé, à moins que ce ne soit au restaurant ou dans un bar, ce qui est exactement ce que je suis en train de faire en ce moment, consciente du fait que rien d'excitant ne m'attend.

Peut-être que c'est cela, être adulte. La prise de conscience graduelle que le temps passe, que l'on ait ou non des choses à espérer ou à craindre. J'ai une bouteille chez moi, mais Andrea est sortie et l'idée de boire toute seule me répugne. Ici au moins, je suis entourée d'autres gens, de témoins qui me voient bien vivante.

Le Sweet Afton est mon bar habituel, là, en plein cœur d'Astoria. Les serveurs sont très mignons. Et, mieux encore, ils ne parlent pas vraiment, en tout cas, pas à moi. Ils sont aimables, beaux et ne lésinent pas sur les quantités servies. Ce qui me va bien. Ce soir, je me sens seule, mais je n'ai envie de parler à personne. J'en ai marre de boire en tête à tête avec moi-même, mais rien que l'idée de discuter de tout et de rien me fatigue. Lessivée, échouée, vidée. Voilà comment je me sens.

Je ne peux pas m'empêcher d'entendre les conversations autour de moi :

Comment est-ce qu'il pénètre dans les appartements ?
Un gin-tonic.

Deux Stella, s'il vous plaît.
Juste un verre d'eau, merci.

Comment tu t'appelles ?
Je peux t'offrir un verre ?

Je te jure, je n'ai jamais été aussi heureuse d'avoir une coloc.
Je sais, pour une fois, je me suis dit : « Bon Dieu, heureusement que je suis pauvre ! »

Un bon pinot gris pour la dame.
Ouais, super, et une Pilsner pour moi.

Je suis sûre que c'est un flic.
Y en a qui disent que c'est un serrurier.

Mike, le barman, pose un verre de whiskey devant moi. Je lève les yeux.

— De la part du type là-bas, me dit-il en me montrant le coin de la salle d'un signe de tête.

Je me retourne, mais ne réussis pas à distinguer la personne qu'il m'a désignée. Je me prépare à être gentille, reconnaissante, à discuter un peu, à parler de mon petit ami virtuel, à expliquer pourquoi je suis en train de boire seule, jusqu'à « Oui, c'est mon bar habituel », « Oui, j'étais juste en train de réfléchir à des trucs » et l'inévitable « La journée a été longue », mais je n'arrive toujours pas à voir qui m'a offert ce verre. Je le lève dans sa direction, en espérant qu'il se satisfera de ce geste.

La gorgée que je prends est dorée, brûlante mais plaisante. Goût de tourbe et de bois. De toute évidence, ce whiskey doit être coûteux.

— Il te plaît ?

Il est à côté de moi.

— David !

Il me sourit.

— Tu sais, Katherine, il faut que tu arrêtes de me suivre partout. Je suis flatté, mais tu dois comprendre que non, c'est non.

— Oh, tais-toi, lui dis-je en lui donnant un semblant de coup de poing sur le bras. Qu'est-ce que tu fais au fin fond du Queens ?

— Mon ami a entendu parler de l'incroyable choix de bières qu'offre cet endroit et on s'est dit qu'on allait essayer, au moins une fois.

« Mon ami » ? Homme ou femme ?

— Ouais, c'est mon bar habituel.

Lasse, je hausse les épaules en souriant faiblement. Je suis fatiguée du monde. Je me fiche de savoir s'il est venu ici avec une femme, qu'elle soit ou pas sa petite amie.

David se tourne vers Mike.

— C'est vrai que c'est une habituée ?

— Exact.

Mike s'éloigne pour aller servir un autre client.

— Il est raide dingue de moi, dis-je à David.

— Évidemment. Qui ne le serait pas ? me répond-il, l'air très sérieux. Alors, comment vas-tu ?

— Bien, et toi ?

— Bien, mais je bosse comme un malade. Pardonne-moi de ne pas t'avoir appelée plus tôt.

— T'inquiète. Moi aussi j'ai eu plein de boulot.

C'est un mensonge éhonté. J'ai vraiment besoin de travailler plus. Je donnerais tout pour avoir trop de travail. J'essaie de me rappeler son métier, il me semble que ça a un rapport avec le droit des nouvelles technologies. Le genre de truc que je suis incapable de retenir.

— On est en plein dans un gros projet, mais on avait besoin de faire une pause et j'ai traîné mon pote jusqu'ici pour boire un verre.

Cet ami est donc un « il ». Dieu merci.

— Tu te joins à nous ?

Mon cœur bondit de joie. Il veut déjà me présenter ses amis. C'est bon signe. Apparemment, je n'ai pas tant envie que ça de boire toute seule.

— Tu es sûr ? Je ne voudrais pas m'immiscer dans votre conversation d'homme à homme.

— On a les mercredis pour ça.

— Dans ce cas, si tu es sûr…

— Allez, viens.

Mon verre de whiskey à la main, je suis David, me faufilant avec précaution à travers la foule en direction des tables du fond, les plus convoitées.

— Hé, pousse-toi, on a de la compagnie.

Un homme au teint mat, les cheveux bouclés, lève les yeux de son téléphone.

Et merde.

— Sael, je te présente Katherine, Katherine, je te présente Sael.

Lève-toi.

— En fait, je crois qu'on s'est déjà rencontrés.

Ton neutre, poli, mais ses yeux vert pâle brillent.

— Vraiment ? Où ça ?

Stop.

Sael me fixe, fait semblant de réfléchir.

Viens là.

— Je pense que c'était à la soirée de Jerry, dit-il finalement.

— Quelle soirée ?

— Une de ces soirées TSF merdiques où on n'a pas le droit de porter de vêtements.

Retire ton jean.

— Hé, ça serait pas la soirée déguisée de samedi dont tu m'as parlé ?

Déshabille-toi.

— Si, c'est ça.

Ma voix n'est plus qu'un filet. J'ai l'impression d'être très loin, de flotter et de m'observer de très haut.

Doucement.

David semble horrifié.

— Mince, je sais que Katherine avait promis à un ami qu'elle irait, mais toi, qu'est-ce que tu foutais là-bas ?

— Du réseautage.

Il ne me quitte pas des yeux.

Il faut que je dise quelque chose. N'importe quoi. Il faut que je parle. C'est le moment. Le moment de dire : *Tu sais, c'est vraiment drôle.*

J'essaie de m'éclaircir la gorge, mais ma bouche n'est plus qu'un désert. Comme s'il en était conscient, Sael se lève à moitié.

— Je ne pense pas qu'on ait été officiellement présentés, dit-il en me tendant la main.

C'est comme pour Judas et les trente pièces d'argent. Si je prends sa main, il n'est plus question de dire la vérité. Si je laisse passer ce moment, jamais je ne pourrai en parler à David.

Je lui serre la main.

— Enchanté, Katherine.

— Ravie de faire ta connaissance, Saul.

— Mon prénom se prononce Sa-hel.

Le ton est décontracté et amical. Contrairement à ses yeux.

David attend patiemment que je me pousse.

— Pardon, dis-je avant de m'asseoir.

— Décale-toi, s'il te plaît, me demande David.

Je m'exécute.

— Sael, en voilà un prénom inhabituel.

Allez, Katherine, rien de mieux qu'un peu de badinage.

— Je crois qu'il est d'origine latine. Selon les Amérindiens, il voudrait dire « au-delà ».

— Tu es indien ?

David s'étrangle de rire.

— Ses ancêtres étaient des impérialistes finis, probablement responsables du massacre de tribus entières.

Sael lui lance un regard glacial.

— Ils étaient d'origine anglaise. Mon prénom est probablement l'expression de la fantaisie de mes parents qui se traduisait par un penchant immodéré pour la boisson et un désir tragique d'originalité.

David hoche la tête.

— Tu es un véritable petit rayon de soleil, pas vrai ? (Puis il se tourne vers moi.) Je me tue à le lui répéter : arrête avec ton énergie positive.

Tous deux sont parfaitement à l'aise l'un avec l'autre. Ils sont amis et se connaissent depuis des années. Malgré tout, ils sont très différents. David, avec son nez chaussé de lunettes rondes, est chaleureux et attentif comme l'ami qui fait toujours des blagues dans les comédies romantiques, alors que les yeux étranges et presque jaunes de Sael m'évoquent ceux d'un félin. Il est tranquillement assis, mais j'ai l'impression qu'il pourrait bondir à tout moment. Je ne l'ai pas encore entendu rire, ni même vu franchement sourire. Après un moment de silence, je me lance.

— Alors, vous êtes sur un gros projet, c'est ça ?

Il ne dit rien. Il se contente de me regarder tandis que David se lance dans une explication où il est question de propriété intellectuelle et de droit des systèmes informatiques, d'applications et de lancement. J'essaie de l'écouter, mais…

Il se tient nu devant moi, excité, l'air impassible.

— Oh, j'y pense tout à coup, il s'est passé un truc vraiment étrange l'autre jour.

« Cinq », murmuré-je au creux de son oreille.

— Katherine…

Je redescends brusquement sur terre.

— … et moi, on visitait un musée quand on est tombés sur ton nom de famille. Il était inscrit sur un vieux manuscrit. Très prétentieux, de quoi donner la nausée.

Sael hausse les épaules.

— Je n'y suis pour rien si de Villias est mon nom de famille.

— La vie est dure pour les nantis, convient David.

La soirée est interminable. J'aimerais partir, mais il n'y a nulle part où aller. David est assis à côté de moi et je suis prisonnière. Pendant que Sael et lui animent la conversation, je sirote mon whiskey dans l'espoir que l'alcool m'aide à mieux supporter la situation. La foule devient plus dense, ça gesticule et ça se bouscule tandis que le volume sonore enfle autour de nous. La musique est gentiment ringarde. Hall and Oates nous mettent en garde contre une femme qui ne sort que la nuit. Je vois des gens entrer dans le bar avec des parapluies. Je n'en ai pas. Tant pis, j'habite à deux rues de là. Ça me serait bien égal de me faire saucer, si seulement je pouvais m'esquiver maintenant.

— Je t'en commande un autre, me dit David.

Je baisse les yeux. Le verre que je serre entre mes mains est vide. Je n'ai aucun souvenir de l'avoir fini. David est debout.

— Impossible d'attraper un serveur pour le moment.

— C'est pas grave.

S'il te plaît, ne me laisse pas.

— J'en ai pour une seconde.

— Non, merci. Vraiment.

Mais il est déjà parti.

Sael de Villias porte un tee-shirt gris et, par-dessus, un fin pull noir. Un jean. Je vois qu'il a un exemplaire du *New Yorker* avec lui et ce que j'imagine être son téléphone posé dessus. Avec un peu de chance, peut-être va-t-il m'ignorer et lire son magazine ou ses messages. Mais non. Il me fixe.

— Alors…, me dit-il.

— Alors…
— On lui raconte tout ?
— Pourquoi pas ?
J'ai pris un ton nonchalant. Je bluffe.
— Certaine ?
Je décide que oui. « Certaine. » Je ne veux pas qu'il puisse me faire le moindre chantage. Je suis prête à tout avouer.
— Et voilà ! (David est de retour avec les boissons.) C'est complètement ridicule, là-bas. Depuis quand les gamins de douze ans ont-ils accès au bar ? Et pourquoi est-ce que ce sont des mannequins avec des corps de rêve qui font le service ? C'est déprimant.
Non, je ne veux pas qu'il le lui dise. Je me tourne vers Sael.
— Non, pas ça.
Il plisse ses yeux jaunes et esquisse un sourire.
— Pas ça, quoi ? demande David en posant délicatement mon verre sur la table.
Sael se tourne vers lui.
— Katherine ne voulait pas que je te dise…
— Attends !
Mon Dieu, arrête.
— Elle avait peur que tu sois fâché, mais…
— De quoi ?
David se glisse à nouveau à côté de moi, les yeux tournés vers son ami.
Sael s'arrête et me fixe.
— J'ai payé l'addition.
— Quoi ? Mais, non !
David est incrédule.
— Arrête, tu n'as bu que deux verres ! En plus, je t'en ai apporté un autre.
— C'est pour toi.
Il déplie son corps avec grâce.
— Tu pars ? Tout va bien ?
David le regarde, déconcerté.

— Ouais. J'ai quelques trucs à faire. Enchanté d'avoir fait ta connaissance, Katherine. À bientôt, peut-être ?

— Avec grand plaisir.

Quand les poules auront des dents.

— Salut.

Il se retourne et fend la foule en direction de la sortie.

David et moi nous faisons face.

— Sympa, non ?

— Sympa, dis-je en écho.

Finalement, je peux rire.

— Il avait probablement rendez-vous avec une fille. C'est un séducteur fini… De la pire espèce, ajoute-t-il avec gentillesse avant de me prendre la main. Désolé si la situation t'a paru un peu gênante.

— Pas de problème.

Tu ne crois pas si bien dire.

— Je sais qu'il peut sembler un peu bizarre parfois…

Si tu savais.

— … mais on se connaît depuis la fac. Ce mec est un génie. Un genre de Vulcain ténébreux.

— En voilà une référence d'intello, dis-je tout en me sentant mieux.

La tension est retombée. La conversation est redevenue naturelle et facile. Nous parlons à voix haute pour nous entendre par-dessus les cris et les rires ; nous nous racontons des histoires, nous buvons, un air de musique bluegrass passe, puis, après un moment, David regarde sa montre et annonce, comme à regret :

— Peut-être que nous devrions rentrer nous aussi. On est quand même en semaine.

Avec un petit pincement au cœur, je prends conscience que cela fait déjà deux heures que nous parlons.

— Tu as raison, même si je serais bien restée encore un peu.

C'est vrai, j'aime passer du temps avec lui.

— Je vais te raccompagner chez toi, en bon garde du corps.

Même si j'habite tout près, je ne proteste pas. C'est agréable d'être raccompagnée lorsqu'il fait nuit et que le temps est pluvieux.

Nous sortons du bar et nous mettons en marche. Il a plu par intermittence et voilà que ça recommence. De la vapeur monte des trottoirs, créant ainsi une atmosphère de film noir de série B. David ouvre son parapluie. Des voitures passent dans un bruit d'éclaboussures, traversent l'obscurité mouillée et brillante. Les gens se font rares. Nous descendons une rue bordée de petits immeubles en brique trapus agrémentés de jardinets en façade et d'arbres abritant des colonies de freux. Nous marchons en silence, sans gêne, dépassons bientôt le bâtiment décoré d'étranges angelots en pierre qui montent la garde de part et d'autre d'un portail en métal noir, et arrivons à mon immeuble.

— Nous y voilà.

Nous restons sans bouger tandis que les gouttes s'écoulent de son parapluie dans un léger bruissement. Un couple ivre et hilare nous dépasse, puis disparaît. La pluie crépite de plus belle. Nous nous faisons face.

— Alors, Katherine. (David est devenu sérieux, comme s'il était à son travail. Étonnamment, ça lui va bien.) Qu'est-ce que tu fais ce week-end ?

— Je ne sais pas encore.

J'ai l'air bien trop facile à attraper. Mais il est tard et j'ai un peu trop bu.

— C'est la folie au bureau donc je ne peux rien te promettre, mais j'aimerais beaucoup te voir.

Soulagement.

— Avec grand plaisir.

Nous restons là encore un moment. Ses yeux sont baissés sur moi. Va-t-il m'embrasser ? Sous son parapluie, l'air a disparu, rendant chaque respiration difficile.

Il se penche, rapproche son visage du mien, puis éclate de rire.

— Quoi ?

— Tu as des gouttes d'eau dans les cheveux.

Du doigt, il effleure une de mes mèches.

— On dirait des gouttes de rosée prises dans une toile d'araignée.

Son doigt a glissé sur ma joue. Sa caresse est d'une extrême douceur. Je ferme les yeux. Je le sens qui se rapproche, la chaleur de son visage près du mien, son haleine étonnamment suave ; j'entrouvre la bouche…

— Ouah, vas-y, mec !

De l'autre côté de la rue, deux jeunes genre étudiants fêtards crient leurs encouragements. J'ouvre les yeux. David s'est retourné. Nous rions. Le monde expire tandis que le bruit des voitures et de la pluie s'estompe.

— Bon…

— Ouais.

— Je ferais mieux de rentrer. Il va vraiment se mettre à pleuvoir. On se voit bientôt.

— Sauf si on se voit avant.

— Très drôle, dit-il, l'air sérieux. Tu es une drôle de fille.

Il me fait un clin d'œil.

Je monte l'escalier, sors mes clés, ouvre une première porte qui donne accès à une entrée trop exiguë pour être qualifiée de vestibule, puis je monte une autre volée de marches jusqu'à une deuxième porte. Sans me retourner. Enfin, je gravis quatre volées de plus, passe devant la fenêtre en vitrail du premier étage, scotchée dans un coin. Je crois qu'un des locataires l'a cassée en déménageant un canapé et la propriétaire ne l'a jamais réparée. Le vieil éclairage donne une lumière jaune. Quelqu'un a fait cuire un steak ce soir ; ça sent l'oignon. Je compte les marches, vingt-cinq, vingt-six, vingt-sept ; je n'aime pas être seule dehors la nuit. Alors je pense au moment où nous nous faisions face, sous la pluie. *Non, n'y pense pas.* À force de ressasser un souvenir, il finit par perdre de sa magie. J'y pense quand même. Une fois devant mon appartement, 4 « G comme gonzesse », j'ouvre la porte et entre sans faire de bruit. Andrea et Lucas doivent dormir depuis un moment déjà. Demain, il y a école. Enfin… maternelle. Lucas n'a que quatre ans.

Une fois dans ma chambre, j'allume la lumière, jette mes affaires sur une chaise et scrute mon visage et mes cheveux constellés de gouttes de pluie dans le miroir.

Peut-être que j'avais quelque chose de coincé entre les dents ? Inquiète, je les examine. Dieu merci, il n'y a rien. Mon maquillage a un peu coulé sous mes yeux, mais à part ça, j'ai l'air présentable. En ouvrant le tiroir de ma commode pour en sortir un tee-shirt pour dormir, je fais tomber un tube de rouge à lèvres par terre. Il fait un petit bruit sourd en heurtant le sol, puis il roule sur le plancher légèrement gauchi, jusqu'au coin de la pièce. Ce plancher est vraiment terrible. Quand je veux me peser, je dois poser la balance sur le carrelage de la cuisine, sous peine de me voir gratifiée d'un kilo supplémentaire. Les lattes grincent, ça s'entend même à travers les portes closes, et comme je ne veux réveiller ni Lucas ni Andrea, je me déplace avec précaution, ajustant mon poids sur la plante de mes pieds avant de me mettre à quatre pattes pour pouvoir attraper mon rouge à lèvres. C'est là que je les vois pour la première fois, discrets dans la pénombre, attendant patiemment d'être découverts : quatre pennies debout contre le mur.

Lucas a dû entrer dans ma chambre. Ça n'est arrivé qu'une fois, que j'aie à le prendre entre quatre yeux – d'habitude, il est vraiment adorable. Cela ne lui ressemble pas du tout de faire un truc pareil. Je balaie la pièce du regard. Heureusement qu'il n'y a pas de médicaments qui traînent ou mon unique petite culotte coquine. Je considère les quatre pennies à nouveau. Je m'apprête à les ramasser quand je remarque quelque chose : ils sont tous alignés côté face.

Si tu trouves un penny, ramasse-le, il te portera bonheur pour la journée.

Mais… Mieux vaut les laisser en place pour les montrer à Lucas demain et lui rappeler qu'il doit toujours frapper avant d'entrer. J'en parlerai à Andrea s'il le faut, mais ça m'étonnerait que ce soit nécessaire. Il ne fait pas de mal, il a probablement mis les pièces là pour me faire un cadeau ou une surprise, mais il faut qu'il comprenne qu'il n'a pas le droit d'entrer dans ma chambre sans ma permission. Malgré tout, ce qu'il a fait est gentil. Je souris, pense à toutes sortes de gestes d'affection en reposant le rouge à lèvres sur ma commode, puis je me dirige vers la fenêtre pour contempler la nuit pluvieuse.

Là, au coin de la rue, devant la devanture plongée dans le noir du café colombien, une femme me regarde.

Elle est nue. Ses cheveux, qui lui arrivent aux épaules, ont l'air roux, mais avec la pluie et l'obscurité, c'est difficile à dire. Elle se tient immobile, les yeux levés vers ma fenêtre. Ses yeux sont inexpressifs. D'étranges lignes sinueuses lui descendent du cou jusqu'aux seins. D'autres marques sont visibles sur son flanc gauche, des cercles concentriques traversés de lignes brisées. Ce ne sont pas des tatouages ; un liquide rouge s'écoule de ces marques.

Il y a une femme nue et blessée debout sous la pluie.

Merde. Qu'est-ce qu'il faut faire ? Merde, merde. Je sors de chez moi et je vais la voir ? Qu'est-ce qu'il faut faire ? Et si elle était folle ? Si elle avait un couteau ? Est-ce une plaisanterie ? Un coup monté pour me faire sortir sous la pluie ? Comme dans *Que feriez-vous ?*, l'émission de télé dans laquelle les acteurs jouent toutes sortes de scènes, font semblant de s'évanouir, d'agresser quelqu'un ou de mettre de la drogue dans le verre d'un autre tandis que la caméra filme, afin d'observer les réactions des gens alentour ?

Il faut quand même que je fasse quelque chose. Mon Dieu. Il n'y a personne d'autre. Comme quand cette femme s'est fait attaquer dans les années 60 et qu'en dépit de ses cris répétés personne n'a levé le petit doigt. Je pourrais réveiller Andrea. Andrea est plus compétente que moi. Andrea est redoutable, elle est mère célibataire et elle est forte. Elle saura quoi faire. Mais évidemment, même moi, je sais quoi faire. Je dois appeler la police.

Impossible de le trouver. Où est-il ? Où diable se cache mon téléphone ?

La femme n'a pas bougé. Pas bougé d'un pouce. Où sont passés les gens ?

Catatonique. C'est ça. C'est le mot qui caractérise son état. Elle a dû être agressée. Je vais appeler la police et ensuite je sortirai l'aider. Il faut que je fasse quelque chose. Il le faut.

La femme me fixe du regard. Ses yeux sont morts.

Je compose le numéro. J'ai envie de vomir. Au bout de quelques sonneries, on décroche et une voix neutre et compétente me demande :

— Allô, quel est le motif de votre appel ?

J'essaie de parler, mais rien ne sort de ma bouche.

— Allô, quel est le motif de votre appel ?

Ma poitrine se soulève, forçant un murmure fêlé, une expiration, hors de ma gorge.

— Allô ?

— Allô, quel est…

— Il y a une femme devant mon immeuble.

Les mots se sont précipités hors de moi.

— Moins vite, s'il vous plaît, madame.

— Elle est nue et je crois qu'elle saigne et elle a juste…

Les mots sortent en torrent de ma bouche. Mes oreilles sonnent.

— Calmez-vous, madame. Vous dites qu'il y a une femme devant votre immeuble ?

— Oui.

La voix se fait plus acérée.

— Madame ? Est-ce qu'elle respire ?
Je regarde par la fenêtre.
— Madame, pouvez-vous me décrire cette femme ?

Il n'y a plus personne.

— Allô, madame ?
Plus personne. Je parle à travers mes lèvres ankylosées.
— Je suis désolée. J'ai dû faire une erreur.
— Madame ?
Je raccroche.

Dehors, il n'y a que la pluie et l'obscurité.

Mes jambes tremblent. Je m'effondre sur le lit.
J'ai dû imaginer cette scène.
J'ai dû imaginer cette scène.
J'ai dû ima…

La femme était nue. Nue, le regard fixé sur moi, ses cheveux roux mouillés par la pluie formant des paquets.

J'ai probablement juste besoin de sommeil. Si seulement Andrea était réveillée. J'aimerais qu'il y ait quelqu'un avec moi. C'est pour ça que je ne veux plus être seule. Ma vue s'est troublée. J'ai du mal à respirer.

L'écran de mon téléphone s'allume. Je me frotte les yeux et regarde. J'ai un message. Je ne reconnais pas le numéro, mais je sais de qui il vient. Il m'a envoyé un SMS.
Il est court. Tout juste six mots. Ce devrait être une question, mais ce n'en est pas une. Il sait que je vais dire oui.

Son regard était dénué d'expression. Ses yeux étaient vides.

Son regard mort.

Ne sois pas idiote. Tu as trop bu. C'est à cause de ces femmes dont tu as entendu parler. Celles à qui l'on a tranché la gorge.

Il s'agit sûrement d'une plaisanterie bien étudiée, d'une plaisanterie très bien étudiée même, à moins que ce ne soit un happening artistique, peut-être que les journaux en parleront demain. *Va te coucher. Oublie tout ça pour le moment. Ne te laisse pas entraîner dans ces pensées.* Tu y réfléchiras demain, comme Scarlett O'Hara. Quand il fera jour, qu'il y aura de la lumière, quand il n'y aura ni pluie ni obscurité comme maintenant. Cela fera peut-être une excellente histoire à raconter, à s'en faire dresser les cheveux sur la tête, peut-être n'en parlerai-je jamais à personne, peut-être ai-je juste cru voir…

Une femme nue, debout sous la pluie. Des lignes sinueuses rouges dans le cou, le long du flanc et au-dessus de ses seins.

J'ai froid. Je prends la moitié d'un petit cachet blanc. Il faut vraiment que je dorme. « Arrête », me dis-je à voix haute. Ma voix paraît faible et tendue.

Je me couche aussi vite que possible. Je tremble malgré la douceur de la nuit.

La femme saignait parce que les formes étaient sculptées dans sa chair, comme chez celles qui ont été retrouvées assassinées.

Une fois au lit, je regarde mon téléphone que j'ai mis à charger sur ma table de chevet. À nouveau, je lis le message, un message qui me vient d'un homme qui m'a vue m'habiller, un homme arrogant, un homme qui, à l'évidence, est déloyal envers ses amis. Je ne sais pas comment il a eu mon numéro, mais il se l'est bel et bien procuré. Je pense à David qui disait : « Ce mec est un génie. »

Je relis le SMS.

Sushis chez Otoro, demain à 21 heures.

Sans point d'interrogation. C'est un ordre, pas une question. C'est une présomption. Bon, je n'ai pas besoin d'y aller. Je ferme les yeux et attends que le cachet fasse effet. Il continue de pleuvoir. La pluie tombe sur la chaussée, les voitures et les arbres. La pluie s'écoule, forme de petites mares et se précipite dans les caniveaux en tourbillonnant. La pluie continue, jusque tard dans la nuit.

Ne tombe plus sur personne.

LA NOUVELLE DU MERVEILLEUX BREUVAGE s'étant répandue, les gens commencèrent à affluer de miles et miles à la ronde pour goûter la bière de la jeune fille. Ils étaient si nombreux qu'elle devait travailler jour et nuit. Tout en la brassant, elle chantait une petite chanson de sa voix de rossignol :

Sans doute l'or peut-il faire d'un gueux
Un serviteur puis un maître,
Sans doute le miel peut-il adoucir un breuvage,
Mais jamais l'or d'un roi ne vaudra tes baisers
D'une douceur à nulle autre pareille.

Tous les hommes étaient éblouis et lui proclamaient leur flamme, essayant de gagner ses faveurs ; mais elle se contentait de rire et restait sourde à leurs discours, et jamais ne leur promettait rien. Les femmes de la ville commençaient à se lasser de la situation et les plus jeunes devenaient amères, car les damoiseaux ni ne les courtisaient plus ni ne travaillaient, passant leur temps à la taverne à complimenter la jeune fille et à lui offrir de petits bouquets de fleurs tandis que, épanouie, elle brassait son breuvage en chantant, jusqu'à ce qu'ils finissent ivres et s'étrillent et qu'éclatent de bruyantes rixes.

Il advint donc que la brasseuse qui avait été défaite par la jeune fille rassembla les autres femmes de la ville autour d'elle et leur tint ces propos :

« Peut-être est-ce une sorcière, car elle a bel et bien ensorcelé nos hommes pour en faire ses chiens. »

Toutes en vinrent ainsi à la détester, ne souhaitant plus que la voir disparaître.

6

Tu t'es mis à prendre les transports en commun. C'est quelque chose que tu n'avais pas fait depuis très, très longtemps, mais il ne faut pas oublier que tu viens tout juste de te réveiller. Tu as été tiré de ton sommeil, tu t'es levé et tu as soif d'expériences, de toutes sortes d'expériences, d'effluences, de fumée et de parfums, de senteurs fortes ou amères. Taxis, bus, métro, cartes glissées dans des lecteurs, flot intarissable d'individus conduisant leurs chars de métal et d'acier, compteurs qui tictaquent, immeubles, cathédrales qui se cambrent et se dressent vers le ciel, cafés à emporter à la va-vite, bouteilles d'eau minérale, téléphones, claviers, panneaux d'affichage et hommes-sandwichs qui tendent de petites feuilles de papier – s'il vous plaît, achetez ceci, s'il vous plaît achetez cela, s'il vous plaît achetez –, innombrables éclairages de toutes les couleurs, gratte-ciel aux lances lumineuses qui viennent piquer les nuages et rendent les étoiles caduques, restaurants et bars, foule innombrable assise sur un nombre incalculable de tabourets de bar, menus, serveurs et barmans qui servent des jeunes femmes en chaussures à talons, raisonnablement hauts pour aller travailler, puis plus hauts quand vient le soir tandis que les robes, elles, se raccourcissent, gens qui écoutent de la musique ou qui lisent ou bien encore qui font comme s'ils n'étaient pas assis à côté de millions d'individus amoureux ou qui ne le sont plus ou qui sont pris entre amour, peur, échec alors qu'au-delà de l'espoir il y a encore de l'espoir.

Dieu, que tu l'aimes, cette ville !

Tu aimes les transports publics parce que tout le monde peut les emprunter et les emprunte, du propriétaire d'une maison de vacances dans les Hamptons à la femme qui n'a rien d'autre qu'une rangée de cicatrices sur chacun de ses bras maigres. Tu aimes ce bref instant où vous vous déplacez tous ensemble pour vous rendre ailleurs. Tu aimes cette sensation d'éphémère. La façon dont, à ces moments-là, les gens occupent pleinement leur place.

Tu repenses au moment où tu as rencontré ton Agent pour la première fois.

Tu es arrivé la nuit. Profitant de l'obscurité, tu es passé sous la porte, par la fenêtre. Tu t'es approché de lui étendu dans son lit, à la lisière du sommeil et de l'éveil. Pourquoi lui ? Pourquoi toi ?

Parce que. Parce que le vent soufflait, parce que les anciens rouages se sont remis en branle, parce que la lune s'est couvert la face, parce que les embruns de la mer ont rougi et que quelque chose a commencé à se mouvoir au plus profond de la poussière de l'Univers.

Tu t'es immiscé, plus léger que la fumée, plus diaphane que la brume. Il a inspiré, il a expiré. Tu t'es penché, tu as goûté sa peau, sa sueur, le vin qu'il avait bu, le gras et le sel du hamburger qu'il avait mangé. Tu l'as regardé dormir. Un innocent. Ton Agent n'avait connu ni la souffrance, ni la faim, ni la soif.

Tu as étudié l'arête de son nez, la façon dont son menton était rentré, sa nuque exposée, le lobe tendre de son oreille. Ses courbes chaudes et endormies. Ton Agent, le corps qui t'incarnera le temps que tu accomplisses ton œuvre afin que le monde reste un lieu sûr.

Il sentait la terre de Sienne, couleur des journées productives. Une légère odeur de dentifrice mêlée à celle, humide et primale, de sa bouche parfumait son haleine. Il a soupiré, puis il t'a inspiré. Il t'a inhalé jusqu'en son diaphragme, ses muscles, ses cartilages, ses ligaments, ses tendons, il s'est imbibé de toi par les pores de sa peau – ses nerfs et ses vaisseaux sanguins ont chanté, ses glandes sébacées et sudoripares ont tinté – jusqu'au cœur de ses follicules et de ses tissus adipeux, jusqu'au plus profond de ses filaments de protéines, de son foie et de son estomac avec ses plis et sucs gastriques, de sa bile noire, de ses intestins, de sa vésicule biliaire, de plus en plus profond, jusqu'au tréfonds des lobes, des sillons et de la matière gélatineuse dont est faite son cerveau, pour s'immiscer encore plus loin jusqu'au cœur, son cœur qui est aussi le tien…

… qui est d'abord un embryon, rose et recroquevillé sur lui-même, pas plus gros qu'un pouce, hippocampe qui flotte dans la mer obscure de l'utérus de ta mère, qui se développe, grandit, naît dans un vagissement. Le choc de cette lumière éblouissante qui baigne le monde, tes joues rebondies à croquer, tes hurlements qui tirent tes parents du lit ou tes rires de ravissement, tes premiers pas gauches qui deviennent peu à peu plus assurés jusqu'à ce que tu coures en tous sens, que tu tombes, pleures, te relèves, recommences, tes cheveux qui foncent, tes membres qui s'étirent. Les moments où tu as appris à faire du vélo, du skateboard, du ski, quand tu te déplaçais vite, quand tu parlais, dessinais, jouais d'un instrument de musique, éparpillais tes pièces de Lego par terre, étais déjà plus grand. À l'école, timide au début, puis la main levée, répondant à une question, Moi, moi! *Toc, toc. C'est Jean. Jean-tends le loup, le renard et la belette… Ketchup, hamburgers, fête nationale du quatre juillet, feu d'artifice sur la plage, nager en colo, batailles de polochons, vraies bagarres, réconciliations, lectures, sentiments étranges, rêves mouillés, rêvasseries, cannabis, premier petit boulot de vendeur de glaces où l'on en a jusqu'au coude de cette substance froide et collante. Quartier des docks, boire, saoul, à vomir, ta tête qui te fait mal, les petits seins d'une fille, les mains empêtrées dans la bretelle de son soutien-gorge. Natation de compétition, odeur piquante de la piscine, sons qui résonnent, ton corps qui taille sa*

route dans l'eau, tes muscles qui se contractent, tes épaules carrées, bon mais pas génial, suffisamment bon, septembre, examens, plutôt réussis, s'améliore en classe, connaît la réponse, va à la chasse avec papa, difficile de parler, l'odeur des feuilles en automne, Halloween. Brochures d'université, sur papier glacé, l'école, le campus bienveillant, vaste, en brique, et les amis avec lesquels discuter et s'étaler sur les pelouses, l'avenir devant toi aussi vert que l'herbe sur laquelle tu es couché, et la vie qui s'écoule, inexorablement, comme lorsque tu fends l'eau de tes bras…

… ton cœur a battu, ton pouls a palpité, ton sang a circulé, tes hormones ont réparé tes muscles, tes neurones ont donné des ordres, de la testostérone a été sécrétée, de la nourriture digérée, sperme et sueur, salive et déglutition, tu as pris le contrôle de chaque battement, palpitation, flux et reflux, arrêt, commencement. Tu es devenu, tu deviens et…

Tu Es.

Tu es maintenant dans un bus qui avance à une vitesse d'escargot. Il grogne, soupire, ahane et siffle comme une vieille vieille femme qui essaie de se mettre debout. Il y a aussi des personnes âgées dans le bus, de vieilles dames, de vieux messieurs. Ils ont tout leur temps. Ils ont du temps parce qu'il ne leur en reste pas beaucoup. Ils doivent se demander ce qu'un bel homme élégant comme toi, dans la fleur de l'âge, fait dans ce bus. Cela se voit que tu as de quoi te payer un trajet en jet privé. Tu l'as déjà fait dans le passé, tu le feras à nouveau si tu as une réunion et que cela te chante.

Mais aujourd'hui tu as pris le bus parce que ça t'amuse. Bizarrement, c'est relaxant. Cela te permet de mieux réfléchir.

Comme il est assez tard, le bus est presque vide. Il pleut depuis un moment et tu regardes les gens qui, dehors sans parapluie, courbent l'échine et se pressent. C'est agréable et réconfortant d'être à bord du bus, au chaud et à l'abri.

Les quelques passagers qui restent regardent eux aussi dehors, mais ils ne sont pas aussi contents que toi. Ils savent qu'une fois chez eux, ils auront des repas à préparer, des familles à gérer, ils sont fatigués, épuisés, et la pluie ne fera que rendre les choses encore plus difficiles. Sans compter qu'on n'est que mardi.

La femme assise devant toi meurt d'envie de boire un verre. Tu le devines à la façon dont ses épaules s'avachissent, dont sa bouche se pince, à la soif que tu peux lire dans son regard. Elle pense à la chaleur de son bar préféré, semblable à celle du ventre maternel. Celui qu'elle a promis à sa copine de ne plus fréquenter. Celui où personne ne connaît son nom et qu'elle aime à cause de ça. Elle pense à ce que ça lui ferait de descendre deux arrêts plus tôt pour aller boire un verre vite fait. Juste pour aider à passer la nuit. Disons un verre de vodka parce que l'odeur est plus discrète, mais, en vérité, c'est d'un verre de bourbon bien ambré dont elle a envie. Rien que d'y penser, elle s'est mise à transpirer. Ça aussi, tu le sens.

L'addiction est métallique. Elle fait autant de raffut qu'un million de flippers. Elle a le goût des dernières miettes grappillées au fond du paquet, des doigts enduits de sel et de sucre, elle sent l'épaule moite pressée contre toi par la foule, elle te caresse comme des gouttelettes de rosée glissant le long de tes doigts, elle se coule au bas de ton dos comme une démangeaison.

Tu prends appui sur le dossier de ton siège et fermes les yeux tandis que l'odeur s'évanouit ; la femme est descendue du bus. Deux arrêts plus tôt.

Tu souris.

Il ne reste que trois passagers, un homme et deux femmes. Toutes deux t'ont vu, t'ont remarqué. Tu es remarquable. Un bel homme, seul, sans bague au doigt dans le bus. C'est un peu curieux, mais ça marche. Peut-être voulais-tu simplement échapper à la pluie ? Peut-être aimes-tu « vivre des expériences » et « goûter à tout ce qu'offre la ville » ?

C'est le cas.

Deux sièges séparent les femmes – deux sièges et douze ans, à vue de nez. L'une a une vingtaine d'années. Elle est aussi appétissante qu'un fruit primeur. Ses cheveux châtains réfléchissent la lumière et elle porte un rouge à lèvres luisant comme un pépin de fruit et rose comme l'intérieur d'une grenade ; sa bouche dessine une légère moue. Elle a l'air tout à la fois propre comme un sou neuf et juteuse.

Elle en est à son troisième jour de menstruation. Tu le sens. L'odeur d'un vieux sang dans lequel baignent de vieux ovules est plus dense. Elle est en chaleur, ce qui lui donne une note violette. À mesure qu'elle se vide, elle voudrait qu'on l'emplisse. Elle aimerait qu'on la baise sans protection.

Jamais son petit ami ne ferait une chose pareille. C'est un gentil garçon juif. Rien que l'idée de cette pensée impure le remplirait d'horreur.

Elle sait que tu la regardes. Son excitation est bleu électrique. Elle sent l'herbe fraîchement coupée, prend son essor comme les alléluias d'un chœur chantant du gospel, gronde comme une moto.

Tu souris brièvement à cette petite pêche fraîche et juteuse avant de tourner ton attention vers l'autre femme.

Tu n'as pas encore besoin de sa couleur.

L'autre t'a déjà repéré. Elle vous a vus toi et la jolie fille et ne se fait pas la moindre illusion. Toute sa vie, elle n'a été que l'autre fille, la copine. Ni laide ni vilaine, mais toujours accompagnée d'une fille un peu plus jolie qu'elle. Elle ne brille pas par sa personnalité, elle n'est ni spirituelle, ni drôle, ni originale. En réalité, elle est « sympa », autant dire qu'elle n'existe pas aux yeux des autres. Toutes ses amies se marient. Ont des enfants. Elle est contente pour elles. Elle s'en sort. Elle contemple l'obscurité qui se propage et la pluie qui tombe, elle anticipe les cinq volées de marches qu'elle devra monter pour arriver à sa petite chambre. Les petites chambres coûtent moins cher. Et puis elle pense à son dîner – des restes –, et si par chance sa colocataire est sortie, au fait qu'elle pourra se vautrer devant la télévision. Pour regarder des nullités. Des gens dont les vies sont bien pires que la sienne. Des gens pour lesquels elle ne se sent pas obligée d'être heureuse.

Elle est très surprise quand tu lui souris. Elle voit ton reflet dans la vitre. Incroyable que tu n'aies pas été séduit par la jolie minette d'une vingtaine d'années. Une fille qui pourrait se marier et avoir un enfant dès demain, une fille avec toute la vie devant elle ; mais non, c'est à elle que sourit le bel homme. Presque comme si la jolie fille ne l'intéressait pas, comme s'il voulait quelque chose de plus.

Elle ne pose plus les yeux sur toi. Ce serait exagéré. Elle ne s'agite pas sur son siège, mais elle redresse le dos, la voix de sa mère dans sa tête, *Tiens-toi droite ! Arrête de t'avachir comme ça !* avant de se laisser aller à nouveau, parce que c'est trop dur de rester ainsi au garde à vous.

Ne merde pas, se dit-elle. *Calme-toi. De toute façon, il ne te regarde même pas.*

Elle se passe discrètement la main dans les cheveux pour évaluer la situation – quand il pleut, ils ont tendance à frisotter.

Tu aimes la regarder. Elle est touchante.

Le manque de confiance en soi est couleur lavande. Il a le goût des gouttes pour les yeux au fond de la gorge. Il criaille comme les premières notes d'un récital de piano. Gêne comme un soutien-gorge trop grand, un pantalon trop petit – *Pourquoi personne ne me regarde ? Pourquoi est-ce que tout le monde me regarde ?*

Je ne veux pas, je ne peux pas, j'aimerais, je ne suis pas, je n'ai pas, je ne pouvais pas, je veux.

Le bus s'arrête et la jolie jeune fille descend. Elle te lance un dernier regard appuyé, comme pour te dire *Tu ne sais pas ce que tu rates*, puis elle disparaît, happée par la pluie.

Elle ne sait pas ce qu'elle rate.

Quand l'homme descend à son tour, une femme âgée monte. Malgré le temps qu'il fait, elle porte un long manteau noir et une multitude d'écharpes et de châles. Il faut à cet amas de tissus mouillés une éternité pour trouver sa carte de transport. Elle marmonne dans sa barbe, ses mains tremblent un peu et, lorsque ses yeux semblables à des billes laiteuses se mettent à rouler dans leurs orbites, on comprend qu'elle est aveugle. Le chauffeur finit par perdre patience. « C'est bon, c'est bon », lui dit-il d'un ton sec ; de toute façon, il ne tirera que quelques pièces de cette vieille femme et qu'est-ce qu'il en a à faire puisque c'est son dernier trajet ?

Elle éructe quelque chose, peut-être « merci », peut-être « abruti » ; la voix est rocailleuse, rouillée. Tel un pirate des temps passés, elle s'avance vers le fond du bus d'un pas chaloupé et chancelant, en trébuchant et agitant sa canne jusqu'à un siège où elle s'assoit, tête baissée.

Ses paupières tressaillent tandis que ses mains enflées, parsemées de taches de vieillesse, convulsent sur ses genoux.

À son corps défendant, la fille sympa la regarde, puis détourne les yeux. Elle se dit ce que pensent et craignent secrètement toutes les femmes.

Ce pourrait être moi.

Si elle ne trouve pas quelqu'un, si elle n'aime pas quelqu'un, si personne ne la tient dans ses bras la nuit et ne lui demande comment s'est passée sa journée, si personne ne la rassure en lui disant que tout ira bien, elle deviendra comme cette femme, cette vieille aveugle empêtrée dans ses châles maculés de taches de nourriture. Ou peut-être qu'elle se ratatinera et mourra, la poitrine affaissée sous le poids de la solitude.

La souffrance est un abîme ténébreux et putride. Elle sent le renfermé, le vin suri. Elle pleure comme une femme enfermée dans la dernière cabine des toilettes. Elle gémit comme un arbre qu'on abat, résonne dans des parkings vides. Elle a un goût de poussière. Elle ressemble à l'image fanée d'une échographie conservée au fond d'un placard.

C'est là que tu interviens. Peut-être te rapprocheras-tu d'un siège, d'un seul, de façon à ne pas empiéter sur son espace personnel et que tu te pencheras. Tu la regarderas bien dans les yeux et souriras, et l'air charmant et embarrassé, tu lui demanderas :

— Excusez-moi, est-ce que ce bus va bien à… ?

Tu lui demanderas si le bus va dans la direction opposée à celle qu'il suit.

Comme en s'excusant, elle devra t'indiquer que tu fais erreur.

Tu prendras un air comique, l'air bêtement agacé de toi-même. « Ah, c'est pas possible ! » diras-tu et tes yeux brilleront et elle comprendra que tu te moques de toi-même.

Parce que tu as vraiment le sens de l'humour. Parce que tu es facile à vivre. Parce que même si l'on est mardi, qu'il est tard et qu'il pleut, tu es toujours prêt à vivre une aventure. Tu es spontané comme ça parce que tu es chaleureux, drôle et parfait.

« Tueur. »

Le mot a été énoncé avec lenteur dans un coassement épais, comme s'il sortait de la bouche d'un crapaud géant. La fille sursaute et tu lèves la tête.

La vieille garde ses yeux aveugles fixés sur toi. Son visage est ravagé par le temps, vaincu par les ans et la gravité. Tu promènes ton regard autour de toi avant de venir le poser sur la fille sympa.

Comme elle semble horrifiée, tu considères à nouveau la vieille sorcière. Malgré ton air étonné, tu restes aimable.

— Acheveur de Vie.

— Quoi ? Qui ça, moi ? demandes-tu.

— Oui. Toi. Esprit. Diabolique.

Un tel grondement sourd ne devrait pas sortir d'une gorge humaine.

— Ça suffit, maintenant.

Tu as dit ça d'un ton ferme tout en gardant ta bonne humeur parce que tu es gentil et patient. La fille doit comprendre que tu ne prends pas les divagations de cette vieille femme au sérieux.

Lentement elle soulève sa canne et la pointe vers toi.

— Personne. Ici. Ne. Veut. Jouer.

Une lumière s'allume et le bus ralentit. *Arrêt demandé*. C'est la fille qui a appuyé sur le bouton. Elle te jette un regard navré. Ce n'est pas son arrêt, mais elle veut descendre. Tu lui plais, mais il faut qu'elle descende.

Tu penses la suivre dehors. Lui dire quelque chose du genre *Je suis désolé, c'était vraiment du grand*… en attendant qu'elle jette un *Je sais, je sais !*

Ce à quoi tu répondrais *Visiblement, elle est complètement cinglée. C'est triste, vraiment, de perdre la boule comme ça* et elle, elle ajouterait *Ouais, la manière dont elle a pointé sa canne sur vous*…

Et puis, un peu maladroitement, de façon hésitante, tu pourrais lui dire que tu te sens un peu secoué et, même si ta proposition lui paraît étrange… accepterait-elle d'aller boire un verre quelque part avec toi, même juste un thé (mais ça sera autre chose) le temps que tu te ressaisisses, dix minutes un quart d'heure, pas plus, bien sûr elle a sûrement déjà des choses prévues pour la soirée, mais un verre te ferait du bien.

Rien de plus facile à faire, mais tu décides de ne pas bouger.

Cette rencontre restera une exception.

Tu attends que la jeune femme descende du bus. Tu lui décoches un dernier sourire, comme pour dire *Je viendrais bien avec vous, mais on est trop loin de mon arrêt. Ravi de vous avoir croisée*, pour la faire douter d'elle, douter d'avoir fait le bon choix, et le bus repart dans la nuit pluvieuse, la laissant debout sur le trottoir.

Tu attends. Il n'y a plus que toi et la vieille femme.

Tu vas t'asseoir nonchalamment à côté d'elle. Elle n'a l'air ni inquiète ni fâchée. Elle continue de regarder droit devant elle, comme un zombie animé de soubresauts.

— C'est votre trajet habituel ? lui demandes-tu poliment.

Elle reste muette.

— Vous avez perdu votre langue ?

Toujours rien.

— Coucou, y a quelqu'un là-dedans ?

Ta voix est chaude et encourageante à l'égard de cette personne qui pourrait te répondre.

D'un coup, sa tête pivote sur son cou, comme mue par une main colossale. Elle lève ses yeux vides et couleur argent sur toi. Sa vieille bouche aux lèvres gommées par l'âge s'ouvre et, de sa voix caillouteuse et inhumaine, elle dit :

— *Abi in malam rem fueri vitae !* Va au diable, voleur de vie !

Ahah, tu l'avais deviné. Ce compagnon de voyage est bien un Autre.

Les Autres sont là depuis que le Temps existe, mais, à ce que tu en sais, ils sont aussi inoffensifs que des moutons. Ils servent peut-être d'intermédiaires aux milliards d'âmes qui traversent le cosmos, mais ils ne jugent ni n'agissent. Simples témoins, ils observent en silence ce qui se passe et c'est pour cela qu'ils choisissent le plus souvent un type d'Agent bien particulier. Il est plus aisé de se cacher dans la peau de ceux dont le monde se détourne.

Il est facile de s'incarner dans la vieillesse, la laideur, l'invisible, dans ce qui existe à la périphérie de la conscience. Donnez-leur de l'argent, mais détournez le regard. Donnez-leur de l'argent, mais ne vous approchez pas trop. Donnez-leur de l'argent, puis chassez-les de votre esprit. Détournez le regard des sans-abri, des drogués, des malades mentaux et de ceux qui, trop pauvres pour mériter le nom de « malades mentaux », sont simplement traités de « fous ».

Si vous voulez rester discrets et ne pas risquer d'attirer l'attention, si vous voulez vaquer tranquillement à vos affaires sans incident, ces Agents sont faciles à subjuguer, surtout s'il ne vous dérange pas d'avoir à franchir l'épaisse barrière gluante de la vieillesse et de la folie.

Toi, cependant, tu ne tiens pas à te faire discret. Tu as envie de t'amuser. Tu ne veux pas de petite monnaie, de regards coupables, de frissons de froid ni de la puanteur de la défaite. Tu veux de franches poignées de mains. Tu veux qu'on te regarde droit dans les yeux. Tu veux être exposé à la chaleur, la moiteur, la rudesse, tu veux être au cœur des choses.

Tu veux ce qui est bon.

Les odeurs et les saveurs, les rouges, les bleus, le salé et le sucré, les sourires et la sueur, le rouge aux joues et le sang.

Tu as besoin de leurs couleurs.

Jusqu'à ce que tu la goûtes, tu ne savais pas ce qu'était la vie. Pour la première fois, tu as ressenti de la jalousie. Tu t'es émerveillé. Chaque émotion, chaque brin de vie, t'a rendu plus présent, conscient dans chaque respiration, t'a amené à éprouver de la joie et de la peine.

Chaque couleur contribue à t'ancrer un peu plus dans le monde des vivants.

— Sympa, ton Agent, murmures-tu à l'oreille de cette outre de peau flétrie et décrépite. Ça fait combien de temps que tu l'utilises ?

Ton compagnon de voyage tourne ses orbites argentées vers toi.

— Fiche-moi la paix.

Tu te permets de prendre un air un peu sévère, moralisateur, prêt à dispenser un petit sermon bien mérité.

— Malgré tout, tu as fait fuir ma couleur avec tes mots, tu as retardé ma mission.

— Ta mission est peut-être nécessaire, mais pas les souffrances que tu infliges.

Tu as commencé à prendre plaisir à chasser et à sculpter mais tout s'achevait bien trop tôt. Chaque étape te rapproche d'Elle et chaque fois la prolongation rend la prise finale plus exquise. Le moment de complétude est bien plus intense que tout ce qu'on peut imaginer, mais il finissait par arriver trop rapidement, te plongeant de nouveau dans un néant qui n'est pas même noirceur, mais absence de lumière, de couleurs et de sons, absence de tout. Les planètes doivent être alignées, les étoiles pleuvoir pour qu'un Vaisseau puisse naître et que son Destin advienne. Tu reviens, mais jamais assez souvent.

Tu soupires.

La Naissance avait été porteuse de catastrophes et de guerres. Une mère avait poussé un cri de triomphe tandis qu'un million d'autres hurlaient d'horreur, le sang de leurs fils et de leurs filles rougissant la terre ravagée par les batailles. Un seul Enfant ne peut être autorisé à détruire l'éclatante brillance du monde et de ses habitants, aucun Être ne peut détenir un pouvoir aussi absolu, et c'est pour cela que Sa Naissance t'a fait advenir.

Ainsi, tu as un dessein, une mission, un but.

Un but très précis, même.

— Mais, je m'amuse, protestes-tu. Ne devrions-nous pas prendre plaisir à faire notre travail ?

Silence, à nouveau.

Tu es un bon petit soldat. Tu te penches en avant. Tu souris. Aimable jusqu'au bout, tu lui dis :

— Ce n'est pas grave, je te pardonne.

Tu te tais un instant, puis tu ajoutes, le sourire aux lèvres parce que tu n'es peut-être pas si gentil que ça :

— Après tout, les filles comme elle, ça court les rues.

Tu te penches en avant et presses le bouton pour demander l'arrêt. Puis tu embrasses doucement sa joue pommelée tandis que le bus freine, et tu sors sous la pluie. Elle garde le regard fixé droit devant elle.

Qui sait quelles images abritent ses prunelles argentées ?

De toute façon, qui s'en soucie ? La nuit ne fait que commencer et tout est possible.

7

Me voilà donc assise dans ce restaurant.

Japonais, français, coréen, grec, et maintenant, pour finir, italien.

Lorsque je lui ai demandé comment il avait fait pour se procurer mon numéro de téléphone, il m'a dit que c'était facile quand on sait où chercher. Il a même ajouté que je ferais bien de m'occuper de ce problème sans tarder. « Mieux vaut éviter que tes informations personnelles puissent tomber entre les mains de gens mal intentionnés. »

J'aurais pu dire non. Je n'ai même pas fait semblant de réfléchir. Cela paraissait inévitable. Comme si de notre rencontre fortuite une dynamique était née, qui m'emportait dans son sillage.

Je suis assise à l'extérieur, dans le jardin privé du restaurant, et le serveur emplit mon verre de vin. Les tables sont en fer forgé et recouvertes de nappes blanches sur lesquelles de petites bougies également blanches ont été posées dans des coupelles en verre. Je contemple les autres clients – ils sont heureux d'être dehors en cette soirée parfaite. À l'extérieur tout en étant à l'intérieur, dans un espace sélect à l'abri des regards. Faire partie des gens « in » en se distinguant du commun des mortels : le rêve de tout New-Yorkais. Un jasmin qui pousse sur un treillis fixé au mur en brique embaume l'air, des couverts cliquettent et deux couples attablés éclatent tout à coup de rire. J'envie ces individus bruyants, à l'aise les uns avec les autres. Ils ont des choses à se raconter. Ils sont même *impatients* de se les dire. Contrairement à Sael et à moi qui restons silencieux tandis que la nuit tombe.

Je repense au premier message :

Sushis chez Otoro, demain à 21 heures.

Son côté neutre m'avait plu. S'il n'était pas question de sentiments, personne ne pourrait être jugé coupable, aucune émotion ne serait exprimée, aucune amitié trahie, aucun cœur brisé.

Et puis c'est bien connu qu'il est presque impossible d'obtenir une table chez Otoro, qu'il faut réserver des mois à l'avance. Il avait une réservation pour 21 heures. Évidemment.

Une petite voix en moi – qui me murmurait *Tu n'y penses pas, quand même ? Tu n'es pas sérieuse* – s'était faite de plus en plus insistante à mesure que la journée s'écoulait, jusqu'à devenir insupportable. À 20 heures, elle me hurlait *Ne fais pas ça ! Tu vas le regretter !* tandis que j'enfilais ma robe et me mettais du rouge à lèvres. Une fois dans le taxi, elle m'avait ordonné *Envoie-lui un SMS, dis-lui que tu ne viendras pas !* Puis, d'un ton narquois, *Pourquoi te donner même la peine de lui envoyer un SMS ? N'y va pas, c'est tout, et appelle un ami ou dîne toute seule.*

Le taxi s'est arrêté, je l'ai payé et je suis sortie.

Tu ne sais rien de lui. J'ai hésité un instant et, dans un dernier effort, ma petite voix intérieure m'a exhorté : *Réfléchis ! Il est encore temps de faire en sorte que cette histoire reste juste drôle à raconter. Et que tu n'y tiennes pas le mauvais rôle.*

J'ai respiré un grand coup, poussé la porte un peu rouillée qui marquait l'entrée presque impossible à deviner et descendu les deux volées de marches.

Le plafond était très bas et l'endroit dénué de toute décoration. C'est le genre de lieu parfaitement ordinaire dont rêvent les fanatiques, le genre de lieu qui ne peut accueillir que dix personnes à la fois. Ici, seule la nourriture compte.

Dernière chance de tourner les talons. Puis je l'ai vu et la voix s'est tue. Il était là. Il attendait en lisant quelque chose ; quand il a levé les yeux, il n'a pas eu l'air surpris le moins du monde.

— Salut, m'a-t-il dit.

— Salut.

— Tu as passé une bonne journée ?

— Oui, et toi ?

— Pas mal. Très chargée.

Il y a eu un silence. On nous avait servi une pièce lustrée de vivanneau japonais, accompagnée d'oursins et de caviar Ossetra. Magnifique, élégant, parfait. Nous avons dîné sans mot dire. Après un long moment, il a levé les yeux sur moi :

— Raconte-moi une histoire.

— N'importe laquelle ?

— Celle que tu voudras.

Et c'est ainsi que tout a commencé.

Je lui ai raconté la fois où, à douze ans, j'ai rendu visite à mon père à San Francisco, endroit en tout point opposé aux banlieues insipides du Maryland, comme celles de Silver Spring où j'étais née. Cela faisait presque deux ans que je ne l'avais pas vu. Mes parents se sont séparés quand j'avais neuf ans. Mon père était journaliste et devait voyager pour son travail. S'il faisait ce métier, disait-il, c'était parce qu'il pensait qu'exposer les problèmes du monde était important. « Contrairement à ta famille », répondait ma mère. Je savais que c'était faux ; il se souciait de nous, mais pas autant que de son travail, c'est tout. Mon père gagnait tout juste de quoi vivre et n'avait pas « les dents assez longues ». J'ignorais ce que cela signifiait. Ses dents étaient peut-être un peu de guingois, mais cela ne l'empêchait pas d'avoir un beau sourire qui illuminait tout son visage.

Quand je suis arrivée à San Francisco, il m'a emmenée dîner dans le quartier populaire de Mission et a commandé un sandwich au thon pour moi et un au rosbif et pain de seigle pour lui. Les deux sandwiches nous ont été servis avec un cure-dent décoré d'une papillote fiché au centre – rouge pour lui et jaune pour moi – et il m'a donné le sien. Mon sandwich ne me plaisait pas, je lui trouvais un goût bizarre, mais je l'ai tout de même mangé. Ce jour-là, nous nous sommes baladés dans des rues où j'ai vu plus de sans-abri que jamais auparavant. Un homme en particulier, effondré au pied d'un mur, n'avait même pas de chaussures. Je me rappelle très bien à quel point ses pieds étaient répugnants. Ses vêtements aussi étaient d'une saleté repoussante et tout tachés, sa barbe était feutrée de crasse et il se dégageait de son corps une odeur de nourriture avariée, de transpiration et d'autre chose encore, c'était fort et vinaigré et ça m'avait piqué les yeux. Il chantonnait tout seul. Un petit chien blanc tacheté était assis à côté de lui, l'air triste. J'avais vraiment eu pitié de ce chien dont on voyait les côtes et qui tremblait. Mon père m'avait donné quatre billets de un dollar pour que je les dépose dans la casquette de baseball posée au pied du type. « Que Dieu te bénisse, mon ange », m'a dit celui-ci.

Mon père avait alors dit :

— Ç'aurait tout aussi bien pu être moi.

Et il avait ri, mais sans joie. C'est à ce moment-là que j'ai compris qu'il ne se sentait pas si différent de ce sans-abri. Ça m'avait fait peur et un peu fâchée parce que le pauvre homme n'avait pas de famille, alors que mon père, lui, m'avait.

Plus tard, il a réussi à me faire entrer en catimini dans un bar. Il m'a fait goûter à ce qu'il buvait, quelque chose qui ressemblait à de l'eau, mais qui n'en avait pas du tout le même goût et qui brûlait la gorge. Quelqu'un avait protesté et mon père lui avait répondu :

— C'est bon, Lou, c'est ma fille.

Quelqu'un d'autre avait dit une blague qui les avait fait tous rire et ce moment avait été chouette. Peu après, cependant, je m'étais sentie mal – sans savoir si c'était à cause du sandwich ou de ce que j'avais bu – et j'avais vomi.

Mon père m'avait ramenée à la maison. Il m'avait posé un gant de toilette sur le front et dit :

— Pas de chance, ma vieille.

Je m'en voulais. J'avais dit à mon père que j'étais désolée.

— Tu n'as rien fait de mal, m'avait-il répondu sans que cela m'empêche de penser que j'avais gâché la journée.

C'est la seule et unique fois où je lui ai rendu visite. Je ne sais pas ce qui s'est passé après, si ma mère a refusé que j'y retourne ou s'il ne voulait pas me voir là-bas, toujours est-il que je me suis toujours sentie coupable.

Le serveur nous a ensuite apporté de la sériole du Japon, douce et fondante comme du beurre.

— À toi ! lui ai-je dit.

Il m'a parlé du jour où il avait volé une petite voiture chez un de ses camarades. À cette époque, il avait la manie de tout chaparder : des bibelots, des stylos, des petits savons pour les invités. Un jour, une bonne l'avait vu fourrer une voiture miniature dans sa poche et avait rapporté le vol à la maman de son camarade. Celle-ci avait appelé sa mère et il avait été renvoyé chez lui, en disgrâce. Ses parents lui avaient demandé encore et encore pourquoi il avait fait cela, mais il n'avait pas su quoi leur répondre parce qu'il n'en savait rien lui-même. Ce qui l'avait frappé, c'était l'air dégoûté avec lequel ils le regardaient. Il avait ressenti de la rage et de la honte, mais pas parce qu'il avait volé, seulement parce qu'il s'était fait prendre. La femme qui l'avait surpris était noire et d'âge mûr, portait un uniforme bleu et blanc ; il se rappelait encore l'air triomphant et le sourire sinistre qu'elle avait arborés. Peu de temps après, il avait été envoyé en pension.

Au restaurant français, dans un décor de miroirs anciens, de sol carrelé et de menus ornés de dorures, nous avons dégusté des huîtres. Là, je lui ai parlé de Lisa, une amie du collège. Notre jeu favori s'appelait « l'animalerie ». Nous avions décidé que quand nous serions grandes, nous ouvririons une animalerie ensemble. On dessinait le magasin, on imaginait des noms d'enseigne et inventait des histoires sur les animaux que nous aurions. Un chiot sauvait le magasin des flammes, un poisson rouge exauçait les vœux. Lisa était boulotte, avait les cheveux châtain terne et portait des couettes dont elle suçotait le bout lorsqu'elle réfléchissait.

Un jour à l'école, durant la récréation, Tiffany Rush et ses amies Jessica et Kelly ont commencé à la taquiner méchamment, l'accusant de « suer comme un porc », d'avoir une « haleine de chacal » et la traitant de « bébé truie ». Elles imitaient le grognement du cochon, se pinçaient le nez chaque fois qu'elles passaient à côté d'elle et prétendaient qu'elle puait le pet et la transpiration. Jamais je ne l'ai défendue. Alors même que nous nous étions mutuellement invitées et que je l'appréciais, je ne l'ai pas soutenue. Je n'ai pas pris le parti des filles qui la tourmentaient, mais je n'ai rien dit non plus. J'ai détourné le regard et attendu que la récré finisse. Ce soir-là, elle m'a appelée, mais j'ai dit à ma mère que je ne voulais pas lui parler. Je ne voulais pas que Tiffany et ses copines se retournent contre moi. Cela a continué un moment, jusqu'à ce qu'un jour Lisa éclate en sanglots en classe sans pouvoir s'arrêter. Elle est allée aux toilettes et n'est pas revenue. L'enseignante a envoyé quelqu'un la chercher, mais Lisa a refusé de la suivre.

La semaine suivante, on nous a dit qu'elle ne reviendrait pas à l'école. L'enseignante nous a fait la morale, nous accusant d'avoir été cruels, irréfléchis et lâches. J'avais l'impression qu'elle s'adressait directement à moi. Ce jour-là, je suis rentrée chez moi et j'ai appelé Lisa, mais sa mère m'a dit qu'elle n'était pas là. Lisa ne m'a plus jamais parlé et, peu de temps après, elle a déménagé ou est allée dans une autre école, je n'ai jamais vraiment su.

Pour notre troisième rendez-vous, nous nous sommes retrouvés dans un minuscule restaurant de barbecue coréen. Nous avons bu de la bière servie dans des bouteilles givrées et avons regardé les tranches de bœuf se recroqueviller et grésiller. Il m'a raconté la fois où il s'était ennuyé de chez lui alors qu'il était en colonie de vacances. Il ne savait pas vraiment ce qui lui manquait, ce n'était ni ses parents, ni sa sœur, ni ses amis, mais il avait tellement envie de rentrer qu'il avait simulé une appendicite. L'infirmière de la colonie n'avait détecté aucun symptôme probant, mais, par sécurité, il avait quand même été renvoyé chez lui. Une fois à Manhattan, les médecins avaient défilé, mais aucun ne lui avait trouvé quoi que ce soit de grave, certains soupçonnant malgré tout une allergie alimentaire.

Il n'avait rien à faire dans l'appartement de ses parents situé dans le quartier cossu de l'Upper East Side et avait passé le reste de l'été à regarder la télévision. Il s'était senti très seul et s'était ennuyé. Mais il n'avait eu aucun regret.

À mon tour, je lui ai raconté l'épisode de l'été de mes neuf ans. La piscine où j'allais presque tous les jours était également fréquentée par une amputée. J'attendais qu'elle se mette à l'eau du côté peu profond avec ses amis, puis je plongeais à l'autre bout du bassin et nageais jusqu'à me retrouver aussi près d'eux que possible. Je retenais ma respiration et restais sous l'eau à contempler son moignon jusqu'à ce que mes yeux me piquent trop. Installée comme pour bronzer, sa prothèse en plastique était déposée sur une chaise longue où elle rôtissait au soleil. J'avais l'impression que me repaître de la vue de ce moignon était la chose la plus transgressive que j'avais jamais faite. J'avais adoré cette expérience.

Nous nous racontons ces histoires sans esbroufe ni rires, sans airs horrifiés ni récriminations. Elles sont accueillies sans jugement, sans sourcils haussés, rires forcés ou commentaires banals. Elles sont comme autant de piécettes tombant dans un puits sans fond.

Au restaurant grec, qui n'était pas mauvais même s'il n'était pas dans le quartier d'Astoria, je lui ai raconté ce qui s'était passé lorsque ma mère et moi avions emménagé dans la grande maison de style faux Tudor de mon beau-père. Sa fille m'avait invitée dans sa chambre rose et argent et demandé si je savais garder un secret. J'avais dit oui et elle m'avait montré du doigt le portrait, dans un cadre en argent, d'une jolie femme aux cheveux châtain clair bouclés en train de rire. Elle m'avait expliqué que c'était sa mère et qu'elle était morte d'un cancer des ovaires. Elle avait ensuite ajouté que son père leur avait dit à elle et à son frère que jamais plus il n'aimerait quelqu'un autant qu'il avait aimé leur mère et qu'elle était la plus belle femme qu'il avait jamais connue. Et que leur mère, sur son lit de mort, lui avait fait promettre de se remarier et d'être heureux à nouveau. Il avait alors dit à ses enfants qu'il aurait préféré rester veuf, mais qu'il se devait d'honorer sa promesse.

— C'est pour ça qu'il a épousé ta mère. Je pensais qu'il valait mieux que tu le saches, avait-elle conclu.

Je me souviens être retournée dans ma chambre et de m'être assise sur le lit en repensant à la façon dont elle m'avait souri en disant tout cela. Elle avait aussi ajouté que si j'en parlais aux adultes, ils nieraient alors que c'était vrai.

Sael m'a ensuite raconté que sa sœur faisait venir ses petits copains à la maison quand ses parents sortaient. Un soir, il s'était caché derrière un fauteuil et les avait regardés se peloter. Il avait vu le petit ami soulever le haut que portait sa sœur, exposant ainsi un sein blanc et menu. Le garçon avait dit à sa sœur : « T'aimes ça, pas vrai, allez, dis-le-moi, salope », tandis qu'il lui caressait, puis suçait le bout rose qui, en se contractant, lui avait semblé bien foncé. Les yeux fermés, sa sœur haletait et gémissait. Le petit ami avait fini par repérer Sael derrière son fauteuil et, au lieu de lui hurler dessus, il lui avait fait un clin d'œil appuyé, comme s'il faisait partie de la blague. Sael était ensuite sorti de la pièce en faisant le moins de bruit possible. Après, il avait été en colère contre sa sœur, mais dégoûté aussi et, d'une certaine manière, il avait eu honte d'elle. Mais il n'avait jamais rien dit.

Voilà ce que nous nous sommes raconté. Pas exactement le genre d'histoires drôles qu'on réserve à ses amis ; des histoires très personnelles qu'on porte en soi.

Je me suis habituée à ces échanges, à ce donnant-donnant. Ce soir, je trouve son silence et la tension qui règnent insupportables. Je décide donc de lui raconter mon histoire préférée, celle qui m'est arrivée il y a des années, quand mes parents étaient encore ensemble. Mon père venait dans ma chambre une fois les lumières éteintes et s'asseyait au bord du lit. Il faisait semblant de n'avoir pas vu mes jambes sous les couvertures et essayait de s'asseoir dessus tandis que je me tortillais en tous sens et poussais des cris perçants. Puis il riait, se poussait et me demandait :

— Alors, ma Katherine préférée, que veux-tu que je te raconte ce soir ?

Parfois, il me racontait des histoires façon frères Grimm dans lesquelles l'ours voulait engloutir le petit cochon ou bien il m'expliquait comment les Égyptiens avaient construit les pyramides ou comment les baleines s'y prenaient pour allaiter leurs petits. Quelle que soit l'histoire, j'étais toujours tout ouïe.

— Alors, ma Katherine préférée, quelle histoire aimerais-tu entendre ce soir ?

Ce à quoi je répondais :

— Mais papa, tu le *sais* !

Il poussait un soupir théâtral, mais je savais qu'il me taquinait. Lui aussi adorait raconter cette histoire.

Je suis née avec deux semaines d'avance. Ma mère avait commencé à avoir des contractions et mes parents s'étaient rendus à l'hôpital en urgence. Ils étaient arrivés juste à temps et, tandis que les infirmières aidaient ma mère à s'installer, un médecin était entré dans la salle et avait déclaré – arrivé là, mon père s'exclamait d'une voix de stentor – : « Tout va bien se passer, madame Emerson. »

Apparemment, au moment même où il prononçait ces mots, il y avait eu une coupure de courant. Ce qui était étrange selon mon père, parce qu'il n'y avait pas d'orage. L'électricité n'avait pas été rétablie et les infirmières couraient en tous sens tandis que les patients appelaient à l'aide et que les médecins clamaient leurs instructions.

Les contractions s'intensifiant, l'infirmière avait demandé à mon père – et là, il prenait une voix de fausset grinçante – « Monsieur Emerson, vous ne voulez pas vous mettre à côté de votre femme et lui tenir la main ? »

Ma mère aurait alors hurlé : « Non ! Pas question qu'il reste à côté de moi. Il me rend folle ! » Son imitation de ma mère en train de hurler était impressionnante. Quand j'y repense, je me rends compte que c'était très révélateur.

Mon père s'était donc mis à la fenêtre qui surplombait le parking. À ce stade de son récit, il me demandait :

— Et là, que crois-tu que j'ai vu ? »

— Quoi donc ? » lui répondais-je immanquablement, parce que c'était le passage que je préférais.

— Des centaines et des centaines d'étoiles filantes dans le ciel. Je n'avais jamais rien vu de tel dans ma vie. Je suis resté planté là un long moment, jusqu'à ce que j'entende un bébé pleurer ; c'était toi. (Sur ce, il concluait son histoire avec cette phrase) : Voilà pourquoi tu es unique, Katherine ; tu es arrivée portée par une pluie d'étoiles filantes.

Je n'ai parlé de Sael à personne. Les gens ne comprendraient pas. Moi-même, je ne comprends pas. Ils me diraient d'arrêter. Que c'est une mauvaise idée. Que toute cette histoire sent la mauvaise idée à plein nez. *Tout cela ne peut se conclure que par des larmes*, m'avertiraient-ils. Ils ajouteraient que *c'est peut-être même dangereux*. Et ils auraient raison. Personne ne sait où je suis. Personne, pas même moi, ne connaît ses intentions.

Nous ne nous envoyons jamais d'e-mails. Nous communiquons uniquement par SMS. Aucun de nous deux ne veut laisser de trace. Je traite cette histoire comme le ferait un espion. Moins j'en sais, mieux je me porte. Moins je me torturerai l'esprit.

Je me demande ce que ça fait d'être un séduisant jeune homme dans cette ville. Il est élancé. Ses cheveux sont bruns. Son nez puissant, sa mâchoire carrée ; ses mains grandes, ses doigts élégants. Il est toujours habillé de manière impeccable. Le moindre de ses mouvements est calculé, planifié.

Je me demande ce qui se passe dans son autre vie, sa vie amoureuse, avec qui il sort, quelle femme il fréquente publiquement. En tout cas, pour ce qui est de notre relation, on ne peut pas dire qu'on sorte ensemble. Je l'ai surpris un instant la première fois que nous nous sommes vus et, depuis, il essaie de me disséquer. Tout cela a un but. Et une fin. Avec combien de femmes a-t-il couché ? Beaucoup, certainement. Mais nous ne parlons pas de nos relations amoureuses, passées ou présentes.

Ce que je sais, en revanche, à travers ce qu'il m'a raconté, c'est que ses parents sont décédés. Il est orphelin, un mot désuet dans notre monde moderne. Ils sont morts dans un accident d'avion quand il avait dix-neuf ans. Pas à bord d'un gros porteur, non, à bord d'un jet privé. « C'est fou le nombre de façons dont on peut se tuer quand on a de l'argent. »

Certains aspects de l'art – mais pas tous – l'intéressent. Il a des opinions arrêtées, mais sait se montrer circonspect. Jamais il n'a élevé la voix en ma présence. Jamais il n'a fait preuve de la moindre impatience. Je n'arrive pas à déterminer quand il plaisante. Son visage reste aussi impassible que celui d'un joueur de poker, jeu auquel il joue avec des amis et, parfois, dans des tournois semi-professionnels qui lui ont d'ailleurs permis de gagner beaucoup d'argent. Il joue aussi aux échecs. Évidemment. Cela lui correspond tout à fait. Chaque coup est pensé, intégré à une stratégie. Mais il y a aussi quelque chose de tapi en lui, quelque chose d'étranger et d'inconnu. Il faut croire que ça me plaît.

C'est lui qui paie, toujours. Je ne sors jamais mon portefeuille. Cela va de soi. Je ne pourrais pas me payer le genre d'endroit où il m'emmène. C'est lui qui décide. Il peut se le permettre. Il est jeune, brillant et se débrouille très bien d'un point de vue professionnel. Technologie. Marketing. Design. Il a quitté l'université en cours de route, démarré sa propre société et emploie maintenant beaucoup de personnes. Essentiellement des hommes, j'imagine, mais aussi quelques femmes, des meneuses. Des gens en jean et baskets, peu à l'aise en société, mais qui savent comment créer des mondes. Et qui savent faire en sorte que ces mondes communiquent les uns avec les autres.

Ce qui, à mon sens, est plutôt ironique.

Nous connaissons tous les deux l'odeur de l'haleine d'un père malheureux.

Voici ce que j'ai appris sur moi :

J'aime le pouvoir, l'arrogance m'attire et l'anonymat me plaît. Dans un monde où tout se sait, où l'on passe son temps à mettre son statut à jour et à informer les autres, c'est merveilleux d'avoir un secret. Mais surtout, j'ai appris que je peux être une autre Katherine. Une Katherine cool, presque froide. Une Katherine qui ne rit ni ne sourit beaucoup. Une Katherine qui n'est pas si sympa que ça. Mais une Katherine qui aime dire la vérité, même quand il s'agit de choses personnelles. Une Katherine qui dîne dans des restaurants onéreux et se fait raccompagner chez elle en voiture privée avec chauffeur. Puis, couchée dans son lit, les yeux ouverts fixant le plafond, qui se jure qu'elle va mettre fin à tout cela. Qui se jure, chaque fois, que c'est la dernière fois. Qui ment. Elle attend un cinquième dîner.

Ce savoir est le cadeau amer que l'on se fait à soi-même.

Mes pâtes refroidissent. La soirée refroidit.

— L'addition, s'il vous plaît, dit-il.

Nous marchons en silence, côte à côte. Les rues sont presque désertes. Nous ne nous dirigeons pas vers le métro et ne hélons pas un taxi. Je comprends. Il habite ce quartier. Nous nous rendons à son appartement. Nous y sommes.

Ce dîner compte-t-il si j'ai à peine touché mon assiette ?

Nous nous arrêtons devant une porte noire en métal située sur le côté d'un bâtiment en brique. Sael sort une clé.

— Entrée privée, m'explique-t-il en voyant mon air étonné.

À l'intérieur, la peinture marron s'écaille sur les murs, donnant à l'endroit un air impersonnel qui ne révèle rien sur les locataires. Nous empruntons un vieux monte-charge.

Sael tourne une clé et l'appareil entame son ascension dans un bruit de ferraille.

— Avant, ce bâtiment abritait une fabrique de chocolat, m'indique-t-il.

Bien sûr. Tout est mieux avec du chocolat. Je me mords la lèvre pour m'empêcher d'éclater d'un rire hystérique.

Les portes du monte-charge s'ouvrent, nous sommes arrivés. Je regarde autour de moi, m'efforçant d'enregistrer chaque détail. La cuisine américaine, les étagères remplies de livres, le vieux canapé en cuir noir, la table basse en chêne sur laquelle est posé un cactus dans un pot blanc, les tirages photographiques sur papier glacé accrochés au mur. Je voudrais tout explorer, examiner ses photos, ses livres, mais…

Il ferme la porte, puis la verrouille. Il y a quelque chose de froid et de définitif dans le son qu'émet le verrou qui s'enclenche. *Clac.*

— Maintenant, ne bouge plus.

Je m'immobilise.

— Lève les bras.

Je m'exécute. Il me retire mon pull en fine laine noire, le remet à l'endroit, puis le plie avant de le déposer avec précaution sur l'accoudoir du canapé. Il se tourne à nouveau vers moi. Je porte un corsage à boutons en soie noire, sans manches, rentré dans ma jupe. Il tire dessus et en libère les pans qui retombent de façon disgracieuse, comme gênés de se trouver exposés. J'ai oublié comment respirer. Il part du haut, lentement, défaisant chaque bouton un à un.

Un.

Deux.

Trois.

Quatre.

Cinq.

Six.

Mon corsage est maintenant ouvert. Corsage, bribe de peau, corsage. Il encadre mon torse comme un rideau une fenêtre. Il fait glisser le chemisier de mes épaules, attentif à ne pas toucher ma peau. Je sens la chaleur qui émane de ses doigts à travers la soie. Je veux qu'il touche ma peau, mais il ne le fait pas.

Il règne un tel silence qu'on entend le léger bruissement du tissu souple et glissant sous ses doigts. Il se détourne et se dirige vers un coin de la pièce. Je le regarde sans bouger. Il ouvre un placard et accroche avec soin mon corsage à un cintre. Il ne me reste que mon soutien-gorge, ma jupe, ma culotte. Je suis serrée dans mes vêtements. Je perçois tout. L'absence de certains vêtements souligne la présence des autres. De l'air frais pulsé par le climatiseur me caresse les bras, le ventre, les épaules, les jambes. J'entends le léger bourdonnement du réfrigérateur, ma propre respiration. Une subtile odeur d'agrume flotte dans l'air, probablement émise par un coûteux diffuseur de parfum d'intérieur. Il se replace face à moi. Puis il passe ses mains derrière mon dos. J'inspire.

Centimètre par centimètre, il abaisse la fermeture Éclair de ma jupe. Le ronronnement de la glissière est sonore, terrifiant. Il prend son temps. Il tire sur le bas de ma jupe d'un petit coup sec, la fait tomber à mes pieds. Je suis forcée de faire un pas de côté pour me dégager, un pied après l'autre. Je vacille, mais ses mains qui se plaquent brièvement contre l'arrière de mes cuisses me stabilisent. Il n'accroche pas ma jupe, mais la dépose délicatement à côté du pull. Il repasse les mains dans mon dos. Il est adroit. Impossible de lire son visage tandis qu'il défait l'attache de mon soutien-gorge et le pose sur les autres vêtements.

Me voilà en culotte et chaussures à talons. J'attends.

— Ferme les yeux, me dit-il d'une voix neutre.

Je ferme les yeux. Tout devient plus intense. L'air frais sur mon bras me donne la chair de poule, le ronron du réfrigérateur se fait plus présent. À travers les fenêtres – probablement à double vitrage – me parviennent, à peine audibles, les Klaxon qui ponctuent la circulation de ce vendredi soir. Tout à coup, je prends pleinement conscience du fait que je ne connais pas cet homme. Je ne sais pas de quoi il est capable.

Je sens alors son souffle chaud dans mon cou. J'entends le bruit de ses mains tandis qu'elles glissent le long de mes jambes et qu'il s'accroupit, comme prêt à prier devant un autel.

Je sens sa bouche et sa douce chaleur qui remontent le long de ma jambe et s'arrêtent sous mon pubis.

Son visage est face à mon entrejambe. Il appuie le nez sur ma culotte. Une culotte toute simple, noire, dans un tissu soyeux. Ses dents raclent le tissu. Je me raidis. Les poils se dressent sur ma nuque. Il exhale un souffle brûlant en moi. Il pose son visage contre moi. Je frémis. Malgré moi.

— Ne bouge pas, m'ordonne-t-il.

J'obéis.

— Garde les yeux fermés.

J'obéis.

De façon délibérée, il se met à lécher ma culotte, à coups de langue longs et lents. Celle-ci commence à coller à mon sexe. Je sens sa langue, puis je ne la sens plus. Une vraie torture.

Encore et encore, il pétrit de sa langue le fin tissu qui devient une barrière impénétrable. C'est insupportable. Je veux plus. Je ne peux en supporter davantage.

Je gémis.

Un moment de néant, d'oubli, de vide ; je n'ai plus de culotte. *Comment est-ce possible ?* Je suis soulevée. Il est fort ; il me porte. *Il ne l'a pas enlevée, alors comment a-t-elle pu disparaître ?* Je suis jetée nue sur un lit.

Les yeux toujours fermés, je suis allongée sur les draps lisses et frais. Je l'entends se déshabiller, retirer ses chaussures, défaire sa ceinture, laisser tomber son pantalon au sol – où est-il ? – tandis que je me force à garder les yeux fermés, barrière contre le désir, la honte de ce désir si intense et de mon propre dévergondage.

Puis il est sur moi, écartant mes jambes.

— Regarde-moi.

Son sexe est dur, gorgé de sang.

Il me pénètre. Ma vulve est humide, mais une partie de moi-même se rebelle contre son membre puissant et brutal. Mais il est trop tard pour faire machine arrière. Il me tient fermement et me pénètre, centimètre par centimètre, de toute la longueur de son sexe. Puis il se met en mouvement et je dois faire comme lui. Nous n'avons pas d'autre choix que de nous mouvoir de concert. D'un bras, il me plaque contre lui tandis que de l'autre il soutient son propre poids.

— Jouis, m'ordonne-t-il.

Je tourne la tête. La sensation est trop intense.

Il me tient de telle façon que je dois le regarder.

J'ouvre les yeux.

Ses yeux sont grand ouverts et me fixent.

C'est trop intime.

Arrête, s'il te plaît, arrête.

Il me mord le cou.

— Jouis.

Ne t'arrête pas, ne t'arrête pas.

Il continue, intensifiant ses mouvements, agrippant mon dos et mes fesses, allant et venant en moi alors que le plaisir monte, monte, monte, jusqu'à ce que l'orgasme jaillisse et me fasse crier tandis que mon corps se relâche. Ses mouvements de va-et-vient s'amplifient encore, implacables, jusqu'à ce qu'enfin il jouisse à son tour, puis s'immobilise, pesant sur moi de tout son poids.

Silence. Il tremble. Il halète. Il me sent bouger sous lui.

Tout de suite, il roule sur le côté, pleinement conscient.

— Je te fais mal ?

— Non, mais il faut que j'aille aux toilettes et j'ai besoin de boire.

— Au bout du couloir.

— Tu veux un verre ?

— Non, merci.

Dans la salle de bains, je prends mon temps. Je suis sonnée. Jamais de ma vie je n'ai joui avec une telle intensité, comme si cet orgasme m'avait été imposé, comme si je n'avais pas eu le choix. Devrais-je me sentir violée ? Le miroir me renvoie l'image d'un visage empourpré, de joues écarlates, d'un regard hébété. Je suis belle.

Et maintenant ? me demandé-je.

Mon reflet ne m'offre aucune réponse.

J'ai eu quelques amants dans ma vie, mais, devant ce miroir, le souvenir qui me revient en mémoire est celui du soir où les copains du fils de mon beau-père ont, sans grande conviction, essayé de me séduire. Comme nos parents étaient partis pour le week-end et que la fin de l'année scolaire était proche, mon frère par alliance avait organisé une fête. Blink-182 et Chemical Brothers passaient sur la chaîne hi-fi du salon dont le son était monté à fond et, à mesure que la nuit progressait, la soirée s'était peu à peu déplacée dans le jardin où les invités faisaient tourner des joints et se roulaient des pelles. La cuisine était vide quand j'y suis entrée et, à ce moment-là, *Your Woman* du groupe White Town passait. Il est impossible de ne pas danser quand on entend cette chanson. J'ai traversé toute la pièce plongée dans la pénombre en me déhanchant de la manière la plus sexy possible, m'imaginant être la plus jolie fille de la soirée. Lorsque j'ai ouvert le réfrigérateur pour y prendre une pomme, la lumière m'a permis de me rendre compte qu'un type me regardait, appuyé contre l'évier. Son nom m'est revenu tout de suite. Brady. Il était bon copain avec mon frère par alliance et je l'avais vu plusieurs fois à la maison. Je l'avais remarqué – avec ses cheveux tirant sur le roux et sa silhouette élancée, il était vraiment mignon –, mais comme il était en terminale, il était aussi éloigné de moi qu'un dieu romain d'un simple mortel. Je ne lui disais même pas bonjour.

— Pas mal, tes déhanchés.

Il souriait.

J'étais morte de honte. Je me suis demandé depuis combien de temps il était là. J'ai marmonné un truc inintelligible, puis j'ai voulu passer à côté de lui. D'un coup, il m'a attrapée par le poignet et m'a tirée vers lui. Je pouvais voir ses pommettes hautes et les pâles taches de son saupoudrées sur son visage. Avant que je puisse dire quoi que ce soit, il s'est penché vers moi et m'a embrassée doucement, puis plus fort sur la bouche. J'ai entrouvert les lèvres. Son haleine sentait la bière et le chewing-gum à la menthe. J'ai fermé les yeux et senti pour la première fois la langue d'un garçon dans ma bouche. Au bout d'un moment, il est sorti dans le jardin d'un pas incertain. Les genoux flageolants, un peu groggy, je suis restée quelque temps dans la cuisine. Je n'ai toujours pas oublié ce premier baiser au goût de bière.

Après, pendant des mois, j'ai cultivé une passion amoureuse pour ce garçon, lui consacrant des pages entières de mon journal intime. On n'est jamais plus amoureux que lorsqu'on a quatorze ans.

Après m'être rempli un verre d'eau au robinet brillant de l'impeccable cuisine de Sael, je m'apprête à retourner à la chambre lorsque je le vois.

Il est posé à côté de ma petite culotte qui n'est plus maintenant qu'une boule de tissu détrempé. Sael avait dû la couper directement sur moi quand je me tenais debout devant lui. Je le regarde. Un petit couteau de poche avec une poignée rouge. Et une lame incurvée si tranchante qu'elle a fendu le tissu sans le moindre effort. Sans aucun besoin de le tirailler ou de le cisailler. Je le prends dans ma main. Il est léger et se niche tout naturellement dans ma paume.

Quand j'étais à la fac, je connaissais une fille dont on disait que son petit ami la frappait. Elle était éduquée. Elle avait de longs cheveux et un rire franc. Je n'étais pas proche d'elle, mais même moi j'avais remarqué qu'il lui arrivait de porter des lunettes de soleil quand il faisait gris. Et des pulls à col roulé quand il faisait chaud. Tout le monde se demandait *Mais pourquoi est-ce qu'elle ne le quitte pas ?*

Je crois qu'elle est partie vivre au Canada. On s'est perdues de vue.

— Katherine, viens te coucher, me demande Sael pour la deuxième fois.

Immobile, je contemple le petit couteau de poche dans ma main.

— Katherine ?

Je repose le couteau. Puis je retourne dans la chambre et tire la porte derrière moi.

LA RUMEUR ENFLA TANT ET SI BIEN qu'un jour se présenta au village un noble chevalier à l'armure éclatante juché sur un destrier blanc. Le cheval portait un caparaçon orné d'un serpent lové autour d'une épée dorée, armoiries de la Maison de Morwyn.

Le chevalier proclama :

« Le seigneur du château de Morwyn, ayant eu vent de breuvages grisants, de douces chansons et de l'obscure beauté d'une jeune fille qui abêtissent les hommes et les poussent à se battre, m'envoie m'enquérir à ce sujet. »

L'on manda la jeune fille et le chevalier vit que sa chevelure était aussi sombre qu'une nuit sans étoiles, ses yeux aussi brillants que des charbons ardents et son front blanc comme lait. Il lui dit ceci :

« Tu dois me suivre, car telle est la volonté de Sa Seigneurie. »

C'est ainsi qu'elle monta en croupe et s'en fut, laissant les hommes du village fâchés de son départ et leurs femmes le cœur en fête.

La jeune fille fut présentée au seigneur de Morwyn Castle, August de Villias, qui fut enchanté que son vassal l'ait ainsi fait venir, car elle était jeune et belle. Elle tirait bien bas sa révérence et souriait de manière charmante et il lui demanda si elle lui ferait l'honneur de brasser pour lui.

Elle lui répondit que rien ne pourrait lui faire plus plaisir et se mit au travail en chantant doucement :

Cœur à cœur
Os à os
Chaque coupe pleine
Te fait un peu plus mien

Le breuvage prêt, le seigneur le goûta, puis le but jusqu'à la toute dernière goutte. Il le déclara supérieur à tout ce qui se produisait sur ses terres et conjura la jeune fille de rester en son château pour y brasser son délicieux nectar. Alarmés, ses conseillers voulurent le mettre en garde :

« Nous ne savons point d'où elle vient et avons ouï dire des histoires d'ensorcellement et d'hommes abêtis », lui dirent-ils.

Mais le seigneur refusa de les écouter, car il avait plongé son regard dans celui de la jeune fille et vu ses yeux scintiller comme des joyaux. Il la couvrit de cadeaux, lui offrit une jolie petite jument, un filet en argent et un épervier. Saison après saison, on le vit passer de plus en plus de temps en sa compagnie, veillant à ce qu'elle soit vêtue de soieries et de satin et parée de colliers de perles et de pierres précieuses. Ils allaient aussi chasser ensemble et rentraient bien plus tard que ne l'autorisaient la bienséance et la morale.

8

Ce dimanche, le soleil brille sur Central Park. Il fait humide et très chaud. L'atmosphère est tendue, la peur et la luxure bourdonnent telles des voix assourdies à la radio. Des pique-niques se déploient un peu partout, comme champignons après la pluie. Sur la pelouse, des épidermes livides s'offrent au soleil. Allongés sur le ventre, quelques hommes velus se reposent avec détermination, tandis qu'un petit groupe d'amis se lancent un frisbee, avec juste un peu trop d'énergie.

Partout sur la pelouse, des couples sont enlacés – quoi de mieux qu'être amoureux et le montrer ? Quel est l'intérêt d'éprouver de l'affection si l'on ne peut pas la jeter à la face d'autrui ? Des amis s'essaient à grimper dans un arbre. Une rousse aux seins généreux, son ventre blanc débordant de son jean rose, est particulièrement agile. Il y a aussi un barbu et un autre type qui pourrait être séduisant nonobstant la sévère crise d'acné qui le défigure.

Il y a des monceaux de nourriture – des chips de pommes de terre, des chips de pain pita, de la salade de pommes de terre, du taboulé, de l'houmous et un gros morceau de cheddar et du brie, des cookies maison, un plat rempli de bouts de brownies collants avec des traces de doigts visibles à la surface –, des couteaux et des fourchettes en plastique, et l'ouvre-bouteille qu'on cherche furtivement, mais ce sera pour plus tard ; il fait encore trop chaud pour boire. Et puis il y a l'incontournable salade de fruits et la pastèque qui flétrit tranquillement dans un coin. Et encore du jus d'orange et de la citronnade, de l'eau dans des cubitainers en plastique, et même de la glace, en train de fondre. Et deux types, l'un originaire de Colombie et l'autre de France, qui se lient d'amitié, trouvant tous les deux ridicule d'avoir à dissimuler l'alcool dans les lieux publics.

Dans le parc, des gens distribuent des prospectus. Un individu en tient toute une liasse, mais il ne te regarde pas, il n'a d'yeux que pour les deux minettes allongées sur une serviette de plage. Il va venir de ton côté. La blonde en bikini est particulièrement ravissante.

Tu lui prends un exemplaire des mains sans qu'il oppose de résistance. Sur le recto, il est écrit: *Le Paradis est Vrai.* Un arbre en forme de croix y est dessiné. Une seule feuille pousse sur la branche la plus basse à droite, mais elle est rouge, en forme de goutte de sang. Sympa la touche, te dis-tu. Cela attire le regard.

À l'intérieur, il est écrit que péchés et souffrances abondent dans notre monde en proie au Malin. Le prospectus annonce la venue prochaine de l'Antéchrist, la domination de la Bête immonde sur le monde et la nécessité d'en accepter la marque sous peine de mort. Le pamphlet précise que seuls le sang et l'amour de Jésus-Christ nous sauveront. Il parle aussi de sacrifice et demande: « Que sacrifieriez-vous pour le Seigneur ? »

Ouais, c'est ça, c'est quelque chose, le paradis, mais je ne m'en souviens pas. J'ai déjà vu des prospectus dans le métro. Des conneries sur la fin du monde, style seuls quelques-uns seront sauvés, *ou bien* les marques qu'il imprime sont le signe de la Bête, *ce genre de foutaises. Putain de fanatiques, je suis sûr qu'il en fait partie.*

Grâce à toi, la foi est remise en question, réaffirmée, puis de nouveau remise en question. Pourquoi se passe-t-il de telles choses ?

J'aimerais tant qu'ils reconnaissent Jésus, qu'ils rendent grâce à Dieu.

Au moins ne s'est-il pas trompé sur un point.

Avec nonchalance, tu fais un avion en papier avec le prospectus, puis tu le lances dans l'air immobile. Tu t'allonges à nouveau, un livre au-dessus des yeux. Le soleil te chauffe le visage et le cou et imprègne ta chemise de chaleur. Des rires bruyants fusent alentour. L'herbe est élastique sous la serviette sur laquelle tu es étendu. Tes jambes sont repliées, tes orteils étalés. Une petite brise pointe le bout de son nez, ainsi que deux policiers. Un groupe de trentenaires à l'air furtif, assis près de toi, chuchote à leur approche : *Si vous avez de l'alcool, planquez-le, planquez-le !* Mais les policiers ne s'intéressent pas à l'alcool. Ils cherchent un petit garçon. *L'avez-vous vu ?*

Les flics ne t'interrogent pas ; allongé sur ta serviette avec ce livre posé sur ton visage, tu parais endormi. Sauf que tu ne dors jamais.

Les parents doivent être fous d'inquiétude.
Sans compter qu'il n'y a pas que ça, il y a aussi, il y a aussi…

Ils répugnent à prononcer ton nom, comme si cela suffisait à te faire apparaître.

D'une certaine façon, c'est exact. Tu as été appelé. Tu as été convoqué.

Tu sais très précisément où se trouve ce petit garçon. Tu sens son odeur. À l'autre bout de Sheep Meadow[1]. Tu y réfléchis et te redresses, lentement. Tu te diriges tranquillement vers le groupe de trentenaires et leur demande s'ils veulent bien surveiller tes affaires, tes amis ne sont pas encore arrivés (et là, tu roules des

1. Le pré aux moutons.

yeux). Tu veux aller voir si tu peux les repérer. Peut-être qu'ils se sont égarés.

Bien sûr, pas de problème. Tu as l'air sympa. Tu lis le *New York Times* et en plus, tu as un livre, une bouteille d'eau et un petit panier. Tu es comme eux. Peut-être un peu plus beau gosse, mais avec un sourire gentil – tu es timide. Ils pensent te proposer de jouer au frisbee avec eux à ton retour.

Tu t'éloignes, un peu hésitant tant que tu es dans leur champ de vision, puis tu changes légèrement de direction. Les flics vont d'un côté, toi de l'autre. Ils sont âgés, plus âgés que la moyenne. Être affecté à Central Park, c'est plutôt une sinécure. Un jour de week-end ensoleillé, à midi, on ne s'attend pas (ne s'attendait pas) à ce qu'il y ait des problèmes.

Tu t'enfonces dans le parc ; il y a des ballons et un important groupe d'enfants – une fête d'anniversaire ? Deux, en fait. Les parents sont jeunes, affichent une bonne humeur à toute épreuve et font montre de leurs talents d'éducateurs envers les autres géniteurs en appelant leurs enfants, tous affublés de prénoms à l'ancienne. Ceux des filles commencent par des voyelles : Olivia et Elizabeth, Ava et Amelia – *Isabelle, viens ici !* Les garçons, eux, portent des prénoms bibliques : il y a des Jacob, des Noah, des Matthew et des Elijah, tous à taper des pieds, à courir, à crier, à rire, à se vautrer dans l'herbe et à avaler de la terre. Les parents sont épuisés. Ils n'ont qu'une envie : aller se coucher. Ils n'ont pas remarqué le petit garçon qui joue tout seul à l'ombre d'un énorme chêne noueux. Un petit garçon qui sait comment passer inaperçu.

Mais toi, tu l'as repéré. Il n'est pas comme les autres. Tu te demandes ce qu'il est. Tu l'appelles en esprit pour voir s'il t'entend. Sans un bruit, il se détourne des autres enfants pour te regarder de ses grands yeux brillants. Tu soutiens son regard. Tu es captivé. C'est aussi merveilleux que lorsqu'on rencontre un animal qu'on voit pour la première fois. Tu tends la main.

Il s'approche de toi, la regarde, mais ne la prend pas.

Vous marchez côte à côte et voilà la femme affolée tirant derrière elle son propre fils à l'air perplexe. Elle repère le garçon en ta compagnie, s'exclame et le prend dans ses bras.

— Lucas ! Mon Dieu ! s'écrie-t-elle.

Le pur soulagement est couleur de pêche mûre.

Des curieux applaudissent : le poids qui pesait sur leur poitrine se dissout dans l'air, le vent allant semer ailleurs ses ennuis. Tu souris, tu hausses légèrement les épaules – *ce n'est rien*.

Elle se tourne vers toi en serrant toujours l'enfant contre elle.

— Mon Dieu, merci ! Où l'avez-vous retrouvé ?

— De l'autre côté de la butte, à côté d'un goûter d'anniversaire. Il allait bien.

— Je vous remercie de tout cœur.

Ses épaules s'affaissent. Le soulagement cède le pas à une certaine gêne, au besoin de se justifier, traînée brun-violet.

— Je le jure, ils étaient là, en train de jouer et quand j'ai levé les yeux…

— Je comprends parfaitement (tu es compréhensif, tu ne juges pas), ma sœur a beaucoup de mal avec les siens.

Ça la fait sourire et elle ravale ses larmes.

— En tout cas, merci encore, vraiment, du fond du cœur.

Elle se tourne vers les deux garçonnets. Sa voix est cajoleuse et enjouée.

— Eh bien, quelle aventure ! Je crois bien qu'on a mérité une glace !

S'il te plaît, ne fais pas toute une histoire de ce qui s'est passé. S'il te plaît, n'en parle pas à ta mère.

Tu les regardes descendre la butte en direction d'un marchand de glaces ambulant. Une nouvelle fois, tu appelles le petit garçon dans ta tête. De nouveau, il se tourne vers toi. Tu agites la main dans sa direction et murmures :

— Au revoir, Lucas. À bientôt.

Il fourre son pouce dans sa bouche et se détourne.

Ton acte a forcé l'admiration d'une autre femme assise dans l'herbe ; elle a ôté ses écouteurs et mis sa main en visière pour pouvoir te regarder.

Elle est ironique, sèche, et la façon dont elle drague, avec son côté piquant et son goût passagèrement intense, te fait penser à de la moutarde ; malgré tout, elle est impressionnée.

— Waouh ! C'est vous le nouveau shérif de cette ville ? À moins que vous ne soyez Superman ?

Tu lui réponds sur le même ton, l'air sérieux : « De rien, m'dame, y a pas d'quoi ! » et tu effleures de tes doigts le bord de ton chapeau de cow-boy imaginaire.

Elle aimerait bien savoir comment tu as su. Elle admire la façon dont tu as aidé le gamin à retrouver l'adulte. Et ta modestie. Et la manière dont tu t'y prends avec les petits.

— Vous avez des enfants ? Vous avez été fantastique, vraiment.

Tu lui dis que tu as entendu les flics en parler ; que ça n'a été qu'une question de hasard inespéré et de timing. De la chance et du timing. La plupart du temps, il ne s'agit que de ça.

Les policiers sont revenus et se sont entendu dire que l'affaire était close ; tu leur souris et leur fais un signe de la main, déjà prêt à regagner ta serviette. Tu n'as pas pu vouloir enlever cet enfant, c'est indéniable. On t'a vu dormir. Ils lèvent le pouce dans ta direction, un grand merci de la part des forces de l'ordre. La loi, aussi indispensable que le sel. Aussitôt qu'elle ne s'applique plus, son absence se fait sentir.

Tu dois rejoindre tes amis.

Tu sens le sentiment de déception. *Typique. Il a une petite amie, évidemment.*

Elle plaisante avec ses amies sur le fait que les hommes décèlent les femmes à l'affût. Au fond d'elle, elle sait que c'est vrai.

Pourquoi les meilleurs sont-ils toujours pris ?

Elle se sent idiote dans cette ville où il semble que pour chaque homme célibataire, il y ait mille femmes.

C'est là que tu te tournes vers elle pour lui dire quelque chose. Et que tout change. C'est drôle de voir comment le monde bascule et tournoie sur un simple enchaînement de syllabes.

Tu sens son regard sur toi tandis que tu te diriges lentement vers le petit groupe qui surveillait tes affaires, vers ceux qui vont te demander si tu veux jouer au frisbee avec eux. Tu es clairement populaire dans ce groupe, tu n'es ni un marginal ni un pervers. Et certainement pas ce type dont on ne fait que parler aux informations, le mec au couteau, c'est quoi son surnom, déjà ? Le Moissonneur ? Non, elle l'a au bout de sa langue bien pendue. Mais peu importe. Rien de mal ne peut se produire un dimanche ensoleillé, alors qu'elle passe la journée allongée, complètement détendue, doucement bercée par la musique qui sort de ses écouteurs.

La mélancolie est abricot, couleur de la rose que portait ton flirt à la soirée dansante, du ciel teinté par le soleil couchant lorsque tu étais assis, seul, à la table recouverte d'une nappe en lin blanc et que tu faisais semblant de bien t'amuser. Elle est comme le plus petit, le plus minuscule doigt de pied d'un bébé, d'un bébé qui n'est pas le tien. Elle a le goût d'une peau de fruit d'été, duveteuse et chauffée par le soleil ; elle résonne comme un micro qu'on tapote pour le tester.

Elle presse contre elle ces quelques mots que tu lui as lancés, les savoure comme les dernières miettes d'un brownie, sucrées et puissantes dans son esprit.

Je vais peut-être devoir repasser pour m'assurer que vous allez bien. Apparemment, on se perd facilement dans ce parc.

Elle lui avait souri. « Au cas où je disparaîtrais ? »

Elle n'a pas tort. Tu n'aimerais pas du tout que cela se produise. Après tout, qui sait qui peut bien se cacher dans cette immensité verte baignée de soleil ? Qui le sait ?

Toi, tu le sais.

Arrivé près de l'arbre, tu t'apprêtes à entamer une partie de frisbee, mais juste avant, tu te retournes et lèves brièvement les pouces vers elle. Elle sourit. Elle attendait, un peu nerveuse. Elle n'en a plus pour longtemps à attendre.

Grâce à toi.

9

Tu adores te rendre à la salle de sport, sentir tes muscles s'étirer et se bander, la sueur te picoter, puis sourdre au creux de tes aisselles, perler à ton front, s'amasser, puis dégouliner sur ta peau empourprée par l'effort, tes inspirations remplir tes poumons d'oxygène, les battements saccadés de ton cœur, l'effort qu'il te faut déployer pour vaincre la douleur, et, pour finir, le plaisir que génère le flot d'endorphines relâché par ton système nerveux, tout cela dans ce corps magnifique. La salle de sport est un endroit idéal pour se sentir humain.

Une fille corpulente fréquente cette salle. Elle porte un long tee-shirt gris. Même ici, elle fait ce qu'elle peut pour cacher ses formes. Elle court avec détermination sur le tapis roulant. Ses joues roses, de plus en plus roses, sa bouche pincée par l'effort. Elle inspire, puis expire.

La grosse regarde la télévision. Elle regarde Susie Ranford qui se fait à nouveau interviewer. Susie Ranford qui a monté l'association NRPS (ne rentrez pas seules) après que sa sœur Emily – « Emmy » pour les intimes – a été assassinée le mois dernier.

Susie Ranford est exactement le genre de personne dont raffolent les médias. Porte-parole officieuse des familles des victimes, c'est une jolie rousse fluette, sérieuse, mais pas rébarbative ; elle a connu la tragédie. Est-elle mince ? Oui, elle l'est. Mince, mince, mince.

La grosse essaie de s'imaginer aussi mince dans trois mois ; quand elle cessera enfin d'être la fille dont on dit : « Au moins, elle… » C'est comme ça depuis si longtemps qu'elle ne peut pas se rappeler d'époque où l'on ne disait pas d'elle « Au moins, elle… » Une « Au moins, elle », elle le serait encore auprès de Susie. Et de sa défunte sœur Emmy qui l'aurait sûrement traitée ainsi, lui accordant à peine un regard hormis pour se réjouir que, par contraste, elle paraîtrait encore plus belle.

Cynthia, la présentatrice, a l'air soucieuse – c'est une femme avenante de type asiatique que la grosse a surnommée en son for intérieur la « tata préférée de l'Amérique » à cause de ses joues rebondies qui font penser à deux petites pommes, de sa coupe au carré chic avec mèches argentées et de ses robes taillées avec style – et demande à Susie d'expliquer le concept de NRPS aux auditeurs ; mais la grosse a déjà compris que ce service ne s'adresse, en réalité, qu'aux filles minces et jolies qui ont l'occasion de sortir le soir.

Susie se débrouille bien. Ses traits sont tirés et ses yeux rougis, mais elle s'exprime avec clarté. Jusqu'à présent, tout se passe bien. Ses parents sont trop anéantis pour pouvoir accorder des interviews. Sa mère se shoote aux tranquillisants et son père n'est plus que l'ombre de lui-même. Alors c'est elle qui doit parler pour eux. Elle n'est ni une mère, ni un père, ni même un fiancé, elle n'est qu'une sœur ; malgré tout, c'est vers elle que le monde entier se tourne. Et c'est à ce monde que Susie Ranford répond. Cela lui a donné un objectif, une raison de vivre. Elle préfère agir plutôt que rester chez elle à ne rien faire ; elle préfère faire, faire, faire ; comme ça elle n'a pas à penser à toutes les fois où sa grande sœur l'a énervée, à toutes les fois où Emmy l'a fait tourner en bourrique. À Emmy qui réclamait trop d'attention, qui n'avait pas assez confiance en elle, à la façon dont elle flottait, ne s'engageait dans rien, ne réussissait pas à faire sa vie, à être heureuse. À toutes les fois où Emmy aurait pu faire un geste, s'assurer qu'ils allaient bien, au fait qu'elle aurait pu être une meilleure grande sœur, un être humain plus aimable.

Susie Ranford est assise dans un confortable fauteuil orangé disposé sur un plateau de télévision dont la décoration évoque le salon d'un Américain moyen type et elle s'exprime d'une voix prudente, trop contenue. Elle tient à faire passer son message, à sauver des vies, n'importe lesquelles, y compris la sienne, peut-être.

— Si une femme sait qu'elle va rentrer dans un appartement où elle va se retrouver seule, qu'elle contacte NRPS. Un bénévole, ou un groupe de bénévoles l'accompagnera jusqu'à sa porte, puis attendra qu'elle ait vérifié que tout va bien dans l'appartement avant de repartir.

Cynthia acquiesce, puis se penche en avant.

— Malgré le soutien et les louanges que vous avez reçus lorsque vous avez lancé cette opération, certaines critiques se sont fait entendre.

Elle fronce le nez de manière à indiquer qu'elle, Cynthia, ne ferait jamais une chose pareille.

Susie Ranford ne mord pas à l'hameçon.

— C'est exact, dit-elle.

Cynthia attend qu'elle continue, mais Susie se contente de la regarder, l'obligeant à s'expliquer.

— Certains craignent que cela mette des femmes en danger, parce que en essayant de se protéger, elles invitent des inconnus chez elles.

La grosse s'imagine en train de laisser un inconnu entrer chez elle, sauf que… quel homme pourrait bien vouloir faire une chose pareille ?

Toi, par exemple.

La bouche de Susie Ranford se crispe. De sa main droite, elle agrippe l'accoudoir du fauteuil.

— On ne peut pas garantir la sécurité de ces femmes à cent pour cent. Le système n'est pas parfait, mais c'est mieux que rien, non ? Nous nous efforçons de vérifier, et de la manière la plus exhaustive possible, les antécédents de nos bénévoles. Idéalement, chaque femme devrait se faire raccompagner par un officier de police (le ton est devenu légèrement sarcastique, masquant peut-être de la fureur), mais tout le monde sait bien que c'est impossible, alors nous faisons de notre mieux. Nous essayons d'envoyer plusieurs personnes de façon à éviter qu'il n'y ait qu'un seul « sécurisateur ». Nous avons même des policiers qui se sont portés volontaires durant leur temps libre.

— « Sécurisateur » ?

— Étant donné les connotations négatives du mot « escorte », nous avons préféré un autre terme.

La grosse a l'habitude des euphémismes. Elle en connaît un rayon sur le politiquement correct. La grosse qui a une « personnalité fantastique », qui a « de beaux cheveux ».

— Les bénévoles doivent s'enregistrer auprès de l'association avant et après que la femme est arrivée chez elle. Nous appelons également la femme qui a demandé à être raccompagnée pour nous assurer qu'elle est en sécurité. Nous essayons aussi d'envoyer au moins deux personnes chaque fois.

Tout cela parce qu'un psychopathe qui se sert du corps des femmes comme d'un support pour son art court toujours les rues. Pour ce faire, tu utilises l'outil autrefois employé pour la moisson, une faucille, et c'est pour cela qu'on t'appelle le Faucheur. Les pathologistes du centre médico-légal sont formels : aucune autre lame ne laisserait de telles entailles.

Chaque femme est marquée d'un symbole différent : une feuille, un œil de chat, des cercles concentriques, trois triangles emboîtés les uns dans les autres, chaque symbole choisi en fonction de la couleur de la victime. Mais ces femmes ont aussi un point en commun : un petit croissant de lune, un demi-cercle dans un cercle plus foncé (toujours placé au-dessus de l'ovaire gauche, information qui n'a pas été révélée), et toutes sont finalement mortes d'une entaille à la gorge.

La grosse se croit en sécurité. Elle est certaine que tu ne t'attaques qu'aux jolies filles. Une fois de plus, sa masse adipeuse l'a cachée, l'a isolée du monde extérieur et de tes attaques. Contrairement à « Emmy » Ranford qui, comme toutes les autres, a été retrouvée nue sur son lit. Avec, dans ton sanglant alphabet Morse, l'initiale de son prénom gravée en lettre cursive, tel un hippocampe, au-dessus de son sein droit.

Elle a tort. La grosse te plaît. Elle te voit tranquillement concentré sur tes haltères, efficace dans ton entraînement. Tu ne pousses pas de grognement et ne fais aucun bruit. Quand tu la remarques, tu n'as pas l'air gêné, ton regard ne dévie pas comme si tu te disais : *Non, vraiment ? Toi ?*

Elle est rose, couleur de la détermination, du nourrisson qui braille. C'est une teinte qui sent la sueur, qui claque et pète comme un chewing-gum, qui vrille le tympan comme un rire d'adolescent, une couleur de petit matin, de poussée et de percée vers le haut, une couleur qui résiste.

— Et que pensez-vous des mesures que d'autres sont en train d'instaurer ? Des quartiers qui imposent un couvre-feu et des groupes qui mettent en place des contrôles par téléphone et SMS ?

— À mon avis, plus les gens s'impliquent, plus ils sont solidaires, mieux c'est. On ne peut tout simplement pas rester terrées chez soi jusqu'à la fin des temps.

Peut-être pas jusqu'à la fin des temps, se dit la grosse fille, *mais un bon bout de temps en tout cas.*

— Étant donné la façon dont les représentants de la loi ont traité les différents aspects de cette affaire – certains vont jusqu'à insinuer qu'il s'agit même d'un véritable sabotage – et compte tenu des revers essuyés tels que l'incendie du laboratoire d'analyses médico-légal de la police de New York du Queens et la contamination de l'ADN, êtes-vous d'accord avec ce que certains suggèrent, à savoir qu'il pourrait y avoir une volonté délibérée de cacher des informations ? On murmure que le tueur pourrait faire partie des forces de police…

Cela te fait sourire. Comme si un simple mortel pouvait faire ce que tu fais. Comme si tu avais besoin de l'aide des autres. Comme si toi, Entité que tu es, tu pouvais te faire prendre.

La dernière remarque fait exploser Susie Ranford. Elle en a assez entendu.

— L'idée que l'on puisse nous cacher des choses est totalement…

La grosse aime bien quand les gens se mettent en colère. Elle aussi aimerait se mettre en colère, mais elle n'en a pas le droit. Elle n'a pas le droit d'être grosse et furieuse parce que tout cela est de sa faute. *Allez, dis-le*, pense-t-elle. *Dis* tout ça n'est qu'un ramassis de conneries. Elle augmente la vitesse de la machine et commence à trottiner.

— … absurde. Nous travaillons avec les forces de police et les flics ont autant envie que nous de retrouver ce tueur. Ils font tout ce qu'ils peuvent pour l'amener devant les tribunaux. L'idée que le gouvernement puisse être impliqué est totalement insensée. Depuis le meurtre de ma sœur, deux autres femmes ont été assassinées. Ça fait six en tout ! Nous n'avons pas de temps à perdre avec des histoires de complots. Si les gens ont envie d'y croire, c'est parce qu'ils se sentent impuissants, parce qu'ils ont peur et ne se contrôlent plus et qu'ils sont prêts à se retourner les uns contre les autres. Et c'est une chose qu'on ne peut pas se permettre en ce moment, alors que le monstre court toujours !

À part ses joues écarlates, son visage est livide. Ses narines frémissent et ses doigts se sont crispés.

Cynthia est embarrassée. Elle l'a un peu trop poussée dans ses retranchements. Susie ne colle plus au scénario. Hors de question que la tata préférée des Américains paraisse hostile. Elle murmure : « Oui, oui, bien entendu » et n'aborde plus que des sujets qui ne prêtent pas à polémique.

— Bon alors, et pour ceux qui désirent s'impliquer dans NRPS ? dit-elle.

La grosse fille boit quelques gorgées d'eau tiède à la bouteille. Et continue son jogging.

Susie Ranford essaie de se calmer. Elle doit faire passer son message. Après, elle pourra dire adieu à cette garce et retourner chez son petit ami, où elle pleurera pendant deux heures avant de succomber à un sommeil agité.

— Oui, bien sûr ! Si vous souhaitez devenir bénévole, consultez notre site Internet. Nous recrutons des hommes aussi bien que des femmes, surtout si vous avez suivi une formation dans la police, d'autodéfense ou d'art martial. Si vous ne voulez pas raccompagner des gens chez eux, vous pouvez nous aider à coller des affiches.

— On a beaucoup parlé de ces affiches. Pouvez-vous nous en dire plus ?

— Ce sont des agrandissements de photos des victimes. Depuis le démarrage de NRPS, plus de *dix mille* ont été placardées partout dans la ville.

— Dix *mille*?

Cynthia n'en croit pas ses oreilles. Elle est impressionnée.

— C'est ça. Les gens peuvent bien les enlever ou les vandaliser, nous continuerons à les placarder.

— Qu'est-ce qui vous a donné l'idée de ces affiches?

— Nous voulons rappeler aux femmes que personne n'est invulnérable, que personne n'est immortel ou à l'abri du tueur. Cela n'arrive pas qu'« aux autres ». Il fut un temps où moi aussi, j'entendais des histoires horribles en pensant que jamais cela ne m'arriverait, que jamais cela ne toucherait les êtres qui me sont chers. Mais c'est arrivé à ma sœur. Elle était intelligente et forte et ça ne l'a pas empêchée d'être tuée, tout comme les autres.

Sa voix s'est radoucie, ses épaules se sont un peu relâchées.

— Nous voulons aussi que le tueur voie le visage de ses victimes, qu'il sache qu'il s'agissait d'êtres humains. C'est aussi pourquoi nous accompagnons leur photo de quelques faits personnels. Pour rappeler qu'il s'agissait d'êtres humains qui avaient une vie.

Ça, tu le sais déjà; tu sais qu'elles nourrissaient des rêves, des espoirs, des passions et des désirs. Qu'elles débordaient de vie. C'est d'ailleurs pour cela que tu les as choisies.

La grosse fille repense aux affiches. C'est vrai que les petits faits personnels concernant chaque victime l'ont marquée. Kathleen Walsh était avocate d'affaires et aimait lire de la science-fiction. Jennifer Wegerle était artiste, enseignait le théâtre dans le Bronx et adorait cuisiner. Melissa Lin, qui travaillait dans le marketing, devait se marier moins d'un mois plus tard.

— Combien de temps encore continuerez-vous à placarder ces affiches?

— Aussi longtemps qu'il le faudra. Aussi longtemps qu'il faudra pour l'attraper.

Un instant, la grosse fille se dit qu'elle aimerait bien avoir une Susie Ranford comme sœur. Mais elle n'a que des frères : populaires, sans cœur ; des étrangers, en définitive.

— Cela a été un honneur de vous recevoir sur ce plateau aujourd'hui, compte tenu de cette tragédie…
— Je voudrais juste ajouter un mot à propos de la veillée…
— Bien entendu.
— Jeudi 28, à partir de 19 heures, nous organisons à Union Square une veillée à la bougie en mémoire des victimes et pour leurs familles.

Tu sais que cela fera exactement un mois, jour pour jour, que le corps d'Emmy aura été retrouvé.

— Nous encourageons les gens à porter des vêtements blancs et à apporter des bougies.
— Pourquoi blancs ?
— Dans beaucoup de cultures, le blanc est la couleur du deuil, mais c'est aussi la couleur de l'innocence et cela a pour but de nous rappeler ces vies innocentes qui ont été prises.
Susie sourit tristement.
— Mais bien sûr, vous êtes libres de vous habiller comme vous le souhaitez. C'est votre soutien qui compte.
— Au nom de toute l'équipe de *Debout avec Cynthia !* et de moi-même, je vous remercie d'avoir participé à cette émission aujourd'hui. Sachez que nous sommes de tout cœur avec vous et les familles des victimes et que nous pensons à vous toutes en ces moments difficiles.
Impossible de dire si Cynthia est sincère. La grosse fille a déjà regardé son émission et sait qu'elle a facilement la larme à l'œil.
— Merci.
— Un dernier mot pour nos téléspectateurs, en particulier nos téléspectatrices, qui nous regardent ?

Susie Ranford se tourne vers la caméra, les larmes aux yeux.

— À toutes les femmes célibataires ou qui vivent seules, je dis ceci : ne faites pas les fières. Cela n'en vaut pas la peine. Ce psychopathe a ôté la vie de six innocentes et détruit celle d'un bien plus grand nombre de personnes. Je pensais qu'une telle chose ne pourrait jamais m'arriver à moi ou à qui que ce soit qui m'est cher. Mais maintenant ma sœur est morte, brutalement assassinée. (Les larmes roulent sur ses joues, mais elle continue de parler face à la caméra.) Je vous en supplie, si vous savez que vous allez rentrer chez vous et que vous vous y retrouverez seule, contactez-nous via notre application ou notre site Web ou appelez-nous. Même si cela se passe en journée – souvenez-vous que ma sœur a été vue pour la dernière fois dans une bibliothèque en plein jour. Attendez dans un lieu public bien éclairé ou un endroit où il y a beaucoup de monde que l'un de nos bénévoles vienne vous chercher. Leur nom ainsi que leur numéro de code vous seront communiqués avant afin que vous puissiez vérifier qu'ils sont bien ceux qu'ils prétendent être. Soyez patientes, vous devrez peut-être attendre un peu, mais mieux vaut être trop prudent que pas assez. Ne devenez pas une nouvelle victime. Soyez prudentes.

On dirait qu'elle va s'effondrer d'un moment à l'autre. Le véritable chagrin peut être assez brouillon. Cynthia se tourne brusquement vers la caméra et rappelle comment contacter l'organisation.

La grosse appuie sur le bouton marqué d'un signe +, ce qui accentue la pente du tapis roulant ; son visage s'empourpre un peu plus, ses aisselles transpirent de plus belle. De toute sa masse tremblotante, elle s'efforce de devenir une victime, s'applique à atteindre son but, maigrir, mincir, fondre jusqu'à disparaître.

Ce à quoi elle parviendra bien plus vite qu'elle ne le pense.

10

Ma mère me téléphone.

— Comment vas-tu ? me demande-t-elle.

Quand j'avais dix ans, ma mère a rencontré un chirurgien cardiaque renommé de trente ans son aîné qu'elle a épousé un an plus tard. Il s'appelait Richard, mais tout le monde le surnommait Dick. Il était veuf et avait les cheveux argentés. Il était aussi propriétaire d'une grande maison située dans une banlieue huppée de Washington et père de deux enfants qui n'étaient en réalité plus vraiment des enfants puisqu'ils avaient respectivement six et quatre ans de plus que moi et ne s'intéressaient pas vraiment à la gamine un peu empotée de onze ans que j'étais. Mon beau-père ne m'a jamais demandé de l'appeler « papa » et je ne l'ai jamais fait. Pas plus que je ne l'ai appelé Dick. Je m'en suis toujours tenue à Richard.

— Alors, quoi de neuf ?

Ma mère a les cheveux blonds tirant sur l'argenté, des yeux bleus et vifs et un sourire pincé. Elle sent le propre et l'efficacité, comme l'intérieur d'un sac à main de luxe. Comme l'hiver. Après la mort de son second mari, Richard « Appelez-moi Dick », elle a trouvé son bonheur auprès de chiens et dans l'immobilier. Elle me téléphone de temps à autre, ou alors c'est moi qui prends l'initiative. Juste pour s'assurer que « tout va bien ». En réalité, il s'agit plutôt d'un inventaire. Vivante ? Solvable ?

Ma mère et moi ne sommes pas très proches. Ensemble, nous nous comportons comme deux touristes qui se retrouveraient dans un pays étranger. Nous venons du même pays, mais pas de la même région. Il arrive que nous partagions certaines choses, mais nos vies sont différentes, distinctes et « autres ». Nous sommes polies et amicales. Nous n'abordons que des sujets neutres et sommes soulagées quand la conversation prend fin.

Sauf que maintenant, c'est la panique en ville. Les gens ont peur. Et même ma mère appelle plus souvent.

— Je vais bien. Et toi ?

— Comment va ta colocataire ?

Les manières de ma mère ont tout de la chaise pliante. En théorie, on peut s'asseoir dessus, mais elles ne vous offriront qu'un confort et un support minimaux. Ma mère désapprouve la condition de mère célibataire d'Andrea.

— Andrea va bien, maman.

— Et son fils ? Il s'appelle bien Luther ?

Elle est fière d'avoir fait un effort.

— Lucas va bien, lui aussi.

Je me demande si je ne devrais pas lui parler des pennies. Il y en avait sept aujourd'hui. Mon cœur balance. Cela me fait penser au rituel du Père Noël secret auquel nous jouions au lycée. J'espérais toujours qu'Amir, le garçon dont j'étais amoureuse depuis longtemps, tirerait mon nom dans le chapeau. C'est sûrement pour cette raison que je n'ai pas encore mis le holà à cette histoire, que j'ai laissé les pennies en place.

Finalement, je décide de ne rien lui dire. L'idée que Lucas ait le droit d'entrer dans ma chambre l'horrifierait.

Ma mère ne me pose pas de questions sur ma vie amoureuse. Ce qui est bien. Si elle le faisait, je ne saurais pas quoi lui raconter. Je n'en parlerai jamais à personne. C'est mieux ainsi.

Je n'ai aucune nouvelle de Sael. Je ne m'en réjouis pas vraiment, mais je suis tout de même soulagée. Une fois les règles et le cadre imposés par nos cinq dîners envolés, il ne restait rien. Nous avons été si honnêtes l'un envers l'autre que je ne vois pas ce qu'aurait pu être la prochaine étape. Malgré tout, je suis un peu déçue d'avoir vu si juste.

Une bonne chose est quand même sortie de cette histoire : j'ai recommencé à voir David. Durant toute la période où j'ai fréquenté Sael, je l'ai à peine vu et lui ai à peine parlé. Les deux fois où il m'a proposé de sortir avec lui, j'ai trouvé une excuse. Je me sentais trop coupable. Après, conscient de mes hésitations et du fait que je voulais garder mes distances, il n'a pas insisté. Cela dit, lundi dernier, mon sentiment de culpabilité s'était suffisamment dissipé pour que j'ose l'appeler et le coup de fil s'est conclu par un rendez-vous.

Parfois, je me demande si je vais m'en tirer aussi facilement. Se pourrait-il que la situation soit plus simple que ce que j'ai imaginé ? Si ça se trouve, il n'y aura pas de blessé dans cette histoire – de vrai blessé, je veux dire. Sael disparaît tandis que David revient et, d'un point de vue technique, je n'ai rien fait de mal.

D'un point de vue technique.

Ce soir, David et moi sommes au cinéma.

Les cinémas sont des lieux publics. Des endroits sûrs. Personne ne veut se retrouver dans des lieux isolés en ce moment. Il achète les billets, puis nous nous séparons à l'entrée. Il va nous chercher des places tandis que je file aux toilettes.

En revenant, j'achète du pop-corn et un Cherry Coke pour moi et un Coca ordinaire pour lui. Impossible de regarder un film sans manger de pop-corn.

Quand je reviens dans la salle, il me fait signe de la main. Il est assis tout en haut, à l'arrière, les places que je préfère.

— Voilà pour toi, lui dis-je en lui tendant le Coca.

— Ah ! s'exclame-t-il en s'enfonçant dans son siège, du pop-corn, un Coca et toi : plutôt pas mal comme assortiment.

— Plutôt pas mal, c'est vrai.

— Ça fait un moment qu'on ne s'est pas vus.

— Je sais.

Il boit une gorgée de Coca.

— Au bout du compte, quand la bataille sera perdue et gagnée, le Coca sera toujours vainqueur. C'est la boisson des champions. Et toi, tu bois quoi ?

— Du Cherry Coke. Contrairement à certaines personnes, je ne suis pas une puriste.

— Pas de soda au gingembre, si je ne m'abuse. Cela te rappelle quand tu es malade.

Je repense à ce que j'ai mis sur mon profil. Je rougis, honteuse. Il s'en est souvenu. Il s'intéresse à moi. Les bandes-annonces démarrent, nous nous taisons.

Le film, un thriller, est bon. Une inspectrice de police poursuit un tueur et l'histoire devient un peu effrayante. Certains doutent que le moment ait été bien choisi pour diffuser ce genre de film ; étant donné ce qui se passe ces jours-ci, l'intrigue n'est effectivement pas du meilleur goût. Le cinéma est presque vide, bien que pas complètement. Mais nous, spectateurs, avons finalement une excuse : *Ce n'est qu'un film.*

Nos bras se frôlent presque. Je sens la chaleur de sa peau sur la mienne. Plus proche encore.

Puis il prend ma main. Il ne m'a pas touchée depuis qu'il m'a raccompagnée chez moi il y a un mois. J'ai l'impression que cela fait une éternité. Nos doigts s'entremêlent naturellement. Sa main est chaude, douce et grande. J'avais oublié, mais maintenant cela me revient. Sa main sur la mienne. Il la retient un instant, puis la pose sur sa poitrine. Le geste est étrange, intime, beaucoup plus intime que bien d'autres gestes de nature sexuelle que j'ai pu expérimenter. Je reporte mon regard sur l'écran. J'essaie de me concentrer. Impossible. Je sens quelque chose d'autre à présent : ses lèvres baisent chacun de mes doigts tour à tour. Doux, ferme, doux, il m'embrasse tous les doigts l'un après l'autre. Mes entrailles fondent, se dissolvent. Je me tourne vers lui, mais ses yeux restent fixés sur l'écran. Le cœur battant, je me remets à regarder le film. Je ne distingue plus rien. J'agonise et suis enivrée, j'aimerais que ça ne s'arrête jamais.

— J'adore ce film, me souffle-t-il à l'oreille.

J'ai du mal à respirer. J'ai la chair de poule. Ses doigts caressent doucement le dessus des miens. Partout, je veux sentir ça partout, partout, partout. *Sacré jeu de mains*, me dis-je. Ça me fait glousser. J'ai envie d'éclater d'un rire hystérique, mais me contiens. J'aurais l'air d'une folle. Si seulement ce film pouvait ne jamais finir. Jamais.

À la fin du film, je vais rapidement aux toilettes m'asperger le visage d'eau. Je m'essuie avec une serviette et m'efforce d'arrêter de sourire béatement. En fait, les plus discrets sont souvent comme l'eau qui dort.

Il m'attend, debout à côté de l'effigie en carton d'un héros de film. Nous nous dirigeons vers la sortie main dans la main, geste tout à la fois naturel, simple et beau.

— J'ai adoré ce film, répète-t-il.

— Moi aussi.

— Je dois avouer que je ne sais pas de quoi il parlait, mais c'était super. Un jour, tu me raconteras l'histoire. Peut-être que cela deviendra mon film préféré.

Nous descendons les Escalator et sortons dans la nuit.

— On va prendre un verre ?

— Avec plaisir.

Dehors, les trottoirs sont vides. David siffle d'étonnement.

— J'ai toujours eu envie de voir de quoi aurait l'air l'Apocalypse après l'arrivée des zombies, mais sans ces sales monstres.

Alors que d'habitude l'East Village grouille de vie les soirs d'été, la rue est déserte. Personne ne fait la queue pour s'acheter une glace, aucun adolescent hurlant à pleins poumons ne traîne. Même l'inévitable géant tatoué attendant patiemment que son minuscule Schnoodle ait fini d'uriner sur la bouche d'incendie a déserté les lieux. Jamais je n'aurais pensé qu'il m'arriverait de regretter la foule obstruant les trottoirs. J'en viendrais presque à souhaiter qu'un touriste marchant d'un pas nonchalant s'immobilise devant moi pour prendre un immeuble en photo. Presque.

— Et si on allait dans un bar où on joue de la musique à deux balles et qui vend des bières assourdissantes ? me demande David.

Nous atterrissons dans un rade de l'Avenue C. Il n'est pas terrible, mais c'est à côté. Et il est ouvert. Les deux premiers où nous nous sommes présentés étaient fermés. Comme s'il y avait un couvre-feu officieux. Comme si la ville s'était elle-même privée de sorties. Mais ce n'est pas cela qui va résoudre le problème. Les femmes assassinées nous l'ont bien montré, à défaut d'avoir révélé autre chose. S'il veut entrer dans ton appartement, il le fera. En tout cas, dans ce bar, on peut sélectionner du Fleetwood Mac au juke-box et boire de la bière bon marché. Ce qui nous convient. Nous bavardons ; c'est facile de discuter avec lui, de parler du film, d'autres films et, de là…

Il se tourne vers moi :

— Je suis content qu'on ait fait ça.

— Moi aussi.

— Tu sais, pendant un moment je n'étais pas sûr de vraiment t'intéresser.

— Ah bon ?

Allez, dis-lui.

— C'était juste une impression.

La voilà, ta chance.

— Non, ce n'était pas ça… *C'est juste que je me tapais ton copain*. Je…

Dis-lui. Quelle explication avancer ? Qu'est-ce qui serait acceptable d'entendre maintenant que nous sommes ici et que nous avons passé une merveilleuse soirée ? Qu'est-ce qui ne ficherait pas tout en l'air ?

Il rit.

— Tu sembles souffrir, là !

— Je…

— L'important, c'est que nous sommes ici, maintenant.

Il se penche vers moi et m'embrasse avec délicatesse et fermeté.

Je presse mes lèvres contre les siennes.

Il me tient fort et plus rien n'existe en dehors de ce moment. Quand nous sommes à bout de souffle, nos bouches se séparent.

— Ouah, dit-il doucement, ça fait une éternité que je rêvais de faire ça.

— Pourquoi est-ce que ça t'a pris tant de temps ?

— La première fois, nous avions de la compagnie et ça m'a un peu déstabilisé et puis, je ne sais pas… j'ai eu du boulot par-dessus la tête et toi, tu semblais un peu distante…

— Désolée.

Il sourit.

— Il va falloir qu'on y travaille.

Je lui souris en retour.

Malgré mes protestations, il paie l'addition et nous nous retrouvons dehors.

Il soupire.

— Maintenant, je regrette qu'on ait organisé cette sortie un mercredi soir.

— Qu'est-ce que tu fais les vendredis ou les samedis ?

— Ça dépend.

— Hum. Tu veux faire quelque chose ce week-end ?

— Tu as une idée en tête ?

Je réfléchis. Les restaurants et les bars ferment tôt, de même que les boîtes de nuit, même s'il faut dire que ceux-ci ne nous intéressent pas. Une anxiété intense, frôlant l'hystérie, est relâchée dans l'air, tel du gaz carbonique.

J'ai craqué pour un mec du bureau, mais je sais pas, il me paraît un peu bizarre. Il est plutôt mon genre, mais avec ce psychopathe qui se balade dans la nature, je sais pas… tu vois ce que je veux dire?

Elle m'a dit qu'elle va peut-être déménager d'ici.

Et quitter son boulot? Et tout le reste?

Ouais, ses parents sont morts d'inquiétude.

Je sais. Mes parents aussi ont la trouille, surtout ma mère.

Moi, c'est mon père. Je suis la petite fille à son papa.

Tout à coup, j'ai une idée.

— Et si on dînait chez moi?

— C'est toi qui feras la cuisine?

— Moi-même en personne.

Cette proposition me rend un peu nerveuse.

— Bon, en fait, il va d'abord falloir que je voie avec Andrea, que je lui demande ce qu'elle a prévu et si elle veut se joindre à nous. Si oui, on sera quatre. J'espère que ce n'est pas trop plan-plan pour toi?

— Parfois, le plan-plan, c'est super.

— Alors OK, on fait ça.

Il sourit. Et m'embrasse à nouveau. C'est merveilleux. Après un long moment, nous nous séparons et nous regardons, l'air radieux.

— Tu me diras ce que je peux apporter.

— Toi-même.

— Allez!

— Peut-être une bouteille de vin.

— Ah, en voilà une bonne idée.

Il n'a pas plutôt levé le bras qu'un taxi se matérialise dans la rue déserte.

— Je peux prendre le métro.

— Nan, prends un taxi.

Il s'inquiète pour moi. Ces jours-ci, toute nouvelle est mauvaise nouvelle.

— Tiens, dit-il, et il me glisse de l'argent dans la main.

Je le refuse.

— Attention, monsieur, je suis une femme indépendante, moi.

— OK, OK, c'est noté, dit-il d'un ton solennel, les yeux brillants.

Il m'embrasse une dernière fois, puis je monte dans le taxi. L'instant d'après, il me jette des billets par la fenêtre plus quelque chose d'autre et recule avant que je puisse tout lui renvoyer. Je ramasse l'argent et un petit objet en forme de cartouche. Je l'examine. Ce ne serait quand même pas un sex toy ?

— C'est une lacrymo au poivre, pas du parfum, me précise-t-il tandis que le taxi démarre. Ne t'en mets pas dans le cou !

Quoi ?!

— Envoie-moi un SMS quand tu seras rentrée !

L'instant d'après, nous disparaissons dans la nuit.

— C'est un gentil gars, me dit le chauffeur de taxi. (Avec sa petite stature et sa barbe, il a l'air indien.) C'est votre petit ami ?

— Pas encore.

Mais si j'ai mon mot à dire, il le sera bientôt.

— Ce n'est pas bon pour une femme de ne pas avoir de petit ami.

Je soupire. Mes copines féministes me tueraient si elles me voyaient laisser filer l'occasion de faire la leçon à cet homme, mais…

— Je suis bien d'accord, lui dis-je.

— Avec tout ce qui se passe en ce moment.

— C'est vrai.

— Ils en ont trouvé une autre.

Il a l'air sombre mais satisfait, comme si ce dernier meurtre ajoutait de l'eau à son moulin.

— Mon Dieu !

J'ai l'impression d'avoir été frappée de plein fouet.

— Oui, dans son appartement.

— C'est horrible.

— Vous habitez seule ?

— Non. *Pourquoi me pose-t-il cette question ?* J'ai plusieurs colocs baraqués qui passent leur temps en salle de gym, inventé-je.

— C'est bien, dit-il, l'air sévère. Vous êtes mignonne. Mieux vaut ne pas habiter seule par les temps qui courent.

— Vous avez raison.

Il allume la radio et écoute un commentateur sportif tandis que je regarde le paysage défiler par la fenêtre. Au-dessus des trottoirs brûlants, la lune flotte dans un ciel tiède. Un groupe d'étudiants, probablement de l'université de New York d'après leur style, bravent les dangers nocturnes, ignorant les avertissements donnés. Ils sont jeunes et passablement déshabillés, les filles roucoulent et poussent des cris perçants, les garçons ont l'air dégingandés dans leur tee-shirt de couleur claire et leur casquette de baseball vissée sur la tête. Ils sont assez saouls pour pouvoir se moquer du danger, bruyants et tapageurs, prêts à en découdre, rendus courageux par la meute et l'alcool ingurgité ; ils sont en nage, débordants de désirs et secrètement pleins d'espoir.

Alors que je me prépare à aller me coucher, je me remémore tous les moments agréables de cette soirée – ma main dans la sienne, ses baisers, sa déclaration, *Cela fait une éternité que je rêvais de faire ça*. Je m'apprête à lui envoyer un texto quand l'écran de mon téléphone s'allume.

Bien arrivée ?

Bien arrivée !

Super ! ☺

J'ai passé une merveilleuse soirée

Moi aussi

Le film n'était pas mal non plus ;-)

Pas mal, oui.

Ok, bonne nuit et à samedi

Sauf si je te vois avant!

: P

Je souris. J'ai chaud au cœur. Je rayonne. Je me coule sous les draps. Je dois avouer que je suis un peu déçue que nous ne soyons pas allés chez lui. D'un autre côté, je sais que c'est bon signe quand on prend son temps et puis, après ce mois de césure, il nous faut d'abord rétablir une relation de confiance.

Peut-être que tout se passera bien. Peut-être que tout ira pour le mieux.

J'allume la radio et entends un flash d'information. Une autre femme, Rebecca Lamb, vient d'être retrouvée, comme me l'avait annoncé le chauffeur de taxi. J'éteins le poste. La porte de mon placard est de nouveau ouverte. Je me lève pour la refermer. Je me sens nerveuse. J'ai passé une très bonne soirée ; pas question de tout gâcher. Il ne pleut pas et personne ne se tient sous la pluie.

Je n'arrive pas à dormir. Moi et toute la ville. D'après les infos, les demandes de somnifères et de tranquillisants ont explosé. Je ferme les yeux. J'inspire par le nez, expire par la bouche. Je m'efforce de visualiser la tension qui quitte mon corps.

Le pire, c'est la façon dont il pénètre dans les appartements, faisant fi des portes verrouillées et des fenêtres fermées, et sa capacité à ne laisser aucune trace d'effraction. Avant, ma fenêtre avait des barreaux, mais je crois que la locataire précédente les a fait enlever. Jusqu'à maintenant, je ne m'en étais jamais souciée. Il faudra que j'en parle à Andrea.

Pour M. Bob, le maire officieux du quartier, ce type n'est rien en comparaison du Fils de Sam ou du Tueur du Zodiaque, le sommet de l'horreur ayant été atteint, bien entendu, avec Ted Bundy.

Ce qui se passe aujourd'hui n'est pas si terrible que cela. *Tu aurais dû voir cette ville il y a quelques dizaines d'années. C'était – passe-moi l'expression – un putain de chaos, la folie, il y avait des dealers, des camés, des putes, des crimes en veux-tu en voilà, tout le monde était parano.*

Non, le pire, c'est la façon dont on retrouve leur corps après.

Pense à la manière dont il a embrassé tes doigts un à un au cinéma. Pense à ce baiser dans le bar. *Cela fait une éternité que je rêvais de faire ça*, voilà ce qu'il t'a dit. Il avance à pas comptés, ce qui signifie peut-être qu'il prend cette histoire au sérieux, contrairement à… Ne pense pas à Sael. L'épisode est clos.

Le lendemain, je parle du dîner à Andrea.

— Si ça te va, je veux dire. Est-ce que ça te convient ?

— Lucas sera ravi. Il adore quand tu cuisines.

Elle me regarde, l'air grave.

— Inviter quelqu'un à dîner, je ne crois pas que tu l'aies déjà fait. Ça doit être sérieux.

— Eh bien…

— Détends-toi, je te fais marcher. Il a l'air sympa, j'ai hâte de le rencontrer et de lui parler pour pouvoir le prévenir de ce qui l'attend, me dit-elle, un sourire aux lèvres.

— Haha !

Elle me taquine, mais il y a une part de vérité dans ce qu'elle vient de dire. Je fais attention avec Lucas. Andrea ne me l'a jamais demandé, mais je sais qu'elle m'en est reconnaissante.

— En tout cas, ça fait plaisir de te voir heureuse. Tu avais l'air un peu stressée ces derniers temps. *Ah oui, c'était sans doute quand je m'envoyais en l'air avec le meilleur copain de David.* Enfin… il faut bien reconnaître qu'on est tous stressés en ce moment.

Elle paraît fatiguée, préoccupée et je sais qu'elle pense à Lucas, à la façon dont ces meurtres l'affectent. La nuit dernière, il a fait un cauchemar.

— C'est vrai. Mais je vais mieux, maintenant.

Je n'en dis pas plus. Planifier la soirée est excitant : ce que je vais mettre, la liste de courses à faire et même les fleurs à acheter – des tournesols, peut-être ? J'adore les fleurs, mais j'ai l'impression qu'avec moi elles fanent tout de suite.

Samedi après-midi, une heure avant l'heure du rendez-vous, David appelle. Sa voix est différente, dénuée de toute chaleur ou gentillesse.

— Katherine.

Un frisson me parcourt le corps.

— Katherine ?

— Oui ?

Il sait.

— J'ai une question à te poser.

Et merde, il sait.

— Oui, quoi ?

J'essaie de garder un ton détaché.

— Tu te souviens de mon ami Sael ?

— Je crois.

Tu penses bien !

— Bon, je voudrais te demander quelque chose.

Nous y voilà.

— Oui ?

— Il m'a appelé aujourd'hui et il ne va pas très bien. Il n'a pas le moral.

— Ah bon ?

Attends voir.

— Il a déjà été comme ça dans le passé et ç'a été difficile. Je crois que c'est à cause d'une fille.

— Tu crois ?

Mon Dieu.

— Je n'ai pas très envie de le laisser seul. Cela m'embête vraiment de te demander ça, mais est-ce que je pourrais venir avec lui ?

— Hum.

Merde.

— En temps normal, je ne fais jamais ce genre de chose, mais…

— Pas de problème.

Je suis prise au piège, dans le pétrin.

— Tu es sûre ? Je suis vraiment désolé.

Crois-moi, tu ne sais pas ce que c'est que d'être désolé.

— Il n'y a pas de quoi, Andrea et Lucas seront là, c'est vraiment informel.

Sael vient. Ils seront tous les deux là au même moment. Merde, merde, merde.

Un flot d'excuses et de promesses jaillit de la bouche de David.

— Tu es sûre, Katherine ? Je suis désolé. C'est vraiment gentil.

— Parfaitement sûre ! Plus on est de fous, plus on rit.

Comme dans un plan d'enfer à trois.

— J'amènerai deux fois plus d'alcool.

— Parfait.

Parce qu'on va en avoir bien besoin.

— Sérieux, je te remercie mille fois. À tout à l'heure !

Il a raccroché.

— Quelle vie de merde, dis-je à personne en particulier.

Ce ne sont pas deux, mais trois bouteilles de vin haut de gamme qu'ils ont apportées, ce qui est bien. Je n'ai pas revu Sael depuis la nuit de notre cinquième dîner. Il a l'air de bien aller, si ce n'est qu'il a peut-être un peu maigri, qu'il a perdu un peu de son entrain, en tout cas rien qui s'apparente à l'état de désespoir décrit par David.

— Salut, me dit-il calmement, les yeux baissés.

— Bienvenue ! lancé-je à David en ignorant Sael. Entrez. Andrea, je te présente David et Sael. David et Sael, je vous présente Andrea.

— Et à qui ai-je l'honneur ?

David s'est penché en avant, prêt à faire ami-ami.

— Je te présente Lucas.

Lucas est plus timide que d'ordinaire. Peut-être parce qu'il n'a pas l'habitude de fréquenter des hommes adultes. Il fourre son pouce dans sa bouche. Mauvais signe. On ne l'entendra pas de la soirée.

— Merci de m'avoir permis de venir avec Sael.

David et moi sommes dans la cuisine, affairés à ajouter un couvert supplémentaire. Je jette un coup d'œil au salon.

Andrea et Sael discutent tandis que des paroles émanant de la gorge de chanteurs de jazz morts depuis longtemps s'égrènent doucement dans l'air. Lucas, qui semble avoir vaincu sa timidité initiale, dessine avec des crayons de couleur aux pieds de sa mère. Sael dit quelque chose à quoi Andrea acquiesce en riant.

— Il a l'air d'aller plutôt bien, hasardé-je.

— Je lui ai dit qu'il n'avait qu'à bien se tenir ce soir.

— Sinon… ?

— Sinon, je lui casse la gueule.

— Vraiment ?

— Nan, mais je lui bazarderai son téléphone dans la rivière. Et puis je prendrai mes jambes à mon cou avant qu'il m'attrape et me fiche une raclée.

— Impressionnant.

— Où est-ce que je peux trouver un autre bol comme celui-ci ?

— Là-bas, en haut… Non, à gauche, tout à droite.

— Alors, c'est à gauche ou à droite ?

— Très drôle, monsieur le comique. Maintenant, passe-le-moi.

J'aime bien le diriger. Ça donne une impression d'intimité, de familiarité. L'idée de cette soirée me terrifiait, mais il n'y avait vraiment pas de quoi. Que David ait fait la leçon à Sael avant de venir ou que ce soient des événements extérieurs qui l'affectent, je sais en tout cas qu'il n'y aura ni drame ni scène. Tous deux sont agréables et la soirée se déroule bien.

David détaille le salon à travers le passe-plat : le plancher gauchi, les grandes portes avec leurs petits carreaux de vitrail en imposte, le rocking-chair avec ses grands coussins confortables, dans lequel Sael est assis, concentré sur ce que lui raconte Andrea. À l'évidence, l'appartement lui plaît.

— Il est super votre appartement, dit-il.

— Dis-le à Andrea, c'est elle qui l'a choisi et décoré.

— Elle y habitait depuis combien de temps quand tu as emménagé ?

— Depuis plus ou moins trois ans, je crois.

— Comment vous êtes-vous rencontrées ?

— Un ami commun nous a présentées. Le timing était parfait : je cherchais un endroit où habiter et elle, une colocataire.

En fait, je venais de vivre une rupture très douloureuse. Il y a deux ans, j'avais un vrai boulot et un petit ami sérieux. Je pensais qu'on s'acheminait vers un mariage et des enfants et puis, moins d'un mois plus tard, j'ai dû me rendre à l'évidence : il ne suffit pas de planifier un événement pour qu'il se matérialise. Mon poste a été supprimé et mon petit ami, un expert en nouvelles technologies, a décidé de déménager à San Francisco. Tout seul.

Il m'aimait, mais pas assez. Il voulait un nouveau départ. J'ai dû retrouver un appartement en moins d'un mois.

J'ai du mal à me rappeler cette période de ma vie. La plupart du temps, j'étais dans le coton, absente. Écrasée par la douleur. Tout me demandait des efforts surhumains : me lever, m'habiller autrement qu'en jogging. J'ai essayé de chercher un travail. Je passais la majeure partie de la journée à pleurer, souvent à des moments totalement inopportuns, mettant à l'épreuve la patience de mes proches. Un ami d'ami a fini par entendre dire que je cherchais de toute urgence un nouveau logement et, environ une semaine après, je me suis retrouvée devant Andrea, pour une sorte d'interview informelle devant une tasse de café. *Quelle que soit l'issue de cette discussion*, m'étais-je dit alors, *elle aura au moins eu le mérite de m'obliger à m'habiller. C'est déjà quelque chose.*

Andrea est splendide, noire avec des pommettes incroyablement hautes et un long cou gracile. Face à elle, n'importe quelle mannequin se déclarerait tout de suite vaincue et irait noyer son chagrin dans un pot de crème glacée aux cookies. Heureusement pour elle, Andrea est avocate commise d'office, ce qui signifie qu'elle est aussi noble que belle. Je pourrais la détester, mais elle est vraiment sympa et drôle et a besoin de moi autant que moi d'elle.

— Personne n'a envie de vivre avec un enfant, m'avait-elle confié lors de l'entretien. (Nous avions déjà presque fini les cookies.) Les gens se disent qu'ils ne pourront ni fumer de crack ni se bourrer la gueule en plein jour ni ramener d'étrangers pour s'envoyer en l'air en tenue de cuir.

— Alors qu'ils le pourraient ?

— Tant qu'ils partagent le crack.

Elle avait dit ça d'un air si sérieux que j'avais mis un moment à comprendre qu'elle plaisantait. J'avais ri. Une sensation étrange sur mon visage sur le moment.

Andrea avait souri :

— Il se trouve que j'adore mon petit bonhomme et que la consigne de ne pas faire trop de bruit à partir de 19 heures quand je le couche peut être perçue comme un inconvénient si on a l'intention de faire la fête. La dernière colocataire n'a pas supporté. Je ne lui en veux pas. Elle avait une vingtaine d'années et envie de s'amuser. Elle m'a dit qu'elle n'était pas venue à New York pour se retrouver à vivre comme chez sa mère.

— C'était plutôt déplacé, comme remarque.

— Mais je lui ai répondu : c'est parfait, parce que moi, je ne suis pas non plus prête à partager mon toit avec une ado.

— Et c'est là que tu lui as donné un coup dans les nibards ?

Andrea avait éclaté de rire.

— Exactement, à ce moment-là, je lui ai filé un coup dans les nibards.

— Maman ?

Un petit garçon était apparu. Il avait d'énormes yeux marron, un regard curieux et la tête couverte de minuscules boucles noires et douces. Il marchait d'un pas lourd, avec la détermination caractéristique des jeunes enfants. Dans son poing, il tenait un vieux cochon en peluche. Arrivé à côté d'Andrea, il s'était accroché à sa jambe. Puis il m'avait examinée.

Andrea lui avait passé un bras autour de la taille.

— Katherine, je te présente Lucas, Lucas, Katherine. Tu lui dis bonjour ?

— 'jour…

Il semblait avoir du mal à prononcer mon prénom.

— Katherine est un peu compliqué. Si tu veux, tu peux m'appeler Kat.

Andrea s'était tournée vers lui.

— Ton film est fini, mon poussin ?

Sans me quitter des yeux, il avait hoché la tête.

— Exprime-toi avec des mots.

— Non.

— Alors, qu'est-ce qu'il y a ?

— Je vous ai entendues parler.

— Tu nous as entendues rire et tu voulais savoir ce qu'il y avait de si drôle ?

— Oui.

— C'est juste une conversation d'adultes, mon poussin. Ce n'est pas très intéressant.

— Il a droit au truc sur la table, là ? avais-je dit à Andrea, l'air interrogateur.

Je ne voulais pas lui proposer un Oreo sans la permission de sa mère.

— Oui, j'ai droit de prendre un cookie, m'avait-il alors informée.

Andrea et moi avions éclaté de rire.

— Tu es malin, mon bonhomme.

— Et mon cochon, il peut en avoir un aussi ?

— Il mange des cookies ?

Il avait eu l'air interloqué. Je m'étais montrée charitable.

— Je te donne son cookie et tu lui fais goûter ?

— OK !

Son visage s'était illuminé. La bouche pleine de miettes, il avait tiré sur la manche d'Andrea.

— Je l'aime bien, elle. Elle peut rester ?

— Oh, avais-je dit, gênée, tu n'es pas obligée de...

Andrea avait souri et m'avait regardée.

— Tu veux visiter l'appartement ?

Difficile de croire que cela remonte à deux ans.

— Viens à table, mon bébé, lui dit Andrea. Le dîner est prêt.

Nous nous asseyons tous et mangeons.

Des bols disparates sur des sets de table, une sauce toute simple à la tomate, des pâtes fumantes et du pain. Une bonne odeur, une odeur gaie. Il nous reste encore une bouteille de vin à boire. Des bougies ont été allumées. La conversation est fluide. Je ris. Mes épaules se détendent. La soirée est merveilleuse. Quatre adultes et un enfant un samedi soir, contents d'être ensemble. Nous ne parlons ni des femmes retrouvées assassinées ni du travail d'Andrea. Nous discutons de tout et de rien, du temps, de films, de livres, d'étés passés et de souvenirs. David est gentil, Sael attentif et Andrea jouit de leur compagnie.

À ce moment-là, je suis heureuse.

Pour le dessert, nous avons prévu des fraises et David insiste pour que nous les arrosions d'un peu de jus d'orange.

— Ça fait ressortir leur côté sucré, dit-il.

C'est une touche sympa, à son image, qui réduit l'acidité des fruits et met en valeur leur douceur et la sienne.

Quand Andrea annonce à Lucas qu'il est l'heure d'aller au lit, il demande :

— Est-ce que Kat peut me border ?

En réponse à sa question, je me lève. Je suis contente de le faire et de laisser les autres mieux faire connaissance. Je suis contente de laisser les hommes amuser Andrea. Quand on est soi-même rassasié, on peut se permettre d'être généreux. Je suis gavée de soulagement, de bonheur. Et cela fait un moment que je n'ai pas vu Andrea aussi détendue ; les folles histoires qui circulent à propos du Faucheur l'ont vraiment affectée.

Lucas met sa petite main dans la mienne et nous nous dirigeons vers sa minuscule chambre, une pièce en réalité à peine plus spacieuse qu'un grand placard à balais qui abrite son petit lit, ses dessins et ses jouets. Tout est parfaitement ordonné : moins on a de place, mieux les choses doivent être rangées.

Lucas enfile son pyjama, ou, comme il le dit lui-même, son « pyzama », et se brosse les dents avec sa brosse de grand garçon. Je regarde ses livres : la série des Docteur Seuss, *Bonsoir Lune, Elles sont belles mes casquettes*, et je me dis que c'est le bon moment pour lui parler des pennies.

Il y en avait davantage aujourd'hui. Je ne les ai toujours pas touchés, comme si c'était une œuvre d'art.

Je ne veux pas les toucher, les déranger.

En tout cas, c'est ce que je me dis.

Huit pennies, tous côté face.

De face, c'est bien, ça porte chance de trouver un penny de face, mais c'est aussi un message, un avertissement, comme si les pièces disaient : « Regarde en face de toi ! » Je m'étais accroupie pour observer le profil couleur bronze d'un président depuis longtemps disparu.

Je me demande comment il fait pour qu'elles restent debout sur la tranche et parfaitement espacées.

— Kat ?

C'est Lucas, qui a fini de se brosser les dents. Je sursaute.

— Tu m'as fait peur, mon poussin.

Il me considère un moment de ses grands yeux marron, comme s'il pouvait lire dans mes pensées.

— Allez, file au lit, dis-je en tapotant la couverture tandis qu'il s'exécute.

— Lucas…, commencé-je. Avant que je te lise une histoire, j'ai une question à te poser.

— Oui ?

Il a l'air apeuré, mais cela ne peut plus durer.

— Je ne vais pas me fâcher, je te le promets.

Son regard est toujours fixé sur moi.

— Es-tu allé dans ma chambre quand je n'y étais pas ?

— Non !

Il a l'air horrifié, ce qui est comique chez un enfant de quatre ans. Il faut frapper avant d'entrer ! C'est la règle !

Et que ferions-nous sans règles ?

— Tu as raison. C'est juste que j'ai trouvé des pennies dans ma chambre. Ça te dit quelque chose ?

Il nie d'un hochement de tête.

— Certain ?

Il acquiesce vigoureusement.

Et maintenant, quoi ?

— OK, dis-je, désemparée, gardons les règles en mémoire, d'accord ? Toujours frapper et ne rentrer dans ma chambre que si j'y suis.

À nouveau, il acquiesce.

Vraiment concluante, cette petite explication.

Il y a un moment de silence. Il semble incertain de ce qui va se passer. Je n'ai pas respecté notre routine.

— Allonge-toi bien confortablement, lui dis-je.

Il obtempère, content d'avoir retrouvé nos habitudes, d'être à nouveau en terrain connu.

— Quelle histoire on va lire ?

Il me tend son livre préféré. Le même que le mien à son âge.

Dans *Max et les Maximonstres*, les monstres abondent…

Des créatures s'ébattent, des bêtes bredouillent, des choses poilues hurlent – *Il me mord le cou* – **les Maximonstres s'en donnent à cœur joie** – *Une femme nue sous la pluie* – **Mais alors** – *Ne bouge pas* – **ils sont subjugués, ensorcelés** – Déshabille-toi.

Je me demande pourquoi mes pensées ont emprunté ce chemin tortueux, pourquoi elles se sont assombries et enlaidies dans cette chambre d'enfant alors que je me sens si heureuse. Pourquoi ces gentils monstres me font-ils penser au vrai ? Il faut dire que ces jours derniers, les nouvelles ne parlent que de…

Ils font du petit garçon leur roi – *C'est une bombe lacrymo au poivre. Ne t'en mets pas dans le cou !* David avait plaisanté, mais lui aussi y avait pensé.

… S'ensuit une fête épouvantable…

Combien de femmes mortes ? Combien d'affiches ? Il y en a déjà beaucoup : sept visages à ce jour, leurs photos agrandies sur les affiches, le grain apparent ; la police est sous pression et le maire fait des déclarations d'une voix traînante et nasillarde, « Soyez prudents », « La police fait tout ce qui est en son pouvoir », « Soyez raisonnables. Faites preuve de bon sens. Officiellement, il n'y a pas de couvre-feu, mais… »

« Ne partez pas, nous vous aimons terriblement, nous vous mangerons. »

J'ai toujours adoré cette réplique et je n'ai jamais eu le moindre doute quant à sa signification tant il est vrai que, parfois, on souhaiterait pouvoir manger les choses qu'on aime. De jeunes acteurs qui s'essaient timidement à une blague sur le rejet : « Ce n'est pas de ta faute ; c'est juste que j'ai peur que tu ne sois un tueur en série. » Ceux qui ont de la bouteille savent à quoi s'en tenir, ils vivent dans cette ville depuis un moment, ils se doutent que la situation ne va pas s'arranger, bien au contraire.

… Mais le petit garçon a envie de rentrer chez lui et remonte le cours du temps…

Lucas est fasciné, il respire la bouche ouverte tandis que je tourne les pages jusqu'à ce que Max revienne chez lui, retrouve la personne qui l'aime plus que tout au monde et qu'il renonce à sa couronne en or pour sa mère et son dîner qui…

… l'attendait tout chaud.

— Et maintenant, dodo.

Tout à coup, moi aussi j'ai envie de mon dîner chaud, sauf que j'aurai droit à un verre de vin plutôt qu'à un verre de lait et à la compagnie des autres qui m'attendent. Peut-être croiserai-je le regard de David me souriant. J'éteins la lampe de chevet, mais il y a toujours la lueur projetée par la veilleuse. Moi aussi, j'aimerais en avoir une. Plus que les enfants, les adultes mériteraient d'en avoir une. Parce que nous, nous savons ce qui se cache dans la nuit.

— Tu veux que je te chante une chanson ? Après tout, tu as droit à un traitement de faveur.

Je me sens mal à cause de ce qui s'est passé avant. Même si l'on ne peut pas vraiment dire que j'ai joué à l'inquisitrice, je suis mal à l'aise de l'avoir interrogé sur les pennies.

— Hum hum.

Il est prêt à s'endormir maintenant, son porte-clés avec la patte de lapin verte collée sous le nez.

— N'est-il pas affreux ? m'avait répondu Andrea quand je lui en avais parlé. Ça vient d'un de ces distributeurs de boules surprises. (Elle avait soupiré.) Je te raconterai l'histoire une autre fois, quand j'en aurai la force.

Je lui chante la seule berceuse que je connais. Celle que mon père me chantait. Mon adorable père, qui ne savait pas chanter mais qui chantait quand même. C'est une vieille chanson, douce et triste, exactement comme doit l'être une berceuse. Elle raconte l'histoire d'un homme qui fait une rencontre à Monterrey – à l'époque, je croyais qu'il disait « Mont Terray ». La chanson parle d'étoiles, de guitares hawaïennes et de lèvres pulpeuses et rouges comme le vin. Malheureusement, le cœur du chanteur est brisé, mais, comme il le dit lui-même, c'était il y a longtemps.

Je le crois endormi lorsque...

— Kat?

— Oui, mon poussin?

J'ai du mal à entendre ce qu'il me dit à travers son pouce et sa patte de lapin.

— J'ai fait un dessin pour toi. Sur la table.

Je me lève, prends la feuille et retourne m'asseoir sur le lit. Super, je le mets sur la sellette et lui me fait des dessins.

— Merci, mon chéri. Il fait sombre maintenant, mais j'ai hâte de le découvrir demain.

— Elle voulait que je te le donne, me dit-il d'une voix endormie.

— Qui ça?

— La dame.

— Quelle dame?

— Celle de ce soir (sa voix s'amenuise), celle qui était avec l'homme.

— Ah. Je ne savais pas...

Je ne suis pas certaine de la façon dont je suis censée réagir à l'évocation d'amis imaginaires, surtout s'il s'agit d'une femme. Probablement que ce gamin est précoce. Ça devrait être drôle, mignon, mais non, ça me semble au contraire bizarre. Andrea se fait un peu de souci pour Lucas. Moi aussi. Et ça, c'est nouveau.

— Elle dit que tu peux pas la voir, m'explique-t-il posément.

Les choses sont claires, maintenant, me dis-je tandis qu'il m'attire vers lui et murmure d'une voix forte à mon oreille, à la façon théâtrale des enfants:

— Elle porte pas de chemise.

Je ne m'attendais pas à ça.

— C'est une femme de l'école?

— Non!

Lucas a presque l'air choqué.

— Il faut porter des vêtements à l'école et puis, la dame, c'est une grande.

Je décide de continuer à lui parler d'un ton badin.

— J'espère qu'elle n'avait pas froid.

— Je lui ai dessiné une chemise, me précise-t-il. Rose, pa'ce que c'est une fille.

— C'est gentil de ta part.

— Kat ?

— Oui ?

— Elle dit qu'il est pas pour de vrai.

Il parle à voix basse.

— Qui ça, il ?

Il est presque endormi.

— Lucas ? Qui n'est pas pour de vrai ?

— L'homme.

— Quel homme ?

Son dernier mot est quasi inaudible :

— … fait semblant.

— Qui ?

Il s'est endormi.

Mon sourire est pétri de regrets. D'habitude, il a du mal à s'endormir, les adultes désespèrent de le voir fermer l'œil, et voilà que je suis déçue qu'il dorme. Que pensera Andrea quand je lui dirai que son fils parle de femmes au torse nu ? Maintenant qu'il dort, je me demande comment je vais aborder le sujet avec elle, ça plus la série de piécettes qui ne cesse de s'allonger contre le mur de ma chambre. Pas ce soir en tout cas, alors qu'Andrea rit, qu'elle est heureuse et détendue. Je me lève doucement et, sans faire de bruit, sors de la pièce. Et regarde le dessin.

Des mains me recouvrent les yeux.

— Coucou.

À voix basse dans mon oreille.

Plus tard, en y repensant, je me dirai que c'est un vrai miracle que je n'aie pas poussé de cri, que je n'aie pas hurlé. Mais si je ne crie pas, j'ai quand même le souffle coupé. Je me retourne brusquement et vois David.

— Tout va bien ?

Sans un mot, je lui tends la feuille de papier.

Il émet un sifflement muet. Ensemble, nous examinons le dessin de Lucas.

La femme est étendue sur un lit. On voit que c'est une femme parce qu'elle a une queue-de-cheval jaune. Elle porte un short bleu et des tennis blanches. Et une chemise rose à manches longues. Rose parce que c'est une fille. Elle a les jambes en l'air, toutes droites. Le lit est bleu ciel, mais constellé de taches rouges. La tête de la femme est un ballon rond. Celui-ci forme avec le reste de son corps un angle que ne renierait pas Picasso. Elle nous regarde. Elle a le cou brisé et son visage est composé de trois cercles. Deux bleus et petits pour les yeux. Le troisième est grand et noir – pour la bouche. Le cercle est noir parce qu'elle hurle. Encore et encore. Un gribouillis rouge s'échappe également de sa bouche. Le lit fait face au placard d'où sort une bulle de bande dessinée. À l'intérieur, il est écrit :

sALu.

— Les enfants font des dessins vraiment bizarres, pas vrai ? me dit David d'une voix égale.

J'essaie de sourire à sa remarque, mais me demande comment j'ai fait pour ne pas pisser dans ma culotte quand il est arrivé sur moi par-derrière. Ce dessin est l'une des pires choses que j'ai jamais vues. Andrea va avoir une attaque.

— De quoi crois-tu qu'il s'agit ?

Je suis contente que ma voix ne trahisse rien de la panique brute que je ressens.

— Ce doit être à cause de tous ces trucs qu'on raconte sur le tueur. C'est embêtant que ça affecte aussi les enfants.

— Mais Andrea est très stricte avec la télé.

Il me sourit, mais sans ironie.

— Il suffit d'un gamin à l'école avec des parents qui n'en ont rien à faire, sans compter toutes les affiches...

— Mais c'est quand même...

— Mais c'est quand même (il finit ma phrase)... horrible.

Nos regards se posent à nouveau sur le dessin que je tiens dans ma main. Il s'est transformé en bombe, une bombe colorée qui va réduire à néant le cadeau précieux que représente cette soirée. Comme en réplique, comme pour nous railler, le rire d'Andrea éclate dans le salon. C'est un rire qui vient du ventre, un vrai rire, honnête et profond.

Ne tire pas sur le messager, me dis-je, abattue. J'ai peur et, d'une certaine manière, je me sens coupable, aussi.

— Je l'ai couché, il me l'a dessiné, la femme lui a dit de...

— Faut-il vraiment que tu le lui montres ce soir ?

Je suis estomaquée.

— Bien sûr, il faut qu'elle le voie.

— Oui, bien entendu, répond-il avec un peu d'impatience dans la voix, je ne te dis pas de le lui cacher. Je te demande juste si ça ne peut pas attendre demain.

Je suis sur le point de lui dire non – non, ça ne peut pas attendre demain. Il faut qu'Andrea soit au courant, qu'elle voie ce dessin. Mais elle s'esclaffe à nouveau. Elle rit beaucoup ce soir. Les garçons lui font du bien. Je pense aux ridules autour de ses yeux.

— Parle-lui-en demain, pas ce soir.

— Vraiment, tu crois ?

— Est-ce que le gamin avait l'air terrorisé ?

— Lucas ?

— Oui, Lucas.

Je réfléchis. Et je réponds, aussi honnêtement que je le peux. Lucas qui m'expliquait calmement qu'il l'avait « coloriée en rose pa'ce que c'est une fille ».

— Pas vraiment. Mais il a quand même précisé que la femme ne portait pas de haut.

— Il est en avance pour son âge.

— Ce n'est pas drôle.

— Je sais.

Il me prend dans ses bras. Ce geste inattendu est bienveillant et surprenant.

— Je suis désolé. Moi aussi, je serais secoué. Je crois que je le suis.

Je ferme les yeux. Je me sens réconfortée et, à l'abri dans ses bras, en sécurité.

Sécurité. Je me sens en sécurité.

— Tu sais, une fois, Sael m'a raconté que son ami imaginaire était une femme.

J'entends sa voix qui résonne dans sa poitrine.

— Vraiment ?

Je lève les yeux sur lui.

— Ouais, une fois on parlait de ça. Moi, c'était un dragon, un dragon violet qui s'appelait Rufus, parce que quand j'invente un truc, je ne fais pas les choses à moitié.

— Ce que j'aime chez toi, c'est ta modestie.

Merde, j'ai dit j'aime.

Il sourit.

— Ma modestie, me dit-il d'un ton léger en me prenant par la main, est l'un de mes meilleurs attributs, mais un seulement parmi beaucoup, beaucoup d'autres. Tous fantastiques.

J'aime, ce que j'aime chez toi, merde, merde, merde.

— Viens, reprend-il, allons voir s'il reste de la glace.

Évitant de reposer les yeux dessus, je plie le dessin et le mets dans ma poche. Jamais plus je ne voudrais avoir à le regarder.

Nous sommes sur le point d'aller rejoindre les autres lorsque David s'arrête.

— Ah, tiens, me dit-il en me tendant mon téléphone. C'est en fait pour ça que je suis venu te chercher. Quelqu'un a cherché à te joindre.

J'aime, la chose que j'aime, la chose que j'aime chez toi, la chose que j'aime chez toi...

— Merci, dis-je, et je regarde l'écran.

— Encore un de tes nombreux admirateurs ?

— Sûrement.

— Combien d'amants as-tu ?

Un, dont tu préférerais sûrement ne jamais entendre parler.

— Un peu plus d'un million.

— C'est ce que je me disais.

Il scrute mon visage.

— Qu'est-ce qui ne va pas ?

— Je ne comprends pas. J'ai demandé à ce qu'on retire mon nom des listes de télémarketing, mais je continue à recevoir ces coups de fil.

— Est-ce que les gens laissent des messages ?

— Non.

— Si j'étais télémarketeur, je saurais quand je suis sur un bon coup.

Il me sourit, d'un sourire chaleureux, enveloppant.

Putain, je suis en train de me laisser vraiment et sérieusement séduire.

— Allez viens, je suis sûr qu'il ne reste plus de glace maintenant.

Nous retrouvons le salon et sa lumière tamisée avec, en fond sonore, la musique un peu mélancolique choisie par Andrea, et il reste encore un peu de glace au fond du bac et la moitié d'une bouteille de vin. La conversation, qui roule sur des sujets divers, est ponctuée d'éclats de rire ; nous parlons d'une émission de télévision que nous adorons tous détester. Sael la défend vaillamment tandis qu'Andrea lève les yeux au ciel, dégoûtée. Je m'installe dans un fauteuil. *Ce que j'aime chez toi, j'aime, j'aime.* Bon, je les aime tous ce soir ; ce soir, je suis amoureuse du monde entier.

Jusqu'à ce que Sael demande :

— Qu'est-ce qui vous a pris si longtemps ?

Même posée à la légère, la question est déstabilisante. Après un moment, David répond avec naturel.

— Nous avons eu une conversation sérieuse sur les amis imaginaires.

— Tout en délaissant vos vrais amis ? Sympa !

Le ton est gentiment accusateur, mais Andrea a compris qu'il a dû se passer quelque chose.

— Tout va bien ?

Sous-entendu : avec Lucas.

Elle se mord la lèvre. David a raison, je lui montrerai le dessin plus tard.

— Tout va bien.

Et je souris.

Mais elle insiste :

— Alors pourquoi cette conversation ?

— Je lisais *Max et les Maximonstres* à Lucas et c'est venu comme ça.

Elle se détend.

— J'adore ce livre, dit-elle.

— Moi aussi.

Apparemment, tout le monde est du même avis.

— David m'a dit que tu avais une amie imaginaire… une femme ? C'est plutôt inhabituel, dis-je en regardant Sael.

Ici, c'est moi qui pose les questions.

— « Amie » n'est pas exactement le terme que j'aurais utilisé. Disons qu'on s'est vus quelques fois.

Il a l'air le plus sérieux du monde et il nous faut un moment pour comprendre la blague et nous mettre à rire.

— Mignon, dit David.

Sael affiche un grand sourire.

— Moi, j'ai l'impression que tu étais plutôt précoce, commente Andrea.

Ou peut-être qu'il devait s'inventer des figures féminines pour compenser sa mère qui était si nulle.

— Je ne m'en souviens pas vraiment. C'était bizarre, en fait.

— Pourquoi ?

— Je ne sais pas.

Il réfléchit un instant, puis ajoute :

— Je ne me rappelle pas qu'elle parlait. Je crois qu'elle se contentait de me regarder.

— Elle te « regardait » ? Ça paraît un peu angoissant.

Andrea le regarde, intéressée.

— Est-ce que ça aurait pu être une vraie personne ?

Il hoche la tête.

— J'en doute. Je l'ai vue plusieurs fois dans l'embrasure de la porte de ma chambre ou de temps en temps dans la rue, loin. Elle ne s'est jamais approchée de moi. Elle portait une robe longue et avait les cheveux longs.

Il sourit à moitié.

— On dirait bien que mon amie imaginaire était une ancienne hippie. Et *ça*, ça fout les j'tons !

— Elle se contentait de te regarder ?

— Évidemment, enfant, j'étais très beau.

Nous rions et lui aussi. Le moment de gêne est passé.

— Et vous ? Des amis imaginaires ?

Andrea hoche la tête.

— Non, aucun.

J'ai l'impression de devoir représenter les femmes. Nous n'avons pas l'air d'avoir beaucoup d'imagination.

— Non, mais quand j'étais petite, un médium s'est vraiment pris d'intérêt pour moi.

Andrea est intriguée.

— Quand est-ce que tu es allée voir un médium quand tu étais enfant ? Je n'aurais jamais cru ça de ta mère.

Je ne lui ai parlé d'elle que par bribes, mais elle n'a pas eu besoin de plus pour s'en faire une idée assez précise. En général, cela l'amuse.

— Ce n'était pas du tout son truc, crois-moi ! Ils étaient venus à un dîner qu'elle avait organisé, et sans être invités.

Comme Sael, me dis-je tout à coup. *Chère mère, pour la première fois de ma vie, il me semble que je peux compatir avec toi.*

— Quoi ?

— C'est une amie de mon beau-père qui les avait amenés. Elle n'avait prévenu personne, elle s'était juste pointée avec ces gens, deux Asiatiques. J'étais descendue en quête de hors-d'œuvre à picorer quand j'ai entendu des murmures furieux dans la cuisine : c'étaient ma mère et Richard « Appelez-moi Dick » qui se disputaient à ce sujet.

— Tu veux dire que cette femme est venue à un dîner avec deux personnes qui n'étaient pas invitées ? C'est incroyablement mal élevé.

Andrea est outrée pour ma mère.

— Mais c'était son genre. Elle était ce qu'on appelle un « personnage » et elle connaissait mon beau-père depuis très longtemps. En plus, je crois que comme elle était issue d'une famille très riche, les gens lui passaient tous ses caprices. Elle se faisait appeler « Cherry ». Clairement, c'était une forte personnalité, mais un peu toquée… le genre à porter un turban, à cocotter à mort et à ne faire qu'une bouchée des autres.

— Les turbans, c'est effrayant, je te l'accorde, lance Andrea.

— Et ce médium ? demande Sael.

— L'histoire, c'est que Cherry avait fait sa connaissance lors d'une retraite et l'avait convaincu de venir habiter chez elle.

— À quoi ressemblait-il ? Lui aussi était enturbanné ?

David s'amuse bien.

— Pas du tout. Il portait un costume noir avec un col Mao et de petites lunettes avec des verres fumés bleus, style John Lennon, si bien que l'on ne voyait pas ses yeux.

— Bizarre.

Andrea fait semblant d'être parcourue de frissons.

— Il était accompagné d'une femme magnifique, vêtue d'une robe sur mesure et parfaitement maquillée.

Je me souviens encore d'elle, si pâle et délicate parmi tous ces Blancs aisés… une orchidée entourée de plantes ordinaires.

— Et qui était cette femme ? demande Sael.

— Sa traductrice.

— Bien sûr.

David y va d'un clin d'œil appuyé.

Je ris.

— Maintenant que tu m'y fais penser, je me rappelle que Cherry n'avait pas l'air de l'apprécier plus que ça.

Sael s'impatiente.

— Bon, alors, continue !

— OK, OK. J'avais repéré ces huîtres fumées que ma mère avait l'habitude de servir, disposées sur une petite table dans un coin du salon. Je m'apprêtais à aller m'en servir une quand le type m'a attrapée par le bras. Puis il s'est retourné et a parlé à sa traductrice qui s'est ensuite tournée vers moi et m'a dit : « M. Nakamaru sent qu'il émane une grande énergie de toi. Il aimerait en savoir plus sur le jour où tu es née. »

— Waouh.

David est impressionné.

— Je sais, mais à part le fait que c'était ma date de naissance, et donc le jour le plus important au monde, je ne savais rien d'autre de précis.

— Évidemment, acquiesce Andrea.

— Alors ?

Sael me relance, refusant de se laisser distraire par les plaisanteries.

— Alors Cherry est devenue tout excitée et a appelé ma mère qui, à ce moment-là, semblait prête à assassiner tout le monde.

— Tu m'étonnes, lance Andrea, toujours compatissante.

— Cherry lui a alors demandé s'il s'était passé quelque chose de particulier le jour de ma naissance.

Tous m'écoutaient.

— D'après ma mère, non, mais quand la traductrice a insisté, elle leur a dit qu'elle croyait se souvenir qu'il y avait eu une pluie d'étoiles filantes cette nuit-là.

— Et… ?

Sael s'est penché vers moi, tout ouïe.

— Quand la traductrice l'a dit à M. Nakamaru, il a hoché la tête comme si cela expliquait tout.

— Qu'est-ce qui s'est passé après ?

Sael me fixe du regard comme si nous nous trouvions tous les deux dans un petit restaurant, à échanger des histoires destinées à nos seules oreilles.

La traductrice avait fini par se tourner vers moi. Je me souviens encore du regard insondable de M. Nakamaru derrière ses petits verres fumés, de sa voix douce qui portait et s'imposait dans la pièce où tous semblaient retenir leur souffle. Le moment était étrangement solennel et c'est peut-être pour cela qu'il est resté gravé avec tant de netteté dans ma mémoire. C'est peut-être aussi pourquoi je me souviens, mot pour mot, de ce qu'il m'a dit. La voix de la traductrice était légère et musicale, quasiment sans accent.

— M. Nakamaru dit qu'il existe de nombreuses légendes sur les pluies d'étoiles filantes. Dans certaines cultures, les gens pensaient qu'elles étaient signe de chance, tandis que dans d'autres, on considérait qu'elles annonçaient le malheur. Certains y voyaient la main de Dieu, d'autres celle du diable et de la mort. Une chose est certaine, cependant : ceux qui naissent sous ces auspices sont porteurs de profonds changements et détiennent beaucoup de pouvoir.

— Tout cela est un peu abstrait, fait remarquer David.

Andrea sourit d'un air entendu.

— C'est bizarre qu'il n'ait pas été un peu plus précis.

— Et qu'en ont pensé les autres ? demande Sael.

Impossible de déchiffrer son expression.

— D'après Cherry, j'étais une petite fille chanceuse et je devais me sentir honorée, mais en fait je crois qu'elle était très énervée que je lui vole la vedette.

— Ah ?

— Oui, en gros c'était ça. Et moi, j'étais furieuse qu'elle m'ait traitée de petite fille devant tous ces gens et, en plus, je n'ai même pas eu droit à une huître fumée parce que ma mère m'a envoyée au lit.

— La pluie d'étoiles filantes explique quand même une chose, dit David.

— Quoi donc ?

Andrea et moi avons posé la question au même moment.

David me fait les yeux doux avec exagération, me prend la main et l'embrasse.

— Le fait que tu brilles d'un tel éclat, dit-il.

Andrea et moi râlons de la blague pour le principe, mais quand je jette un coup d'œil à Sael, son regard est froid, inexpressif.

— Adorable, dit Andrea en se levant. Allez, on débarrasse.

Je tente de me lever, mais Andrea m'oblige gentiment à me rasseoir.

— Non, non, la star a préparé le dîner, la star doit d'abord finir son vin.

— Très bien. Puisque vous tordez mon bras d'étoile… de mer, j'obéis.

Tous se lèvent en faisant semblant de ronchonner avec emphase et se rendent dans la cuisine. Je prends appui contre le dossier de ma chaise et ferme les yeux. Je me remémore l'autre partie de cette histoire, celle que je n'ai racontée à personne.

J'étais en train de monter me coucher, toujours en colère après que Cherry m'avait traitée de petite fille, lorsque la traductrice a débouché dans le vestibule. Elle s'est approchée du bas de l'escalier et a levé les yeux sur moi. Involontairement, j'ai eu un mouvement de recul. Je me demandais ce qu'elle pouvait bien me vouloir.

— Désolée de vous avoir fait peur.

— C'est bon, ai-je marmonné, gênée d'avoir sursauté.

Quand j'ai baissé les yeux, j'ai vu qu'elle souriait. Elle était si douce et jolie que je n'ai pas pu m'empêcher de lui sourire en retour.

— Si je puis me permettre une question, qu'est-ce que vous savez sur les pluies d'étoiles filantes ?

Elle avait l'air sincèrement curieuse. Elle me parlait comme à une adulte et non pas comme à une « petite fille chanceuse ».

— Ce sont des cailloux ? hasardai-je. Des morceaux de comètes ?

Puis, me remémorant la leçon de sciences naturelles de CM1 de Mme Wilson, je me suis enhardie :

— Quand ils se rapprochent trop de l'atmosphère terrestre, ils s'enflamment.

— C'est juste. Mais nos ancêtres croyaient aussi que c'était un signe divin. Ils croyaient que ces cailloux avaient des pouvoirs magiques. Ils construisaient des temples à l'endroit de leur chute et les vénéraient.

— Ils les vénéraient ?

Son sourire s'est élargi.

— Cela vous paraît bizarre ?

Je haussai les épaules. Je ne voulais pas paraître mal élevée.

— Un peu, quand même.

Elle a hoché la tête à nouveau.

— Oui, mais je pense qu'eux aussi auraient trouvé nos manières de vivre étranges. Que savez-vous d'autre sur le jour de votre naissance ?

— Mon père m'a dit…

Et là, je me suis interrompue, timide tout à coup.

— Oui ?

Je ne pouvais plus reculer.

— Mon père m'a dit que j'étais spéciale parce que j'étais venue au monde portée par une pluie d'étoiles filantes.

J'avais le feu aux joues. Je m'attendais à ce qu'elle se moque de moi.

— Votre père avait raison.

Elle avait l'air grave. Je l'ai regardée, abasourdie.

Elle a hésité un moment, comme si elle pesait chacun de ses mots.

— Voyez-vous, a-t-elle repris, il y a un certain équilibre. Le philosophe grec Pythagore le décrivait en termes d'harmonie universelle, de « musique des sphères ».

Et devant mon air confus, elle a ajouté :

— Les sphères sont les planètes.

— Et la musique ?

— On ne peut pas l'entendre, mais c'est un genre de musique quand même. Quiconque naît durant ce temps sacré a le pouvoir de changer cette harmonie, certains disent même qu'il ou elle a le pouvoir d'y mettre fin.

Elle m'a regardée et, malgré son sourire, j'ai lu dans ses yeux une tristesse infinie.

— Il est vrai que votre lignée n'a pas eu de chance. (Elle m'a effleuré la joue de la main, ses doigts aussi légers que des flocons de neige.) Mais comme l'a dit un jour un sage : « Tant qu'il y a de la vie, il y a de l'espoir. »

Puis elle s'est penchée vers moi et m'a murmuré à l'oreille :

— *Tu as le droit de savoir.*

Avant que je puisse lui répondre quoi que ce soit, elle s'est inclinée, a fait demi-tour et est retournée au salon où Cherry hurlait de rire.

Non loin de moi, j'entends des rires et Sael qui s'exclame : « Regardez ! » Je rouvre les yeux et me secoue avant de me rendre dans la cuisine, un endroit illuminé, vivant et où les vieux souvenirs dérangeants n'ont pas leur place.

Andrea s'est mise à bâiller. Elle a un enfant de quatre ans et donc une excuse, mais c'est contagieux et, peu après, David et moi nous retrouvons dans le vestibule tandis que Sael et Andrea se disent bonsoir.

— Le dîner était délicieux, me dit-il.

— Pas mal, n'est-ce pas ?

Il me tient dans ses bras.

— Mais ça ne m'aurait pas déplu qu'on soit chez moi, maintenant.

— Moi non plus.

— Merci encore de t'être si facilement pliée à ce changement de plan de dernière minute.

— Pas de problème, dis-je en grimaçant intérieurement.

— À propos… je ferais bien de raccompagner ce jeune homme chez lui, il fait nuit noire dehors.

— Au moins, aucun de vous deux n'est le genre du Faucheur.

— Tu ne m'as pas encore vu en perruque.

Il a pris un air vexé.

Je ris. Notre humour est macabre, mais parfois il faut savoir se lâcher.

Il m'embrasse et me regarde dans les yeux.

— Tu prendras bien soin de toi jusqu'à ce qu'on se revoie ?

— Comment puis-je te promettre quoi que ce soit alors que j'ignore quand on va se revoir ?

— Demain ?

— Je vais essayer, alors.

C'est donc cela, le bonheur.

— Ça n'aurait pas posé de problème.

Andrea est revenue dans la cuisine. J'effectue une dernière vérification, m'assurant que rien de tentant pour les cafards ne traîne. Elle est en robe de chambre et, le dos tourné, se sert un verre d'eau.

— Qu'est-ce qui n'aurait pas posé de problème ?

Le vin m'a rendue un peu pompette.

— S'il avait voulu dormir ici.

Elle me tourne toujours le dos. Je n'ai jamais invité qui que ce soit à dormir dans cet appartement. En théorie, je pourrais, mais je ne l'ai pas fait. Il m'a toujours semblé plus simple de dormir chez l'autre : de profiter de son lit extra-large, de marcher sur son plancher, de me doucher dans sa douche avec son savon et de me laver les cheveux avec son shampooing. J'adore dormir dans un appartement d'homme. J'adore être là, me sentir propre et aussi excitée que si j'avais fait peau neuve et laissé derrière moi tous mes malheurs et mon désordre personnel, comme si j'étais devenue une femme efficace qui n'a besoin de rien de plus qu'une brosse à dents. En vérité, c'est Lucas, la vraie raison. Lucas qui regarderait de ses grands yeux bruns des inconnus utiliser la salle de bains, s'asseoir à la table de la cuisine et utiliser une serviette pour invité. Cela me ferait bizarre d'introduire un homme chez lui, dans son monde.

Andrea ne parle pas du père de Lucas. « Je veux que ce chapitre de ma vie reste clos », m'avait-elle déclaré un jour.

J'ai l'impression que les choses se sont mal passées entre eux, et vraiment – du style violences conjugales. Parce qu'il faut qu'une relation tourne mal à ce point pour décider de venir s'installer à New York avec un bébé de un an.

Il m'est difficile de la voir autrement qu'en mère, mais parfois je me demande comment elle était avant Lucas. Décontractée, buvant de la bière, sexy et prête à danser, entamant une relation avec le genre d'homme qu'il vaut mieux éviter, prenant de mauvaises décisions. Qui sait ce qui pousse les gens à se mettre en couple, ce qui fait battre leur cœur et accélérer leur pouls ? Je suis bien placée pour savoir qu'il suffit d'un moment d'égarement pour agir bêtement. Je serais bien la dernière à juger les autres sur les questions d'amour.

Je connais mieux l'Andrea qui travaille avec acharnement, qui est fatiguée, l'Andrea avocate, l'Andrea qui rit, l'Andrea amie de bon conseil, la mère célibataire un peu rigide, mais aimante. L'Andrea dont les épaules et la voix se contractent lorsqu'elle se sent jugée, ce qui arrive souvent, par un monde qui ne semble pas comprendre que le cœur veut ce qu'il veut, un monde qui nous fait payer encore et encore et encore. Aucune de nous deux n'est enfant unique, mais c'est tout comme. J'ai des frères et des sœurs par alliance, mais ils ne comptent pas et Andrea a une demi-sœur qui a ce que les travailleurs sociaux appellent de « sérieux problèmes avec les stupéfiants » et qu'Andrea, elle, qualifie de « problèmes de drogue ». Ses parents sont chrétiens, baptistes jusqu'au bout des ongles, m'a-t-elle dit, mais apparemment pas le genre de chrétiens prêts à accepter leur fille-mère célibataire et son fils. Un jour, elle m'a confié qu'elle avait renoncé à sa famille. « Personne n'a envie de tendre l'autre joue. »

Je peux comprendre. Dans cette ville, on adopte les gens ; ce sont nos amis qui deviennent notre famille.

Alors, comme je sais ce que signifie pour elle ce qu'elle vient de me dire sur David, je lui redemande :

— Cela ne poserait pas de problème ?

— C'est ce que j'ai dit, non ?

Andrea s'est retournée pour me faire face ; elle me sourit.

— Tu penses que je devrais le garder ?

— Je le crois.

— Et qu'est-ce que tu penses de Sael ?

Andrea sait toujours très bien juger les gens.

— Il est vraiment beau, mais…

— Mais quoi ?

— Il y a quelque chose chez lui…

— Oui ?

— J'ai eu l'impression qu'il ne nous disait pas tout, qu'il gardait des choses pour lui. C'est le genre de truc qu'on apprend à repérer dans mon métier.

— Tu penses qu'on ne peut pas lui faire confiance ?

— Ce n'est pas ça, pas vraiment. (Elle réfléchit un instant.) C'est le genre d'homme dont on dit : « Il est plutôt tranquille » ou « on ne l'a jamais vu perdre son sang-froid, il semblait si poli ». Le genre de personne dont mes collègues disent aussi « il ne pétait jamais les plombs ».

— Qu'est-ce que tu veux dire ?

Je repense à la première fois où j'ai vu Sael. Observateur, prêt à frapper.

— Ce que je veux dire, c'est que mieux vaudrait éviter de se trouver à côté de lui quand il finira par péter un câble. (Son regard reste posé sur moi un instant de trop.) De toute façon, tu es avec David, alors ça n'a pas d'importance.

— Exact.

— Très bien, tu as ma bénédiction, conclut-elle en bâillant. Je suis épuisée. On a passé une bonne soirée. Lucas et moi, on s'est beaucoup amusés.

— On s'est tous beaucoup amusés.

Je sens les contours du dessin plié dans la poche arrière de mon pantalon.

Enfin, je suis couchée. Je repense à la soirée qui aurait pu bien plus mal se passer. Qui, au lieu de tourner au désastre, a été pleinement réussie. Alors même qu'il était venu avec Sael. Tout semble donc bien aller, pour l'instant.

Je regarde mon téléphone et pense à l'appel que j'ai raté ce soir, celui qui provenait d'un numéro que je ne connais pas, tout comme hier et avant-hier. De toute façon, je ne décroche pas. J'écoute le message laissé par la personne. Une voix synthétique me salue.

Bonjour. Ce message est pour Daniella Zaretti. Ceci est un rappel de votre rendez-vous avec le docteur DeLuca lundi 17 juin à 10 h 30. En cas d'empêchement, merci d'appeler notre secrétariat dans les plus brefs délais entre 9 heures et 17 heures pour convenir d'un autre rendez-vous.

Daniella Zaretti ? Il va falloir que je les appelle lundi pour leur dire qu'ils se sont trompés de numéro. Ça fait vraiment suer.

Mon téléphone émet une vibration énervée. Je regarde l'écran.

Laisse-moi entrer.

Le cœur battant, je me redresse d'un coup.

Je suis à la fenêtre.

Je lève les yeux, prête à prendre la fuite.

Sael se tient à l'extérieur, sur l'escalier de secours. Il me fait de grands gestes pour que j'ouvre la fenêtre.

Je pourrais lui dire non de la tête et refuser de le laisser entrer, mais j'ai la trouille qu'il tombe. Cet escalier de secours a probablement plus de cent ans. Il est rouillé, minuscule et semble terriblement dangereux.

Je me lève, traverse ma chambre et ouvre la fenêtre. Il se penche, se glisse à l'intérieur avec toute la souplesse d'un félin et laisse entrer l'air doux du dehors.

— Qu'est-ce que tu fais là ? Tu es fou ? murmuré-je en contenant ma fureur avec peine.

Pas question que je réveille Andrea ou Lucas.

Il me fixe. L'intensité de son regard est effrayante. Sa voix, qui n'est qu'un murmure, est pressante.

— Katherine, dit-il, je suis désolé, mais il fallait que je te voie.

— Tu n'as rien à faire ici. Il faut que tu partes. Tout de suite.

— Katherine…

Mes lèvres sont ankylosées, parcourues de fourmillements.

— Vraiment, il faut que tu…

— Est-ce que je peux passer la nuit ici ?

— Quoi ? Non !

— S'il te plaît, pas pour faire l'amour, je te le promets, juste pour dormir.

Je ne l'ai jamais vu ainsi. Si insistant, si concentré. Comme s'il pouvait perdre le contrôle de lui-même à tout moment.

— Non, c'est impossible.

— Katherine…

— Sael, notre histoire est finie.

— C'est pas ça. J'ai juste besoin de dormir.

— Quoi ?

— Je fais des cauchemars et je n'arrive pas à dormir. Je veux juste être avec quelqu'un.

— Sael, David est ton meilleur ami, tu me l'as dit toi-même.

Il a un mouvement de recul, comme si je l'avais frappé. Et, d'une certaine manière, c'est exactement ce que j'ai fait.

— On ne peut pas lui faire ça. Ce qui s'est passé avant est déjà assez terrible comme ça.

— Comme si je ne le savais pas !

Il a pratiquement craché ces mots.

— Alors, qu'est-ce que tu fais là ?

Il est furieux. Un instant, j'ai l'impression qu'il va partir, mais non, il reste même sourd à mes appels à la loyauté envers son ami.

— Katherine, s'il te plaît, juste une fois. Je te promets que si tu me laisses dormir ici cette nuit, jamais plus je ne t'embêterai. Je ne te contacterai pas. Je veux juste… être ici avec toi.

On ne peut pas faire ça.

Mais il m'a sentie flancher.

— Seulement cette nuit. On ne couchera pas ensemble, on dormira. Je te le jure…

Dans la pièce, l'atmosphère est tendue. Je repense à la nuit que nous avons passée ensemble, à son dos puissant et musclé, à sa peau si douce sous mes doigts, à son poids sur moi quand nos corps se mouvaient de concert.

J'hésite, puis je pense à David et sa façon de faire ressortir le côté sucré des fraises, son sourire généreux, son rire tendre.

Ce que j'aime chez toi, c'est…

Entre Sael et moi, c'est comme quand une araignée venimeuse vous a piqué et que la plaie s'est enflammée et vous démange tant et plus : lorsqu'on la gratte, elle s'infecte et devient purulente.

— Non, désolée, je ne peux pas faire ça.

Sa voix se brise.

S'il te plaît.

— Non, il faut que tu partes.

Le temps se fige. Ses yeux brûlent dans son visage livide. Il fait un pas vers moi et j'ai peur qu'il me prenne de force. J'ouvre la bouche, prête à appeler Andrea au secours, mais il fait brusquement volte-face et ressort par la fenêtre. Une ombre sur l'escalier de secours, juste un instant, puis plus rien.

Le cœur battant, je m'assois au bord du lit.

M'allonge. De quoi peut-il bien rêver ? Pourquoi ses cauchemars sont-ils si affreux ?

Je revois son visage pâle, ses yeux fiévreux.

Impossible de m'endormir.

LES CHEVALIERS ÉTAIENT FORT MÉCONTENTS. Leur seigneur passait le plus clair de ses journées et toutes ses nuits auprès de la jeune fille et ils savaient que rien de bon ne pourrait sortir de cette situation car il ne convient pas qu'un seigneur fréquente une humble servante. Tout au fond d'eux-mêmes, ils craignaient qu'elle n'ait acquis un trop grand pouvoir sur lui. « Peut-être l'ensorcelle-t-elle avec les boissons qu'elle prépare », se disaient-ils entre eux, « et qu'est-ce qui l'empêchera de l'empoisonner si l'envie lui en prend s'ils venaient à se quereller ? »

Ils se plaignirent donc auprès du conseil du seigneur, disant que la jeune fille les tournait en ridicule. Alarmés, les conseillers admirent qu'il fallait se débarrasser d'elle. Ils invitèrent ainsi le baron du lieu à rendre visite au seigneur en compagnie de sa fille, puis, s'adressant à ce dernier, lui tinrent les propos suivants :

« La fille de ce baron est aussi belle que bonne et d'ascendance noble et c'est assurément une telle fiancée qui convient à Votre Seigneurie. »

Le seigneur de Villias, n'ayant que faire des recommandations de ses conseillers, s'apprêtait à ignorer la fille de son hôte lorsque, voyant ses tresses dorées comme le soleil, sa peau aussi blanche que le lys le plus pur et ses yeux d'un bleu plus limpide que celui d'une claire fontaine, il resta sans voix. Lorsqu'elle sentit son regard posé sur elle, elle rosit jusqu'à la racine de ses cheveux et il sut alors qu'elle était aussi bonne que vertueuse.

À l'instant même, le seigneur de Villias décida de prendre la fille du baron pour épouse et, avant que sa promise ne franchisse le seuil de sa demeure, ordonna à ses conseillers de renvoyer la jeune fille à sa place en cuisine. Quand ils lui annoncèrent la nouvelle, celle-ci devint pâle comme un linge et se mit à pleurer de façon si déchirante qu'elle aurait attendri une pierre, mais les conseillers demeurèrent intraitables. Dans les cuisines, les servantes prirent un malin plaisir à la tourmenter, lui disant :

« Tu vois ce qui arrive quand on prétend s'élever au-dessus de son rang. »

Alors, elle dut dormir à même le sol en pierre répugnant et ne reçut pour toute pitance que les restes et la bouillie destinés aux cochons.

La jeune fille pleurait sans discontinuer. Elle pleura jusqu'à n'avoir plus de larmes ; jusqu'à ce que son cœur ait été vidé de toute peine et de tout amour, comme pressé par un méchant serpent qui l'aurait pris en étau. Les yeux désormais secs et non plus rougis par le chagrin, un sourire se dessina alors sur ses lèvres, aussi froid et impitoyable qu'une nuit d'hiver.

11

L'amour est rouge.

L'anticipation est aigue-marine, miroite comme un grain de raisin, sent la pizza au sortir du four, est une caresse de serpentin contre la joue, un chuchotis dans un théâtre au moment où les lumières baissent et où le rideau va se lever.

C'est cela que tu flaires sur ces trois individus occupés à gratter des billets de loterie en attendant le métro ainsi que sur cette petite fille debout à côté de son père qui ne la voit que le week-end et ce jour-là, l'emmène assister à son premier spectacle à Broadway.

L'ambition est orange vif, comme un feu de signalisation. Elle grésille telle une tranche de bacon dans la poêle. Tu la détectes sur la serveuse qui fait semblant d'écouter la logorrhée du type aux joues rouges assis devant elle tandis qu'elle réfléchit à l'intrigue du roman qu'elle est en train d'écrire, qu'elle pense à ses personnages, qu'elle planifie ses chapitres, les révise, modifie son texte.

L'anxiété est bleu pâle, couleur varice. Elle sent le café bouilli des vols long-courriers, l'odeur musquée d'un vestiaire de lycée, le coin de la pièce où le chat a uriné quand il a compris qu'on l'emmenait chez le vétérinaire.

Voilà tout ce que tu sens tandis que tu te trouves dans cette rame de métro bondée qui se dirige vers Union Square, voilà ce que tu humes sur cette belle femme au nez toujours chaussé de lunettes de soleil et qui se tient près d'une autre plus âgée, laquelle, plus tard dans la semaine, lui nettoiera son appartement après avoir été recrutée via un site Internet et…

Il ne m'a pas encore rappelée, ils ne durent jamais plus de deux mois, et mon chef me rend chèvre, comment suis-je censée faire le travail des stagiaires en plus du mien ? Et puis je grossis, je n'arrête pas de grossir, je n'aurais pas dû manger ces ailes de poulet hier soir…

La plus âgée est assise et, le regard perdu dans le vide, elle réfléchit à…

Mes fils, l'un à l'armée et l'autre qui n'arrive pas à finir le lycée, tous les deux coincés… Qu'est-ce que j'ai fait ? Qu'est-ce que je n'ai pas fait ?

La couleur de la haine est celle d'une croûte sur une plaie. Elle sent comme un bar au petit matin, elle pue le sang menstruel. Tu ne la flaires pas souvent, mais quand cela t'arrive, l'odeur est forte. Comme sur cette femme âgée qui fixe un groupe d'adolescents bruyants…

Qui font les idiots, qui se permettent de poser leurs pieds sur les banquettes et jurent à voix haute, sans retenue. Ils n'ont rien à faire des autres. Ils ne valent pas mieux que des animaux…

Qu'ils crèvent, voilà ce qu'elle aimerait.

Tu la sens également sur la femme « pas vieille, mais plus si jeune » qui se tient debout, appuyée à la barre. Quelqu'un lui a proposé une place assise. Elle a dit non, merci…

Suis-je si vieille que ça ? Oui, je le suis. Paul m'a gâché la vie. Ce putain de bon à rien m'a volé mes années les plus précieuses. Avant, j'étais belle et croyais à l'amour. Maintenant, on m'offre un siège. C'est fini pour moi...

Elle agrippe la barre avec haine.

La jalousie est jaune urine, elle a un goût de sirop pour la toux, de barbe à papa et de bile. Une femme malheureuse dans son mariage dont l'amie vient de « rencontrer quelqu'un »...

Je suis si heureuse pour toi. C'est fantastique. Félicitations. C'est une nouvelle merveilleuse, super, vraiment cool. Tu le méritais vraiment. Bien fait...

Le contentement est couleur coquille d'œuf. Il sent la chevelure de nouveau-né, il a un goût de baguette fraîche généreusement beurrée.

Il est rare d'éprouver ce sentiment.

Puis tu sors avec la foule et retrouves l'air libre de cette soirée d'été.

Te voilà à Union Square. L'atmosphère est moins humide, révélant un ciel doux, parfait. En haut des larges marches en brique incurvées qui mènent au centre de la place, la multitude trépigne et murmure. Quelques voyageurs qui descendent dans le métro, déterminés à ne pas se laisser happer par les manifestants, ne font que jeter un rapide coup d'œil, mais d'autres s'arrêtent, interloqués. Le parc est envahi de fantômes ; des centaines d'individus vêtus de blanc – chaussures blanches, jupes blanches, robes blanches, hauts blancs, shorts blancs – s'y sont rassemblés. Respectueux de la foule et de ses motivations, les gamins en skateboard et pantalon à mi-fesses et les filles aux cheveux verts bardées de piercings se sont réfugiés dans les allées, sur les bancs placés sous les arbres. Seuls les joueurs d'échecs, vieux habitués du parc, observent la scène les bras croisés, adossés à leur chaise en plastique, impassibles. Ils en ont vu d'autres.

Toi, vêtu de blanc, tu fermes les yeux et inspires profondément.

Tu inspires le chagrin, couleur hématome. C'est un sentiment qui fleure les dimanches soir, qui a un goût de concombre flétri.

Tu inspires le désir, couleur de piscine propre. Le désir picote comme le duvet qui se dresse sur ton bras et sent comme le creux entre les dunes à l'entrée de la plage, juste avant qu'on ne découvre l'océan.

Des femmes se sont rassemblées, des mères, des fillettes, des étudiantes. Des hommes jeunes et d'autres plus âgés, des pères aussi, leurs enfants perchés sur leurs épaules, sont venus apporter leur soutien. Il y a peu de heurts et de bousculades ; les gens font davantage attention, murmurant des excuses lorsqu'ils écrasent des pieds ou donnent un coup de coude involontaire dans un dos. Des jeunes filles, des femmes sont mortes qui ne sauraient être oubliées parce que…

J'y étais, j'y étais, j'y étais.

Les gens poussent quand même un peu, ils veulent voir les familles – ces familles harassées qui s'expriment à voix basse – juchées sur l'estrade, ils veulent entendre Susie Ranford qui parle dans un micro.

La lassitude a le goût que le dentifrice laisse dans la bouche lorsqu'on s'est brossé les dents et qu'on est enrhumé. Elle est grisâtre, comme le dépôt que laisse le thé sur les bords de la tasse. Elle vrombit comme un ventilateur délabré.

Tu sens également un ressentiment maussade, une envie de faire du mal, de chercher des noises.

Le ressentiment bourdonne comme une ruche, pique les yeux comme le fait la fumée et brûle la peau comme du déboucheur de canalisation ; il colle comme un vieux pansement et pue la classe d'école bondée.

Tous sont là à cause de toi. Toutes ces âmes, belles, passionnées, tristes, apeurées, anxieuses, excitées, éplorées, libidineuses, pleines d'espoir, endeuillées, leurs couleurs tremblotant comme la flamme de la bougie qu'elles tiennent dans leurs mains. *Nous ne vous oublierons pas*, disent-ils aux mortes. Mais ils les oublieront, c'est inévitable, les visages s'estompent, les vies s'effacent jusqu'à n'être plus que des anecdotes. Les années passent et le changement, inexorable, creuse son sillon ; le blé est récolté, les graines semées, les jeunes pousses jaillissent, les tiges arrivent à maturité, puis sont à nouveau récoltées. Le nombre de ceux qui se souviennent du moment où s'est produit tel événement, puis tel autre, puis encore tel autre, s'amenuise peu à peu.

Cette soirée est comme une fleur qui éclot, aussi parfaite et éphémère que la vie des femmes que tu as prise. Tu es venu rendre hommage à toutes leurs merveilleuses couleurs que tu as cueillies et qui se sont déployées en toi.

La foule écoute tandis que les noms sont lus.

Kathleen Walsh.
Samantha Rodriguez.

Les gens cherchent la foi – *mon Dieu, mon Dieu* –, un sentiment bleu marine à la texture de parchemin, à l'odeur d'hôpital, qui se dissout comme du glaçage sur les dents et tournaille comme de l'encens qui brûle.

Tu inspires, transporté.

Des gens envahis par le désespoir – *Il n'y a pas de Dieu, Dieu ne laisserait jamais se produire une chose pareille* –, le désespoir qui est jaune pus, tel un fromage moisi, le désespoir qui grince comme les ressorts d'un sommier d'enfant sur lequel une personne trop lourde est allongée, qui claque comme une bâche mouillée là où jadis se dressait un mur.

Jennifer Wegerle.

Tu te tiens parmi la foule, patient, dans l'attente tandis que les membres de la famille de chacune des défuntes s'avancent d'un pas mal assuré et prononcent le nom de leur enfant, de leur sœur, de leur nièce. À voix haute, en reconnaissance de leur vie passée.

Emily Ranford.
Melissa Lin.

Maintenant, tu la vois. Elle est là. La véritable responsable de tout cela, celle qui t'a mené jusqu'ici.

Lauren Cooper.

Katherine. Son rire pareil à des petits grains de sucre, son souffle, rose et chaud. Sa peau, ses yeux, ses paroles sont de l'eau. Ses doigts sur ton bras, leur poids.

Rebecca Lamb.

Chaque fois que tu la vois, tu t'imprègnes d'elle. Souvent, tu l'observes. De loin, tandis qu'elle se rend à son travail. Tu la suis. Tu regardes la façon dont elle déjoue la gravité. La façon dont sa jupe oscille, la façon dont le tissu de son chemisier, qui enserre sa taille, se tend.

Daniella Zaretti.

Puis le silence. Un homme, ravagé par le chagrin, une main serrant une feuille de papier, s'avance en chancelant.

Katherine et la foule baissent la tête tandis que l'homme commence à lire d'une voix hésitante :

— Dieu, nous t'en prions, accorde-nous la paix…

La paix est couleur ventre de nuage, gris tourterelle, presque rose. La paix est une odeur ancestrale. C'est à peine si on la détecte ici, ce soir. Poires vertes, feuilles de laurier. Elle a un goût de neige fondue, un goût de feuille de riz comme celles utilisées autrefois pour enrober les bonbons.

L'amour est rouge. Avec des nuances de vert, de doré, alors que l'amour – le vrai, le divin – celui-là est tout à fait rouge. Il sent le trottoir nettoyé par la pluie, la nuque de l'amoureux. La terre fraîchement retournée. Il craque comme une allumette qu'on frotte, claque comme le couvercle d'un bocal qui vient de sauter. Il est comme une main qui se pose sur la hanche, il vibre comme une chanson chantée dans l'obscurité.

Katherine n'est pas encore de cette couleur.

Le doute est là, telle une nouvelle pousse, ses vrilles grises et noires s'entremêlant à l'enchantement. Il y a aussi de l'espoir. Du désir. De la tendresse. Mais également les taches jaunes et vertes de la méfiance, ainsi que le bleu de l'incertitude qui refuse de s'effacer.

Le sang est rouge. Les matrices sont rouges. Les cœurs sont rouges. Le feu est rouge. Le ciel est rouge.

Sang à sang, matrice à matrice, cœur à cœur, pomme à pomme, feu à feu, ciel à ciel, amour à amour à amour à amour.

Katherine. Qui est là. Qui ne te voit pas. Mais cela te suffit pour observer et réfléchir.

Bientôt les graines seront plantées ; elles écloront, s'épanouiront, pousseront vers le ciel, vers l'extérieur, traverseront les cloisons, faisant dévier les sphères de leur trajectoire, faisant trébucher et bégayer l'Univers qui n'a pas de fin. Le danger est rouge. Le courage est rouge. La douleur est rouge. L'amour est rouge.

Et bientôt, très bientôt maintenant, Katherine deviendra rouge à son tour. Comme le font tous les Vaisseaux, tôt ou tard.

12

Je suis assise dans un confortable canapé noir, dans un agréable bureau neutre aux murs jaune pâle. Une boîte de mouchoirs en papier est posée sur la table basse. Je regarde la femme en face de moi. Comment va-t-on procéder ? Qui se lancera la première ? Nous sommes comme deux duellistes prêts à dégainer.

Q : Vous me semblez anxieuse. Voulez-vous en parler ?

Par où commencer ? Qu'est-ce qui est le plus logique ? Certaines choses sont plus tangibles que d'autres. Les messages, les dessins, les piécettes. Non, pas les piécettes. Peut-être que je devrais commencer par les petites choses, celles que je vois du coin de l'œil. Comme une femme assise dans un fauteuil et qui n'est plus là dès que je tourne la tête. Un mouvement qui glisse à la périphérie de ma vision.

La semaine dernière, j'ai consulté un ophtalmologiste. *Des taches ?* m'a-t-il demandé. *Des points flottants qui scintillent ?*

Pas de points, mais des reflets.

R : Je vois des reflets de choses qui ne sont pas là, des reflets de gens qui ne sont pas là.

Ces reflets n'apparaissent pas dans le miroir, mais à la surface, plate et neutre, du téléviseur éteint ou de mon téléphone. Ces derniers temps, j'allume ces appareils plus souvent – je trouve les images qu'ils projettent plus rassurantes que celles que produit mon esprit.

Nous sommes début juillet. Je suis ici, assise sur ce canapé et refuse de me laisser réconforter.

Q: Pouvez-vous me dire ce que vous avez cru voir?
R: J'ai cru voir…

Comme l'autre jour, quand j'ai cru voir sur l'écran du téléviseur…

R: … une femme allongée sur un lit, le cou brisé. Comme dans le dessin de Lucas.

Lucas qui m'avait dit: «Je lui ai dessiné une chemise, rose, pa'ce que c'est une fille.»

Là, sur l'écran de ma télévision, j'ai vu une femme allongée sur un lit, nue. Avec, taillé sur sa poitrine, un triangle aux lignes déchiquetées d'où s'écoulait un liquide rouge.

J'ai regardé à nouveau: l'image avait disparu.

Q: Qui est Lucas?
R: Le fils de ma colocataire. Il a quatre ans.

Andrea est affolée. Elle a été horrifiée quand je lui ai montré le premier dessin. Maintenant, il y en a d'autres. Des femmes allongées dans des positions bizarres, le corps tordu, couvertes de traces rouges figurant du sang, leur bouche des orifices noirs qui hurlent. Leur voix, une bulle maladroite sortant du placard ou de dessous le lit. Andrea a appelé l'école, discuté avec les enseignants.

Non, il n'a pas fait de tels dessins en classe ni rien dit d'anormal, mais ils allaient le surveiller de près. Évidemment, par les temps qui courent, c'est dur, les enfants perçoivent les choses, furètent. Sûrement qu'il en sait trop.

J'ai entendu Andrea avec Lucas – elle cherchait à savoir.

— *Comment as-tu pu entendre parler d'une chose pareille ? Tu as vu des dames ? Qu'est-ce que tu as voulu dire quand tu as parlé de* l'homme qui n'est pas pour de vrai *?*

Sa voix était restée calme, douce, mais il y avait eu des pleurs. Il avait parfaitement perçu son anxiété.

Alors, il avait répété, encore et encore : *Non, maman, non.* Il promet, promet, il jure sur sa tête qu'il le lui dira s'il entend les autres enfants parler de ces histoires.

A-t-il vu quoi que ce soit à la télévision ? A-t-il entendu quelque chose à la radio ? Promis, elle ne se fâchera pas, mais : *Non, maman, non.*

Hier soir, nous avons bu un verre ensemble et fini la bouteille de vin blanc que les garçons avaient apportée pour le dîner. Andrea en avait besoin. Comme moi, mais dans une moindre mesure. Avec nos pieds posés sur le canapé, la vie ne nous semblait plus si difficile à gérer.

— *Ils voulaient l'envoyer voir le conseiller scolaire*, m'a-t-elle dit.

— *Est-ce vraiment un problème ? Il n'y a pas de honte à ça.*

— *Ce n'est pas à cause de ça.* (Elle soupire en se massant le cou.) *C'est juste que ce conseiller est un type vraiment pas net.*

— *C'est un homme ?*

— *Oui, madame la sexiste*, me renvoie-t-elle en souriant.

— *Hum. Ça me semble bizarre.*

— *Je me fiche que ce soit un homme, mais il perd ses cheveux, il a de la bedaine et de la salive plein la bouche et il me parle toujours trop près lors des rencontres parents-enseignants. Il ne respecte pas ton espace personnel. Je suis sûre qu'il essaie de se rincer l'œil dans mon décolleté.*

— Beurk.

Au final, je ne lui confierais pas mon chien, et encore moins mon fils.

— *Tu n'as pas de chien.*

— *En tout cas, si j'en avais un, je ne le lui confierais pas.*

— *Je comprends.*

— *De toute façon, l'année scolaire touche à sa fin. S'il peut tenir jusqu'au bout de la semaine prochaine, je peux essayer de trouver quelqu'un de bien, même si Dieu seul sait où je vais trouver l'argent pour ça. Je ne crois pas que mon assurance-maladie prenne en charge les peurs enfantines.* (De nouveau, elle soupire.) *Qui sait, peut-être que c'est à cause de ces affiches à la noix. Il y en a partout. Et les gamins posent des questions.*

— *C'est vrai, je viens juste d'en voir une nouvelle.*

— *Qu'est-ce que tu en penses ? Tu crois qu'il peut tenir encore un peu ou est-ce que je suis vraiment une mauvaise mère ?*

Elle semblait épuisée, au bout du rouleau, vraiment malheureuse.

Je lui ai alors dit :

— *Puisque tu es vraiment une mauvaise mère, pourquoi ne pas attendre ?*

Un grand sourire aux lèvres, elle m'a versé les dernières gouttes de vin qui restaient.

R : Et puis, il y a les pennies.

Je n'ai toujours pas parlé à Andrea de Lucas et des pennies.

Q : Les « pennies » ?

R : Il laisse des pennies dans ma chambre, alignés contre le mur.

Ces derniers temps, j'évite de regarder dans le coin. C'est ridicule. Il faut que j'en parle à Andrea. Je vais m'en occuper. Je me force à les regarder. Il y en a davantage. Alignés contre le mur. Je me penche pour les regarder. Je m'accroupis. *Quand est-ce qu'il fait ça ? Et pourquoi ?*

R: Je ne les ai pas ramassés parce que je veux d'abord montrer à Andrea ce qu'il fait et, de plus…

C'est de l'art.

R: Mais en fait… L'autre jour, je me suis dit que j'allais les regarder de plus près, juste pour voir les dates inscrites dessus.

Si j'approche suffisamment mon visage, je la verrai. La première pièce aura une date gravée. Ainsi que toutes les autres. Toutes, de un à trois, quatre, cinq, six, sept, mon Dieu, les neuf pièces sont de la même année.

Q: Vous cherchiez une date en particulier ?
R: 1981, l'année de ma naissance.

Difficile de les regarder sans les toucher. Le sang bat dans mes oreilles. C'est idiot. Je sais ce que je vais voir. 1981.

1981, 1981, 1981, 1981, 1981, 1981, 1981, 1981, 1981.

Je regarde les pièces, mais je les vois floues. Suis-je en train de pleurer ? J'ai l'impression que je vais m'évanouir. Puis je comprends ce qui trouble ma vue. C'est de la sueur. De la sueur qui a coulé de mon front jusque dans mes yeux. Je frotte mes yeux qui me piquent. Je regarde encore plus près. La date sur la première pièce est…

1979.

1992, 1983, 1986, 1988, 1978, 1989, 1987 et…

Il y a du bruit ; c'est moi, qui viens d'avaler de l'air. Qui respire. Je me mets à glousser, puis à rire. Je ris comme l'idiote que je suis. Comme l'absolue reine des idiotes que je suis. Comme quelqu'un qui a eu très peur et qui est soulagé, car qu'y avait-il à craindre ?

Pourquoi suis-je si soulagée alors qu'il ne s'agit que de Lucas ? Bien sûr que c'est Lucas. C'est lui depuis le début.

Q : Et l'avez-vous trouvée ?

R : J'ai vérifié toutes les pièces et aucune ne porte la date de 1981. Aléatoires. Les dates sont aléatoires. La plupart sont datées du milieu à la fin des années 80, quelques-unes du début des années 90.

La dernière est de 1996.

Mon Dieu, comment aurais-je pu même penser…

R : Cela n'a plus d'importance. Maintenant, je sais que je peux les ranger.

Q : L'avez-vous fait ?

R : Non… mais c'est parce qu'à présent son geste me paraît plus touchant qu'autre chose.

C'est gentil. C'est sa façon à lui de me dire (Salu) coucou.

R : Vraiment, c'est gentil.

Q : Parlez-moi de Lucas.

R : C'est arrivé quand je suis allée le chercher à l'école parce qu'il n'avait cours que le matin et qu'Andrea devait se rendre au palais de justice.

Sa maîtresse, une femme ronde et âgée qui s'appelait Mme Ryder, m'avait donné une note demandant qu'Andrea la contacte le plus rapidement possible. Ce faisant, elle m'avait fusillé du regard, et, sur le moment, je n'avais pas compris pourquoi.

Je le revois, arrivé à la maison, assis sur le canapé en train de regarder une émission pour enfants à la télé, la patte de lapin de son porte-clés, dont il ne semblait à présent ne plus jamais vouloir se séparer, collée à son nez. À l'écran, de gentils bébés animaux sautillaient en tous sens, mais il semblait au bord des larmes. J'avais tenté d'entamer une conversation.

— *Alors, mon poussin, comment ça va ?*

— *Ça va.*

— *Qu'est-ce qui s'est passé ?*

— *Mme Ryder veut parler à maman.*

— *Tu sais de quoi elle veut lui parler ?*

— *Des dames.*

Une boule se forme dans mon ventre.

— *Qu'est-ce qui s'est passé avec les dames ?*

— *Je les ai dessinées pour toi, c'est elles qui m'ont dit de le faire, et Mme Ryder les a vues et maintenant elle veut parler à maman.*

Pas étonnant que Mme Ryder m'ait regardée d'un sale œil. Tandis que je m'étais dit qu'elle n'était qu'une vieille bique malfaisante, elle avait, elle, dû se dire que je le corrompais.

— *Sais-tu pourquoi ces dames veulent que tu fasses ces dessins pour moi ?*

— *Elles essaient de te dire…*

— *De me dire quoi, mon poussin ?*

Mon Dieu, je n'avais aucune envie de le savoir.

— *Elles disent que c'est un secret.*

— *Tu sais que tu peux me dire ce que tu veux, quand tu veux, n'est-ce pas ?*

— *Hum hum.*

Ses yeux restent fixés sur l'écran tandis qu'il caresse son nez de haut en bas avec sa patte de lapin.

— *Lucas ?*

— *Hum…*

Je ne voulais pas l'effrayer, mais il fallait que ça cesse.

— *Ce sont les dames qui te disent de mettre les pennies dans ma chambre ?*

— *Quels pennies ?*

— *Tu te souviens qu'une fois je t'ai parlé des pennies que j'ai trouvés dans ma chambre ?*

— *Faut frapper avant d'entrer*, me répond-il exactement comme la dernière fois.

— *C'est ça, c'est la règle.*

De haut en bas puis de bas en haut, la patte de lapin lui chatouille le nez.

— *OK, je suis dans ma chambre, si tu as besoin de moi.*

— *Kat ?*

Je me retourne. Il me tendait sa patte de lapin.

— *Tu veux que je la tienne ? Vraiment ?*

— *Tiens-la.*

Je savais qu'il me faisait un honneur extrême. Personne n'a le droit de toucher la patte de lapin sacrée. Ç'a toujours été la propriété strictement personnelle de Lucas. Andrea m'avait raconté l'histoire.

— *On faisait la queue à la caisse du supermarché quand il a vu des petits prendre des chewing-gums à l'un des distributeurs à la sortie. Qui sait pourquoi il regardait dans cette direction, mais, en tout cas, il était à la torture, comme un obèse courant sur un tapis roulant qui verrait des gens manger des glaces. Il sait que je ne veux pas qu'il mange de chewing-gum, surtout les grosses boules dures qui sont vraiment dangereuses, mais il en avait tellement envie que sa lèvre tremblait. Quand j'ai fait non de la tête, il a pris son air de chien battu… tu vois de quoi je parle ? Je me sentais coupable et vraiment mal. Il avait été tellement sage ces derniers temps que j'avais très envie de lui faire plaisir. Je lui avais déjà pris une barre chocolatée que j'avais prévu de lui donner après le dîner, mais quand même… j'avais l'impression d'être une méchante mère.*

Tout était empaqueté et payé et nous nous apprêtions à sortir quand, au moment même où on passait devant, une de ces petites boules en plastique est tombée de la gueule d'un des distributeurs. Le timing n'aurait pas pu être plus parfait. On s'est tous les deux figés, comme dans un film d'épouvante. On est restés plantés là, à regarder la boule rouler jusqu'au pied de Lucas. Je l'ai ramassée et me suis dit : Au moins, ce n'est pas une boule de chewing-gum, sinon j'aurais eu droit à une crise. Il me regardait de ses grands yeux tristes. Clairement, le destin avait décidé que mon fils aurait un cadeau. Alors, je lui ai dit :

— Tu veux que je l'ouvre pour toi ? Comme ça, on verra si on peut garder ce qu'il y a dedans ?

Je ne voulais pas restreindre mes options. Il m'a dit « oui, maman » et, après m'être battue un moment avec la boule – j'ai failli y laisser un ongle –, d'un coup, pop ! *elle s'est ouverte. Et c'est là qu'on a découvert cette fausse patte de lapin en fourrure synthétique verte, reliée par une chaîne dorée à un anneau de porte-clés. Jamais je n'avais vu un truc pareil. C'était vraiment la chose la plus laide et synthétique que j'avais jamais vue de ma vie. Je n'avais qu'une envie : la jeter le plus vite possible, mais Lucas a tendu la main en me regardant. J'ai respiré un grand coup et lui ai dit :*

— Si je te vois avec ce truc dans la bouche, je le jette immédiatement, tu m'as comprise ? Il m'a dit oui et il a été ravi quand je la lui ai donnée. Au final, c'est moi qui ai mangé la barre chocolatée. Voilà, tu sais tout. Ce qui montre bien que j'aurais mieux fait de le laisser prendre un chewing-gum, parce que maintenant je me retrouve avec un gamin qui passe son temps avec cette patte de lapin synthétique collée sous le nez, comme un camé. C'est ce qu'on appelle une bonne leçon. *Et merde.*

Elle plaisante avec ça, mais je sais à quel point elle n'aime pas cette patte de lapin. Elle ne l'aime pas parce qu'elle réconforte son fils quand elle-même n'y arrive pas ; parce qu'elle lui procure un certain sentiment de sécurité. Et c'est comme si cette patte la narguait, lui montrant que l'amour d'une mère ne peut pas toujours tout et que son fils, pour la première fois, peut aimer quelque chose qu'elle, elle n'aime pas. C'est une première divergence et, aussi petite soit-elle, c'est quand même une divergence, une différence, un clivage.

— Je déteste la façon dont il a commencé à s'y accrocher durant la journée et ce qu'il fait maintenant avec son pouce, comme si

c'était un doudou. (Elle avait soupiré.) *Mais je ne peux pas vraiment lui en vouloir. C'est son talisman. Moi aussi, j'aimerais bien en avoir un.*

Je raconte à la thérapeute ce qui s'est passé quand j'ai tendu la main et que Lucas y a posé son porte-bonheur en peluche. Comment j'ai refermé les doigts sur cet objet doux, un peu glissant et frais, la fausse fourrure donnant l'impression d'être presque mouillée.

R : Je vous jure que j'ai senti un picotement, un très léger tremblement. Un instant, j'ai cru voir… quelque chose.

Q : Pouvez-vous me décrire ce que vous avez vu ?

— *Tiens-le. Il porte chance.*

R : Un instant, j'ai cru voir quelqu'un debout dans un coin de la pièce.

— *Je lui ai dessiné une chemise, rose pa'ce que c'est une fille.* (J'avais lâché la patte de lapin et le chatouillis s'était arrêté.) *Toi aussi, tu vois.*

Ce n'était pas une question.

— *Je…* (Je m'étais arrêtée. J'avais regardé son visage et Lucas m'avait fixée en retour de ses yeux ronds, avec solennité et confiance.) *Peut-être…*

Ce petit mot inutile avait eu l'air de lui suffire et il s'était remis à regarder son programme télé.

R : Bien sûr, je n'avais rien vu, je n'avais rien vu, mais…

Q : Mais quoi ?

R : Il y a tout un tas de petites choses idiotes qui me mettent mal à l'aise.

Q : Quelles choses ?

R : Je reçois des appels. Des erreurs, mais cela arrive très souvent maintenant. La plupart du temps, la personne ne laisse pas de message, ça sonne et puis on raccroche, ce sont des numéros que je ne connais pas, ou alors c'est le silence au bout de la ligne.

Q : Vous en avez parlé à la police ?

R : Oui, mais ils disent qu'avec ce qui se passe en ce moment, il y a tout un tas de barjos qui tirent profit de la situation. Que ces jours-ci, il se passe plein de mauvaises plaisanteries et de trucs dans le genre. Et que si je suis menacée pour de vrai, il faut que je me rende au poste et que je porte plainte, mais qu'en attendant, ils ne peuvent rien faire.

Je pourrais rappeler ces gens, mais je repense au cabinet médical, à Daniella Zaretti, et j'ai peur.

Q : Quoi d'autre ?

R : Il y a la porte du placard.

Ces derniers temps, elle est toujours entrouverte de cinq ou six centimètres. Avant, cela n'arrivait jamais. Alors même que je sais que je l'ai fermée, chaque fois que je reviens dans ma chambre, je la retrouve entrebâillée. Ce qui me force à regarder à l'intérieur avant de la refermer. Ce que je fais alors que c'est complètement idiot, mais tant pis et, bien sûr, il n'y a rien d'autre que mes vêtements, un peu de linge de maison et mes deux valises.

La porte du placard est toujours ouverte. Ça ne veut rien dire. Mais parfois, j'ai l'impression que ça veut dire quelque chose. Je me suis assurée qu'il n'y a pas de sacs pendus à la porte et qui pèseraient dessus, pas de manteau coincé dans les gonds ou de valise qui dépasse. Il n'y a rien. Je ferme la porte, je sors de ma chambre et chaque fois que je reviens, je la retrouve ouverte.

Un animateur de colo m'avait dit une fois : « Il faut fermer toutes les portes de placard avant de te coucher, sinon, le croque-mitaine viendra te chercher. » Façon irréfléchie et cruelle de nous obliger à être ordonné. En tout cas, je n'ai jamais oublié ses paroles. Cela a marché. J'ai toujours bien refermé les portes de placard. Sauf que maintenant, je les retrouve toujours ouvertes.

R : Ça ne veut rien dire, mais…
Q : Cela vous rend anxieuse ?
R : Oui. Et puis, la semaine dernière, il s'est passé quelque chose.

J'étais sortie boire un verre avec Sasha et Liz dans un petit bar prétentieux du Lower East Side dont j'ai oublié le nom.

Q : Que s'est-il passé ?
R : Il était presque 2 heures du matin et j'étais sur le quai de la station Lexington Avenue/59e Rue en train d'attendre le métro pour rentrer chez moi, dans le Queens et…

Je n'avais aucune envie d'être là. L'air était lourd et collant. J'ai aperçu un gros rat qui courait le long des rails et l'escalier mécanique grinçait, comme supplicié.

R : Je ne voulais pas rester seule. J'ai aperçu un couple qui se bécotait un peu plus loin sur le quai, ainsi qu'une femme qui jouait du violon et je me suis rapprochée d'eux.

Mieux vaut attendre en restant près d'inconnus que seule. Mieux vaut qu'il y ait des témoins.

R : Je ne voulais pas coller le couple de trop près, la situation était déjà assez gênante comme ça, alors je suis restée debout à regarder la femme qui jouait du violon. Elle devait avoir une vingtaine d'années et elle avait le crâne rasé et des tatouages partout. Elle portait un corsage noir en cuir serré par un lacet et son jean était humide de transpiration. Elle était aussi bardée de piercings et de chaînes. J'avais cru qu'elle jouait du violon, mais en fait son instrument semblait plus ancien, il était plus rond et plus sombre. Elle gardait les yeux fermés et son corps se balançait en cadence avec la musique.

Dans la casquette posée à ses pieds, il y avait quelques pièces. Quand je le peux et du moment que ce qu'ils jouent reste audible, j'aime soutenir les musiciens. Et puis, elle distrayait mon attention de l'atmosphère étrange qui régnait sur le quai et du grondement des autres rames qui passaient. Quand je me suis baissée pour déposer un billet de un dollar dans sa casquette, elle s'est brutalement arrêtée de jouer, son archet suspendu au-dessus des cordes. Le silence s'était fait de façon si abrupte que même le couple d'amoureux a cessé de se peloter et a levé la tête d'un air inquiet. Les yeux toujours fermés, la fille a commencé à jouer une autre chanson. Il y avait quelque chose de splendide dans sa concentration et sa dextérité, dans le contraste que formaient ses piercings et son corsage en cuir avec la mélodie.

R: Elle a ouvert les yeux et m'a fixée. Puis elle a commencé à chanter.

Sa voix était basse et étonnamment charmante, mais les paroles de la chanson étaient désuètes et bizarres.

Chante-moi une chanson
Qui parle d'étoiles et de lune
Chante celle
Qui trop tôt connut l'infortune

R: C'était comme si elle chantait tout à la fois pour moi et pas pour moi, pour quelqu'un d'autre peut-être, quelqu'un d'autre qui se serait tenu juste derrière moi. Je me suis retournée, mais il n'y avait personne.

J'ai eu la chair de poule et j'ai été parcourue de frissons.

Q : Vous aviez l'impression qu'elle chantait pour vous ?
R : Oui.

Sauf que j'avais l'impression que ce n'était pas vraiment la jeune femme qui chantait. C'était comme si quelqu'un se servait d'elle comme d'une marionnette dans le but de délivrer un message.

Un sourire dans le noir
Une lame qui luit
Chante-moi une chanson
Qui parle de la nuit

R : Et puis il y a autre chose.
Q : Quelle autre chose ?
R : C'était le soir de la veillée. Quand je suis rentrée chez moi, je suis allée dans la cuisine parce que j'avais une folle envie de glace.

— *Katherine ?*
J'avais poussé un cri.

R : Andrea était assise devant le comptoir.

— *Bon Dieu, tu m'as fichu une de ces trouilles !*
— *Je t'ai fait peur ? Mince, alors !*
— *Qu'est-ce que tu fais là à cette heure-ci ?*
Elle avait souri, l'air un peu coupable.
— *Parfois, une femme a besoin de manger un peu de poulet froid en lisant un magazine débile.*
Un *Us Weekly* était ouvert devant elle et elle tenait un pilon à la main.
— *Je suis bien d'accord.*
— *Alors, comment était la veillée ?* Andrea m'avait dit qu'elle ne pouvait pas se libérer pour y aller parce qu'elle avait du travail,

mais, en mon for intérieur, je m'étais dit qu'en vrai, cela devait être trop pour elle. En tout cas, je n'allais pas la juger.

— *Intense, triste, émouvant.*

Elle avait acquiescé.

— *À ce propos et compte tenu de tout ce qui s'est passé…*

— *Quoi ?*

— *Sais-tu où Alexis a pu mettre les barreaux qui protégeaient la fenêtre quand elle a déménagé ?* J'ai alors repensé à Sael, debout sur l'escalier de secours et m'implorant de le laisser entrer. *Comme ma chambre donne sur la rue…*

— *C'est drôle que tu me parles de ça parce que j'ai justement parlé à un type du magasin de bricolage aujourd'hui.*

R : Elle m'a dit savoir que je m'inquiétais et que j'avais envie de remettre ces barreaux aux fenêtres et que c'est pour ça qu'elle avait appelé le magasin.

— *Vraiment ?*

Je m'étais sentie très soulagée.

— *Ouais, ils viendront installer des barreaux aux fenêtres dans quinze jours, environ. J'ai demandé qu'ils viennent plus tôt, mais tous leurs créneaux sont pris jusqu'au week-end du 4 Juillet.*

— *Mais tu as quand même réussi à obtenir un rendez-vous ! C'est super !*

Elle m'avait regardée avec un air un peu coupable.

— *Je suis désolée de ne pas m'en être occupée plus tôt. Je sais que tout ça te tracasse vraiment.*

R : J'étais surprise parce que jusque-là, je ne lui avais rien dit.

— *Qu'est-ce qui te fait dire ça ?*

Elle avait détourné le regard. Si je ne la connaissais pas si bien, j'aurais dit qu'elle était gênée. Ce qui ne lui ressemblait pas du tout.

R : Elle m'a dit que je parlais dans mon sommeil.

— *Quoi ?*

— *Hé, ne me regarde pas comme ça ! Je n'écoute pas aux portes, je te promets !* (Quand elle a vu la tête que je faisais, elle a soupiré.) *Il était environ une heure du matin et comme je n'arrivais pas à dormir, je suis allée me servir un petit verre… parfois ça marche, tu comprends ?*

Malgré moi, j'avais souri. À Noël dernier, elle avait reçu une bouteille de cognac et, chaque fois qu'elle s'en servait un petit verre, ce qui arrivait très rarement, elle était sur la défensive.

— *Quelle arsouille !*

— *Ah, tais-toi. Toujours est-il que comme j'ai vu qu'il y avait de la lumière sous ta porte, je me suis dit que toi aussi, tu devais être réveillée et peut-être… peut-être, mais ce n'était pas sûr… que si tu manœuvrais bien, je t'offrirais un petit verre à toi aussi. Parce que c'est exactement comme ça que je suis : une personne généreuse et incroyable.*

— *Et alors ?*

— *Et alors ? Quand j'ai entrouvert ta porte, j'ai vu que tu étais allongée dans ton lit avec un oreiller sur la tête et que tu dormais profondément. Pas de petit verre pour toi.*

— *Mais tu m'as entendue dire quelque chose ?*

— *Oui, après que j'ai fermé la porte, alors que je m'apprêtais à retourner à la cuisine. Sauf que la voix n'était pas du tout la tienne, c'est ça qui était bizarre.*

— *Qu'est-ce que j'ai dit ?*

Elle est restée un moment sans répondre, les sourcils froncés, se remémorant la scène, puis, d'une voix traînante, elle a dit :

— *Il pourrait entrer quand il veut. Ce n'est plus qu'une question de temps.*

— *Pas possible !*

— *Je sais.*

— *Tu es sérieuse ? C'est horrible !*

— *À qui le dis-tu !*

— *Non vraiment, j'ai dit ça ?*

— *Arrête, Kat, les gens font toutes sortes de trucs bizarres durant leur sommeil. Ce n'est pas grave!*

— *Je suis quand même scotchée!*

Elle a ri. Je pense qu'elle était soulagée de m'en avoir parlé.

— *Voilà ce que je te propose: la prochaine fois que ça se produit, je t'enregistre avec mon téléphone. Comme ça, tu auras la preuve.*

Q: Qu'avez-vous ressenti quand elle vous a dit ça?

R: J'étais troublée. Jamais, à ma connaissance, je n'avais parlé durant mon sommeil. En tout cas, personne ne me l'avait jamais dit. J'imagine que cette histoire de fenêtre me fichait vraiment la trouille, en fait.

Andrea m'avait pressé le bras affectueusement.

— *Katherine, ça n'a pas d'importance. Ce qui compte, c'est que ça m'a fait comprendre qu'il fallait que je m'occupe de ces barreaux! J'aurais dû le faire avant.*

Mon trouble n'avait pas disparu, mais j'ai acquiescé, préférant laisser tomber le sujet.

— *Mais comment as-tu fait pour obtenir un rendez-vous si rapidement? Je sais qu'ils croulent sous les demandes.*

— *Il se pourrait bien que j'aie mentionné être avocate.*

— *Tu leur as dit que tu étais commise d'office?*

— *Disons plutôt qu'il est possible que j'aie insinué être du style procureur. Du style à leur coller un procès au cul s'ils refusaient de venir en aide à des damoiselles en détresse.*

— *Fantastique.*

— *Je sais. Le seul problème, c'est qu'il faut qu'il y ait quelqu'un à l'appartement pour surveiller leur boulot et la date la plus proche qu'ils ont pu me donner est mercredi prochain entre 11 heures et midi. C'est bête, non? Je me suis dit que tu pourrais peut-être prendre ta pause déjeuner en avance, apparemment, ils sont très efficaces…*

Elle avait vu ma tête.

— *Ah, quoi?*

Je ne lui en avais pas encore parlé.

— *En fait, j'avais prévu de ne pas prendre de pause déjeuner pour pouvoir rentrer plus tôt.*

— *Pourquoi ? Tout va bien ?*

— *Oui, oui, mais David m'a invitée à l'accompagner au gala annuel de collecte de fonds de sa fac super-sélecte et c'est tellement sélect que c'est en plein milieu de semaine.*

Elle a souri.

— *On dirait bien que le mercredi est le nouveau jeudi, c'est ça ? En tout cas, je suis contente que ça se passe bien entre vous deux. Un gala, c'est pas n'importe quoi !*

— *Je sais, mais comment va-t-on faire…*

— *C'est pas grave. Je resterai à l'appartement. Ça ne devrait pas être très long. Je travaillerai ici jusqu'à ce qu'ils aient fini.*

— *Tu es sûre ?*

— *Certaine. Ce n'est pas grand-chose.* (Elle pointe vers moi le *Us Weekly* qu'elle a roulé comme une baguette. *Cendrillon, tu IRAS au bal !*

R : Elle va attendre à l'appartement que les types viennent installer les barreaux. J'ai l'impression qu'elle a vraiment pris le parti de David.

Q : Qui est David ?

R : L'homme que je fréquente.

À dire vrai, tout semble aller pour le mieux maintenant.

R : Je n'ai plus de nouvelles de Sael, ce chapitre de ma vie semble bien clos, et David est si charmant, mais…

Q : Mais ?

R : On n'a pas encore passé la nuit ensemble, et comme presque un mois s'est écoulé, je commence à me poser des questions.

La plupart de mes amis pensent que c'est une bonne chose.

R : Une de mes amies m'a dit qu'il était peut-être homo…

Q : Croyez-vous que ce soit le cas ?

R : Non, je ne crois pas. Je vois bien la façon dont il me regarde, la façon dont il m'embrasse.

Q : Qui est Sael ?

Oups.

R : Sael ?

J'essaie de gagner du temps.

Q : Vous avez mentionné son nom il y a quelques instants, vous avez dit que vous n'aviez pas de ses nouvelles.

R : Cet homme, ce Sael…

Q : C'est intéressant comme prénom.

R : Je sais. C'est un prénom ancien d'origine germanique qui veut dire « marin ».

Tandis que les mots meurent sur mes lèvres, le silence s'installe. Je peux expliquer l'origine de son prénom, mais je ne sais pas vraiment comment parler de lui.

Q : Voulez-vous me parler de lui ?

R : Nous avons eu une brève aventure, on a passé une nuit ensemble, mais c'est fini depuis longtemps.

C'est vrai. Depuis la nuit où je l'ai retrouvé sur l'escalier de secours extérieur, je n'ai plus eu de ses nouvelles. Il a tenu sa promesse, ce dont je me réjouis. Évidemment.

La thérapeute me fait un signe de tête, comme pour me signifier de continuer.

R : David et lui sont amis, meilleurs amis, même. David ne sait pas ce qui s'est passé entre nous, mais… Cette histoire me met vraiment mal à l'aise.

Q : Vous avez l'impression qu'elle n'est pas résolue ?

R : C'est ça.

Q : Diriez-vous que votre niveau d'anxiété s'est exacerbé après que vous avez rencontré Sael ?

R : Non.

Sans que je puisse le retenir, le mot est sorti de ma bouche. Je ne veux parler ni de Sael ni de quoi que ce soit qui le touche de près ou de loin.

Q : Trouvez-vous mes questions intrusives ?

R : Non. (Si, je les trouve intrusives.) Non, c'est juste que je ne vois pas le rapport entre ces histoires.

Q : Y a-t-il autre chose dont vous aimeriez me parler ?

Depuis le début, je tourne autour du pot et maintenant nous n'avons presque plus de temps. Je n'ai pas parlé de la vraie raison qui m'a amenée ici, de ce qui s'est passé il y a à peu près une semaine.

Et qui m'a amenée à chercher avec prudence des recommandations de psy autour de moi. Voir un thérapeute n'est pas honteux en soi, mais quand même, je ne tiens pas à ce que tout le monde le sache. C'est mon amie Michelle qui m'a donné son nom. J'ai ensuite passé trois jours à regarder le numéro sans rien faire, mais il fallait que je raconte ce qui m'était arrivé à quelqu'un. Il faut que je sache.

Maintenant, mon regard fuit cette femme charmante au visage impassible, assise en face de moi. Je ne peux pas la regarder. Au lieu de ça, je me concentre sur la corbeille à papiers à gauche de son bureau tandis que je lui raconte ce qui s'est passé ce soir-là.

C'est comme si cela ne m'était pas arrivé à moi, comme si c'était arrivé à quelqu'un d'autre et que j'avais tout vu.

R: Il y a une semaine, j'étais en train de faire la vaisselle.

J'aime bien que la vaisselle trempe dans une eau bien savonneuse. Notre immeuble est trop ancien et notre propriétaire trop radin pour que nous puissions avoir un lave-vaisselle, mais au moins l'eau dans l'évier est bien chaude et pleine de mousse de liquide vaisselle. J'en mets trop, Andrea me l'a déjà dit. C'est une des rares choses sur lesquelles nous ne sommes pas d'accord. Mais je me dis que tant que je paie un peu plus, cela n'a pas d'importance. J'achète toujours le produit qui sent la pomme verte ou alors le rose. Le liquide rose a une odeur vive et acerbe, efficace, comme celle de fleurs chimiques. J'enfile de longs gants jaunes et je récure la vaisselle à l'aide d'une éponge verte qui gratte. J'aime aussi essuyer la vaisselle avec du papier essuie-tout, même si je sais que ça aussi ça coûte plus cher. Je venais de poser une troisième assiette dans le rack.

R: C'est à ce moment-là que j'ai remarqué que quelque chose bouchait l'évier. L'eau s'écoulait très lentement. Comme la mousse empêchait de vraiment voir ce qui bouchait la bonde, j'ai mis ma main dans l'eau et j'ai trifouillé pour essayer d'enlever ce qui gênait le passage de l'eau.

Le conduit se bouche facilement. Merde, pourquoi est-ce qu'on n'a pas de broyeur? Ça me fait vraiment suer. Je sais que j'aurais mieux fait de mettre le bouchon de vidage, mais alors l'évier se vide trop lentement. C'est probablement un morceau de tomate, un noyau d'olive ou un morceau de carotte.

Des doigts m'agrippent le poignet.
Une main.

R : J'ai eu l'impression qu'une main était sortie de la canalisation et m'avait attrapé le poignet.

J'ai remarqué, comme si j'observais la scène de loin, que les ongles de cette main étaient recouverts d'un vernis bleu à paillettes. Il était un peu écaillé et le dessus de la main portait la trace d'un coup de tampon comme ceux qu'on reçoit à l'entrée des discothèques.

Ce n'est qu'à ce moment-là que la réalité de la situation a fini par avoir raison de mon détachement complètement fou.

R : J'ai hurlé et me suis jetée en arrière.

Non sans renverser au passage une assiette qui s'est brisée par terre. Je ne sais pas combien de temps je suis restée plantée là, les débris de l'assiette éparpillés autour de moi. Tétanisée. Haletante. L'adrénaline coulant à flots dans mes veines.

R : Dans une seconde, me suis-je dit, je vais attraper mes clés, mon portefeuille, mon téléphone et je vais courir à la porte, sauter dans un taxi et m'enfuir, vite, vite, vite, pour aller chez un voisin, au poste de police, chez une amie, n'importe où, mais ailleurs. Mais je n'en ai rien fait.

Q : Qu'avez-vous fait, alors ?

R : Je suis restée plantée dans la cuisine. J'attendais, sans bouger, les yeux fixés sur l'évier. Il n'y avait rien.

J'ai attendu. Le regard fixé sur l'évier. J'ai pris un couteau sur la paillasse. C'était un grand couteau et je sais que ce que je vais dire va sembler complètement mélodramatique, mais une fois que je l'ai eu en main, je me suis sentie mieux.

Il n'y avait rien. Rien du tout. Couteau brandi, je me suis lentement dirigée vers l'évier. Je devais avoir l'air ridicule, mais comme l'a dit un sage un jour, il n'y a personne d'autre ici que nous les poules, nous et une main qui a surgi de l'évier.

R : Rien. Il n'y avait rien.
Q : Que s'est-il passé ensuite ?

Profitant du week-end de la fête nationale, Andrea et Lucas étaient partis camper avec des amis dans le nord.

R : J'ai appelé David, mais je suis tombée sur son répondeur et j'ai raccroché. J'ai appelé mon amie Liz. Là encore, je suis tombée sur un répondeur. J'ai aussi pensé aller dans un bar ou appeler une autre amie.

J'ai même pensé appeler Sael.

Il n'y avait rien dans l'évier. Peu à peu, mon cœur a cessé de battre la chamade. Il n'y avait rien dans l'évier. Il n'y avait rien dans l'évier. Absolument rien.

R : J'ai ramassé les morceaux d'assiette et je me suis couchée en laissant ma lampe de chevet allumée.

Je suis restée éveillée un long, long moment.

Je cesse de fixer le cuir marron du fauteuil et regarde la femme, cette professionnelle assise en face de moi. Je me force à lui poser la question qui me brûle les lèvres.

R : Suis-je en train de perdre la boule ?

J'attends sa réponse.

Quarante minutes plus tard, je bois un café dans un petit restaurant près du cabinet de la thérapeute. Je réfléchis à la séance qui vient de se passer, ou « l'analyse », comme le dirait une personne plus sophistiquée. Je retourne dans ma tête ce que m'a dit la thérapeute.

Que vous cherchiez à vous faire aider montre que vous savez très bien faire la différence entre votre imagination et la réalité.

Le doute que j'ai exprimé fait donc toute la différence : si je n'avais pas dit : « J'ai eu l'impression qu'une main… », son diagnostic aurait été tout autre.

À mon avis, ça serait bien qu'on se revoie.

Mais ça n'arrivera pas. Ça coûte trop cher, même si je tiens compte du tarif dégressif. Sans compter qu'il y a peut-être autre chose. Je me remémore sa question.

Diriez-vous que votre niveau d'anxiété s'est exacerbé après que vous avez rencontré Sael ?

Cette question me mène vers un lieu plus sombre, un lieu où je n'ai pas envie d'aller.

— Tout va bien, dis-je à voix haute et avec fermeté, d'un ton qui ne laisse transparaître ni peur ni folie furieuse. (Ma voix est celle d'une femme tout à fait normale, pas du tout à deux doigts de faire une dépression nerveuse.) Il faut juste que je me ressaisisse. Je vais *bien*.

Je vais bien et, aujourd'hui même, je vais m'occuper des pennies une bonne fois pour toutes.

De retour à l'appartement, je vais dans ma chambre et, cette fois, je me dirige droit vers le coin. Je me mets à quatre pattes et me penche en avant pour vérifier le dernier penny.

1996. Exactement. Bien. Je le savais.

Sauf que ce n'est plus le dernier penny. C'est l'avant-dernier.

Mais il n'a tué que…

Non, tais-toi, arrête…

Frénétiques, les médias s'en sont donné à cœur joie face à la nouvelle vague de panique suscitée par l'apparition d'un nouveau mode opératoire.

Elle n'a pas été tuée dans son appartement, mais…

J'ai entendu la nouvelle pour la première fois il y a quelques jours à la radio. Natalie Shapiro n'avait que dix-neuf ans, ce qui fait d'elle, à ce jour, la plus jeune victime.

Elle a été retrouvée morte dans un des box des toilettes pour femmes du Club23, une discothèque de la Cinquième Avenue.

« Elle n'aurait même pas dû être autorisée à entrer, a déclaré Herman Shapiro, son père. Elle n'avait que dix-neuf ans, bon Dieu ! Ce n'était qu'une gosse ! »

La mère était tellement sous le choc qu'elle était incapable de s'exprimer. Leur bébé, nue exception faite de sa culotte, calée contre la paroi d'un box. Elle avait dû être droguée ; impossible de croire qu'elle ait pu se rendre là de son plein gré. Peut-être ses amis et elle avaient-ils pris quelque chose, Dieu sait quelle drogue et, avec la musique à fond, l'ambiance était à son comble.

On ne l'a plus vue, mais on ne s'est pas inquiétés. Natalie aimait faire la fête.

Elle était censée dormir chez sa copine Chelsea. Ce qui se fait de nos jours. Tu sors, tu bois un verre en ville et tu rentres chez toi dans le New Jersey, bien au chaud et en sécurité.

Jill Blackson, chargée de communication pour le Club23, avait déclaré : « Nous faisons tout notre possible pour coopérer avec la police et les autorités. Nous ne savons absolument pas comment elle a pu se trouver là compte tenu du fait que nous respectons scrupuleusement la loi et ne laissons entrer que ceux qui ont vingt et un ans et plus. »

D'après le journaliste radio, Natalie Shapiro devait détenir une fausse carte d'identité.

La dernière fois que j'ai vérifié, il y avait neuf pièces. Et la dernière datait, j'en suis sûre, de 1996. Maintenant, il y en a dix et la dernière indique 1991. C'est forcément une coïncidence. *Forcément.* Le journaliste annonce qu'une visiteuse médicale âgée de vingt-quatre ans, Stephanie Dabrowski, a été retrouvée morte ce matin dans son appartement.

Peut-être que j'attendrai demain pour m'occuper des pièces.

LA VEILLE DU MARIAGE, PENDANT LA NUIT, un garde du château qui faisait sa ronde entendit un chant étrange et lugubre. Suivant la voix, il traversa les jardins, franchit l'enceinte en pierre et découvrit la jeune fille. Elle dansait sous un gigantesque noisetier en fleur, arbre dressé là depuis la nuit des temps et dont on disait qu'il détenait force pouvoirs. Aussi nue qu'un nouveau-né, se trémoussant d'avant en arrière, elle dansait telle une sauvageonne. Les mains jointes en coupe, elle les élevait vers la lune qui, suspendue dans le ciel, était pleine et rousse. Arrivé à proximité de la jeune fille, le garde put distinguer avec davantage de netteté les paroles de sa chanson.

Sang à sang
Veine à veine
Garde mon amour
Du feu ou de la flamme

Entendant ceci, le garde prit peur. Il se signa et commença à dire une prière pour se prémunir contre cette sorcellerie, mais la jeune fille l'entendit murmurer et se retourna pour le regarder. Le garde rassembla son courage et s'avança pour lui demander de quel droit elle chantait ainsi, nue et à pareille heure. Avec effronterie, elle se rapprocha de lui.

« Regarde ! » dit-elle en tendant la main.

De surprise, les yeux du garde s'écarquillèrent : au creux de la paume de la jeune fille, une merveilleuse broche brillant de mille feux reposait, figurant un serpent lové sur lui-même. Lorsque le garde ouvrit la bouche, décidé à poursuivre son interrogatoire, elle lui prit la main et lui sourit ; sur ces entrefaites, il vit à quel point elle était belle, plus belle même que la fille du baron. Et c'est ainsi que, tandis qu'elle le conduisait sous le noisetier, les paroles du garde s'en vinrent mourir sur ses lèvres.

Jamais il ne rapporta ce qu'il avait vu et entendu. En réalité, le lendemain, il semblait même avoir tout oublié.

13

— On va boire un verre ce soir. Tu viens ?

Megan, la commère du bureau, s'est arrêtée devant mon-bureau-qui-n'est-pas-vraiment-mon-bureau. C'est celui de Cora, actuellement en congé maternité. Dessus trône la photo d'un mari qui n'est pas le mien, ainsi qu'une vache dont la tête dodeline et qui ne m'appartient pas non plus. Pour faire bonne mesure, j'ai apporté une figurine de Yoda, ce qui me place sur un pied d'égalité avec Cora, voire en position de force. Parce que Yoda, ce n'est pas n'importe qui, quand même.

— Un verre ? En quel honneur ?

Elle me regarde comme si je venais de lui demander mon propre prénom.

— T'es sérieuse ? T'es pas au courant ?

— Au courant de quoi ?

Ses petits yeux de souris brillent dans son visage osseux. Je suis une audience captive.

— Vraiment ?

Elle n'en croit pas sa chance.

— Megan, dis-moi !

— Il a été arrêté !

— Quoi ?

— Le Faucheur. Mais où t'étais ? Planquée dans une grotte ?

Ça, c'est du Megan tout craché. Qui d'autre dirait « planquée dans une grotte » ? Mais je suis trop abasourdie pour m'offusquer de ses propos mordants et démodés.

— Tu blagues ?

— Regarde !

Elle se penche par-dessus mon épaule, son visage si près du mien que je sens son haleine chargée d'une odeur de café bouilli, et tape dans la barre de recherche de mon ordinateur : *Le Faucheur retrouvé mort.*

— Voilà ! s'exclame-t-elle d'une voix triomphale.

Mon regard saute d'un titre à l'autre.

LES RAPPORTS INDIQUENT

LA POLICE CONFIRME

SOULAGÉE, UNE MÈRE ÉCLATE EN SANGLOTS

LA FOULE EN LIESSE

Il y a une photo de Susie Ranford, pratiquement soulevée de terre par les deux volontaires NRPS qui l'encadrent. On voit aussi un drap blanc, un cordon de policiers qui contiennent le public et des urgentistes maniant une civière.

— Ouah ! dis-je en me tournant vers Megan. C'était qui ?

— Un psychopathe, me répond-elle en haussant les épaules. Ce type a servi deux fois dans l'armée et devait bientôt repartir. Il habitait à Staten Island.

— Comment l'a-t-on retrouvé ?

— Ses voisins l'ont signalé à la police, ils ont dit qu'il avait un comportement bizarre.

— C'est affreux.

Megan sourit, se délectant de la situation.

— Ses voisins ont appelé la police et ils l'ont retrouvé pendu à une tringle dans un placard. Apparemment, son appartement était rempli de tout un tas de trucs dégoûtants, d'articles de journaux, de dessous féminins, de vieux couteaux. Il a même laissé une confession écrite… (Elle voit mon expression.) Qu'est-ce qu'il y a ?

— Il s'est suicidé ? (Je repense aux innombrables rapports d'expertise établis par toute une batterie de criminologues, de psychologues et de psychiatres.) Ça ne me semble pas correspondre au profil du tueur. La police n'a-t-elle pas dit qu'il se comporte comme quelqu'un de bien intégré, qu'il fréquente des gens, que ce n'est pas un loup solitaire ?

Visiblement, elle est agacée. Je ne suis pas l'audience idéale.

— Je n'en sais rien. Mais avec son entraînement militaire, nul doute que ce n'était pas difficile pour lui de s'introduire par effraction chez ses victimes, sans parler du fait qu'il sait comment tuer.

Elle frissonne avec emphase.

— Au moins, maintenant, la page est tournée, dis-je d'un ton neutre.

Je devrais être contente, mais je ne parviens pas à m'enthousiasmer.

— Maintenant que tu es au parfum, tu viens boire un verre avec nous ce soir ?

— Je ne peux pas. J'accompagne David à son gala de fac.

Pas plus tard qu'il y a dix minutes, j'aurais donné n'importe quoi pour avoir l'occasion, juste une fois, de clouer le bec de Megan. Mais c'est à peine si je prends note de son énervement et de sa jalousie.

— C'est le mec à qui tu envoies sans arrêt des textos ? C'est ton petit ami ?

Encore une fois, du Megan tout craché, très subtile et respectueuse de la vie privée des autres.

— Oui, c'est lui.

— Mais *tout le monde* va faire la fête ce soir ! (Elle me regarde avec pitié. Clairement, ce n'est pas le bon jour pour une soirée de gala. Elle s'adoucit.) Tu peux nous rejoindre après, si tu veux, me propose-t-elle, généreuse. D'après ce que je sais, les gens ont déjà commencé à faire la fête. Les bars vont être bondés. Ça va être complètement dingue.

Elle a dit ça comme si c'était une bonne chose.

— Cool. Merci.

Elle reste là une éternité, du moins, c'est ce qui me semble, puis finit par me laisser.

Assise, j'attends. J'attends de me sentir apaisée, d'éprouver de la joie ou de la jubilation. Au lieu de ça, je me sens vidée. Étrange. Comme ahurie. Incrédule. J'imagine que c'est normal.

Mes pensées sont comme autant de gouttelettes d'eau éparpillées.

Ils l'ont retrouvé. Ils ont attrapé le Faucheur.

Un ancien militaire. Mort.

Andrea sera drôlement soulagée. Peut-être aussi Lucas arrêtera-t-il de faire ses dessins bizarres. Et les dames s'en iront-elles. Non, ce que je veux dire, en fait, c'est qu'*il va peut-être cesser de voir des dames.*

Je repense aux pennies.

Ils ne sont plus alignés contre le mur. Ils sont couchés. Face contre terre. Face dans la poussière. Côté pile. Celui qui porte malheur.

— Arrête ! m'exclamé-je à voix haute.

— Tu parles toute seule ? me demande Alan en passant devant mon-bureau-qui-n'est-pas-vraiment-mon-bureau. Ça ne me surprend pas, on sait bien que c'est symptomatique de la folie, ajoute-t-il en me faisant un clin d'œil avant de repartir vers le sien.

Je souris. J'aime bien Alan. Depuis le début, on flirte gentiment ensemble, on discute des séries télé un peu idiotes qu'on apprécie. Il a un petit bidon, il perd ses cheveux et, d'après ses photos, il a une belle femme et une adorable fille de deux ans. Je m'efforce de ne pas lui en vouloir.

Arrête d'y penser.

Je vais à une soirée de gala avec David. C'est notre première sortie en tant que couple, l'officialisation de notre relation ! Je me secoue intérieurement et essaie de me concentrer, d'oublier les pennies.

Les pennies sont face contre terre. Ce sont des pennies morts. Face contre terre, dans la poussière.

Pense à ce soir.

Ce soir.

14

Quand on compare un lit et un placard, il est important de comprendre les avantages et les inconvénients de chacun.

Considérons d'abord ce qui est évident.

Nombre d'habitants de cette ville n'ont en fait pas d'espace sous leur lit. Cependant, si cet espace existe, il peut être utilisé pour ranger des choses. À côté de ça, il est beaucoup plus malaisé de se glisser sous un lit que dans un placard où l'on est certes serré, mais où, petit à petit, le corps s'adapte. Les gens s'étonnent toujours de voir ce que le corps est capable de faire ; la façon dont il peut, quand les conditions sont réunies, se contorsionner, se ramasser, se réarranger. Toi, cela ne te surprend pas. Tu connais bien les corps. Tu sais de quoi ils sont capables.

Il faut également reconnaître que, souvent, les dessous de lit sont plus sales que les placards. Chaussettes abandonnées, amorphes et tristes, moutons à l'air déterminé, emballage de capote quand ce n'est pas carrément une vieille capote usagée. Des épingles à cheveux, la rallonge du sèche-cheveux, une culotte, une boucle d'oreille, un papier de bonbon, des pièces de monnaie, l'inévitable pièce de vingt-cinq *cents* et un reçu froissé en boule.

Un peu de saleté ne te dérange pas trop.

Les punaises de lit. Tu les détectes avant même de sentir leur odeur douceâtre de moisi. Peut-être qu'elles sont encore plus terrifiantes que toi, même si les traces de sang qu'elles laissent sont petites alors que les tiennes sont en général nettement plus conséquentes.

Si on arrive à supporter ces divers inconforts, rien ne vaut un dessous de lit. Ce poste d'observation est fantastique. On passe inaperçu bien plus longtemps. La peur de ce qui se cache sous le lit ne dure pas au-delà de l'enfance. Les monstres, ça n'existe pas.

Sauf exception.

Allongés dans leur lit, les gens se sentent en sécurité. Ce qui est ironique, compte tenu du fait qu'à cet endroit ils sont particulièrement vulnérables : à peine vêtus, ils se laissent sombrer, tomber ou glisser dans l'inconscience.

C'est à ce moment-là qu'ils se rapprochent le plus volontiers d'un état qui s'apparente à la mort.

Et toi, tu es là pour les aider à passer de l'autre côté.

Tu attendras qu'elle se soit endormie avant de sortir une main de sous le matelas. Tu calqueras le rythme de ta respiration sur le sien, l'adopteras cependant que tes yeux s'habitueront à l'obscurité, s'en empliront. Une main puis l'autre. Tout doucement – les meilleures choses demandent du temps. De toute façon, elles finissent toujours par se réveiller. Peut-être décideras-tu alors de tirer sur un de ses orteils, un petit coup sec qui la réveillera et la fera regarder autour d'elle sans qu'elle puisse te voir pour autant. En fait, tu l'as déjà fait une ou deux fois. Tu adores ce petit jeu. Probablement que si tu es suffisamment délicat, elle se rendormira.

Chaque fois que tu te retrouves avec les yeux regardant vers le haut, la joue pressée contre le dessous du matelas et le corps de la femme au-dessus de toi dégageant une chaleur ténue, c'est plus fort que toi, tu souris.

Doucement, tout doucement, tu sors de sous le lit. Un centimètre après l'autre. Dans le noir, attentif à ne pas la réveiller.

Le corps en partie dégagé de sous le lit, tu peux parfois lever le bras, lui caresser la joue, enrouler une mèche de ses cheveux autour d'un de tes doigts, te pencher sur son oreille, lui murmurer un secret qu'elle n'aura jamais, au grand jamais, l'occasion de trahir.

Pas encore, pas encore.

Puis tu te pencheras délicatement sur elle pour la sortir de ses rêves, pour la tirer des bras de Morphée, pour qu'elle ouvre les yeux et te voie.

Rien de plus jouissif que cette expression de profonde stupéfaction, d'incrédulité et de panique à couper le souffle. C'est comme un pétillement sur tes lèvres ; c'est tout à la fois doux et piquant, froid et charmant.

La panique est orange fluorescent, elle vrille les tympans comme une sirène, s'égosille comme un téléphone qui sonne dans le vide ; elle a un goût de chlore, de langue brûlée, elle sent le lit dans lequel on a fait pipi en colonie de vacances, les toilettes d'avion, elle secoue comme une turbulence.

Mais n'oublions pas le placard. Bien sûr, le placard est bien plus confortable. Mais il est également beaucoup plus évident. Toutes ces histoires de croque-mitaine ont fini par lui ôter son cachet.

Ce qui est dommage, parce que en réalité c'est une cachette formidable. Aussi douillette qu'un utérus pour un fœtus. Tu te redresses. Tu attends que les cintres cessent de cliqueter, qu'ils s'immobilisent. Les placards sont tellement révélateurs. Il y a du bois et des lattes, des odeurs intimes. Parfois, ils contiennent des vêtements pour la neige, des bottes en caoutchouc, des valises et des ventilateurs portatifs. Des animaux en peluche qui te considèrent de leurs petits yeux de verre au regard triste. Dans celui auquel tu penses, celui dans lequel tu t'es introduit dernièrement, il y avait plein de boîtes à chaussures remplies de photos, de découpages en papier et de cartes postales vierges. Ainsi que des mites pâles qui voletaient sans bruit. Les vêtements s'imprègnent des différentes odeurs de la ville. Les odeurs sont des fantômes. Il y a celle de la cigarette, bien sûr, celle des falafels vendus sur le trottoir, la trace rosée et subtile d'un parfum ou celle d'un déodorant. Les poches contiennent des bâtons de baume pour les lèvres, ces mêmes lèvres qui s'écarteront plus tard pour laisser s'échapper un hurlement de terreur. Dans certains placards, on trouve des dossiers, des livres, des draps maladroitement pliés et des couvertures, une boîte de marionnettes faites avec des chaussettes, étranges mais merveilleuses. Deux sortes de couvre-chefs, une casquette de baseball, un chapeau en fourrure et des housses à vêtements qu'elle devrait jeter, mais a gardées. Son placard a un miroir collé à l'intérieur de la porte.

Rien ne vaut le moment où elle l'ouvre et te découvre. Ce plaisir-là est encore d'une autre nature. Alors qu'avec la cachette sous le lit, la prise de conscience, le passage du sommeil à l'éveil, est graduel, là, tu lis dans ses yeux la compréhension immédiate que son pire cauchemar est devenu réalité.

Le choc est couleur des taches flottantes, bleues et noires, qui présagent une migraine. Il a un goût d'eau sucrée, de caoutchouc, il est cuisant comme une claque, il brûle comme une joue pressée contre le sol.

Tu es debout dans l'armoire, tout sourire.

— Salut !

Une ou deux fois, on t'a refermé la porte au nez, comme si le fait de cacher ton air béat suffisait à te faire disparaître. Tu attends. Elles peuvent bien se mettre à courir, essayer d'appeler à l'aide, tu es incroyablement rapide et tu sais où se trouvent les téléphones, tu sais crocheter les serrures, tu sais ce qu'elles ont l'intention de faire. Comment se fait-il que tu sois là alors que la fenêtre est fermée et la porte verrouillée ? Parce que tu es bien là, parce que tu as bien réussi à entrer et…

— Salut !

Ta voix est douce et agréable.

Ton sourire est charmeur.

Ce n'est pas la première fois qu'elle le voit.

Sauf que maintenant, elle ne te sourit pas en retour.

Voilà à quoi tu penses alors que tu attends qu'on te serve au bar. Quand c'est boissons à volonté, il y a toujours la queue. Katherine. Sûrement qu'elle prendra une douche rapide, inquiète d'être en retard. Tu te positionnes un peu plus loin sur le côté ; une femme devant toi cherche à capter ton attention. Son mari a pris de l'embonpoint ; des auréoles de sueur se formeront sous ses aisselles lorsqu'il dansera.

C'est vrai qu'il a de l'argent, mais on ne m'a jamais dit que je me sentirais si seule.

Tout ce qu'elle aimerait, c'est qu'on la remarque à nouveau, qu'on lui dise avec sincérité qu'elle est belle.

Elle est très jolie et bien conservée, mais tu décides que ce n'est pas encore le moment de lui prêter attention. Katherine doit être en train de rejoindre sa chambre, la peau rosée, parfaite, ses pieds nus mouillés revenant sans cesse vers le placard. Tu as vu la robe qu'elle allait mettre. Quand tu as regardé dans son placard il y a des heures de cela. Tu la complimenteras à ce sujet. Savait-elle que c'était ta couleur préférée ?

Tu te demandes si elle écoute la radio et ses bulletins d'information cocasses sur l'homme qu'on prend pour toi.

Tu imagines que, tout en se maquillant, penchée en avant, concentrée sur le fait de ne pas faire baver son eye-liner, la bouche entrouverte, elle se fera la leçon, se mettra en garde contre de trop fortes attentes, voulant se prémunir de toute déception. Mais elle ne pourra pas s'empêcher d'espérer.

Enfin, tu parviens au bar. Tu commandes un scotch et te tournes vers la jolie femme bien conservée debout à côté de toi pour lui demander ce qu'elle aimerait. Ça, c'est astucieux. Alors qu'elle se disait que plus personne ne la remarquait, voilà que toi, tu l'as repérée. Elle est surprise ; elle rougit lorsqu'elle te répond.

Elle pourrait te poser mille questions, mais pour le moment, elle est submergée par le soulagement. Elle est toujours belle. Toujours capable de charmer les hommes.

Katherine va bientôt partir, quitter cet appartement d'où tu es toi-même sorti il y a plusieurs heures.

« Salut », avais-tu dit à la femme que tu avais surprise l'après-midi.

Tandis que le barman sert les boissons que tu lui as commandées, tu repenses au tableau formé par cette femme ligotée et bâillonnée, allongée sur son lit. À la façon dont elle s'est fait pipi dessus. « Il n'y a pas de honte à ça », lui as-tu dit. Cela arrive souvent et cela n'a rien de honteux. Tu lui as dit que tu la nettoierais. Tu sais très bien nettoyer derrière toi. Tu es une personne ordonnée.

La rage est blanche, elle brûle comme la glace, elle claque comme un éclair, elle a un goût de goudron, un goût de fer, elle est pincement de doigts agrippant la partie charnue du bras, hurlement de pneus qui dérapent sur l'asphalte, élancement d'échardes plantées dans la peau, sifflement de fuite de gaz, remugle de cage de zoo.

Tu te rappelles ses grands yeux marron au regard éperdu quand tu lui as dit que cela ne prendrait pas longtemps. Il le fallait bien, puisque tu devais te rendre à une soirée de gala.

— Voilà, monsieur, dit le barman en déposant les deux verres sur le comptoir.

Tu en tends un à la femme empressée à côté de toi.

— Portons un toast, lui dis-tu en levant ton verre. Elle aimerait savoir en quel honneur.

Tu parais réfléchir un instant, en réalité tu fais semblant, puis tu réponds :

— Buvons à cette nuit et à ce qu'elle nous réserve.

— Pensez-vous qu'elle sera agréable ? te demande-t-elle en minaudant.

Elle croit faire partie du tableau. Ce qui n'est pas le cas, et c'est tant mieux pour elle. Tu souris.

— Elle sera mémorable, lui réponds-tu en trinquant avec elle, avant qu'elle ne se décompose lorsque tu ajoutes : « Veuillez m'excuser. »

Pas question de faire attendre ta cavalière, la vraie.

15

Toute femme a droit à une robe rouge.

Toute femme a le droit de naître, d'être aimée, d'apprendre, de voter, d'être candidate à une élection. Toute femme a le droit de diriger une grande entreprise. Toute femme a le droit de rester chez elle et de s'occuper de son foyer. Toute femme a le droit d'être traitée avec respect. Toute femme a le droit d'être prise au sérieux. Toute femme a le droit de dire non. Toute femme a le droit de dire oui. Toute femme a droit à une robe rouge. Une petite robe pour laquelle elle s'est privée de nourriture, tout du moins de nourriture réconfortante. Je suis une femme et j'ai décidé d'exercer ce droit.

C'est une robe bustier longue, en soie, avec un corsage plissé. Elle glisse sans effort sur ma peau, comme le compliment parfait d'un inconnu. Elle est rouge vermillon, couleur tout à la fois profonde et éclatante. C'est une robe qui dit *Salut, toi*, d'une voix rauque de starlette. C'est une robe qui délivre un message. Une robe qui dit *Je suis là*, comme moi, ce soir.

Je suis maintenant dans le taxi et le chauffeur et moi écoutons un journaliste rabâcher la nouvelle miraculeuse.

Il nous informe que Michael John Hanley, baptisé « le Faucheur » par les médias, a été retrouvé chez lui après avoir été porté disparu pendant quarante-huit heures. Alertés par son comportement récent, des voisins avaient contacté la police qui avait fouillé son appartement.

Comme Megan me l'avait annoncé avec jubilation, il a été découvert pendu dans son placard et déclaré mort.

Apparemment, Hanley a laissé une lettre d'adieu complètement folle dans laquelle il a confessé ses crimes. Selon des sources fiables, cette lettre contiendrait des détails connus du seul assassin, cette nouvelle restant toutefois à confirmer.

J'écoute, à l'affût de la moindre révélation, mais j'ai déjà entendu ou lu toutes les informations qu'égrène le journaliste. Michael John Hanley, âgé de trente-quatre ans, a été envoyé par deux fois en Afghanistan d'où il est revenu couvert d'honneurs. Surnommé Jack par ses amis en raison de son amour immodéré pour le Jack Daniel's, Hanley était un individu discret qui aimait gratter sa guitare et jouer au football avec ses copains. Il était timide, ce qui ne l'empêchait pas d'être amical et chaleureux aux dires de ceux qui l'ont connu.

« Il était vraiment drôle quand on le connaissait bien », a déclaré son ami et camarade d'armée Jeff Lloyd, d'un ton où transparaissait l'incrédulité.

Depuis son dernier retour, sa famille avait remarqué qu'il avait changé. Il s'était renfermé sur lui-même et était devenu distant. Ils s'étaient inquiétés et l'avaient poussé à se faire aider, soupçonnant qu'il souffrait de stress post-traumatique.

D'après Eliza Clare, criminologue, c'était tout à fait possible. « À l'évidence, il était sous pression. » De plus, sa formation militaire lui aurait donné les moyens de s'introduire chez les gens à l'aide de méthodes inconnues de la majorité du grand public.

Ce soir, les New-Yorkais font la fête. À l'heure qu'il est, Megan doit être en train de se frotter langoureusement contre la jambe d'un type.

— On était tous terrorisés, avoue Tony Assetti, propriétaire d'un café de Staten Island.

Je ne sais pas d'où sort cet homme, mais il a le plus fort accent new-yorkais que j'ai entendu depuis longtemps. Ce qui me fait sourire et me donne envie de manger des boulettes de viande.

— Cette nuit, je vais enfin pouvoir bien dormir, conclut-il.

Il y aura d'autres veillées et séances de prières en hommage aux victimes, mais pour leurs amis et leurs proches, la mort d'Hanley n'apporte que peu de réconfort.

— Ça ne me rendra pas ma sœur. Ce monstre a détruit et ma famille et ma vie. Il a brisé le cœur de nos parents, déclare Daniel Shapiro, le frère de Natalie Shapiro, la plus jeune victime de Hanley.

— Le tueur, surnommé le Fau…

Le chauffeur du taxi a éteint la radio. Tant mieux.

Par la fenêtre, je vois des gens qui se rassemblent par petits groupes sur les trottoirs. L'air est lourd et étouffant, comme une éponge imbibée d'eau, et teinté d'une lumière jaunâtre annonciatrice d'orage. Un orage dissoudrait l'odeur pestilentielle d'ordures qui sature l'atmosphère en été, tout du moins pour un moment, et chasserait des rues les hordes de gens qui traînent sans but précis, désœuvrés, tels des manifestants qui attendent que le cortège se mette en route.

Deux jeunes se pavanent, torse nu et bombé, l'air bravache ; quelqu'un brandit un panneau fait main sur lequel il est écrit en grosses lettres rouges coléreuses ON L'A EU !; un groupe d'amis jaillit d'un bar et gesticule dans la rue. Une femme s'assoit au bord du trottoir. Elle porte une tenue de bureau, estivale et anodine, et ses épaules sont secouées de sanglots – impossible de dire si elle pleure de joie ou de tristesse.

Elle n'est pas la seule. Un homme, le visage baigné de larmes, s'appuie contre un mur tandis qu'une bande de gamines qui piaillent passe en courant devant lui. La ville triomphe, mais elle est en colère. Elle a envie de piñatas, de n'importe quoi qui serve d'excuse pour donner de grands coups de bâton.

Je me remets à rêvasser. Quand j'entrerai dans le hall du Cipriani sur la 42e Rue, la foule s'écartera comme la mer Rouge devant Moïse. Elle s'écartera pour laisser passer la belle femme dans sa robe toute rouge. Ma rêverie sort tout droit des comédies romantiques que je méprise en public, mais adore en privé. Je me vois me diriger vers David, resplendissant dans son smoking ; il sera tellement ébloui par ma beauté que, pour une fois, il oubliera de plaisanter.

Le taxi s'arrête. Me voilà au Cipriani. La nuit est chaude et humide. Les billets que je tends au chauffeur sont tout moites. Je suis nerveuse, excitée et, chaussée de mes talons hauts, je monte les marches prudemment.

Fais ta prière, c'est parti.

Entrer dans le hall du Cipriani donne l'impression de remonter le cours du temps. Le bâtiment a été construit dans les années 20 et l'on se représente sans peine Scott Fitzgerald ou Dorothy Parker tenant des propos spirituels en sirotant un gin fizz tandis que des femmes à la mode garçonne les bousculent en se frayant un chemin à travers une foule festive. C'est alors que je me rappelle qu'autrefois ce bâtiment abritait une banque : ce que j'imagine est invraisemblable. De monumentales colonnes corinthiennes supportent une enfilade d'arches ; les sons ricochent sur les murs en brique rose et sur le sol en mosaïque, et chaque salutation excitée, et chaque éclat de rire montant de tout ce gratin mondain produit un vacarme aussi infernal que si l'on se trouvait au beau milieu d'une piscine vide.

Très chère !
Cher ami !
Julia ! Ça fait combien de temps ?
Trop longtemps !

Ça me met mal à l'aise. Je cherche David. Impossible de le retrouver dans cette foule. Où est-il ? *Pourquoi ne s'est-on pas donné rendez-vous à un endroit précis ?* J'ai besoin d'un remontant. Qui fera office de point d'ancrage ou, au contraire, me permettra de flotter doucement au-dessus de cette cohue et d'être zen.

Je n'ai pas envie de rester debout toute seule comme une idiote. Autant aller vérifier le plan de table. Les noms sont classés par ordre alphabétique. *Katherine Anderson, Katherine Anderson, Katherine Anderson.*

Table 19.

J'agrippe ma pochette et me fraie un chemin jusqu'à la salle de bal. Au même moment, comme s'il avait lu dans mes pensées, un serveur s'approche de moi. Les verres qu'il porte sur son plateau contiennent un liquide rose pâle.

— C'est quoi, s'il vous plaît ?

— Des Bellini rose passion.

À l'évidence, ce n'est pas la première fois qu'il répond à cette question.

Le nom est ridicule, mais c'est délicieux. Je regarde à nouveau autour de moi, m'imprégnant des lieux dont la couleur veloutée et la lumière chaleureuse évoquent l'intérieur d'une boîte à musique victorienne. Les colonnes massives sont éclairées au sommet telles des bougies d'anniversaire et d'épaisses tentures en velours rose adoucissent les murs en marbre. Chargées de verres à vin, d'argenterie et de bouquets d'énormes pivoines blanches, les tables rondes semblent flotter dans cet océan rose et doré. De petites flammes dansent sur des chandelles blanches tandis que d'imposants lustres, qui donnent l'impression d'être suspendus dans un ciel plongé dans la pénombre tant le plafond est élevé, illuminent la salle.

Tout comme les ballerines miniatures des boîtes à musique, les invités exhibent de clinquantes tenues estivales turquoise, roses, vertes, bleues et blanches. Habillées de mousseline et de dentelle et la chevelure lustrée tressée, les jeunes femmes rayonnent. Elles débordent de beauté et de vitalité. Celles plus âgées sont savamment apprêtées, leurs cheveux décoiffés avec recherche ou, au contraire, parfaitement coupés au carré. Parvenues à un âge où elles ne craignent plus de se faire remarquer et où elles peuvent s'amuser sans restriction, elles sont vêtues de robes fluides en lin dont les cols sont rehaussés de petites perles, et de vestes brodées en soie japonaise. Leurs mains, qu'elles aiment porter à leurs cous liftés, sont chargées de bagues surmontées de grosses pierres colorées serties dans de l'argent. Les hommes ne sont pas en reste ; dans leurs vestes de smoking à la coupe impeccable, ils ont tous l'air incroyablement beau. Les plus jeunes, un sourire d'une blancheur éclatante aux lèvres, soutiennent leurs cavalières qui vacillent sur leurs talons hauts ; les plus âgés, aux cheveux poivre et sel, sourient avec charme, l'air un peu las. Ils forment un mur d'élégance qui met en valeur leurs étincelantes cavalières :

Table dix-neuf, table dix-neuf, table dix-neuf. Alors que les premiers convives prennent place, je me faufile entre les tables.

C'est lui que je vois en premier.

Sa veste noire et sa chemise blanche, ses cheveux noirs. Profil tout à la fois arrogant et élégant. Il se tourne et rit, plus détendu que je ne l'ai jamais vu. Sûrement parce que la plus ravissante fille du monde vient de lui murmurer quelque chose à l'oreille.

Elle porte une robe fauve à col ras du cou, sans manches, taillée dans une mousseline quasi transparente et brodée de petites perles formant des motifs complexes, suffisamment différente des autres pour qu'elle se remarque. Elle moule son corps souple à la perfection. Une longue natte de cheveux châtains retombe par-dessus son épaule dénudée. Ses cils sont abondamment couverts de mascara et sa grande bouche est peinte en rouge. Son rire parfait laisse entrapercevoir un écart minuscule entre ses deux dents de devant, juste ce qu'il faut pour lui donner du caractère.

Elle ne doit pas avoir plus de vingt-cinq ans.

Une main se pose sur mon bras.

— Bonsoir, beauté.

Je me retourne d'un coup et me retrouve face à David qui me sourit.

— Où étais-tu ? Je t'ai cherchée partout.

— Je ne te voyais pas, alors je me suis dit que je te trouverais peut-être à la table.

— Eh bien, me voilà.

Il est si charmant, si beau, si gentil. Mieux même que dans mon rêve de midinette. Il me prend la main. La tient fermement.

— Allons affronter le peloton d'exécution, dit-il.

Je n'ai aucune envie de m'approcher de la table, mais je n'ai pas le choix. Il me faudra affronter Sael et sa magnifique et lumineuse compagne.

— Salut, tout le monde ! lance David avec naturel. Je vous présente Katherine.

Les visages se tournent vers nous.

— Hé ! Salut !

Tout le monde est charmant, chaleureux.

— On dirait bien que je suis en retard.

— Pas du tout, répond une jolie blonde, c'est nous qui sommes arrivés tôt.

— On avait des choses à se raconter…

— Dis plutôt que c'était pour prendre de l'avance au bar, dit un garçon aux cheveux bouclés et au visage amical qui me fait penser à la gueule d'un golden retriever.

— Laissez-moi faire les présentations, dit David. Katherine, je te présente…

Il fait le tour de la table, énonçant successivement le nom de chaque convive. Je n'entends rien parce que je suis en train de regarder Sael qui murmure à son tour quelque chose au creux de l'oreille de la fille la plus délicieuse du monde, ce qui la fait sourire et…

— … et tu connais déjà Sael.

Arrivé là, il roule les yeux et ajoute :

— Et je te présente… Hailey ?

— Margot, lui répond la fille ravissante. Tu n'étais pas loin. (Elle nous sourit.) Désolée pour ce comportement asocial, mais Sael est vraiment…

Elle éclate de rire, révélant ainsi de charmantes fossettes sur ses joues.

— Salut, Katherine, me dit Sael d'un ton qui trahit si bien son manque d'intérêt total pour moi que je me demande comment il se fait qu'il n'ait pas oublié mon prénom.

Tous deux se mettent à rire.

— Ça suffit, les enfants, leur ordonne David, l'air presque ennuyé. Reprenez-vous.

Il tire ma chaise pour que je puisse m'asseoir. En réalité, je n'ai qu'une envie : m'enfuir de cette salle en courant, dévaler les escaliers et retrouver l'air de la nuit.

Un serveur remplit mon verre de vin. La flamme de la bougie tremblote, démultipliée par l'argenterie et la profusion de verres disposés sur la table.

Des assiettes sont déposées devant nous ; les gens mangent, boivent, discutent, rient, parlent de tout et de rien. Tous ont réussi, tous sont beaux et doués.

C'est l'enfer.

— Et vous, Katherine, que faites-vous dans la vie ? me demande un homme de type asiatique à l'air endormi.

Je crois qu'il s'appelle Mark. Peut-être.

La ravissante compagne de Sael me regarde. Celui-ci pose sa grande main sur son épaule gracile.

David vient à la rescousse.

— Katherine écrit.

— Quoi donc ?

Je m'efforce de reprendre de l'assurance. C'est typique de David d'essayer de me rendre plus intéressante que je ne le suis en réalité.

— Pardon, euh… oui… je travaille en free-lance, je fais surtout des critiques d'art.

— Cool, commente Margot.

Apparemment, elle n'est pas seulement jolie, elle a aussi l'esprit d'équipe.

— Est-ce que vous avez vu…

Elle mentionne une exposition de portraits miniatures au musée Whitney. J'en ai entendu parler, mais elle n'est pas encore ouverte au public.

— J'ignorais que cette expo avait déjà été inaugurée.

— Ah oui, c'est vrai, j'ai dû la voir à l'occasion d'une visite privée. (Elle fronce son petit nez parfait en signe d'excuse.) Désolée.

Salope.

— Margot écrit, elle aussi.

Ça, c'est Sael qui le dit. Sael, ce rêveur accablé de cauchemars, Sael, ce conteur d'histoires. Il me regarde un instant avec, dans les yeux, comme un air de pitié, puis se retourne, tout sourire, vers Margot qui bat des cils.

S'il te plaît, laisse-moi dormir ici, juste cette nuit.

— Qu'est-ce que vous écrivez ?

— Pas grand-chose…

— C'est ça, elle n'est *que* rédactrice pour le *New Yorker.*

Sael sait comment tresser des couronnes. Margot est modeste.

— C'est super, dis-je.

— Ça doit être fabuleux ! s'exclame la jolie blonde avec autant d'enthousiasme qu'une pom-pom girl.

Et elle le pense vraiment ; elle n'est pas jalouse.

— Ç'a de bons côtés, concède-t-elle d'une façon qui nous fait bien comprendre qu'en réalité, *c'est le job le plus génial au monde.*

— Tu te souviens quand tu m'as raconté l'interview que tu as faite de Laurence Underhouse ? lui demande Sael pour l'inciter à développer.

— Il est connu pour ses peintures de nus, c'est ça ?

— Je ne savais pas qu'il était toujours vivant, ajoute une autre fille, une brunette qui s'appelle Rebecca ou un truc dans le genre.

— Ce que je peux vous dire, c'est qu'il est encore suffisamment gaillard pour vouloir peindre Margot.

Sael ne se lasse pas du rôle du petit ami épaté par sa copine.

Autour de la table, certains s'exclament.

— Quoi ?

— Vraiment ?

— Eh bien… (Margot s'est penchée en avant avec un air de conspiratrice.) Je ne devrais pas vous raconter ça, c'est vraiment terrible…

Évidemment, tous la pressent de raconter son histoire, ce qu'elle fait, comme de bien entendu. L'anecdote, dans laquelle il est question de sexes épilés, est extrêmement drôle et spirituelle.

J'ai la tête comme prise dans un étau.

— Excuse-moi, murmuré-je à David.

— Tout va bien ?

— Je dois faire un saut aux toilettes, je reviens tout de suite, dis-je tout en sentant l'étau se resserrer autour de mon crâne.

Les toilettes se trouvent à côté du foyer. La pièce peinte en crème est gigantesque et son sol carrelé Art déco couleur coquillage. Une légère odeur de vanille et d'autres parfums onéreux flotte dans l'air, comme dans tous les endroits de ce genre. Assise sur les toilettes d'une des cabines, je tiens mon visage brûlant entre mes mains et fonds en larmes.

Est-ce que je peux passer la nuit ici ?

Raconte-moi une histoire.

Je suis si bête, si bête. Il n'a fait que jouer avec moi. Que jouer avec moi. Mon Dieu, je suis vraiment malheureuse… Et si je ne l'avais pas renvoyé ?

J'entends des rires. Je reconnais ces voix ; apparemment, certaines des filles m'ont suivie. Je me statufie. Les voix se rapprochent, elles sont juste devant la porte des toilettes où je me trouve, face aux lavabos.

— Ouah ! Pourquoi ne m'as-tu pas dit que mon maquillage avait coulé ? C'est ça une bonne copine ?

C'est la blonde.

— Sérieux, ma poule, t'as l'air très bien.

Maintenant, c'est la brunette.

— Ouais, à condition d'aimer les billes de clown. Tu as du correcteur de teint ?

— Tu m'as déjà vu sortir sans mon correcteur ?

— Passe-le-moi.

On entend le cliquetis de dizaines de produits cosmétiques qu'on trifouille dans une trousse, suivi d'un silence, puis…

— Alors, Margot, t'en dis quoi ?

— Tu sais qui est son père ?

— Un gros producteur, c'est ça ?

— Apparemment. Cette fois, on peut dire que Sael a tiré le gros lot.

— Tu parles, ça ne durera pas.

— Tu crois ? Et pourquoi ça ?

— Il y a eu des antécédents. Je leur donne quelques semaines, tout au plus.

— Oh…

Elle marque une pause, puis ajoute à voix basse :

— Tu penses que c'est à cause de Sara ?

— Sara était la femme de sa vie.

— Quelle tragédie !

— Il ne s'en est jamais remis et je ne crois pas qu'il s'en remettra un jour. Depuis que je le connais, il n'a jamais eu de copine sérieuse, sans parler d'habiter avec quelqu'un.

— C'est triste.

— Oui, vraiment. Ils étaient faits l'un pour l'autre.

— C'est arrivé juste avant leur mariage, c'est ça ?

— Trois semaines avant, il me semble.

— C'est terrible. Et ça fait combien d'années qu'elle est morte ?

— Trois.

— C'est dingue de voir à quelle vitesse le temps file.

— À qui le dis-tu !

Un silence se fait, du genre de ceux que marquerait quelqu'un qui rend hommage à une morte tout en s'appliquant une couche de rouge à lèvres. Entrechocs de boîtiers de produits cosmétiques, glissement d'une fermeture Éclair, puis…

— Quand tu veux.

— Je suis prête.

Il ne s'en est jamais remis.
Je ne crois pas qu'il s'en remette jamais.
Tragique.
C'est arrivé juste avant leur mariage, c'est ça ?

J'aimerais ne pas bouger, mais c'est impossible. Je sors de la cabine et me penche sur le miroir au-dessus des lavabos. Je contemple mon visage affligé. Il n'est pas joli à voir. Du coin de l'œil, j'aperçois quelqu'un assis dans un coin. La dame pipi. Elle dort. Tant mieux. Ces femmes m'inspirent toujours de la commisération. Pourquoi ce métier existe-t-il encore ? Ce ne sont jamais des Blanches qui font ce travail. Et elles ont toujours l'air malheureuses. Des flopées de pétasses défilent en continu devant elles, qui soit se plaignent, soit se complimentent de façon hypocrite tout en se tartinant le visage de maquillage. Pendant ce temps, elles sont là, assises sur leur petite chaise pliante, à attendre qu'on veuille bien leur laisser un pourboire. La femme qui est là aujourd'hui a l'air d'une étrangère. Ce que je veux dire, c'est qu'elle a la peau mate et sillonnée de rides. Elle porte un pantalon noir et une chemise blanche par-dessus laquelle elle a enfilé un sweat-shirt gris clair à capuche et fermeture Éclair qu'elle a laissé ouvert. Qu'en dirait la direction si elle voyait ça ? La capuche masque presque tout son visage, mais on voit bien qu'elle dort. Qu'elle est aussi profondément endormie que peut l'être quelqu'un d'éreinté. Sa tête est légèrement rejetée en arrière, en appui contre le mur carrelé. Au-dessus, il est écrit sur un petit papier : *Merci pour votre pourboire.* Le mot est un peu de travers, un peu sale. Comme s'il avait été placardé à la va-vite. Je souris malgré moi. J'aime le côté un peu rebelle de cette affichette et la façon dont cette femme est vêtue. J'espère qu'elle va pouvoir continuer à dormir. Et que personne ne se plaindra d'avoir eu à se servir de serviettes en papier. C'est moi et la dame pipi contre le reste du monde.

Je n'ai qu'une hâte : que cette soirée finisse au plus vite. Je veux rentrer chez moi. Je veux aller me coucher. Je veux me glisser dans mes draps et ne plus jamais me lever.

Alors que je me prépare à rejoindre ma tablée, une femme sort de la cabine juste à côté de celle où je me trouvais. Je sursaute. Mis à part la dame pipi, je pensais être seule.

Sans bruit, elle se plante devant les lavabos. Elle se regarde dans le miroir avec une curiosité étrange, mais ne se remaquille pas. Une queue-de-cheval maintient ses cheveux blonds tirés en arrière et lui dégage le front. Sa peau est pâle, comme celle des vraies blondes qui brûlent au soleil et ne bronzent pas. Ses yeux sont bleu myosotis.

Elle porte un chemisier blanc passe-partout, mais de bonne qualité, ainsi qu'une jupe crayon grise en tissu fin. On ne dirait pas qu'elle s'est habillée pour une soirée de gala, plutôt qu'elle sort du boulot. Peut-être qu'elle travaille pour la société qui organise la soirée. Peu importe. La phrase continue à résonner dans ma tête.

Sara était la femme de sa vie.

Je sors mon rouge à lèvres de ma vieille pochette. *Remets un peu de rouge à lèvres, va te servir un verre, et ressaisis-toi.* N'est-ce pas ce que dit Elizabeth Taylor ?

— Elle est morte.

Choquée, je tourne la tête vers la femme à côté de moi, mais elle n'a pas ouvert la bouche. Elle est toujours en train de contempler son reflet dans la glace. Pas par vanité, semble-t-il, mais avec une sorte de curiosité détachée. Son regard ne brille pas, ni n'exprime d'intérêt.

C'est la dame pipi qui a parlé. Elle s'est un peu redressée et me regarde.

— Comment ?

— Ça réconforte, me dit-elle en montrant le reflet de ma bouche dans le miroir.

Elle a dit ça sur le ton normal de la conversation. J'aurais juré qu'elle dormait profondément. Comme quoi les apparences peuvent être trompeuses. À l'évidence, je me suis fait un film.

— Merci, dis-je, tout en sachant qu'elle n'a pas dit cela comme un compliment, mais comme un simple constat.

Je suis déstabilisée.

La dame pipi s'adosse à nouveau contre le mur et ferme les yeux.

Et cela fait combien d'années qu'elle est morte ?

Je souris à la jeune femme à côté de moi, espérant partager ce moment étrange avec elle, espérant qu'elle aussi aura trouvé cet échange avec la dame pipi un peu curieux.

Mais elle reste impassible. Elle se tourne vers moi, une infinie tristesse dans le regard. Puis elle sort des toilettes.

Super.

La dame pipi semble s'être assoupie à nouveau. Elle ronfle doucement. Peut-être qu'elle a fait un cauchemar et que j'en fais partie ? Mon raisonnement est aussi délirant et tordu que si j'étais une Alice qui a mangé des champignons hallucinogènes. Cette soirée est vraiment déplaisante. Je dirais même plus, très déplaisante.

Je prends quelques serviettes en papier posées près de la dame pipi. Vu de plus près, l'affichette *Merci pour votre pourboire* paraît encore plus sale et, curieusement, plus agressive. Je baisse les yeux sur le bol en plastique pour voir si quelqu'un a mérité le remerciement.

On dirait qu'il contient une grosse souris morte.

Malgré moi, je pousse un cri et bondis en arrière. Je lève les yeux, gênée à l'idée d'avoir réveillé la femme, mais elle n'a pas bougé.

Je regarde à nouveau le contenu du bol. Un porte-clés avec une patte de lapin verte y a été déposé. Appartient-il à la dame pipi ou a-t-il été jeté là par une invitée un peu pompette ? J'ai la chair de poule, même s'il ne s'agit que d'une patte de lapin. Exactement la même que celle de Lucas.

Des heures plus tard, je me réveillerai au cœur d'une interminable et terrible obscurité et prendrai enfin la pleine mesure de cette réalité glaçante, sans pitié, évidente : cette patte de lapin n'était pas *exactement la même* que celle de Lucas. *C'était* celle de Lucas.

Mais cette pensée ne s'imposera à moi que bien plus tard. Sur le moment, je me sens seulement mal à l'aise. Mon pouls bat au rythme de *Sara, Sara, Sara.*

À l'extérieur des toilettes, le monde est plus sombre et plus bruyant. Les discours sont terminés. J'entends de la musique et vois des couples qui commencent à danser. Je me fraie un chemin à travers une foule déterminée à faire le plein de boissons alcoolisées tant que le bar restera ouvert. « Pardon », répété-je en boucle à une masse d'épaules, de torses et de dos. « Pardon, par… »

David se tourne vers moi.

— Katherine, je m'apprêtais à t'envoyer… (Dès qu'il voit la tête que je fais, il s'interrompt.) Hé mais, qu'est-ce qui se passe ?

Essayant de garder mon calme, je me penche vers lui.

— David, je suis désolée, mais je crois que je vais devoir rentrer chez moi.

— Zut, tu as mangé quelque chose qui ne passe pas ?

J'ai beau avoir parlé à voix basse, quelqu'un d'autre m'a entendue à table. Ai-je l'air aussi mal que je me sens ? Je ne me donne pas la peine de regarder en direction de Sael et de Margot, que je détestais un quart d'heure plus tôt. Maintenant, j'ai presque pitié d'elle.

Cela ne durera pas. Sara était la femme de sa vie.

— Non, j'ai la migraine. (Je me tourne vers David.) Est-ce que tu m'en voudrais beaucoup si je rentrais chez moi ?

— Absolument pas ! Je t'accompagne.

— Pas question ! Il faut que tu restes et que tu t'amuses.

J'ai parlé d'un ton coupant. Il se décompose. Je m'efforce d'être moins cassante.

— Je ne vais pas être de bonne compagnie, ce soir.

— Tu es toujours de bonne compagnie, même quand tu ne cherches pas à l'être.

Je me force à sourire.

— Non vraiment, il vaut mieux que je prenne une aspirine et que je me couche. Je suis désolée.

— Laisse-moi au moins te mettre dans un taxi.

— Avec plaisir.

David me guide à travers la foule de gens qui rient, se bousculent et crient pour se faire entendre. J'ai l'impression d'avoir une tête en verre, prête à se briser d'un moment à l'autre. Une femme pousse un gloussement aigu qui me fait grimacer. Même la lumière tamisée est trop forte. Ma tête va exploser.

Nous finissons par émerger à l'extérieur et nous retrouvons sous l'arche en pierre monumentale qui marque l'entrée du bâtiment. Il pleut à verse. On dirait que les trottoirs soupirent d'aise tandis que la pluie finit de noyer ce qui reste de ma nuit, comme la réalité douche le monde.

— Taxi !

David lève le bras et immédiatement un taxi apparaît, comme à chaque fois. J'ai à peine le temps de me demander comment c'est possible, surtout un jour de semaine pluvieux comme aujourd'hui, que je suis à assise à l'intérieur tandis que David, penché à la fenêtre, se fait tremper. La vitre est déjà en train de s'embuer.

— Envoie-moi un SMS quand tu arrives.

— David, je suis vraiment désolée.

J'ai les larmes aux yeux. *Ne pleure pas. Interdiction de pleurer. Retiens-toi.*

— Tu n'y es pour rien.

— Je suis vraiment impossible.

— C'est vrai. (Il sourit.) Promets-moi quand même de m'envoyer un SMS.

— Promis.

La radio joue une vieille chanson pop dans laquelle il est question d'oiseaux qui apparaissent chaque fois que l'être aimé est proche. Toutes les chansons d'amour ne servent qu'à railler ou tourmenter leurs auditeurs. C'est insupportable. Je frotte la vitre de ma main et regarde la ville défiler à travers cette petite lucarne.

Les New-Yorkais ont abandonné leur parapluie pour jouir de la pluie torrentielle. Deux femmes, leur tenue de ville trempée, se tiennent par la main et font la ronde, comme des fillettes, ivres de joie. Un homme mûr, sa chemise blanche rendue transparente par le déluge, la tête rejetée en arrière et les yeux clos, laisse la pluie ruisseler sur son visage. Il semble avoir oublié et sa mallette et ses chaussures en cuir qui, à mesure qu'elles s'imbibent d'eau, s'assombrissent. Plusieurs couples dansent des slows langoureux. Un beau jeune homme tient par la main un petit garçon qui hurle de rire tandis qu'ils sautent tous deux à pieds joints dans une énorme flaque. Ce faisant, le duo éclabousse une femme d'une cinquantaine d'années dont les cheveux grisonnants sont plaqués sur le front et qui ne se rend compte de rien, tout absorbée qu'elle est à danser une valse avec elle-même, telle une princesse de conte de fées.

Les gens se précipitent hors des bars, certains se contentant de regarder le spectacle de la rue tandis que d'autres s'y joignent. Un autre jeune homme, visiblement acteur de son métier, imite Gene Kelly à la perfection, chantant à tue-tête, un bras passé autour d'un lampadaire, l'autre tenant un parapluie cassé. Des voitures klaxonnent gaiement. Un groupe réfugié sous un auvent de restaurant dégoulinant s'exclame avec enthousiasme.

— Les gens sont devenus fous !

Le chauffeur est complètement incrédule.

— Oui, on dirait bien, réponds-je.

C'est merveilleux. Je suis encore tout sourire lorsque nous tournons dans ma rue, jusqu'à ce que j'aperçoive la lumière clignotante rouge et bleu des gyrophares. Il y a plusieurs voitures de police : une, deux…

Il y a eu un incendie, me dis-je. *Un incendie ou une fuite de gaz, ou alors une bagarre a éclaté, quelqu'un a trop bu ou fait une crise cardiaque.*

— Désolé, la rue est fermée, m'annonce le conducteur. Il s'est passé quelque chose.

— Ce n'est pas grave, je vais descendre ici.

Je le paie tout en regardant ce qui se passe devant moi, puis je sors en courant, la pluie imbibant ma robe en soie sans que je m'en soucie ; il n'y a pas que des voitures de police. Il y a aussi une ambulance. Et du ruban jaune que des hommes et des femmes en uniforme ont tendu…

Un grand policier costaud m'arrête.

— La rue est bloquée, madame.

— Mais *j'habite* ici ! Ma colocataire est là, son fils…

— C'est impossible. Scène de crime.

— Qu'est-ce qui s'est passé ? Qu'est-ce qu'il y a ? J'habite ici, je…

Un autre policier m'a entendue et fait signe au premier de me conduire à lui. Maintenant, ce sont deux policiers qui me font face ainsi que deux autres individus en civil.

— Vous dîtes que vous habitez ici ?

Ensuite, ils m'interrogent.

— Oui, je m'appelle Katherine Emerson… Oui, j'habite dans cet immeuble, appartement 4G… Non, je n'ai pas vérifié mes messages.

J'avais éteint mon téléphone. J'avais fait ça pour pouvoir pleinement profiter de cette soirée magique, de cette soirée merveilleuse que j'attendais avec tant d'impatience. Je ne voulais pas être dérangée par ces appels d'inconnus qui arrivent maintenant presque un jour sur deux. Juste ce soir, cependant, juste cette nuit…

La seule nuit où il aurait vraiment fallu que je sois joignable. *La seule nuit*. Je le rallume et, sans surprise, trouve ma boîte vocale saturée de messages ; elle est pleine, pleine, pleine. D'abord il y a un message des parents de Lucy… Lucy est une amie de Lucas :

« Nous n'arrivons pas à joindre Andrea, alors Lucas nous a donné votre numéro. Elle ne répond pas et il est déjà 20 heures. Pourriez-vous, s'il vous plaît, nous rappeler dès que… »

« Bonjour, madame Emerson. Inspecteur LaFontaine du 114e bureau de police à l'appareil. Nous aimerions vous parler. Merci de nous rappeler dès que possible au… »

Je me tourne vers l'un des policiers.

— Où est Lucas ? Où est-il ?

— En sécurité pour cette nuit chez les parents de son amie Lucy. (Puis le policier s'adoucit.) Apparemment, il a demandé après vous. Ça fait plusieurs heures que nous essayons de vous joindre. Vous et les membres de la famille d'Andrea.

Sans commentaire, dit Andrea dans ma tête. *Sans commentaire*, me dis-je aussi, et je me tais.

— Nous avons des questions à vous poser.

Les heures s'écoulent, rythmées par les tasses de mauvais café bues sous la lumière crue et abrutissante typique des postes de police et la longue et patiente série de questions auxquelles je dois répondre, de « Aviez-vous » à « Saviez-vous que », « Saviez-vous où » en passant par « Comment ? » et « Quand ? », mais il y a tant de choses que j'ignore. Andrea était très secrète. Nous sommes très amies – nous *étions* très amies –, mais il n'empêche : elle ne me disait pas tout et gardait beaucoup de portes closes. Plus l'espace personnel est petit, plus il doit être ordonné. C'est comme ça qu'on survit dans cette ville. Comme ça et en gardant quelques pièces secrètes. Les policiers font de leur mieux et, officiellement, je ne suis pas interrogée. Je ne suis même pas une suspecte, même s'ils…

Même s'ils l'ont trouvée dans l'appartement. Dans sa chambre. Dans notre appartement. Andrea, morte dans l'appartement. Andrea, entravée, bâillonnée et assassinée sur son lit tandis que…

Je devais être à la maison, à la maison en train de prendre une douche et de me préparer. La police ne l'a pas dit comme ça, mais c'est ce que j'en ai déduit. Il était dans l'appartement. Quand Andrea est rentrée pour accueillir les techniciens qui devaient remettre des barreaux à la fenêtre…

Je les attendrai, profite de ta soirée de gala, tu l'as bien mérité.

... le Faucheur l'attendait dans l'appartement.

— Excusez-moi, dis-je, où sont les... ?

Ils pointent les toilettes du doigt et je sors du bureau en courant pour aller vomir encore et encore dans la petite pièce peinte en jaune fluorescent. Je ne peux pas m'arrêter de trembler. Il était là, dans l'appartement. Dans l'appartement. Je me préparais, j'écoutais la radio tandis qu'Andrea gisait sur son lit, morte. Andrea est morte et je suis vivante. J'ai l'impression d'être le jouet d'une légende urbaine de mauvais goût : tandis que je fantasme sur ma soirée, ma colocataire gît ligotée sur son lit, morte, sans que je ne me doute de rien. Merde. C'est un mauvais rêve. C'est une blague. Des conneries. Ce n'est pas vrai. Ce n'est pas vrai. C'est vrai.

Je finis par ressortir, secouée, livide.

D'autres questions, suivies d'autres encore et de : « Chez qui allez-vous aller ? » Le policier veut savoir. « Quelle amie allez-vous appeler ? » Il est 3 h 14.

Les pennies. J'aurais dû les compter.

— Chez moi, dit une voix qui m'est familière. Elle va venir chez moi.

C'est David.

— Comment as-tu... ? Quand as-tu... ?

— Un instant. (Il se tourne vers le policier.) Vous n'avez plus de questions à lui poser pour le moment ? Vous avez fini ? Je vais vous laisser mes coordonnées pour que vous puissiez me contacter.

Je leur ai déjà laissé les miennes et dois les recontacter d'ici à vingt-quatre heures.

Ensuite, nous tournons à gauche puis à droite dans le couloir et sortons du poste ; j'ai l'impression d'être une évadée. Moi, mais pas Andrea.

Je ne peux pas, je n'arrive pas à gérer la situation, je me tourne vers David qui me soutient et qui est un miracle.

— Comment… ?

— Je me sentais mal de t'avoir laissée partir toute seule et quand tu ne m'as pas envoyé de texto… Tu n'avais vraiment pas l'air d'aller bien, alors je me suis dit que j'allais faire un saut chez toi et c'est là que j'ai appris…

Il ne finit pas sa phrase, mais ce qu'il omet de dire est clair : *C'est là que j'ai appris qu'Andrea était morte.*

Je n'ai plus la notion du temps. J'ai l'impression que l'on vient à peine de monter dans le taxi quand on en descend, devant chez David.

L'appartement est douillet et élégant. Ce qui ne m'étonne pas. Ses étagères débordent de livres. Plusieurs petits tapis recouvrent le parquet, une photo grand format représentant un café parisien est accrochée au mur ; autant de petites touches sympathiques. Il y a même des plantes vertes qui, aussi incroyable que cela me semble, sont florissantes. Moi, il suffit que je pose le regard sur une plante en pot pour qu'elle dépérisse et meure.

La chambre à coucher est gigantesque. Un lit extra-large avec des draps masculins bleu-gris métallique occupe un coin de la pièce. Je remarque aussi un bureau ancien et sa chaise taillés dans un bois foncé.

— Ce sont des meubles Shaker, me dit-il en réponse à ma question.

Tout est bon pour éviter de parler de sujets graves.

— Je vais dormir sur le canapé, ajoute-t-il comme s'il s'excusait. Cet appartement avait deux chambres autrefois, mais j'en ai transformé une en bureau. (Il ne fait pas les choses à moitié.) J'ai mis des draps propres sur le lit.

Un grand tee-shirt à utiliser comme chemise de nuit, un caleçon, une brosse à dents.

Je n'ai pas froid, mais je claque des dents.

— Tu es sous le choc. Je vais arranger ça dans un instant.

Il me prépare un thé avec du miel, du citron et une maxi-dose de whiskey. Nous ne parlons pas. Je lui en suis reconnaissante. Sur la table de chevet, il a posé un verre d'eau et deux pilules blanches.

— Prends-les si tu en as besoin.

— Merci.

— Si tu as besoin d'autre chose, je suis juste à côté.

Comme si j'étais une enfant qui a peur du noir.

Je n'ai pas peur.

Je suis terrifiée !

— David ?

Il est debout dans l'embrasure de la porte. Je le regarde. C'est lui qui a identifié le corps. J'en ai été incapable. Je pensais pouvoir le faire, mais je n'ai pas pu. Maintenant, j'essaie de trouver les mots pour lui parler.

— Merci pour ça. Pour ça et pour tout.

— Ne t'avise pas de me remercier, me dit-il.

Pour une fois, il est sérieux. C'est étrange.

— Si tu as besoin de quoi que ce soit, appelle-moi. J'ai le sommeil léger.

Il laisse la porte entrouverte, ce qui permet à un rai de lumière de filtrer du couloir. Je lui en suis à nouveau reconnaissante, mais cette fois je me tais. J'attends dans l'obscurité jusqu'à ce que je l'entende se coucher.

Allongée dans le noir, mon lit barré par le rai de lumière, je garde les yeux fixés au plafond. Mon esprit suit le fil barbelé de mes pensées, chaque griffe une station douloureuse.

Il était dans l'appartement.

Andrea a été trouvée entravée et bâillonnée sur son lit.

Cette fois, il a appelé.

Il a appelé la police.

Appel passé depuis l'appartement.

Lucas est en sécurité chez des amis.

Nous avons essayé de joindre sa famille.

La réponse d'Andrea à toute question maladroite était toujours concise, directe et factuelle : « Il n'y a que nous. » Cela ne manquait jamais de couper court à toute autre question.

Mes amies pensaient que j'étais folle : « Pourquoi irais-tu habiter avec un enfant qui n'est pas le tien ? », « Tu feras comment pour les mecs ? », « Comment tu te débrouilleras pour les amener chez toi ? », « Et quand tu auras envie de boire ? », « Pourquoi est-ce que tu ferais une chose pareille ? », « Qu'est-ce que tu t'imagines ? Ça va te gâcher la vie ! »

Rien de tel ne s'était produit quand j'avais emménagé avec Andrea et Lucas. Vivre avec un enfant m'avait fait grandir. Je ne pouvais pas faire de fête à tout casser jusqu'à 3 heures du matin ni fumer joint sur joint, mais comme je n'avais jamais fait la fête à tout casser jusqu'à 3 heures du matin et que le cannabis ne faisait que me donner faim et m'épuiser…

J'avais tout de suite apprécié Andrea. Elle était intelligente, dure et drôle. Elle ne prenait pas de gants pour dire les choses et, avec elle, on savait toujours à quoi s'en tenir. Elle payait le loyer en temps et en heure, elle était ordonnée mais pas maniaque, et elle respectait mon espace personnel. La vérité vraie, cependant, c'est que j'étais tombée sous le charme de Lucas. Dès l'instant où il m'avait regardée avec ses grands yeux expressifs et répondu : « Oui, j'ai le droit de prendre un cookie », j'avais été conquise.

Il n'est ni odieux ni geignard. Il ne court pas en hurlant dans l'appartement et ne fait pas de caprices. C'est un enfant timide et adorable. Ce qu'il préférait – et préfère toujours – c'est dessiner. Il suffit de lui donner des feuilles de papier et des crayons de couleur pour qu'il s'occupe tout seul pendant des heures. Andrea est une bonne mère. Avec elle, les choses ont l'air d'être faciles alors que je sais très bien qu'il n'en est rien.

Andrea. Allongée dans ce lit étranger, je pense maintenant à elle et les souvenirs m'envahissent.

« Mon petit bonhomme, disait-elle à Lucas, viens ici ramasser ce que tu as laissé traîner ! » Andrea, qui tapait dans le mille, qui disait les choses comme elles étaient, mais sans méchanceté, jamais. Andrea qui travaillait dur, Andrea qui se tenait droite, déterminée. Andrea, qui ne baissait jamais les bras. Je me souviens d'un dimanche soir, peu de temps après que j'avais emménagé. Je regardais la télé et me sentais de plus en plus déprimée. Andrea avait couché Lucas, puis elle était venue dans le salon dans le but affiché de mettre un peu d'ordre, mais elle n'avait pas tardé à me rejoindre sur le canapé. La comédie romantique devant laquelle j'étais affalée était totalement nulle, mais cela n'avait pas empêché mes yeux de s'embuer lorsque les deux protagonistes avaient entamé leur dialogue sur un air de « Je t'ai toujours aimée, mais il aura fallu que tu t'en ailles pour que je le comprenne. » J'avais jeté un coup d'œil à Andrea pour m'assurer qu'elle ne s'était pas rendu compte de l'état dans lequel j'étais et avais vu qu'elle pleurait à chaudes larmes. Nous avions toutes les deux piqué un fou rire et, hilares et larmoyantes, nous nous étions lancées dans une bataille de coussins. Après, Andrea était allée nous chercher de la glace et nous avions discuté jusqu'à 1 heure du matin.

Cet épisode chaleureux, gravé dans ma mémoire, nous a rapprochées, de même que bien d'autres souvenirs, de conversations devant un verre de vin, une tasse de café ou de thé, un bol d'amandes ou à l'occasion d'un pique-nique ou d'une promenade. Mais c'est surtout à Lucas que je pense maintenant. À son visage lorsqu'il levait les yeux sur Andrea, à son rire lorsqu'elle le chatouillait, à son air timide et ravi quand elle le complimentait sur ses dessins. Lucas, l'amour absolu d'Andrea. Lucas qui est en ce moment quelque part dans cette ville sans elle, sans sa mère qui l'aimait d'un amour farouche et qui se battait comme une lionne pour lui, toute sa force et sa fierté reposant à présent quelque part dans une morgue.

J'attrape les deux cachets blancs et me rallonge. Cela n'a pas d'importance. Je ne pourrai pas dormir. Je ne pourrai jamais plus dormir. Couchée dans le noir, je peux bien l'admettre. C'est Sael que je veux. C'est son dos large et chaud, son corps tout entier pressé contre le mien dont j'ai envie. Je voudrais que ce soit lui qui me tienne dans ses bras pour m'aider à traverser cette terrible nuit. C'est moi qu'il était venu voir quand il faisait ses horribles cauchemars et je l'avais repoussé. Je lui avais dit que tout était fini entre nous et, sur le coup, j'étais sincère.

Une fois de plus, je repense à Andrea. Dans ce lit et cet appartement qui me sont étrangers, j'attends que l'obscurité me submerge, j'attends le moment où je ne serai plus obligée de penser à Andrea…

Je monte à l'étage de la maison de mon beau-père. J'entends des éclats de rire en provenance du salon. Maintenant, j'ai une assiette d'huîtres fumées avec moi, j'en ai quand même eu quelques-unes. Cherry m'a traitée de petite fille devant tout le monde. C'est une peau de vache. Vêtue d'une longue robe noire, Andrea marche vers moi. Ses bras sont entaillés d'arabesques. Quatre en forme de feuille, avec un flocon de neige en leur centre. Elle porte de petites lunettes à verres fumés bleus. Je ne vois pas ses yeux, mais elle me sourit.

— Katherine, me dit-elle.

Elle parle doucement. Je ne sais pas pourquoi, mais ses dents sont teintées de rouge. Je les fixe.

— M. Nakamaru voulait que je te dise trois choses. Trois choses très importantes. La première, c'est que…

Mais alors qu'elle commence à parler, sa voix se transforme en sifflement, comme celui d'une radio déréglée.

— Je ne t'entends pas, lui dis-je. Je ne t'entends pas. Répète, s'il te plaît.

Elle ouvre la bouche, mais le bruit statique s'amplifie. Ses lèvres remuent, mais je ne comprends rien, le bruit envahit ma tête, il va me percer les tympans, il emplit mon esprit tandis que les lèvres d'Andrea bougent sans discontinuer.

— *Je ne t'entends pas, hurlé-je. Je ne t'entends pas, je ne...*

— Katherine ?

C'est David. Il est entré dans la chambre et allume la lampe de chevet.

Je suis gelée. Je suis en nage. *Où suis-je ?* Dans le lit de David. *Pourquoi ?* Parce que Andrea est morte. Andrea est morte.

— Tu criais dans ton sommeil, me dit-il.

— Tout va bien.

Voilà ce que j'essaie de lui répondre, mais seul un gargouillis sort de ma gorge.

— Allez, me dit-il. Allez.

Il s'assoit sur le lit et me serre contre son épaule. Enfin, la lourde pierre brûlante qui pesait sur ma poitrine se liquéfie et les larmes roulent sur mes joues. Je sanglote sans pouvoir m'arrêter, le visage pressé contre la jolie chemise blanche de David qui me tient contre lui. Il ne me dit pas que tout ira bien. Il n'essaie pas de me consoler. Il se contente de me serrer contre lui tandis que je pleure toutes les larmes de mon corps, jusqu'à ce que mes yeux ne soient plus que deux têtes d'épingle incandescentes, jusqu'à ce que ma figure, ravagée par la douleur, ne soit plus qu'une masse hideuse marbrée de rouge et de larmes. Je ne veux pas qu'il cesse de me serrer contre lui. Je veux que le monde se réduise à ses bras qui m'étreignent, à cela et à rien d'autre. Je lève les yeux vers lui et le vois qui me couve du regard. Puis, brièvement, dans le silence, nous comblons l'espace qui nous sépare et je ferme les yeux, sentant sa chaleur, son souffle et, un instant, ses lèvres. Il murmure mon nom.

— Katherine.

Sa joue est mouillée. Je le regarde avec mes yeux bouffis.

— Toi aussi, tu pleures ?

— Oui.

Il n'essaie ni d'en rire ni de s'en excuser.

— David ?

— Oui ?

— J'ai couché avec Sael.

Ça y est, c'est dit. L'aveu est sorti sans effort, tout naturellement. Je n'ai plus de cœur ; il s'en est allé, emporté par mes larmes. Je ne veux plus rien ressentir à présent. Je ne veux plus rien lui cacher. Plus rien ne compte et je n'ai plus de désir. Je suis vidée. Habitée par le néant.

J'attends que David relâche son étreinte, qu'il me quitte. Peut-être est-ce sa fureur, sa rage que je recherche, tout sauf cette douleur et cette haine de moi-même.

— Je sais.

Je me tourne vers lui, surprise.

— Tu le savais ?

— Oui.

— Comment est-ce possible ?

— Je connais trop Sael. Je sais comment il est, comment il réagit. Un moment, j'ai espéré que cette histoire soit finie. Tu semblais être redevenue toi-même, mais ce soir, quand j'ai vu la tête que tu faisais lorsque tu le regardais, j'ai compris.

— Pourquoi n'as-tu rien dit ?

Il me regarde en souriant à moitié, l'air contrit.

— Oui, pourquoi ?

Apparemment, je ne suis pas encore complètement vidée, pas encore une coquille vide. D'autres larmes jaillissent, source intarissable.

— Je suis désolée.

L'aveu vient des tréfonds de mon âme.

— Je sais. Ce n'est pas grave.

Il ne s'est pas mis en colère et ne se montre pas dégoûté. Il est doux avec toi, ce qui complique encore les choses. Il n'y aura pas de punition, juste un : « Ce n'est pas grave. »

Mais c'est faux. Tout est grave. Rien ne sera plus jamais comme avant. Il me tient. Je pleure, inondant ses bras de mes larmes. Après un temps qui semble durer une éternité, la source finit pourtant par se tarir. Mes yeux se sont asséchés. Je me sens aussi dénuée d'épaisseur que le drap sur lequel je suis couchée.

— David ?

— Oui ?

— S'il te plaît.

C'est tout ce que je parviens à articuler.

S'il te plaît quoi ?

S'il te plaît, ne me déteste pas. S'il te plaît, pardonne-moi. S'il te plaît, ne sois pas en colère. S'il te plaît, ne me quitte pas ce soir. C'est tout cela que j'aimerais lui dire, mais ne peux rien dire de plus que « s'il te plaît ». Ce sont les seuls mots qui me restent.

Il me regarde et, d'un geste lent, éteint la lumière.

Il est à mes côtés, dans l'obscurité. Il m'entoure de ses bras et, un moment, je n'ai plus besoin de penser à mes amis, à l'assassinat, à la mort ou aux petits garçons qui doivent apprendre à vivre sans leur mère. À ce moment, juste un instant, dans cet endroit plongé dans le noir, je ne suis plus obligée de penser à Andrea Bowers, onzième victime du Faucheur.

LE JOUR DU MARIAGE, LE SOLEIL SE LEVA avec majesté, annonçant une journée resplendissante. La jeune femme, les cheveux tressés de fleurs sauvages, portait une cape argentée cousue de perles. Lorsqu'il la vit, le seigneur de Villias se mit à genoux et déclara :

« Ma dame, votre beauté éclipse jusqu'au soleil. Nulle autre demoiselle vivant sur ces terres ne saurait se comparer à vous. »

Sa Seigneurie était elle-même vêtue de bas de soie, de tissus damassés et des plus délicats velours qui soient et, agrafée à sa lourde cape bordée d'hermine, une broche en argent sertie de pierres précieuses scintillait tout autant sous les rayons du soleil qu'à la lueur des bougies. Les festivités furent grandioses, le vin et la bière coulèrent à flots, et l'on festoya au son de la flûte et du chalumeau, trinquant à de multiples reprises avec des gobelets en or tandis que des serviteurs remplissaient les assiettes en argent de gâteau de mariage.

16

Il fallut attendre dix jours pour que la police rende ce qu'elle avait pris dans l'appartement. Elle cherchait des indices : des empreintes, de l'ADN. Elle n'a dû rien trouver puisqu'elle a fini par me restituer, regroupées dans un Ziploc, toutes les affaires d'Andrea.

C'est mon amie Leigh qui m'héberge. Mes amies me transfèrent de l'une à l'autre avec autant de prudence que si j'étais une bombe à retardement. J'aurais pu rester chez David, mais j'estime avoir suffisamment abusé de son hospitalité comme ça. Leigh est partie en vacances avec son mari pour quinze jours, ce qui tombe bien ; je n'ai pas besoin de faire la conversation, de me comporter comme un être humain.

Assise dans leur lit, je vide le Ziploc. Le bracelet, la bague et le téléphone d'Andrea tombent sur la couette. Son bracelet est en or, avec des breloques porte-bonheur dont on peut maintenant dire sans risque de se tromper qu'elles sont inopérantes. Sa bague, un jonc fin, est en argent. Elle la portait toujours au majeur de la main gauche. Je ne lui ai jamais demandé pourquoi. Il est trop tard, maintenant. Et puis il y a cette chose qui nous définit tous, cet objet dont nous ne savons pas nous passer : son téléphone. Elle avait un portable pour son travail et un autre, celui que je tiens entre mes mains, personnel. Malgré son écran fissuré, elle ne voulait pas en changer.

« Mais il marche encore ! protestait-elle. Il est stylé, il est increvable. » De fait, il lui a survécu. Je le retourne et vois les autocollants au dos. C'est Lucas qui l'a décoré. Il y a un petit smiley jaune et un monstre violet qui, lui aussi, sourit. Voilà pourquoi elle refusait de s'en séparer. Il est effectivement stylé et maintenant qu'il a été rechargé – j'imagine que c'était pour écouter ses messages et copier son carnet d'adresses –, il a une nouvelle vie.

Il y a beaucoup de messages qu'elle n'entendra jamais. Ceux-là, je ne veux pas les écouter. Il est probable que j'entendrai ma propre voix qui est toujours plus aiguë que ce à quoi je m'attends. Je ne veux pas m'entendre parler à une morte, je ne veux pas m'entendre demander à mon amie assassinée si elle veut bien ramener un quelconque produit nettoyant ou si je dois préparer le dîner pour nous trois ce soir.

Malgré tout, j'ai quand même envie d'entendre sa voix, d'entendre son rire.

Andrea avait le meilleur rire que j'aie jamais entendu. Un de ces rires qui font croire à la personne qui raconte son histoire que celle-ci est effectivement hilarante, même si ce n'est pas le cas. Je suis en manque de son rire comme d'autres sont en manque de drogue ou d'alcool.

Je vois l'appli qui permet de s'enregistrer. Elle l'utilisait constamment, habitude qui datait de ses études de droit, j'imagine. Je m'en contenterai. À défaut de son rire, cela me permettra d'entendre sa voix.

Il n'y a que cinq enregistrements. Les deux premiers sont brefs et traitent de points très précis ou font référence à des documents, lui rappelant de penser à vérifier la déposition d'un certain McKlean et d'appeler Alicia chez Vonex. Le troisième enregistrement est une liste de courses. « Lait, dit-elle, fromage blanc, liquide vaisselle, pommes, PQ. » Elle marque une pause puis ajoute : « Sex toy, fouets, chaînes », mais j'entends l'ironie dans sa voix. Le quatrième concerne également son travail et puis il y a le cinquième. Celui-ci est plus long que les autres. Il dure une minute et quatre secondes, alors que les autres ne font qu'une trentaine de secondes. Je presse le bouton *Play* et entends Andrea dire : « Katherine ? »

Je hurle et lâche brusquement le téléphone.

La voix est étouffée, mais Andrea enchaîne :

— OK, mademoiselle, tu voulais que je te prouve…

Je ramasse l'appareil et appuie sur *Pause*. Je le regarde, les yeux fixés sur la fissure de l'écran. Sous mes doigts, je sens les autocollants. Ce moment dure une éternité. J'inspire profondément. J'expire. Le silence est assourdissant. Posé sur le lit, le téléphone attend. Il m'attend.

Allez, la poule mouillée, me dis-je, *allez*. Je rassemble mon courage à deux mains et appuie sur *Play*.

— Katherine ? OK, mademoiselle, tu voulais une preuve que tu parles durant ton sommeil. Eh bien voilà. (Elle parle à voix basse. Elle a l'air de s'amuser.) Date : samedi neuf. Heure : minuit quinze. Endroit : devant la porte de ta chambre. Pourquoi ? Parce qu'une certaine personne prétend qu'elle ne parle jamais durant son sommeil et qu'une autre personne, qui a eu besoin d'aller aux toilettes, s'est dit que c'était le bon moment de lui prouver le contraire.

Elle s'étrangle de rire, s'arrête, puis reprend :

— OK, revenons à nos moutons. Écoute attentivement.

Dans la chambre de Leigh plongée dans l'obscurité, je ferme les yeux et écoute.

On entend une voix, une voix féminine, à peine audible. Elle semble provenir de derrière la porte fermée de mon placard d'où elle aurait voyagé jusqu'à cet appareil puis jusqu'à moi. Je tiens le téléphone fermement pressé contre mon oreille. Puis j'entends.

— Merci, j'attends juste ma copine.

Une pause.

— Eh bien, soit… pas trop fort.

Une autre pause. Je crois que ça s'arrête là, quand, tout à coup, j'entends un petit rire qui me prend par surprise. C'est un rire destiné à séduire.

— … Je suis sûre que vous dites ça à toutes les filles.

Un long silence, puis j'entends Andrea à nouveau. Elle essaie de ne pas parler trop fort, mais elle a du mal à contenir son triomphe.

— Tu me dois un verre. Affaire classée.

Un autre silence. Je me dis qu'elle a dû arrêter l'enregistrement quand je l'entends ajouter, plus pour elle-même qu'à mon intention :

— Bon Dieu, il est grand temps que je m'envoie en l'air.

Et pour finir, ce son qui me manque tellement : un éclat de rire bref et poignant.

Clic.

Fin de l'enregistrement.

Je suis allongée dans le noir. La nuit est douce, mais j'ai froid. J'appuie sur *Play* et écoute à nouveau l'enregistrement. En voulant faire une avance rapide, mon doigt glisse et je vais trop loin.

— … qu'une autre personne, qui a eu besoin d'aller aux toilettes…

Je reviens en arrière et réécoute le passage qui m'intéresse :

— … Date : samedi neuf. Heure : minuit quinze. Endroit… (J'appuie sur pause.) *Samedi neuf, aux alentours de minuit. Samedi neuf…*

Je me redresse d'un coup, repousse les couvertures.

Je cours, mais j'ai à peine le temps d'atteindre les toilettes.

Je presse ma joue contre le sol frais. *Samedi neuf. Heure : minuit quinze.* J'ai des martèlements plein la tête, le fond de la gorge brûlé par un reflux de bile. Je voudrais rester allongée là où je suis pour toujours, ne pas me relever. *Samedi neuf. Heure : minuit quinze.* Peut-être que jamais je ne me relèverai. Comment pourrais-je jamais retourner dans mon appartement ?

Samedi neuf à minuit un quart, je n'étais pas chez moi. Je n'étais pas dans ma chambre. J'étais à la fête d'enterrement de vie de jeune fille de Liz. Je repense à ce pauvre garçon dont elle avait loué les services pour qu'il nous fasse un strip-tease et à nous toutes, éméchées et tapageuses. Il avait bien failli ne pas s'en sortir indemne. Liz avait tellement ri que j'avais cru qu'elle allait se faire pipi dessus.

La voix qu'Andrea avait entendue dans ma chambre, la voix qu'elle avait enregistrée, la voix qui s'exprimait…

Ce n'était pas la mienne.

17

Le bâtiment qui abrite le funérarium Sotriakis est un carré de briques gris clair surmonté d'un toit bas et plat. Apparemment, c'est ici que se finit le cycle de la vie. Peut-être les cercles prêtent-ils trop à confusion. Au moins, avec les lignes et les angles droits, on sait qu'il y a une fin, on sait à quoi s'attendre.

Tu sors du taxi et tu traverses le petit parking fonctionnel. Dans ce quartier, seul le funérarium dispose d'un parking privé et Greg Sotriakis en est fier. Il est également fier que l'entreprise soit dans la famille depuis trois générations. Deux faits importants que met en avant le site Web que lui a bricolé son neveu. Malgré tout, cela ne suffit pas, il n'y a pas assez de clients et l'entreprise est en train de « mourir ». (Jamais, cependant, Greg Sotriakis ne dirait une chose pareille parce qu'il déteste les jeux de mots et tout particulièrement ceux qui ont trait à la mort.) Il est impossible de se battre contre les grosses sociétés et c'est pourquoi il a été vraiment content qu'on l'appelle. Une victime du Faucheur – c'est affreux bien sûr, surtout qu'on pensait que tout cela était bel et bien fini, mais quand même. Andrea Bowers, la dernière victime du Faucheur, était mère, elle aussi.

Greg s'attend à devoir accueillir toute une foule et c'est pour cela qu'il a dit à Janet, sa femme obligeante, de mettre plus de sièges dans la salle de réception bleue. Même s'il comprend pourquoi il est préférable que le cercueil soit fermé, cette demande l'a déçu. C'est certain. Il faut dire que Maria a fait de son mieux après que le corps fut passé entre les mains des experts de l'institut médico-légal. Maintenant, Greg Sotriakis se prépare à accueillir les amis de la victime, les curieux, les badauds, ainsi que quelques journalistes. Tout ce qu'il lui faut, ce sont deux ou trois bonnes photos de l'endroit, un journaliste qui le photographiera à l'extérieur avec le bâtiment en arrière-plan et, si possible, une interview.

En ce jour tragique, diront-ils, *la foule s'est rassemblée au funérarium Sotriakis*… et lui aura pris un air respectueux, sombre, et secouera la tête. *Une perte effroyable*. Puis il y aura un service parfait et les gens pourront témoigner que c'était un très bel hommage rendu à la mémoire de la défunte ; cela les fera penser à leurs vieux parents, cela leur permettra de comprendre à quel point ce jour compte. Il se tient donc devant l'entrée, le regard tourné vers le parking qui n'est qu'à moitié rempli, et il s'interroge : pourquoi n'y a-t-il pas plus de monde, pas plus de camions de reportage, pas plus de journalistes ?

Katherine a demandé à ce que les funérailles restent privées « afin de respecter la volonté de la famille ». Par « famille », elle veut dire Lucas. Il n'est pas difficile d'imaginer l'effet que pourrait avoir sur lui une horde de reporters, le crépitement d'une multitude de flashs et la présence de caméras. Le regard affamé des badauds, la curiosité malsaine, les commentaires, l'attention indésirable. Elle a donc supplié qu'on les laisse tranquilles et elle a été entendue.

Elle a été entendue parce que, cette fois, il s'agit d'une mère célibataire. On lui a obéi parce qu'on était défaits. On pensait en avoir fini avec ce cauchemar ; on pensait que tu étais mort. On avait fêté ça en courant, en dansant et en chantant sous la pluie. Le lendemain, quand on s'était réveillé avec la gueule de bois, on s'était pris les gros titres de plein fouet.

Une avocate commise d'office. Une mère célibataire. Un fils de quatre ans.

Andrea Bowers avait trente-cinq ans ; elle était mère. Elle ne correspondait en rien au profil type de la victime. Cette fois, il faudra bien que le maire démissionne ; plus question de faire confiance à la police. On parle d'émeutes, de manifestations. Il est conseillé de quitter la ville. Plus question de faire confiance à qui que ce soit. Chacun est seul. Chacun est vulnérable. La pluie s'est arrêtée. Et, de nouveau, la température monte. Le taux d'humidité dans l'air est bien plus élevé que la normale saisonnière.

Tu n'as pas agi comme d'habitude et maintenant il n'y a plus rien à quoi se raccrocher, plus de règles, plus de garanties. Toute l'euphorie voyeuriste, toute l'excitation écœurante que certains ont pu éprouver au fond de leur cœur au début s'est tarie parce qu'on n'est pas dans un film. Il n'y aura pas de *happy end*. La ville est malade de cette maladie et n'a qu'un désir : éradiquer ce cancer. Elle est fatiguée et vaincue, elle n'en peut plus. Elle accède à la demande de grâce de Katherine parce qu'elle aussi demande grâce.

Aujourd'hui, les survivants arborent un ruban blanc. Blanc, symbole de paix, symbole d'espoir. Exactement ce dont les gens ont besoin.

Si seulement ils connaissaient ton but, ils comprendraient que ces femmes ne sont pas des victimes, mais des martyres. Que le sacrifice de chacune d'entre elles permet de sauver des millions de vies. Mais ils ne le sauront jamais.

Tu t'avances vers Greg Sotriakis. « Une perte effroyable », murmures-tu, comme en écho à l'interview imaginaire qu'il a donnée dans sa tête.

Greg ne peut que déglutir avec difficulté, ravaler sa déception et consentir, « Oui, oui, vraiment », parce que tu es un beau jeune homme en costume Armani et peut-être as-tu encore tes grands-parents, au moins un, ainsi que, probablement, tes deux parents, sans compter que tu as l'air d'avoir de l'argent et de pouvoir t'offrir le cercueil Cuivre Deluxe.

Si seulement il savait : tu lui as déjà envoyé une cliente.

Tu entres dans le funérarium. Tu es peu habitué à passer du temps avec les morts. Tu appartiens au monde des vivants, tu aimes la vie. Malgré tout, maintenant que tu es là, tu as bien l'intention de profiter de ce moment.

La moquette du funérarium est couleur sable et les murs beiges. Plafonds bas, chaises basses, désodorisant d'atmosphère. Même l'odeur qui imprègne le lieu est neutre. Dans la salle d'attente principale, la famille et les amis sont assis sur des canapés recouverts d'un tissu glissant. Certains ont les yeux fixés sur l'écran de leur téléphone, d'autres le regard perdu dans le vide ou contemplent d'insipides aquarelles de scènes champêtres accrochées aux murs. Ces peintures disent le contraire de la souffrance. Elles n'expriment aucune douleur, aucune émotion.

Sur un canapé quelconque, une femme tout aussi quelconque est assise. Trapue et courtaude, elle est occupée à tricoter. Un petit garçon qui flotte dans un costume trop grand pour lui se tient à côté d'elle ; ses jambes se balancent, donnent des coups dans l'air.

Les vivants ne pensent pas souvent aux morts. Les souvenirs de leurs proches surgissent de façon inattendue : quand ils conduisent, quand ils épluchent des légumes ou regardent une publicité. *Ah oui ! Ah oui.* Ils pensent à eux-mêmes, à leur propre mortalité, aux êtres qui leur sont chers, à leurs parents.

Mon Dieu, maman n'est plus toute jeune. Et moi non plus d'ailleurs. Depuis quand suis-je si vieille ?

Je préférerais partir vite, peut-être d'une rupture d'anévrisme, plutôt que de traîner et de souffrir et de me chier dessus. L'odeur de l'hôpital, les gentilles infirmières, je ne supporterais pas.

Je veux rentrer chez moi et baiser à en perdre la tête. Je veux me sentir vivante.

Je me demande combien gagne un directeur de maison funéraire.

Anxiété, tristesse, excitation. Les couleurs flamboient et tu les humes. C'est délectable.

— Kat! Kat!

Le petit garçon dans son costume trop grand s'est levé. La femme coincée à côté de lui laisse filer une maille de son tricot. Elle s'apprête à poser une main sur l'enfant pour l'obliger à rester assis, mais trop tard.

Il se précipite vers ta douce, ta bien-aimée qui vient d'entrer dans la pièce. Elle s'est agenouillée et il se jette dans ses bras qu'elle tient grands ouverts et où, pour la première fois depuis des jours et des jours, il se sent en sécurité.

Elle a perdu encore plus de poids cette dernière semaine et porte une robe noire taillée dans un tissu fin et des chaussures à petits talons. Ses yeux bordés de rouge étaient secs, mais les larmes affluent à nouveau. Elle a beau fermer les paupières, les larmes jaillissent malgré tout, mouillant les cheveux du garçonnet.

— Oh! Lucas, mon chéri, mon p'tit lapin, mon chou..., murmure-t-elle, ses mots de réconfort venant se perdre dans les boucles de l'enfant.

Le réconfort est brun chocolat, couleur nid d'oiseau. Il attire comme un canapé en cuir patiné par le temps, apaise comme une main fraîche posée sur un front enfiévré, fond en bouche comme une purée de pommes de terre, fleure bon le bouillon de poulet. Il sonne à l'oreille comme la pluie battant sur une toile de tente alors que, blotti à l'intérieur, on se sent parfaitement en sécurité.

Un instant, protégés l'un l'autre par leur étreinte, ils se sentent en confiance et comme seuls au monde. La femme trapue s'est levée et se tient à côté d'eux. Elle toussote à présent, l'embrassade a assez duré comme ça. Katherine la regarde, cligne des yeux comme au sortir d'un rêve. Elle essaie de sourire ; brièvement, la femme fait de même.

Comme Lucas ne semble pas disposé à quitter ses bras protecteurs, Katherine se redresse en le tenant toujours serré contre elle. Elle l'a calé contre sa hanche, on dirait qu'elle a fait ça toute sa vie.

Elle se présente.

— Bonjour, dit-elle, je suis Katherine Emerson, la colocataire et amie d'Andrea.

— Cheryl Kaskow. Je travaille pour les services sociaux et j'ai été désignée comme tutrice temporaire de Lucas à ce stade de la gestion du dossier. Enchantée de faire votre connaissance, déclare Mme Kaskow.

À l'évidence, elle ne pense absolument pas à ce qu'elle vient de dire. « La gestion du dossier. » Katherine s'efforce de ne pas grimacer.

Tu sais qu'on n'a pas retrouvé le testament d'Andrea. C'est incroyable, mais vrai. Des heures ont été passées sur Internet et au téléphone, tout cela pour s'entendre dire : « Nous sommes désolés, le document a dû être égaré lors de notre récent déménagement. » L'État a dû s'en mêler et nommer un tuteur, une personne disposée à assumer la responsabilité d'un enfant de quatre ans complètement paumé.

Lucas toujours dans ses bras, Katherine suit Mme Kaskow jusqu'aux chaises recouvertes d'un tissu satiné glissant qui ne donne pas envie de s'asseoir dessus. Elle prend place et installe l'enfant sur ses genoux. Il se retourne et se blottit du mieux qu'il peut contre elle, enfouissant son visage dans son cou, contre sa poitrine. La bouche de Mme Kaskow se durcit, mais elle ne dit rien.

Lorsque Kat parle, il entend sa voix à travers sa poitrine. Cela rend sa présence plus réelle et le rassure.

Sans faire usage de ta voix, tu murmures son nom.

Il se retourne, lève les yeux et te voit. Debout à côté de l'autre homme, dans l'entrée. Alertées, Katherine et Mme Kaskow se sont également retournées. Elles vous ont toutes les deux vus, deux hommes charmants et élancés, vêtus de costumes élégants, l'air respectueux, discrets. Elles attendent que vous vous approchiez. Katherine serre les dents. Une petite veine saille de son cou. Une odeur d'appréhension se dégage de son corps, claque comme un four vide et rugit tel un avion prêt à décoller. Il n'y a que toi qui le remarques.

— Lucas, tu te souviens de mes amis ?

Lucas vous fixe et c'est à peine s'il hoche la tête.

Mme Kaskow a pris bonne note de l'emploi du mot « amis », ce qui l'amène à se faire une réflexion sur le côté volage des jeunes femmes d'aujourd'hui.

Vous vous approchez tous les deux, d'à peine un pas. Tu murmures quelque chose et reprends place près de l'entrée. Tu n'adresses pas la parole à l'autre homme et lui non plus ne te parle pas. Vous n'avez plus rien à vous dire.

Lucas t'observe. Ou plutôt... disons qu'il regarde quelque chose juste derrière toi, les spectres qui virevoltent autour de ton corps telle une nuée de mites qui se seraient envolées de vieux vêtements brusquement sortis d'un placard. Nuée papillonnante et sans substance, incapable de causer le moindre mal à qui que ce soit.

Ce sont des ombres. Elles resteront là aussi longtemps que toi, car maintenant tu possèdes leurs âmes. Dès lors que tu t'es emparé d'une couleur sacrée, l'âme t'appartient. C'est un mal nécessaire, cela fait partie de ta mission, de la même manière qu'un tailleur se retrouve couvert de fils et de lambeaux des tissus qu'il lacère, déchire et coupe. Peu de gens comprennent qu'être mortel est un vrai cadeau qui leur est fait.

Elles te détestent, mais elles sont dénuées de substance, de poids. Elles sont moins gênantes que des moustiques car elles sont incapables de pomper le sang de qui que ce soit ; elles n'ont aucun moyen de se venger. Tu es si habitué à leur présence que tu en viens à les oublier, de même qu'un jour aucun vivant ne se souviendra d'elles.

Mais pas Lucas, qui regarde, qui écoute. Distraitement, tu te demandes si lui aussi peut voir sa mère. Est-elle ici aujourd'hui ?

C'est lui le responsable de sa mort. Tu l'as su dès le moment où tu l'as rencontré au parc. Ses messages sibyllins, ses petites notes et son comportement bizarre causaient du souci et l'on sait qu'une bonne mère est toujours sur le qui-vive, qu'elle écoute, qu'elle devine les choses. Que se serait-il passé si elle avait parlé à ta bien-aimée ? Pas question que quoi que ce soit vienne perturber ta bien-aimée au moment où elle est sur le point, où elle est si proche de devenir rouge. C'est dommage qu'elle ait dû perdre son amie, mais c'était inévitable. *On ne fait pas d'omelette...* N'est-ce pas ça qu'on dit d'habitude ?

Tu savais qu'une fois la mère hors circuit, le fils le serait aussi. C'est d'ailleurs ce que tu as dit à la mère le jour où tu as récolté sa fureur. Il sera tenu à l'écart de celle qui t'est si chère parce que les choses matérielles finissent toujours par jouer en ta faveur. Des documents disparaissent, des noms sont oubliés, des stylos sont à court d'encre, des incendies se déclarent, il y a des pannes de courant, des ventilateurs qui cessent de tourner, des fils qui se cassent, des lignes téléphoniques et des appels qui sont coupés, des verres qui se brisent, de la glace qui fond, des poules auxquelles il pousse des dents. C'est curieux comme ces choses adviennent quand tu es dans les parages. Mais ce sont les choses insignifiantes qui comptent. Comme ce petit garçon qui te fixe en ce moment. Qui te regarde alors que toi aussi tu le regardes. Qui vous fixe toi et l'homme à côté de toi. Qui vous fixe tandis que vous dévorez Katherine de vos yeux affamés. Mais alors que la faim de l'autre homme est mortelle, la tienne ne l'est pas. C'est une des choses qui vous différencie.

Tu souris à Lucas de ton sourire spécial, celui que lui seul peut voir. *Moi aussi je te vois.*

Katherine a remarqué qu'il s'est mis à sucer son pouce.

— Où est ta patte de lapin, mon poussin ?

Il ne répond pas. Elle se tourne vers la matrone.

— Il a un porte-clés avec une fausse patte de lapin. Vert fluo. Ça vous dit quelque chose ?

Elle s'efforce de ne pas s'énerver, de ne pas prendre de ton accusateur, de rester factuelle.

— Ah oui ?

Mme Kaskow hausse vaguement les épaules, un petit sourire froid aux lèvres. Non, elle ne l'a pas vu.

Mme Kaskow est pleine de bonnes intentions, mais elle n'a aucune imagination. Le mélange est dangereux. Chez elle, les enfants vont et viennent, mais ce ne sont pas les siens, ce qui lui convient bien parce qu'elle n'a jamais désiré en avoir. Mieux vaut ne pas trop s'attacher parce que sinon on souffre, chose qu'elle sait très bien faire étant donné que cela fait des années qu'elle y travaille.

Le refoulement est gris métallique, couleur meuble de bureau ; il sent l'air confiné, le lait caillé ; il grince comme une porte qu'on ouvre tout doucement dans la nuit, il cliquette comme une clé dans une serrure ; il a le goût du sang qui perle d'une lèvre mordue.

Là-bas, au bord de la piscine de son oncle, il y a des milliers d'années de cela, Mme Kaskow a perdu tout goût pour l'imagination, la joie et l'empathie. Elle est contente de pouvoir être utile, d'avoir le sens pratique et d'être décidée ; le décor du funérarium lui convient d'ailleurs tout à fait, jusqu'à la moquette sable qui amortit les chocs sous ses pieds sensibles. Elle fait ce qu'on lui dit de faire. Elle respecte les règles.

Katherine commence à répondre, puis se ravise. Pour ne pas créer de polémique, elle évoque un sujet anodin.

Maintenant qu'il est établi que « Oui, tout le monde est là », Greg Sotriakis, un peu dégoûté, invite l'assemblée à le suivre dans la pièce attenante, où se tiendra la cérémonie funèbre. Tous se lèvent sans tarder, contents de pouvoir bouger, de faire quelque chose avant de se rasseoir à nouveau. Personne ne souhaite se retrouver seul à ruminer dans son coin.

Mme Kaskow, Lucas et Katherine se sont également levés. Lucas a consenti à descendre des genoux de Katherine, mais il lui tient fermement la main. Sa chaleur lui donne un semblant de force et, alors qu'il se tourne vers toi, tu lui montres ton vrai visage un instant, profitant du fait qu'il n'y a plus personne dans la pièce, juste au cas où il aurait l'intention de dire quoi que ce soit à Katherine.

Comme ça, il sait que tu veilles au grain.

C'est le visage que sa mère a vu le jour où tu lui as rendu visite. Celui que tu as ensuite rangé quand tu as remis ton masque.

L'enfant se détourne tout de suite, trébuche et se cramponne à la main de Katherine.

Il y a deux nuits de ça, il s'est réveillé et a trouvé maman assise sur le lit, en train de le regarder. Mme Kaskow lui dit que maman appartient au passé, mais c'est faux, elle n'appartient pas au passé parce qu'elle est ici, assise sur ce lit, et qu'elle le regarde avec des yeux débordant d'un tel amour qu'il a envie de s'écrier :

MAMAN !

Mais elle fait non de la tête et pose un doigt sur ses lèvres, chut ! *Il ne faut pas réveiller Mme Kaskow, alors il lui demande dans un murmure si on lui a fait mal et elle fait encore non de la tête, et puis il lui demande si elle est toujours morte, comme les dames d'Halloween, et elle hoche à nouveau la tête, cette fois pour dire oui, et il aimerait qu'elle le prenne dans ses bras… Pourquoi ne le prend-elle pas dans ses bras ?*

Mais elle fait signe que non et pointe le doigt ; il sait ce qu'elle veut, il est triste et il n'a pas envie de la lui donner, mais maman le fixe du regard et il comprend que c'est important, alors tout doucement il la pose par terre à côté du lit, puis il se rallonge et ferme les yeux ; ses joues sont mouillées, mais il ne pleure pas, parce qu'il est grand et que les grands garçons, ça ne pleure pas ; il sent maman qui se penche sur lui, il sent ses lèvres douces sur sa joue, et comme c'est un baiser tout pareil à ceux qu'elle lui donnait le soir pour lui souhaiter bonne nuit, il n'est plus si triste et garde les yeux fermés.

Quand il les rouvre, c'est le matin et il regarde par terre : sa patte de lapin n'est plus là. Mais il n'en parle à personne parce que c'est un secret.

18

Des heures plus tard, nous sommes dans le noir, masse pantelante, en nage.

Je lui demande de se décoller de moi.

— Katherine.

— Tout de suite.

Je le pousse et manœuvre afin de m'éloigner de lui autant que possible, de me coller tout contre le bord du lit. Je le sens allongé à côté de moi, silencieux. J'entends sa respiration. Je le hais, presque autant que je me hais moi-même.

C'est d'avoir vu Lucas s'en aller. Partir avec cette femme, sa petite main perdue dans le battoir à linge de Mme Kaskow. Il a essayé de faire demi-tour. Il avait les yeux grands ouverts, il ne comprenait pas pourquoi il devait suivre cette inconnue et monter dans sa voiture au lieu de repartir avec moi.

Sael était là, et il n'a pas fallu plus qu'un petit signe de tête. Un petit signe de tête après quoi nous sommes allés chez Leigh.

Une fois chez elle, il m'a suivie dans ma chambre. La chambre d'amis, grise et blanche, dépouillée, sans rien de personnel. Ce qui me convient.

J'éteins la lumière. Je ne veux pas le voir. Nous nous déshabillons dans l'obscurité, sans chercher à nous séduire, mais avec efficacité, comme je le fais quand je suis seule. Ensuite, je le tire dans le lit.

Puis j'oublie le regard de Lucas. Un moment.

Maintenant, je dis à cet homme qui reprend son souffle de l'autre côté du lit :

— Va-t'en, s'il te plaît.

— Katherine…

— Je suis sérieuse.

— Je vais partir, me dit-il, mais d'abord je dois te dire quelque chose.

— Je ne veux pas t'écouter.

— C'est ma dernière histoire.

— Non.

— La dernière. Ensuite, je te le promets, tu ne me reverras plus.

Je ne dis rien. Je ferme les yeux et attends qu'il raconte son histoire, qu'on en finisse et qu'il s'en aille.

Il inspire profondément, comme s'il se préparait à plonger dans une piscine.

— Sara et moi nous sommes rencontrés à la fac. Par l'intermédiaire de David. Il sortait plus ou moins avec une certaine Rebecca qui était amie avec Sara. C'est comme ça qu'on s'est rencontrés.

Il va donc me parler de Sara. Je suis déçue. Encore une histoire du genre : « Le problème avec ma femme… » Quel cliché !

— On a discuté lors d'une soirée et, peu de temps après, on est sortis ensemble. C'était facile. Elle était belle et intelligente et nous avions le même cercle d'amis. C'est comme si cette relation m'était tombée toute cuite dans le bec. Je n'avais pas eu besoin d'y réfléchir. Tout le monde s'attendait à ce qu'on se marie une fois qu'elle serait diplômée.

Il s'arrête de parler.

— Le seul hic, c'est qu'il y avait cette petite voix dans ma tête. Une petite voix qui disait : *Tu ne l'aimes pas*. J'essayais de la faire taire, mais de temps à autre, quand je ne m'y attendais pas, elle ressurgissait. Parfois, j'étais en train de faire un jogging, parfois je travaillais à mon ordinateur ou bien j'étais dans un café et tout à coup j'entendais cette voix qui disait *Tu ne l'aimes pas.*

« Puis le temps a passé, elle a eu son diplôme, ma boîte a commencé à bien marcher et, chaque été, les mariages se succédaient ; les regards se tournaient vers nous de plus en plus souvent. Je sais que c'est plus dur pour les femmes et je ne veux même pas imaginer ce qu'elle a pu entendre.

Ça, c'est sûr, me dis-je en mon for intérieur. Maintenant, je suis tout ouïe.

— Je me souviens de cette salope qui travaillait dans le même cabinet d'avocats qu'elle et qui lui a demandé, un soir où ils étaient tous allés boire un verre après le boulot : « Alors, quand est-ce que vous vous mariez ? » Comme si ça la regardait. Mais Sara n'était pas du genre à se laisser marcher sur les pieds. Elle lui a répondu : « Je ne sais pas. Et toi, à quand remonte le dernier orgasme que tu as eu avec ton mari ? »

Je le devine qui sourit dans le noir. Malgré moi, je commence à l'apprécier, sa défunte fiancée pugnace.

— Cela m'a forcé à me décider. J'ai organisé un week-end à San Francisco et j'ai réservé une table dans un restaurant avec vue sur la baie. Tu sais, un de ces endroits avec des lanternes chinoises et des serveurs qui t'expliquent le menu de A à Z. Mais quand j'ai sorti la bague et que je me suis mis à genoux, Sara a éclaté en sanglots.

Il reste silencieux si longtemps que j'en viens à penser qu'il en a fini avec son histoire. Je me retourne, inspire profondément, prête à lui dire : *Merci, pour cette jolie histoire, maintenant va-t'en, s'il te plaît.*

Mais il ajoute à voix basse :

— Elle ne pouvait plus s'arrêter de pleurer. Elle pleurait tellement qu'elle ne pouvait pas parler. J'ai fini par me lever, par régler la note aussi vite que possible et par la sortir du restaurant.

Le pire, quand j'y repense, c'est la gêne que j'ai ressentie. Le fait que je me sois plus soucié de ce que les gens pouvaient penser que de savoir pourquoi elle pleurait autant. Peut-être que ç'aurait dû me mettre la puce à l'oreille.

— On est rentrés à l'hôtel et elle a fini par se calmer suffisamment pour pouvoir parler. J'étais furieux. Je lui hurlais dessus. « C'est quoi ton problème ? » Comme elle ne répondait pas, je lui ai dit : « Mais je croyais que c'était ce que tu voulais. » Elle s'est tournée vers moi et elle m'a répondu : « Oui, mais... »

Ma voix nous surprend tous les deux :

— Mais ce n'est pas ce que *toi* tu veux.

Sael est contrit.

— Oui, c'est à peu près ce qu'elle m'a répondu. (Puis il soupire.) C'aurait été le bon moment pour parler. Là, tout de suite. Le moment parfait. Mais je n'ai rien dit. Et il me faudra vivre avec ça le restant de mes jours.

Je n'aime pas ce que je viens d'entendre. Je ne parle pas des mots eux-mêmes, mais de la façon dont il les a dits, d'une voix tout à la fois chargée de regrets et factuelle. D'une certaine manière, c'est bien pire que s'il avait été mélodramatique.

Il poursuit son récit. Visiblement, cela lui coûte.

— Évidemment, je n'ai pas accepté son refus.

— Non, vraiment ?

Il ignore mon sarcasme et c'est tant mieux. Je suis secouée. J'ai même peur d'entendre ce qu'il va dire.

— J'ai donc fait tout mon possible pour la convaincre. Cela m'a pris un an et demi, mais j'ai fini par avoir raison de ses réticences. C'est pour moi qu'elle résistait, en fait. La deuxième fois où je l'ai demandée en mariage, elle a dit oui. Tout le monde était ravi. Tout le monde disait : *Il était temps !* Putain, les gens sont de vrais abrutis ! Au moins, Sara était heureuse. Vraiment heureuse. J'avais réussi à la convaincre et elle m'aimait profondément. (Il dit cela sans aucune gêne.) Elle s'est investie corps et âme dans la préparation du mariage et j'étais content de la laisser faire. Je travaillais beaucoup, je voulais faire grossir ma boîte. J'avais mille excuses. Bien sûr, en réalité, je me planquais.

Se planquer. Je balaie la chambre du regard. Oui, ce terme ne m'est pas étranger.

— Finalement, ce sont les vœux qui ont tout fait basculer. Pour Sara, ces fichus vœux étaient vraiment importants. Je la vois encore, avec sa queue-de-cheval et son grand tee-shirt, en train de me dire : « Je veux pas t'embêter avec ça mon chéri, mais comment ça avance, tes vœux ? Tu as commencé ? Tu y arrives ? »

Je me retourne pour le regarder. Sa voix s'est amplifiée, mais je n'ai pas l'impression qu'il s'en est rendu compte.

— Il est arrivé un moment où je n'ai plus eu le choix. Je devais répéter avec David le lendemain. C'est lui qui devait célébrer le mariage. Alors, je me suis assis devant mon ordinateur. Je ne savais pas quoi dire. Je fixais l'écran. J'étais incapable d'écrire quoi que ce soit. J'ai pensé que j'allais commencer par parler de notre rencontre. Et c'est ce que j'ai fait. Plus j'écrivais, plus cela devenait facile et, une fois lancé, je n'ai pas pu m'arrêter. J'étais comme en transe. Comme si je rédigeais des lignes de code. Quand mon téléphone a sonné, j'ai levé les yeux : cela faisait trois heures que j'écrivais.

Même maintenant, trois années plus tard, tandis qu'il me raconte cette histoire dans cette chambre plongée dans la pénombre, il a l'air étonné.

— Je me suis levé et j'ai décroché. Ensuite, je suis sorti en trombe de l'appart, je suis allé faire du sport, j'ai acheté du lait, ce genre de trucs. Quand je suis rentré, j'ai vu que Sara avait collé un Post-it sur l'écran de mon ordinateur.

Il parle plus doucement maintenant. Malgré moi, je continue à l'écouter.

— Elle les adorait, ces fichus Post-it. Elle s'en servait pour préparer le mariage. L'appartement était envahi de ces petits papillons fluo. Je l'ai lu. Elle avait écrit une seule phrase.

— Quoi donc ? demandé-je en pensant : « *Je t'aime* ».

— Il faut qu'on parle.

Je grimace, mais ne commente pas.

Sael a très bien interprété ma réaction, parce qu'il me répond comme si j'avais ouvert la bouche.

— Ouais, en d'autres termes, elle me disait « Tu es dans la merde ». Alors, je me suis rassis devant mon ordinateur pour relire ce que j'avais écrit. Cela commençait bien, mais plus je lisais…

— Plus ça se compliquait ?

— Pire que ça. C'était franc. Brutalement franc. Je lui disais que je l'aimais vraiment beaucoup, mais que je n'étais pas amoureux d'elle et à quel point j'avais l'impression d'être un imposteur et une grosse merde et que je ne savais pas quoi faire. La lettre de rupture parfaite. Tu veux savoir le pire ?

Pourquoi faut-il que je finisse toujours par prendre les ex de Sael en pitié ?

— Parce qu'il y a pire encore ?

Le lit tremblote. Ses épaules tressautent. Il pleure. Quand il relève la tête, je me rends compte qu'en réalité il rit.

— Elle avait tout corrigé !

— Quoi ?

— Oui, elle avait rectifié mon texte, revu la ponctuation, tout. L'homme qu'elle va épouser dans moins de trois semaines vient juste d'écrire une longue lettre incroyablement cruelle dans laquelle il reconnaît qu'il ne l'aime pas, et elle, elle corrige la ponctuation et les fautes de grammaire.

Ce qu'elle a fait est tellement classe et couillu que, tout comme Sael, je ne peux pas m'empêcher de l'admirer.

— C'était une fille incroyable.

— Je te le confirme.

— Qu'est-ce que tu as fait ?

— Je suis allé lui parler.

— Vraiment ?

Il éclate d'un rire affreux, plein de mépris pour lui-même.

— Bien sûr que non. Je suis tout de suite ressorti pour aller me bourrer la gueule dans un rade miteux.

— Ah…

— Oui, répond-il avec assurance et une certaine satisfaction dans la voix. Et c'est là où tu te rends compte à quel point je suis un être méprisable, un couard, un pauvre sac à merde.

Après une pause, il ajoute :

— Tu le pensais déjà, mais maintenant tu en as la preuve.

« Je ne sais plus comment je suis rentré chez moi. Je me suis effondré dans le canapé. Quand je me suis réveillé, c'était le lendemain matin. Je me sentais hyper mal, mais je suis allé dans notre chambre et j'ai vu qu'elle n'était pas là. Un moment, je me suis dit : *Ben voilà, elle m'a quitté*. Puis je me suis rappelé que ce jour-là, elle avait un cours de yoga tôt le matin. Je venais encore de réussir à esquiver la confrontation. J'ai passé une grande partie de la matinée à vomir, ce qui ne manque jamais d'arriver quand on se prend une cuite à base de vodka et de bière bas de gamme. Allongé sur mon lit, les yeux fermés, je dormais par bribes. J'attendais Sara, j'attendais qu'elle rentre à la maison. Mon téléphone a sonné à midi moins le quart.

Il se tait un instant.

J'attends.

Puis il enchaîne, à voix si basse que c'est à peine si je l'entends.

— Tu sais ce que je me suis dit quand on m'a informé que Sara avait été renversée par une voiture ?

Je n'ai pas envie d'entendre la réponse. Je me tais. Mais ça n'a pas d'importance parce qu'il ne s'arrêtera pas de parler de toute façon.

— Je me suis dit : *Dieu merci.* (Le ton est affreusement neutre.) Je me suis dit *Dieu merci* parce que j'allais échapper à la confrontation. *Dieu merci*, ma fiancée est morte. *Dieu merci*, jamais nous n'aurons cette fameuse discussion.

J'entends le bruit d'un camion qui passe sur un nid-de-poule dehors. Et le ronronnement de la climatisation.

— Sa mère n'arrêtait pas de me prendre dans ses bras. Son père pleurait sans discontinuer. Une fois, il m'a dit : « Quoi qu'il arrive, Sael, tu seras toujours un fils pour moi. »

Je me tourne vers lui. Dans la lumière diffuse de cette chambre d'appartement new-yorkais, je vois que ses joues sont baignées de larmes. Il ne fait rien pour les essuyer.

Après un moment, il tousse et renifle.

— C'est alors que j'ai décidé que jamais plus je ne m'engagerais dans une relation amoureuse sérieuse. OK pour le sexe, OK pour les aventures passagères, mais fini l'amour et le mariage. Je croyais que, d'un point de vue émotionnel, j'étais mort. Que je n'étais pas normal. Je pense que les femmes le sentaient. La plupart d'entre elles savaient très bien à quoi s'en tenir et ne tentaient pas d'aller plus loin.

Je repense à Andrea quand elle m'avait parlé de Sael. *Mieux vaudrait éviter de se trouver à côté de lui quand il finira par péter un câble.*

— Et puis je t'ai rencontrée. Putain. J'étais vraiment furieux que tu me fasses faire ce petit numéro… Mais j'étais intrigué. D'une certaine manière, c'était la première fois depuis des années que je me sentais vivant. Ensuite, quand David t'a présenté comme sa copine, je me suis dit : *C'est là que ça s'arrête.* J'étais déterminé à tenir mes distances, à ne plus jamais te revoir. Tu vois comme ça a bien marché.

À court de mots, je ne réponds rien.

— Après qu'on a couché ensemble, je pensais pouvoir t'oublier. Je me disais que maintenant que la proie avait été attrapée, je pourrais passer à autre chose. Mais je me trompais. Quand j'ai appris que David et toi aviez recommencé à vous voir, j'ai eu envie de le tuer. Je ne dormais plus, je ne mangeais plus. Et tu ne voulais plus me voir. Ça m'a rendu dingue.

Je le revois, debout sur l'escalier de secours. Je visualise son message.

— Je voulais te faire autant de mal que tu m'en avais fait. J'ai invité Margot au gala, je savais que tu y serais. C'était bête. Dès que je t'ai vue, j'ai compris que ça ne marcherait pas. Et puis quand tu es partie, je me suis senti très mal. Après, quand j'ai su ce qui s'était passé…

Sa voix se fêle, se brise.

— Mon Dieu ! Quand j'ai su que ce monstre était dans votre appartement. Qu'il avait tué Andrea. J'ai pensé : *Et dire qu'il aurait pu tuer Katherine.*

Il déglutit.

— Je me suis dit : *Elle n'aurait jamais su.* (Il reprend son souffle.) *Je n'aurais jamais eu l'occasion de lui dire.*

Il me fait face. Pour la première fois, il me regarde, franchement, dans les yeux et, à ce moment-là, je comprends qu'il a cessé de se battre. Il n'y a plus ni angoisse, ni doute, ni incertitude dans son regard. Sa voix est calme et posée.

— Je t'aime, Katherine. Dès que je t'ai vue, je t'ai aimée. Je t'aime et je t'aimerai toute ma vie.

Puis il tend les bras vers moi. Dans la pénombre, il me tend les bras et je me dis que c'est peut-être cela, l'amour. Cette espérance, cette croyance, cette invitation, une invitation donnée alors qu'on sait que l'autre n'y répondra peut-être jamais.

Mais je réponds.

LA FÊTE DURAIT DEPUIS UN MOMENT lorsque la jeune épouse de Sir August annonça qu'elle se retirait. C'était sa nuit de noces et elle voulait s'y préparer seule. Refusant d'écouter les protestations de ses dames de compagnie, elle leur souhaita une bonne nuit et se rendit dans ses appartements. Là, elle trouva posé sur une table un gobelet en or serti de rubis et de perles et recouvert d'un morceau de soie. Pour la jeune mariée, c'était un signe.

Elle repensa à ce jour récent où elle avait pique-niqué en compagnie de sa suite dans une clairière de la forêt. Tandis que les femmes riaient et ornaient mutuellement leurs chevelures de petits bouquets de fleurs, une vieille sorcière vêtue de haillons, une main griffue recroquevillée sur elle-même, s'était lentement approchée en claudiquant. D'une voix aiguë et éraillée, la vieille avait interpellé l'assemblée :

« Puis-je voir la promise du seigneur ? J'ai beaucoup entendu parler de sa beauté et de son honnêteté et je souhaiterais lui présenter mes respects. »

Avec sa peau constellée de taches brunes, son dos voûté et sa profonde laideur, la vieille sorcière fit peur aux servantes de la noble demoiselle. Celle-ci, cependant, pure de cœur et courageuse, invita la femme à s'approcher. La vieille la complimenta sur sa beauté et ses bonnes manières et lui dit :

« J'aimerais m'entretenir avec vous, ma douce. Puis-je vous parler seule à seule ? »

Quelques-unes des servantes protestèrent, craignant pour la sécurité de leur maîtresse, mais la jeune femme, qui avait foi en la bonté de ses semblables, rassembla ses jupes, se leva et déambula en compagnie de l'inconnue jusqu'en un endroit particulièrement touffu et ombragé de la forêt. Arrivée là, la vieille déclara :

« J'ai ouï dire que votre mariage aura bientôt lieu et j'aimerais vous faire un cadeau. »

La jeune fille rosit et protesta, mais la vieille lui tendit un petit paquet de toile fort sale, ceint d'une ficelle.

« Le soir de vos noces, lorsque vous serez seule, mélangez ces herbes dans un gobelet, prononcez les mots que je vais vous dire maintenant, puis buvez. Vous donnerez successivement naissance à trois fils, tous beaux et nobles. Mais n'en parlez à personne, car cela est un secret. Les hommes ne comprennent pas toujours ces choses et si cette histoire parvenait aux oreilles du seigneur de Villias, il pourrait croire qu'il s'agit de sorcellerie. »

Par trois fois, la vieille murmura les mots à l'oreille de la jeune fille afin qu'elle s'en souvienne bien. Avant que l'inconnue s'en aille et disparaisse, avalée par la forêt, la jeune fille la remercia chaleureusement pour son cadeau. Elle cacha ensuite le sachet dans ses jupes et, ainsi qu'il lui avait été demandé, n'en souffla mot à personne.

DEUXIÈME PARTIE

19

Pour toi, les réfrigérateurs sont des mouroirs pour petits restes de nourriture. Tu te demandes combien de temps la mayonnaise ou un pot de moutarde de Dijon à moitié entamé se conserve. Tu adores la moutarde, ce condiment mordant, bagarreur. Il y a aussi la sauce piquante de la septième fille. Celle que tu as prise dans son frigo. Elle aimait la nourriture épicée. Une information qu'elle t'avait sciemment délivrée, car elle avait lu quelque part dans un magazine que les hommes sont prompts à relever tout indice subliminal qui vient à leur attention et qu'il suffit qu'une femme prononce le mot « épicé » pour qu'elle soit perçue comme un bon coup. *Je raffole tellement de cette sauce que j'en mets même dans mon yaourt grec le matin.*

D'une certaine manière, ces petites bouteilles rendent le réfrigérateur plus humain. Tu souris. Plus humain… Tu es vraiment comique.

Tu jettes le reste de lait dans l'évier. Le geste est incroyablement décadent. Le lait était encore bon pour au moins trois jours, mais tu vas partir et tu ne reviendras pas. Tout du moins pas pendant un moment, et de toute façon, pas à cet endroit. Ou, en fait, pas à cette époque.

Tu t'assures que toute la vaisselle est propre et rangée. Les piles d'assiettes sales, c'est vraiment trop cliché. Inutile aussi d'attirer les cafards. Non pas qu'ils te dérangent, mais d'autres ne les aiment pas. Tu es du genre sensible. Tu tiens compte des besoins d'autrui.

Dans la salle de bains, tu prépares ta trousse de toilette. Les humains, même dans leurs instants les plus quelconques, sont très productifs : transpiration, plaque dentaire, saleté. Beaucoup d'entre eux ont honte de leur corps qui se montre si peu coopératif, de ses odeurs et de ses déjections, mais tout cela fait partie de la vie et devrait être célébré. Remplir ta trousse et vider ton sac de tes derniers souvenirs, prendre et disperser tandis que tu te déplaces dans l'appartement.

Là, dans cette salle de bains, tu laisses une bougie. Rose pâle, elle a été offerte à l'occasion d'une baby shower[1]. La sœur de la femme enceinte avait dit qu'elle préviendrait tout le monde quand le travail commencerait afin que chacune allume sa bougie et envoie des ondes positives à la maman. La bougie est rose pâle parce que la sœur de la cinquième fille attendait une petite fille. *Chacun ses goûts*, s'était-elle dit en gardant la bougie à portée de main, prête à être allumée dès qu'elle recevrait l'appel.

Le jugement est bleu marine, il dégage un léger parfum de naphtaline, se tient au garde-à-vous tel le revers d'un blazer, crisse comme l'enveloppe plastique qui entoure la rame de papier et que l'on déchire, picote comme du fil dentaire mentholé.

L'appel est arrivé deux jours après que son corps a été retrouvé. Sa chandelle soufflée. La petite portera le nom de la défunte. Le fardeau est aussi pesant qu'une pierre tombale. En grandissant, elle chérira le souvenir de la sœur de sa mère assassinée, sans doute la meilleure tante du monde. Elle rêvera de ces moments qu'elle

1. Typiquement américaine, la *baby shower* est une fête donnée en l'honneur d'une future mère par ses amies, au cours de laquelle des jeux sont organisés et des cadeaux de naissance offerts.

aurait pu passer chez elle, dans son appartement new-yorkais, elle imaginera ce qu'elles auraient fait ensemble.

Tu saisis une brosse à dents. Elle est blanche avec une rayure verte tout le long du manche. Elle tient confortablement dans ta main. Tu as pris l'habitude de la ranger dans le petit placard au-dessus du lavabo, derrière les crèmes hydratantes et les flacons de cachets. La huitième fille était obsédée par les odeurs d'haleine. Elle disait que celle de la plupart des hommes sent la viande avariée. Mais pas la tienne. C'était une des choses qu'elle aimait chez toi. Elle avait une brosse à dents chez elle et une à son bureau. De façon ironique, les chewing-gums lui donnaient un peu mal au cœur et, de plus, elle détestait les bruits de mastication. Elle se rappelait la première fois qu'elle avait entendu parler de misophonie et avoir été très réconfortée d'apprendre qu'elle n'était pas la seule à souffrir de cette phobie. Tu lui avais dit que toi aussi tu avais cela en horreur. Cela vous avait rapprochés.

Elle aimait aussi qu'on lui tire les cheveux. Et faire l'amour, mais pas les bruits qui allaient avec. Le son baveux d'une langue fouillant son oreille, les ahanements d'un homme la révulsaient au plus haut point.

L'obsession est jaune fluo, elle taraude comme un grain de maïs coincé dans une molaire, tout au fond de la bouche, elle agace le tympan comme un moustique qui vole autour d'un corps dans la nuit, elle s'effiloche comme des cuticules rongées, elle sent le gel désinfectant pour les mains.

Tu as dispersé leurs affaires dans tout l'appartement. Tu laisses les histoires se construire peu à peu. Le verre à vin, seul sur une table, la tasse qui porte le nom d'une ville où tu n'as jamais mis les pieds et que quelqu'un a ébréchée ; le bouton posé sur le bureau ; une boîte de pastilles à la menthe cabossée ; un ticket de cinéma pour un film que tu n'as jamais vu glissé dans ton portefeuille. Un jour, tu as remplacé les lacets de tes baskets par ceux d'une autre chaussure de sport. À cet égard, on peut dire qu'il n'y a pas de différence notable entre les lacets d'homme et les lacets de femme.

Toutes ces choses s'épanouissent dans leur nouvel environnement. Cela devient un jeu. Tu écris avec un stylo qui ne t'a jamais appartenu sur des Post-it achetés pour un autre bureau. Tu ouvres le congélateur et considère le sachet de framboises poussé tout au fond, derrière les petits pois. Tu as remué le contenu d'une casserole avec une cuillère en bois usée à force d'avoir été utilisée par une autre fille pour touiller la sauce bolognaise qu'elle adorait préparer.

De nouveaux titres viennent grossir la collection de livres de la bibliothèque : un mince recueil de poésies jamais ouvert, un roman à l'eau de rose aux pages cornées, un des livres secrètement préférés de la réalisatrice féministe originaire de Chicago, une femme endurcie mais drôle. Ses amis savaient-ils seulement qu'elle lisait ce genre d'ouvrages ? Il est trop tard, maintenant.

À côté de ça, il y a des choses plus évidentes : une paire de chaussettes de femme laissée dans le tiroir à chaussettes, une boucle d'oreille déposée dans un vide-poche plein de bric-à-brac. Qui se chargera de tes plantes ? Quelqu'un remarquera-t-il le bracelet posé au pied de la plante verte, comme un clin d'œil, en partie caché par les feuilles charnues ? Ou le minuscule bibelot en porcelaine qui appartenait à la grand-mère d'une des victimes et qui est à présent partiellement enfoncé dans la terre du pot ? La grand-mère et sa petite-fille qui sont aujourd'hui toutes deux mortes, laissant derrière elles une mère qui maudit toutes ces journées ensoleillées qui s'égrèneront tout du long de sa vie insupportablement longue et amère.

C'est comme une chasse au trésor inversée, une multitude d'indices, de lueurs, d'éclairs. Chaque objet, souvent utilisé mais sans qu'on y prête la moindre attention, jamais envisagé comme un appel du pied, un clin d'œil à l'intention des autorités dûment vêtues de leurs uniformes. Le minuscule oreiller de lavande, presque inodore à présent, poussé au fond de ton tiroir. Le parapluie accroché derrière la porte. Ç'a été difficile de faire entrer tous ces petits objets d'art, ces objets de non-conversation dans cet appartement si propre et si lumineux avec ses tons crème alliés au bois. Tous sont des indices cachés. Des reliques ayant appartenu à ces mortes et dont on peut dire que, d'une certaine façon, elles servent maintenant à leur rendre hommage. Tout du moins, c'est ainsi que toi, tu vois les choses.

La quantité au détriment de la qualité : c'est souvent comme ça que les hommes font leur bagage. Mais pas toi. Toi, même si tu ne reviendras pas, tu le prépares avec soin. Il est agréable de plier le linge et de réfléchir à la meilleure façon de le disposer. Il y a quelque chose de tout à la fois charmant et triste à ranger ses affaires dans une valise. Des jeans et des shorts, des tee-shirts, une ou deux jolies chemises, un maillot de bain, des caleçons et deux paires de chaussettes, au cas où tu ferais de la randonnée.

Tu laisseras la climatisation en route. C'est onéreux, mais tu sais que les gens qui finiront par entrer dans cet appartement apprécieront. Après tout, ton Agent n'aura pas à régler la facture, et toutes ces petites choses comptent. Tant qu'ils en jouissent, les gens ne mesurent pas à quel point elles sont importantes. L'air frais, la vaisselle propre empilée avec soin. Il leur faudra un peu de temps pour trouver tous les objets, à supposer qu'ils parviennent à tous les identifier. Heureusement, tu leur as laissé des petites notes, des indices sibyllins. Ils en débattront et les analyseront pendant des jours, des semaines, des mois même, mais il n'est pas sûr pour autant qu'ils trouvent les réponses.

La valise est prête. Les appareils électriques débranchés. Le réfrigérateur quasi vide. Le sol balayé. La vaisselle rangée. Le courrier gardé par la poste. Les lumières éteintes.

Sur le seuil, tu te retournes une dernière fois. Cet appartement avait une jolie vue. Tu étais fier de tes talents de décorateur. Tu espères que Katherine a su les apprécier quand elle est venue chez toi.

Puis tu claques la porte.

Un moment, tu t'es nourri du monde. Un moment, tu t'es emparé du cœur de la ville. Tu l'as tenu, chaud et palpitant, tout contre le tien.

À présent, il est temps de profiter de la campagne.

20

J'écoute la sonnerie du téléphone.

Brr, Brr.

Brr, brr.

— Allô ?

— Bonjour Cheryl, Katherine à l'appareil. Comment allez-vous ?

— Bonjour, Katherine.

Elle est sur ses gardes.

— Pourrais-je parler à Lucas ?

— Lucas n'est pas à la maison pour le moment.

— Ah…

J'attends qu'elle me dise où il est, ou quand il rentrera, mais elle se tait.

— Quelle est la raison de votre appel ? Vous voulez que je lui transmette un message ?

Je m'éclaircis la gorge. *Ça ne vous regarde pas.* Ça me fait bizarre.

— Je voulais simplement lui dire que je vais m'absenter pendant quinze jours et qu'il ne s'inquiète pas. Je l'appellerai dès que je serai arrivée.

— Vous partez ?

Est-elle soulagée ?

— Juste quinze jours.

— Ça vous fera du bien, compte tenu de ce qui s'est passé.

— Eh bien, je…

— En fait, je pense que ça fera du bien à tout le monde.

— Pardon ?

— Je ne savais pas comment vous le dire, mais vos appels commençaient à me donner du souci.

— Du « souci » ?

Non !

— Je m'inquiète de leur effet sur Lucas.

— Quels effets ?

— Après qu'il vous a parlé, il se renferme, il ne mange plus, il ne parle plus. Cela peut prendre des heures pour qu'il s'apaise.

— Je vois.

Mon Dieu.

— J'espère que vous ne m'en voudrez pas d'être franche avec vous…

— Pas du tout.

— Tout ce que nous voulons, c'est son bien, n'est-ce pas ?

Surtout toi.

— Bien entendu…

— Pourquoi ne rappelez-vous pas dans deux ou trois jours, le temps de vous installer ? Et de le laisser souffler un peu.

Ce n'est pas toi, le problème, c'est moi.

— D'accord.

Ma voix est à peine audible.

— Et où allez-vous donc comme ça ?

Maintenant que le délicat problème de l'amie de la mère morte de Lucas est réglé, la voilà pleine d'entrain.

— Dans le Vermont.

— Il paraît que c'est très beau à cette époque de l'année.

Elle est tout sourire et mielleuse. Comme je ne réponds pas, elle enchaîne.

— Vous partez seule ?

— Non, j'y vais avec un ami.

— C'est bien. L'été peut être insupportable en ville, surtout maintenant avec…

— Oui, vous avez raison.

— Bien, je ne manquerai pas d'informer Lucas que vous avez appelé pour lui dire au revoir.

Ça te plairait que je lui dise au revoir une bonne fois pour toutes.

— Merci, et…

— Profitez bien de vos vacances alors. Au revoir !

Clic.

— … dites-lui que je l'embrasse bien fort, dis-je dans le vide.

Nous avons décidé de partir deux semaines. Deux semaines loin des médias, de la police et du public, loin des intrigues, des spéculations, des théories conspirationnistes et de la curiosité brûlante des gens qu'attise le côté stigmatisant et sordide de mon histoire, deux semaines loin des gros titres et surtout, loin des souvenirs. Deux semaines durant lesquelles nous échapperons à la fournaise de la ville, au soleil qui infuse les moindres recoins et fait fondre l'asphalte des trottoirs. À présent, la ville est laide et retrousse ses babines. Autant avant nous étions tous ensemble unis contre quelque chose, autant maintenant, depuis qu'une erreur a été commise, qu'un faux coupable a été désigné et qu'une autre femme est morte, les choses se sont délitées.

Nous avons dû nous rendre à l'évidence : le cauchemar n'est pas fini, il ne finira jamais et personne, absolument personne, n'est en sécurité. La police n'inspire plus confiance. N'importe qui peut être le tueur. Chacun d'entre nous est suspect, chacun est devenu un suspect.

Deux semaines. J'ai demandé la permission de quitter mon boulot. Ils ont accepté. De toute façon, je ne faisais qu'un remplacement. Ils ont trouvé quelqu'un d'autre. Ils ont compris que j'avais besoin d'échapper à :

LA RESCAPÉE

Deux semaines pour qu'on m'épargne :

ÉPARGNÉE PAR LE FAUCHEUR

— Est-ce que tu vas vendre ton histoire ?

Seule Megan est assez culottée, assez ignoble, pour oser me poser une telle question. Ma réponse négative la fait soupirer. Ce n'est pas mon histoire, c'est celle d'Andrea, et Andrea morte, mon histoire à moi n'est que du vécu imprégné de son sang.

Maintenant, les gens quittent la ville, fuient, détalent, s'envolent. Et nous deux faisons de même.

Nous devons être en mesure de vous contacter, a déclaré la police. *Tant que vous serez joignable…*

— C'est une bonne idée, moi aussi je partirais si je pouvais, m'a dit Sasha.

— Attends, c'est qui, ce mec ? Qu'est-ce que tu sais de lui ? me demande Liz. Je croyais que tu sortais avec David ?

David et moi sommes allés prendre un café ensemble. C'était en milieu d'après-midi, aux alentours de 16 heures. Comme nous ne trouvions pas d'endroit qui nous convenait à cette heure un peu bâtarde, nous nous sommes finalement rabattus sur un petit restau de quartier où nous avons commandé des cafés. Nous nous sommes assis et avons parlé un instant de la pluie et du beau temps. Puis j'ai pris mon courage à deux mains et je lui ai dit. Je me suis presque étouffée avec les mots, mais j'ai fini par réussir à parler, sans pouvoir toutefois soutenir son regard. Ce n'est qu'après que j'ai pu lever les yeux sur lui.

Pendant un long moment, le visage impassible, il n'a rien dit. Seule s'entendait la musique qui passait en bruit de fond, un air des années 60.

— Je sais que Sael t'a parlé, mais je voulais que tu l'entendes aussi de ma bouche et que tu saches à quel point je suis désolée.

— C'est tout ce que tu voulais me dire ?

— Oui.

— Très bien. Dans ce cas, à mon tour de parler.

Sa voix est douce, neutre et posée.

— Je ne veux plus jamais te revoir ni avoir de tes nouvelles ou être contacté par aucun de vous deux. (Il me regarde avec calme, sans sourire.) Suis-je assez clair ?

Je tremble.

— Oui, parfaitement clair.

Il s'est levé, a déposé quelques pièces sur la table, puis il est sorti.

Je suis restée assise. Des chansons s'égrenaient. De la condensation s'était formée sur le verre et des gouttes de rosée glissaient le long de la paroi.

— Vous désirez autre chose ? m'a demandé le serveur.

— Non, rien, merci.

Je crois que ça a été encore plus dur pour Sael. Je ne lui ai pas demandé ce qu'ils se sont dit. Je n'ai pas osé. C'est la seule chose dont nous ne discutons pas.

Quand je lui dis : « J'ai l'impression que nous sommes des fuyards », il me répond : « C'est la réalité. »

Tout le monde, et pas seulement Cheryl Kaskow, est soulagé d'apprendre que je serai absente un moment, est content que je m'en aille. La peine est un fardeau. Une chose gênante, sale en quelque sorte.

« Tu es en état de stress post-traumatique », « Cela prendra du temps ». Voilà ce que tous me disent.

« Sael, ce n'est pas banal comme prénom. » Quand ma mère dit : « pas banal », en réalité, ce qu'elle veut savoir, c'est : *Est-il comme nous ? Un Blanc de la classe moyenne ?* « En tout cas, ma chérie, il faut bien reconnaître qu'après ce qui est arrivé, il est tout à fait normal que tu aies envie de changer d'air. »

C'est de l'assassinat d'Andrea dont il est question avec « ce qui est arrivé » et « après ce qui est arrivé ».

— Appelle-moi si tu as besoin de quoi que ce soit, conclut-elle.

Nous savons toutes les deux que je n'en ferai rien. Elle n'a pas encore prononcé le nom d'Andrea ni demandé des nouvelles de Lucas.

Lucas, mon petit lapin.

J'ai l'impression que le système l'a englouti tel un bagage égaré, trimbalé d'aéroport en aéroport. Que le « temporaire » est devenu permanent. J'appelle le bureau d'Andrea, je téléphone à un cabinet d'avocats que me recommande Sael, je contacte les services sociaux, j'arrose tout le monde d'e-mails et chaque fois, je me heurte à un mur.

En l'absence de tout document nous permettant de connaître les intentions du parent défunt, nous sommes dans l'impossibilité de faire avancer ce dossier.

Verbatim d'avocat :

Le document a été temporairement égaré, mais nous faisons tout ce qui est en notre pouvoir pour résoudre le problème.

Sauf que le problème est un petit garçon qui n'a plus de mère. Un orphelin de quatre ans, son avenir coincé quelque part dans un dossier cartonné. De toute façon, je ne pourrais pas être d'une grande aide ; je suis moi-même à la dérive.

Lorsqu'il m'a fallu faire mon sac, Sael est venu avec moi. Hors de question que je me retrouve seule dans cet appartement. Nous n'avons pas beaucoup parlé. J'ai fait aussi vite que j'ai pu. Les lieux finissent par absorber l'esprit des gens qui y habitent. Andrea n'est plus, mais l'endroit regorge de souvenirs. Quand je passe devant sa chambre, malgré moi, je retiens ma respiration. Comme lorsque je passe devant un cimetière. Je prends mes bijoux, la plupart de mes vêtements. Je ne regarde pas le coin de la chambre. Je ne regarde pas si les pennies sont toujours là.

Quels pennies ? Il n'y a pas de pennies.

Après, je me saoule. Je me saoule et je pleure, pleure, pleure et pleure encore tandis que Sael me tient dans ses bras. Mes larmes se tariront-elles un jour ?

— Et merde, fichons le camp d'ici, me dit Sael.

— OK, OK.

— Vas-y, m'encourage Michelle. Tu as besoin de faire un break, mais donne de tes nouvelles.

— Tu peux m'appeler à n'importe quelle heure du jour et de la nuit, tu le sais ? m'assure Liz.

Oui, je le sais. Ces deux-là sont mes amies des coups de fil à 2 heures du matin ; des filles sur qui je peux compter.

Je n'ai aucune nouvelle de mon père. Est-il toujours en vie ? Se soucie-t-il du fait que moi-même je le sois ?

Partir ne peut pas faire de mal. Laisser derrière soi les rues qui servent de macabre terrain de jeu au Faucheur ne peut pas faire de mal ; ces rues qu'il écume tel un chien enragé, dans lesquelles personne n'est en sécurité, pas plus hors de chez soi qu'*à l'intérieur*. S'il t'a pris pour cible, rien ne l'empêchera de t'attraper.

On a retrouvé le corps d'une nouvelle fille. Ashley Miller. Sur son lit, dans un studio situé dans le quartier de Carroll Gardens, ses lunettes de style rétro toujours sur son nez.

En attendant, je continue à regarder sous le lit. Dans le placard. Le pire, ce sont les rêves. Je me réveille en tremblant, baignée de sueur. Sael est toujours là. Me berçant jusqu'à ce que je me rendorme. Ne me lâchant pas avant que mes paupières ne se soient refermées.

Pour l'instant, je n'arrive pas à me souvenir de mes cauchemars, mais je pressens que ça va bientôt changer.

Quinze jours, un endroit que je ne connais pas. Un endroit avec des arbres. Un endroit loin d'ici, où je pourrai respirer. Alors nous prenons la voiture et roulons un long moment.

Nous y sommes.

J'adore cet endroit.

L'air sent bon, la brise est plus fraîche. Même la nourriture a meilleur goût. La viande est plus *viandée*, les tomates plus *tomatées*. Nous buvons plus de vin, nous buvons plus de bière, nous buvons des litres de thé glacé, de citronnade et de mélange thé glacé-citronnade. Sael dit en riant que nous devrions commercialiser ce mélange, qu'on ferait un carton.

Nous jouons aux cartes, parfois ensemble, parfois chacun dans notre coin. Si l'on excepte le vieux poste de télévision qui boude, délaissé dans un coin, nous sommes totalement coupés du monde. Nous lisons. De temps en temps, je lis des passages à voix haute, sinon, je lis en silence.

Nous paressons dans les transats de la terrasse sur laquelle donne notre chambre. Nous lézardons sur les serviettes élimées posées sur le sable sombre qui borde le lac. Nous nous laissons bercer par la balancelle. Nous nous affalons de tout notre poids sur de vieux canapés jaunes et verts qui grincent en signe de protestation.

Nous marchons ; parfois, nous faisons de simples promenades à travers les bois, sans trop nous éloigner du bungalow, d'autres fois, nous sommes plus ambitieux et nous partons en randonnée, à l'assaut de chemins ardus, un but en tête. Nous nageons, en maillot la journée, nus le soir tombé, sous un ciel piqué d'étoiles tandis que l'eau fraîche lape notre corps. Nous nous sentons alors comme des hors-la-loi et l'eau nous semble plus soyeuse, le fond plus vaseux.

Au crépuscule, nous enduisons nos corps de répulsif pour insectes. Nous allumons de grandes bougies à la citronnelle en espérant, sans vraiment y croire, qu'elles suffiront à décourager les moustiques. Ceux-ci tournoient autour de nous, mais nous les ignorons – problème ignoré, problème envolé. Il y a aussi des lucioles, comme autant de petites étincelles dans la nuit et, une ou deux fois même, une chauve-souris virevoltant dans le ciel. Les petits cris aigus que j'ai poussés en me couvrant la tête de mes mains ont bien fait rire Sael.

La bourgade située en contrebas de notre bungalow compte plusieurs restaurants qui servent de la cuisine familiale et un bar sombre et lambrissé où l'on peut jouer au billard. Ses murs sont couverts de ramures de cervidés et d'affichettes sur lesquelles sont imprimées diverses maximes horripilantes. À côté de pièges à touristes, on trouve également quelques endroits authentiques, comme ce fantastique café qui sert de délicieux expressos. C'est là que Sael va pour travailler.

Il y a aussi un marché paysan pour ceux qui apprécient, ce qui est mon cas, contrairement à Sael. L'endroit est très vivant, du moins en été, et l'on peut aussi assister à des concerts et visiter diverses foires artistiques dans les environs. Au cas où nous commencerions à trouver le temps long, je ramasse plein de prospectus qui nous invitent à faire toutes sortes d'activités. Mais nous n'en avons pas besoin. Nous ne nous ennuyons pas. Nous avons pris deux semaines pour changer d'air, nous reposer, panser nos blessures.

Je cuisine. Des plats faciles : des salades, des hamburgers, des soupes froides. Parfois, je rejoins Sael au café et y sirote un moka glacé. La plupart du temps, cependant, je reste au bungalow. Là, je n'ai jamais peur. Je ne me sens pas seule. Je suis calme. Je suis en sécurité. Je dors, je fais de petites balades, je barbote au bord du lac que Sael appelle le trou de pêche. Je lis. Je fredonne de vieilles chansons pop. Je n'ai pas besoin de faire grand-chose. Sael et moi sommes seuls au monde.

Progressivement, les choses se remettent en place. Petit à petit. J'ai un petit flacon qui contient des cachets blancs. Je suis prête à en prendre, à faire n'importe quoi pour que les mauvais souvenirs et les cauchemars disparaissent. Je ne me souviens toujours pas clairement de ces derniers, mais ils me laissent épuisée, en nage. La première et la deuxième nuit, j'ai pris un cachet, mais la troisième j'ai oublié, ce qui ne m'a pas empêchée de dormir profondément. Un miracle. Un miracle que je ne cherche pas à comprendre.

Ici, dans les bois, et plus haut dans la montagne, la réception est assez mauvaise. On arrive à capter un signal à certains endroits, notamment près du lac, mais, dans l'ensemble, on est plus souvent hors réseau que connecté. Ce qui ne me manque pas : je me passe très bien des appels incessants des médias, de ceux de mes amis bien intentionnés ou de mes connaissances avides de ragots. Sauf que maintenant, cela fait une semaine et deux jours que je suis ici. Et je fais les cent pas, donnant des coups de pied dans le gravier tandis que le soleil me chauffe la nuque et les bras.

Pourvu que ce soit Lucas qui décroche !

Si c'est elle, je dirai juste *Bonjour Cheryl, cela fait un peu plus d'une semaine* – vous voyez… vous voyez comme je sais me tenir, comme je me fais discrète, comme je profite du soleil du Vermont *– et je me disais que j'allais prendre des nouvelles de…*

Léger, le ton, léger.

Bonjour Cheryl ! Comment allez-vous ? J'attendrai qu'elle réponde et puis je dirai : *Cela fait presque deux semaines, et je me demandais comment allait Lucas…*

Espèce de garce, passe-moi Lucas.

Quelqu'un a décroché.

— Allô ?

Je me lance.

— Bonjour, Cheryl, comment allez-vous…

— Kat ?

Je suis désarçonnée.

— Kat ?

— Lucas ! *Merci, mon Dieu, merci.* Coucou, mon lapin ! Comment vas-tu ?

— Ça va.

Sa voix est basse, éteinte.

Je change de ton.

— Qu'est-ce qui ne va pas ?

— Ça fait très longtemps que tu m'as pas appelé.

— Mon poussin. *(Qu'elle aille se faire voir, cette conne, cette foutue conne.)* Mon petit poussin, je t'ai appelé. Mme Kaskow ne t'a pas dit que je partais en voyage ?

— Non.

— Eh bien, quand je t'ai appelé, elle m'a dit que tu étais sorti… que tu t'amusais, ajouté-je sans conviction.

Il ne répond pas.

— Où est-elle maintenant, mon lapin ?

— Elle fait la sieste.

Dieu merci !

— Parfait ! Comme ça je vais pouvoir te parler à toi tout seul !

Exagérément enthousiaste, mon ton sonne faux.

— Oui…

Il n'a pas l'air convaincu.

— Comment vas-tu ? Qu'est-ce que tu as fait aujourd'hui ?

— Rien.

Je n'aime pas ce que j'entends, la façon dont il parle.

— Rien du tout ?

…

Lucas, s'il te plaît, parle-moi.

— Ça n'a pas l'air très amusant.

— Kat ?

— Oui, mon poussin ?

— Quand est-ce que tu viendras me voir ?

Mon Dieu…

— Oh, mon petit chou…

Dans ma tête, j'entends sa voix : *Cela peut prendre des heures pour qu'il se calme.*

Si jamais elle apprend qu'on s'est parlé, jamais plus elle ne me laissera l'appeler à nouveau. Qu'est-ce que je dois dire ? Bon sang, qu'est-ce que je dois dire ?

— Pourquoi tu viens pas maintenant ?

Il est au bord des larmes.

Comment répondre à ça ? Que dire ? Que faire ?

— Lucas, dès que je rentre, je viens te voir, d'accord ?

Au diable Mme Kaskow, qu'elle pense ce qu'elle veut.

Au bout du fil, je l'entends : un minuscule soupir. Cela me brise le cœur de me dire qu'un petit de quatre ans puisse avoir une raison de soupirer ainsi.

— OK.

— Mon poussin, je peux te poser une question ? Je préférerais ne pas te demander ça, mais j'ai besoin de savoir.

— Oui, quoi ?

— Comment vont les dames ? Tu les as vues récemment ?

— Non.

Il semble sincèrement surpris. Quant à moi, je suis soulagée de constater que cette question a réussi à le distraire de sa tristesse, au moins un instant.

— C'est bien, non ? dis-je pour tâter le terrain.

— Non… (Il hésite.) Parce que les dames, elles sont avec toi, maintenant.

— Ah…

Ma voix est normale, mais mon sang n'a fait qu'un tour et j'ai tout à coup la chair de poule.

— Qu'est-ce qui te fait croire ça ?

J'ai très envie de regarder derrière moi. *Si je le fais, que verrai-je ?*

— Elles veulent s'occuper de toi.

— C'est gentil.

S'occuper de moi, c'est-à-dire ? Me régler mon compte ?

— Kat ?

— Oui, Lucas ?

— Elle me manque. Maman me manque.

— Mon poussin…

Ma gorge se serre, les yeux me picotent. J'ai du mal à déglutir.

— Je sais qu'elle te manque. À moi aussi, elle me manque.

Je donnerais n'importe quoi pour pouvoir le serrer dans mes bras, pour l'empêcher de pleurer, alors je réfléchis intensément, puis je lui dis :

— Toc, toc ! Qui est là ? C'est Pilou. Pilou qui ? Pilou Face.

…

— C'est Sael qui m'apprend ces blagues, dis-je pour meubler le silence. Tu veux que je t'en raconte une autre ?

— D'accord.

— OK. Toc, toc ! Qui est là ? C'est Agathe. Agathe qui ? Agathe a feeling that tonight's gonna be a good good night.

— C'est quoi cette chanson ?

Dans sa bouche, cette question sonne comme un reproche.

— C'est pas une chanson pour enfant.

— Ah bon ? C'est pas ce que m'a dit Sael, pourtant !

Et là, comme par magie, j'entends un petit gloussement à l'autre bout de la ligne. Je ferme les yeux, chassant les larmes qui en ont jailli.

— Voilà qui est mieux. Voilà ce que j'aime entendre.

— Kat ?

— Oui, mon lapin.

— Tu me promets que tu vas vite venir me voir ?

Une grosse boule se forme dans ma gorge. *Ce gamin me tue.*

— Je te le promets.

— Super.

— Écoute, il vaudrait mieux que tu raccroches maintenant. *Avant qu'elle ne se réveille et qu'elle m'interdise de te parler à nouveau.*

— Elle dort toujours.

— Quoi ?

— Mme Kaskow.

Comment est-ce qu'il sait ça ?

— Dans ce cas…

— Mais elle va bientôt se réveiller.

— Peut-être qu'il vaut mieux ne dire à personne qu'on s'est parlé aujourd'hui.

Bravo, Katherine, continue comme ça à l'inciter à mentir.

— Ça sera comme un secret ?

— Exactement. Ce sera notre petit secret.

Beurk, un pervers n'aurait pas dit autre chose.

— Kat, tu me racontes une autre blague de toc, toc !?

— OK, juste une. C'est parti. Toc, toc ! Qui est là ? C'est Harry. Harry qui ? Harry Cover.

Il rit.

— T'es drôle, Kat.

— Je-ssie, Je-ssie.

Il glousse à nouveau.

— Je t'embrasse très fort, Lucas.

— Moi aussi, Kat.

Il a raccroché.

Je vois Sael qui marche sur le sentier et se dirige vers moi. Il ouvre les bras. Je me blottis contre lui.

Nous restons ainsi un long moment sans rien dire.

Puis il m'interroge :

— Ça ne s'est pas super bien passé, je me trompe ?

— Non.

Comme je garde mon visage pressé contre sa poitrine, ma voix est étouffée.

— Je suis désolé.

— Je ne sais pas quoi faire, je n'ai aucun moyen de l'aider. Il me demande quand je vais venir le voir. Elle ne lui a même pas dit que j'avais appelé. C'est vraiment affreux qu'il doive rester chez cette bonne femme !

— Effectivement, soupire-t-il. C'est vraiment incroyable qu'on n'ait pas encore retrouvé ce document.

— Je sais. C'est invraisemblable.

Nous avons déjà discuté de nos options pendant des heures, essayant chaque fois d'être pragmatiques, de rester calmes. Malgré tout, chaque fois que nous abordons ce sujet, la rage et l'incrédulité me submergent.

— Est-ce qu'au moins on a retrouvé quelqu'un de sa famille ?

— La demi-sœur d'Andrea, paraît-il.

— Elle n'était pas là le jour de l'enterrement, si ? Je ne me rappelle pas l'avoir rencontrée.

— Elle s'est manifestée une semaine plus tard. Apparemment, elle planait complètement. En fait, elle est droguée jusqu'aux yeux et espère récupérer la garde de Lucas pour pouvoir mettre la main sur l'argent qui va avec.

— Mon Dieu !

— Ouais, c'est horrible.

Il se tait un instant, puis me dit :

— Toc, toc.

— Qui est là ? réponds-je d'une voix larmoyante.

— C'est Jean.

— Jean qui ?

— Jean t'aime.

— Moi aussi, Jean t'aime.

C'est vrai. J'aime ce Sael, ce Sael tendre et aimant qui me tient serrée contre lui dans le noir. Qui me laisse pleurer. Qui ne lève pas les yeux au ciel ni ne soupire quand je vérifie pour la énième fois qu'il n'y a rien sous le lit ni dans le placard. Qui n'essaie pas de me faire croire que je suis folle ni ne me fait sentir que je suis un fardeau. Ce qu'il y avait de tranchant et de glacial en lui s'est dissous. En plus d'être toujours honnêtes l'un envers l'autre, nous sommes maintenant bienveillants.

— Partante pour une glace ?

— Partante.

Comme tous les soirs, nous nous installons sur la terrasse et dégustons notre glace, éclairés par la flamme vacillante des bougies à la citronnelle autour desquelles virevoltent des papillons de nuit. Puis nous nous laissons sombrer un peu plus dans nos transats dépareillés, un verre de vin à la main. La température chute et, protégés du froid par de vieilles couvertures, nous admirons la voûte céleste. Sael me nomme les étoiles et je fais semblant de l'écouter. J'aime le son de sa voix, mais je sais très bien que je ne retiendrai pas le nom de ces astres indifférents. De toute façon, les noms ne servent qu'aux êtres humains.

Alors que je suis sur le point de m'endormir, Sael s'adresse à moi.

— Katherine ?

À son ton hésitant, je devine qu'il a quelque chose d'important à dire.

— Oui ?

Il se penche en avant, puis se redresse. Dans sa main, il tient une boîte. C'est un petit coffret en bois sombre au grain fin, sculpté à la main, un objet parfait. Je le prends. Le toucher est doux.

— C'est magnifique. C'est fait dans quel bois ?

— Du bois de rose. Ouvre-le.

Un instant, mon cœur cesse de battre.

Le coffret contient un objet brillant qui semble flotter dans l'obscurité. Je ne distingue tout d'abord qu'un cercle, puis mes doigts détectent des aspérités, des écailles. Je suis leur tracé. La pointe de la broche ressemble à une épée miniature. Le métal brille comme s'il était habitué à la lumière de la lune, à celle des bougies. Une chaîne en argent, aussi fine qu'un fil d'araignée, est enroulée autour.

— Tu peux la prendre dans ta main.

D'ordinaire si ferme, la voix de Sael tremble légèrement.

Je sors la broche du coffret. Alors que je considère ce serpent aux écailles luisantes dont la bouche dévore la queue, je respire avec difficulté. Comment s'appelle un tel emblème déjà ? J'ai oublié. Cela me reviendra. Je la retourne entre mes doigts, sens ses aspérités. La broche est petite mais dense. Le serpent est serti de six pierres précieuses, une à la place de l'œil et cinq qui ornent sa queue. Dans l'obscurité, il est impossible de deviner leurs couleurs, elles paraissent toutes noires. Cet objet que je tiens dans ma paume est parfait.

— C'est…

C'est un ouroboros.

Je repense à David penché sur mon épaule alors que j'admirais un manuscrit exposé dans une salle faiblement éclairée de la Morgan Library.

— … une fibule. Les Romains s'en servaient pour attacher leurs vêtements. Ils plantaient l'aiguille (il tapote la minuscule épée) dans le tissu pour maintenir leur cape en place.

— De quelle époque date-t-elle ?

Je n'arrive pas à détacher les yeux de cet objet.

— Oh…

Il sourit, mais je sens qu'il est un peu embarrassé.

— C'est assez vieux. Ça fait des générations que c'est dans ma famille. Sauf la chaîne de cou, ajoute-t-il avec fierté. Ça, c'est moi qui l'ai fait faire.

Ça se voit. La délicate chaînette brille comme du métal neuf, contrairement à la broche en anneau qui, si ça se trouve, est plus vieille que Jésus-Christ. Ce sont des milliers d'années que je tiens au creux de ma main, qui caressent ma peau.

La chaînette supportera-t-elle le poids de l'anneau ? Délicatement, je laisse ce dernier pendre et se balancer au bout de la chaîne. Celle-ci a beau être très fine, elle est solide. Sael prend ma main libre dans la sienne et s'agenouille devant moi. Il est comme un chevalier en jean et pull-over. Au lieu de paraître ridicule, la situation est solennelle.

— L'ouroboros est censé représenter l'infini, le renouveau perpétuel des choses, dit-il.

Puis il ajoute :

— Katherine, acceptes-tu de porter ce bijou ?

Nous sommes rarement conscients des actes qui façonnent réellement notre vie. Je suis encore blessée, convalescente, mais un instant, tandis que les portes s'ouvrent grand, je vois tout : ce qui s'est passé, le lit et la trahison, puis Sael sur l'escalier de secours, suppliant que je le laisse entrer. Je repense à mes sous-vêtements dispersés par terre et à la première fois que j'ai entendu parler de Sara. Au visage pâle et impassible de David. À Margot murmurant quelque chose à l'oreille de Sael et à la cruauté des jeux auxquels nous nous sommes adonnés. Puis je pense à tous ces jours calmes que nous venons de passer ensemble, aux nuits, aux journées, à la douceur, à mes pieds sur ses jambes, à sa tête sur mes genoux, au vide qui s'installe dans la pièce quand il n'est pas là, à ses bras qui m'entourent, à nous deux qui lisons doigts entremêlés ou qui sommes allongés dans l'obscurité, à la terreur de le perdre, à la vie retrouvée, à tout ce que nous réserve l'avenir. Les rires, les repas partagés, les récriminations, les réprimandes, les voyages en voiture, les disputes, les éclats de colère, les cœurs brisés, les réconciliations, les rappels, les blagues qui ne feront rire que nous, les balades que nous ferons ensemble et séparément, les moments où nous flânerons et peut-être, peut-être, peut-être une famille, des enfants, un enfant que nous aurons ensemble, à nous deux, qui sera nôtre, à nous, une famille, et sa bouche est solennelle, son regard rendu sérieux par le côté définitif de sa question, mais aussi rempli d'espoir et de lumière.

— Acceptes-tu de le porter aujourd'hui, demain et pour toujours ?

Le lac, les insectes, l'homme agenouillé devant moi – le monde entier retient son souffle et attend en silence, attend ma réponse.

LORSQUE LA JEUNE MARIÉE VIT LE gobelet en or, elle se remémora les paroles de la vieille femme rencontrée dans la forêt. Comme elle aspirait à être une épouse parfaite et à donner plusieurs fils au seigneur de Villias, elle sortit de sous ses jupes le petit paquet que lui avait remis la vieille et qu'elle avait caché là en attendant le jour de ses noces, et versa la poudre granuleuse dans le gobelet de vin. Puis elle récita la formule que la femme lui avait apprise :

De chant à chant
De peau à peau
Des lèvres à la tasse
Du cœur à l'aile
D'os à os
Du jour à la nuit
De sang à sang
Qu'advienne le souhait.

Ces paroles proférées, elle but le vin d'un trait.

21

Tu es assis dans la pénombre d'un bar mal éclairé. Les petites fenêtres encrassées sont un défi lancé à la lumière naturelle. Le juke-box diffuse une chanson de musique country des plus mélancoliques. Une femme chante son histoire d'amour avec un homme qui prétend l'aimer, mais la maltraite. Maintenant que tu as bu et t'es recueilli, il est temps de porter un toast.

Avant l'Ultime Chasse, tu as pris l'habitude de porter un toast en l'honneur de ton Agent. Après, tu n'auras pas le temps.

Comparés à ceux d'avant ton arrivée, les problèmes auxquels ton Agent a dû faire face étaient aussi insignifiants qu'un grain de poussière dans l'œil d'un nourrisson. Il n'avait jamais connu ni la souffrance ni la faim ni la soif ni la douleur.

Tu es très reconnaissant que cet Agent ait été particulièrement bon. Dans la fleur de l'âge, séduisant, fort. Les jolis minois attirent la bonne fortune et la vie est plus facile pour ceux qui sont beaux.

Tu repenses à ceux que tu as utilisés par le passé, en des temps plus sombres, marqués par la guerre et la famine, par des conditions de vie dures et brutales. Par comparaison, ce dernier Agent a vraiment tout pour lui : l'époque dans laquelle il vit, l'endroit où il habite, son niveau d'éducation et son intelligence, sa santé florissante, sans oublier le bonheur et le succès. Il t'a incroyablement simplifié la tâche.

Ah oui, et puis il y a la ville ; tu l'as tant aimée !

Toi qui as couru sur des routes caillouteuses, chevauché sur des voies pavées couvertes de déjections animales, traversé des mers furieuses et sué dans des déserts, ici tu flânais dans des rues brillantes, le revêtement lisse des trottoirs s'étendant sur des kilomètres et des kilomètres. Comme il va te manquer, ce monde, ce maintenant parmi tous les maintenant, ce présent, cette époque où tout fonctionne grâce à des flots de zéros et de un. Voyager et discuter, écrire, tout se sait et donc tout le monde peut savoir.

Quelle époque que ce XXIe siècle, lumineux, brillant, terrible, authentique ; tout à toi si tu le désires.

Alors oui, tu es reconnaissant et peut-être même un peu sentimental. Les adieux sont toujours tristes et une fois que tu seras parti, il ne durera pas longtemps. Car quand tu les quittes, tes Agents plongent immanquablement dans la folie, leurs oreilles emplies de cris, leur mémoire des témoins involontaires de tous ces visages qui supplient, maudissent, implorent, des entailles et du sang qui coule. Il est arrivé que certains s'arrachent les yeux, se coupent les oreilles, se tranchent la main, en vain : ils sont prisonniers de leur tête, ils voient et entendent tes actes sanguinaires qui tournent en une boucle sanguinolente dans leur esprit. Pour que tu puisses pleinement prendre possession d'eux, tes Agents doivent être innocents. Ils doivent être exempts de toute malignité, de toute pensée ignoble ou meurtrière, de tout désir de faire le mal. Ils doivent être des outils propres qui te permettent d'accomplir ton travail. Tu les as si bien retournés et façonnés qu'il leur est impossible de supporter leur enveloppe mortelle à présent souillée.

Toi qui es immortel, tu portes un toast en l'honneur de ce cadeau immense et gaspillé, terrifiant et délicieux qu'est la mortalité, tandis que tes Agents choisissent de mettre fin à leur propre vie, chandelles qui n'ont plus qu'une hâte : qu'on les souffle. Ils sautent dans le vide, s'abandonnent aux flots sombres, s'emparent de couteaux et laissent la vie s'épancher de leur corps tandis que toi, assuré d'agir pour le bien, tu t'épanouis.

Tes Agents ne comprennent pas que le sang doive être versé, que toutes ces couleurs doivent être consommées. Contrairement à toi, ils ne jouissent pas de chaque seconde, de chaque goutte. Ils ne comprennent pas qu'en chaque fluide il est une vérité, ni non plus ne voient la beauté de la pourriture. Ils n'aiment pas le sang. Il ne leur est pas donné de connaître la mission qu'ils te permettent de remplir, les raisons de ton existence. C'est mieux pour eux ainsi.

Bien sûr, il est arrivé que certains de tes Agents se fassent attraper avant de pouvoir mettre fin à leurs jours. Après ton départ, ils se mouvaient avec trop de lenteur, stupéfaits d'horreur, malades, en état de choc. Alors qu'avant ils finissaient lynchés par la foule, ce qui valait mieux, maintenant il y a la médecine moderne, des professionnels qui se demandent *pourquoi*.

Ce qui est tout aussi dénué de sens que de questionner un homme de paille, de réprimander une coquille vide, de fracasser au sol un pichet à sec.

Car chaque Agent ne fait que dire l'entière vérité lorsqu'il déclare : « Je ne sais pas. »

Tu leur es donc reconnaissant, de même qu'à toutes ces femmes qui t'ont donné leurs couleurs. Chaque entaille sur leur corps est une consécration, chacun de leur cri un poème, chaque sacrifice un chant. C'est grâce à leurs nuances infinies de couleurs, à l'éclat de leurs teintes, que tu peux rester et rechercher le Vaisseau.

Et pour finir, un toast au Vaisseau. À Katherine, Katherine qui t'a sorti du néant et qui t'y renverra lorsqu'elle mourra. De toutes celles, innombrables, que tu as eues, elle aura été celle que tu auras attendue avec le plus d'impatience. Car le raisin doit mûrir sur la vigne. Pas question de devancer le temps des vendanges ; le moment de tirer le vin viendra bien assez tôt.

Tu entonnes donc maintenant une petite chanson en l'honneur de Katherine.

Katherine, ma Katherine,
Je t'ai aimée plus que toute autre.
Ton cœur est rouge, aussi rouge que rouge,

Et à l'appel je dois répondre.
Katherine, ma Katherine,
Je t'ai tellement aimée.
Bois et remplis ma coupe à nouveau
Car il est bientôt temps que je m'en aille.

Remplis ma coupe à nouveau
Car il est bientôt temps que je m'en aille.

22

Je me réveille en sursaut. Combien de temps ai-je dormi ? Se réveiller en plein après-midi, surtout après un rêve vivace, est toujours étrange. Je transpire. Le songe, un instant encore si riche de détails, si réaliste, commence déjà à s'estomper, des pans entiers se dissolvant dans la lumière déclinante. La sueur est en train de refroidir sur mon corps. Les oiseaux chantent. Je vais aller me baigner.

Que j'aie fait la sieste n'a rien d'étonnant. Tôt ce matin, je me suis réveillée avec la ferme intention d'exulter à loisir. *Cet homme est mien. Ses cheveux bruns et ses yeux. Ses lobes d'oreilles et son nez, ses cils. À moi, à moi seule et rien qu'à moi.* J'exulte à la vue de son dos imberbe, de chacune de ses fesses bien rondes. J'exulte en regardant sa poitrine qui contient son cœur ; celui-ci aussi est à moi, chaque battement une déclaration *j'aime, j'aime, j'aime, j'aime.* J'exulte à la vue de son corps élancé, de son pénis, relâché, doux et endormi ; celui-ci *est mien également* ; tout comme ses bras qui m'enserrent, ses doigts et ses pouces, ses pommettes et cet espace entre son épaule et son cou où je me blottis ; eux aussi *sont miens.* Son nombril, son menton. Sa peau, son souffle. Mon cœur grince et gronde sous le poids de tout ce que je possède à présent. C'est trop lourd à porter. J'essaie de me lever, mais ses bras, *qui sont aussi miens,* se resserrent autour de moi. Je le sens qui se réveille et se durcit contre moi. Sans un mot, il me couvre de son corps, puis me pénètre et nous nous mouvons de concert.

Sael est maintenant parti en ville, soi-disant pour faire des courses, mais je suis sûre qu'il est allé boire une bière au Deer's Head. Il aime son juke-box qui joue de vieux morceaux de musique ainsi que les habitués avec leurs têtes de chiens de chasse. Peut-être a-t-il envie de mentionner en passant, ou de façon plus solennelle, le fait que nous sommes dorénavant fiancés. *J'ai fini par me laisser mettre le grappin dessus. C'est bientôt que va commencer ma peine de prison. Me voilà condamné à perpet'*. Peut-être que quelqu'un paiera une tournée, ou, plus vraisemblablement, c'est lui qui paiera sa tournée, ce que les gens apprécieront parce qu'il est bien connu que les meilleures bières sont celles qui sont gratuites. Entouré d'hommes, il jouera à l'homme.

Je sens à nouveau le poids de la broche en anneau entre mes seins. Au début, je m'inquiétais que la pointe me pique, mais jusqu'à maintenant, rien de tel ne s'est produit. Il va falloir que je fasse bien attention à ce bijou ancien, au fardeau que représente cet héritage de Sael.

Je pourrais très bien appeler une copine pour partager la nouvelle, mais j'ai l'intention d'attendre un jour ou deux. J'ai envie d'être égoïste, de garder cette information pour moi comme si c'était un cadeau secret. Si je gratte un peu à l'endroit où je n'ai pas envie de regarder, je crois savoir pourquoi cette petite voix me dit de patienter. Quand Andrea a été UNE NOUVELLE VICTIME BRUTALEMENT ASSASSINÉE ! tuée, ma vie LA COLOCATAIRE ÉTAIT DANS L'APPARTEMENT ! est tombée dans le domaine public. Les photos de moi sur Internet, flatteuses ou non, ont été livrées en pâture. Dans le vain espoir d'effacer toute trace de mon existence virtuelle, j'en ai enlevé autant que possible et supprimé toute une série de liens, mais trop tard. Certaines informations ne pouvaient pas être retirées. Avant que j'acquière le réflexe de répondre « aucun commentaire » à toute question, quelques-unes de mes déclarations ont également été sorties de leur contexte. Voilà donc pourquoi la petite voix me dit d'attendre : cette nouvelle est mienne et celle de Sael, elle n'appartient à personne d'autre. Je n'ai par ailleurs aucun doute sur le fait que de me fiancer si tôt après la mort UN EFFROYABLE ASSASSINAT ! d'Andrea va me faire passer pour une fille sans cœur. Au minimum, les gens se poseront des questions. Ils seront polis au lieu d'être heureux. Je vais donc garder cette joie pour moi seule un peu plus longtemps avant de jeter la nouvelle en pâture sur la place publique où elle sera transférée de personne à personne comme un ballon de foot que le jeu finit par user et salir.

Je me dis que nous aurons bien le temps de prévenir tout le monde. Je me dis, comme tous les amoureux, qu'on a tout le temps devant nous.

Mais j'ai tort. À bien des égards, c'est en réalité le dernier jour. Sauf que je ne le sais pas encore. La seule chose que je sais, c'est qu'il fait encore chaud pour une fin d'après-midi et que j'ai envie d'aller faire trempette.

Le gravier crisse sous mes pas tandis que, vêtue d'un vieux bikini noir et d'un short blanc, je descends le chemin qui coupe à travers champs et forêt pour rejoindre le lac. Dans mon petit sac en coton, j'ai glissé une serviette de bain élimée, un Agatha Christie, mon portable, une serviette en papier et une prune. J'espère que Sael pensera à en racheter, car nous en raffolons tous les deux. À ce propos… quand je me remémore le poème de William Carlos Williams, l'excuse qu'emploie l'auteur me paraît quand même plutôt bidon[1]. J'ai pris mon téléphone parce qu'au bord du lac, il y a un endroit où il y a du réseau et je voudrais en profiter pour vérifier mes messages.

1. Écrit en 1934, *This Is Just To Say* est un poème très connu de William Carlos Williams dans lequel il demande pardon à sa bien-aimée de n'avoir su résister à la tentation de manger les prunes que contenait leur glacière.

De chaque côté du chemin, on entend le bourdonnement des insectes dans les prairies, leurs stridulations et leurs crissements, son statique vivant propice à l'assoupissement, caractéristique des après-midi à la campagne. Au-delà des hautes herbes, les bois s'étendent. *Ces bois sont beaux, sombres et profonds.*

Décidément, aujourd'hui j'ai l'âme poétique. Probablement un des effets collatéraux de l'Amour avec un grand A.

Pour arriver au lac, il faut quitter le chemin, prendre sur la gauche et passer sous quelques branches basses. C'est alors qu'on le découvre, finement ourlé de sable ferme et mouillé, avec, près de la rive, un énorme tronc recouvert de mousse étendu sur le sol et sur lequel on peut s'asseoir. C'est à l'abri de ce tronc que nous tirons le vieux canoë, ce qui a bien fait travailler mes bras. Je mets les pieds dans l'eau. C'est d'abord très froid, puis délicieux. Rien ne vaut une baignade en fin d'après-midi, la tête et les épaules caressées par les derniers rayons du soleil tandis qu'on nage dans une eau froide où quelques poches d'eau tiède sont tapies, suivie d'un moment de détente passé allongée sur une serviette à lire un roman d'Agatha Christie en dégustant une prune. Je reste là jusqu'à ce que les ombres s'étirent et que la fraîcheur monte de la terre.

Je me relève avec effort et commence à remonter vers le bungalow. Je suis à côté de la route lorsque mon téléphone se met à sonner. Je suis dans un endroit où la réception est bonne. Sael et moi, nous appelons ça « la chasse au trésor ».

— Allô ?

— Katherine !

La voix de David est étrange et, comme s'il se parlait à lui-même, il ajoute : Dieu merci.

Dieu merci ?

— David, je…

— Tais-toi, on n'a pas le temps. Sael est avec toi ?

Tais-toi ? Quelque chose ne va pas.

— Non, il…

— Où est-il ?

— Il est allé faire des courses. Il est probablement en train de boire une bière au Deer's Head. Pourquoi ? Tu as besoin de lui parler ?

Allez-vous redevenir amis ?

— Non, répond-il de façon si tranchante que je sursaute.

Mon cœur se met à battre très fort. J'entends David qui inspire.

— Écoute-moi bien, Katherine.

Il fait nettement plus froid maintenant. L'après-midi a cédé la place à la soirée. La nuit sera bientôt là.

— David, qu'est-ce qu'il y a ?

— Écoute-moi.

Sa voix n'est pas méchante, mais traduit une certaine impatience.

— Je suis en route, je ne vais pas tarder à arriver.

— Ici ?

— Je suis parti dès qu'ils m'ont appelé.

— Qui t'a appelé ? David…

— La police.

Mon sang ne fait qu'un tour.

— La police m'a appelé. Ils veulent parler à Sael.

— Quoi ? Mais pourquoi ?

— Ils ont des questions à lui poser en rapport avec le meurtre d'Andrea.

— Mais quel rapport avec Sael ?

J'aurais dû prendre un pull ou une serviette supplémentaire. Quelque chose pour me couvrir, me tenir chaud.

— Écoute-moi ! Je n'ai presque plus de batterie.

Je m'efforce de rester tranquille, de me concentrer.

— Ils m'ont appelé parce qu'ils n'arrivaient pas à vous joindre, ni lui ni toi.

Il semble en colère à présent.

— On a dit à tout le monde où on allait. J'ai donné l'adresse du bungalow, tu es déjà venu ici, tu sais très bien à quel point la réception est mauvaise ! De toute façon, c'est toi qui as dit que tu ne voulais plus jamais entendre parler de nous.

La peur m'a rendue venimeuse, irrationnelle, mais David fait comme si de rien n'était, apparemment déterminé à garder le contrôle de lui-même. D'une certaine façon, c'est encore plus effrayant, comme si se mettre en colère était une trop grosse perte de temps.

— Les flics disent qu'ils ont essayé de le joindre, mais que chaque fois ils sont tombés sur son répondeur.

Est-ce vrai ? J'essaie de réfléchir, mais la panique, pareille à un essaim d'abeilles, bourdonne à mes oreilles.

— Mais il a son téléphone, je l'ai vu prendre des appels.

— Katherine (il me parle doucement), je me borne à te répéter ce qu'ils m'ont dit. Ça fait au moins deux jours que les flics essaient de le joindre. Ils auraient trouvé ses empreintes.

Je déglutis avec peine.

— *Ses empreintes ?*

Il commence par ne pas répondre, puis il dit, chaque mot demandant un effort :

— Peut-être que ça ne veut rien dire.

Sauf que ça veut dire quelque chose. Sinon David n'aurait pas appelé.

Mes genoux se dérobent sous moi ; les abeilles bourdonnent de plus belle. Je m'assois au bord du chemin. Le gravier froid me picote le dessous des cuisses et il y a des fourmis. Tout cela m'est bien égal.

— Écoute, répète-t-il inutilement car maintenant, il n'a plus besoin de me demander de l'écouter.

Jamais de ma vie je n'ai écouté quelqu'un avec autant d'attention.

En réalité, rien n'existe plus que ce moment où, assise au bord du chemin, je presse le téléphone contre mon oreille.

— Je suis en route, dès que j'ai eu connaissance de la nouvelle j'ai sauté dans une voiture de location…

— Tu penses… (Je suis incapable de finir ma phrase.) Tu penses…

Ça ne se peut pas. Ça ne se peut pas.

Un moment, il reste silencieux, puis, à voix basse, comme s'il se parlait à lui-même plutôt qu'à moi, il ajoute :

— Pas une deuxième fois, pas après Sara…

— Sara ?

Je ne reconnais pas ma voix, elle est complètement désincarnée. C'est celle d'une inconnue.

— Qu'est-ce que *Sara* vient faire là-dedans ?

— Katherine, me dit-il d'une voix calme et maîtrisée qui me donne envie de hurler.

Dans une seconde, c'est certain, je vais m'y mettre.

— Katherine, qu'est-ce qu'il t'a raconté à propos de Sara ?

— Il m'a dit qu'elle avait été renversée par une voiture.

Silence au bout de la ligne.

— David ?… Allô ?… *Allô ?*

Paroles perdues dans le vide.

— Mon Dieu. (Il est presque inaudible, mais je perçois de l'incrédulité dans sa voix.) C'est ça, qu'il t'a raconté ?

Un soupçon d'espoir qui me rend malade pointe dans sa question. *S'il te plaît*, semble-t-il vouloir dire, *s'il te plaît, dis-moi que ce n'est pas ça que Sael t'a raconté. Retire ce que tu viens de dire.*

À mon tour de répondre à sa question par une autre.

— Qu'est-il arrivé à Sara ? (Comme il reste silencieux, je réitère ma question.) David, qu'est-il arrivé à Sara ?

Après m'avoir raconté l'histoire, il me répète qu'il sera bientôt là. Que je dois garder mon calme. Que c'est impératif.

Un rire hystérique monte du fond de ma gorge. « Calme-toi. » Tu parles d'une blague ! Il ne doit rien savoir, ne doit se douter de rien. Sael, mon amant, Sael, mon promis, Sael, le Fau…

J'éclate d'un rire fou.

— Arrête ! aboie David, me contraignant d'un coup au silence.

— Qu'est-ce que je dois faire ?

— Reste calme, me répète-t-il. Il faut que tu aies l'air normale.

Non. J'en suis incapable. Mes joues sont mouillées et c'est ainsi que je m'aperçois que je pleure. Les larmes jaillissent de mes yeux, roulent jusqu'à mon menton. Assise sur les petits cailloux froids tandis que le soleil darde ses derniers rayons de la journée, je hoche la tête. *Non.*

— Si, me dit David, comme s'il me voyait.

Comme s'il me voyait hocher la tête.

— Si, tu peux. *J'ai confiance en toi.*

— Je ne peux pas.

— J'ai confiance en toi. Il faut que tu le fasses, pour moi. Je sais que tu en es capable.

— Je ne crois pas.

— Si, tu vas y arriver. C'est sûr.

— David, dis-je dans un murmure, dépêche-toi.

— Je fais au plus vite.

Après un silence, il ajoute quelque chose.

Il le dit, et c'est la seule chose à laquelle je peux me raccrocher.

— Je t'aime.

Ce sont ses dernières paroles.

Je n'ai conscience ni des cailloux qui griffent ma peau ni des fourmis qui arpentent mes jambes. Je n'entends ni la vibration aiguë des moustiques ni les chants des oiseaux qui se préparent pour la nuit.

Des taches, noires et chatoyantes.

S'il te plaît, restons en contact.
Fuyons.
Dites-nous comment on peut vous joindre.

Mains ankylosées.

Rien que toi et moi.

Respire.

Qui avait accès à votre appartement ?

Respire.

Fréquentait-elle quelqu'un ?

Respire.

On l'a retrouvée morte dans son lit, morte dans son lit, morte dans…

Une vague grise.

Je pensais être devenu incapable de ressentir quoi que ce soit.

Des taches.

C'est le bon.

Des taches noires.

Qui avait accès à votre appartement ?

Chatoyantes.

Qu'est-ce que Sael t'a raconté à propos de Sara ?

Pliée en deux,

Quelque chose ne va pas chez moi.

les genoux dans la poussière,

Le nombre de victimes se monte à douze.

douleur aiguë au ventre,

Katherine, viens te coucher.

un goût amer dans la bouche.

Juste pour dormir.
Je crois être devenu un peu fou.

Une bouffée de chaleur me submerge,

Je ne dormais plus, je ne mangeais plus.

le délicieux petit déjeuner, les prunes,

Ils auraient trouvé ses empreintes.

les quetsches, jamais plus je n'en mangerai.

Partons d'ici.
Cela fait au moins deux jours qu'ils essaient de le joindre.
Je crois que les femmes le sentaient aussi.

Éclaboussant le gravier,

Les flics disent avoir tenté de le joindre, mais qu'à chaque fois ils sont tombés sur son répondeur.

derrière le tronc d'arbre, à quatre pattes,

Nous vous recommandons vivement de rester joignables à tout moment.

après que ça soit remonté,

Acceptes-tu de la porter aujourd'hui, demain et pour toujours ?

je vomis, tremble, vomis encore jusqu'à

Rien que toi et moi.

ce que mon corps soit vidé, vidé de tout ce qui pourrait me donner la nausée.

Toi et ta colocataire, cela ne correspond pas à son profil.

La puanteur et la souffrance. Agenouillée dans la poussière, tête baissée, le sang martelant mes tempes.

« Sara a été assassinée, m'a dit David. Elle a été retrouvée morte dans leur appartement et l'assassin n'a jamais été identifié. »

Des heures – peut-être des années – plus tard, je me relève et m'essuie la bouche du mieux que je peux. Je me frotte les yeux. Je grelotte. La nuit est maintenant tombée, et des étoiles piquettent l'horizon. Les grillons font un vacarme de tous les diables. Une fois le tournant passé, je vois, comme si elles étaient très loin de moi, les fenêtres illuminées du bungalow. Je vois les lumières et je sais.

Il est rentré.

PEU APRÈS, SIR AUGUST, IMPATIENT de retrouver sa jeune épouse en cette nuit de noces, entra à son tour dans la chambre et la trouva absolument vide. Alerté par la présence d'un tas de plumes sur le sol et de quelques gouttes d'un liquide bleuté restées au fond du gobelet, il repensa à la jeune fille qui brassait auparavant pour lui et s'écria :

« C'est de la sorcellerie et de la traîtrise ! »

Au moment même où il ouvrait la bouche pour donner l'alarme, les cloches se mirent à sonner, couvrant les appels des serviteurs qui s'écriaient : « Au feu ! »

En un instant, un terrible incendie se propagea par les couloirs du château. Plus tard, on raconta que les flammes, parties à l'assaut des remparts, se cabraient et sifflaient tels des serpents furieux aux reflets vert vif, bleu et noir que rien ne paraissait pouvoir étouffer. Seigneurs et serviteurs avaient beau courir en tous sens, la plupart des invités périrent dans leur lit, engloutis par les flammes, sourds à tout appel et restant inertes en dépit des efforts déployés pour les tirer de leur sommeil. Sorti entièrement indemne du drame, le seigneur de Villias attribua ce miracle au pouvoir de la broche qu'il portait et jura de ne jamais plus s'en séparer. Quand, à l'aube, l'incendie finit par se calmer, puis par mourir, il demanda que l'on fouille chaque recoin du château de Morwyn ainsi que chaque maison alentour à la recherche de sa jeune épouse, et ce jusqu'à ce qu'elle soit retrouvée, puis il ordonna qu'on lui amène, enchaînée, la jeune fille qui brassait autrefois pour lui afin qu'elle réponde de sa scélératesse.

TROISIÈME PARTIE

23

Vivre dans l'instant. Vivre au présent. Vivre chaque jour comme si c'était le dernier. Ce jour est unique. Sentir la peur et tout de même agir. Aujourd'hui est le premier jour du restant de ta vie. La vie est un voyage, pas une destination. L'éternité n'est qu'une infinité de maintenant.

Tu ne te jettes pas sur le rouge radieux, au contraire. Tu savoures chaque moment sur ta langue avant d'avaler, chaque grain de caviar parfait, chaque bouchée d'huître délectable.

Elle est assise et lui tient la main. Tu ne te presses pas. Sous la couverture d'étoiles, son odeur chatouille ton nez, les cavités humides de tes narines, tes cils vibratiles, tes cellules nerveuses qui débloquent de minuscules verrous dans ton cerveau ; sa peau chaude, recouverte d'une invisible et fine pellicule de produit antimoustique, d'un film de transpiration, d'infimes gouttelettes de la sauce tomate qu'elle a elle-même préparée. Sous ses ongles, un peu de poussière grise de caillou s'est incrustée lorsqu'elle est tombée à genoux sur le chemin. La senteur animale, intense, de ses cheveux, son parfum suave et riche qui n'appartient qu'à elle, au plus près de son crâne.

Enfin, enfin, le rouge irradie de son être. Arrivé à maturité, le pissenlit est une fleur à manier avec une extrême délicatesse ; prêt à allonger les lèvres pour souffler, tu t'arrêtes un instant. Tu prends ton temps avant de plonger dans les ténèbres.

Assise dans le lit, elle lui tient la main. Puis elle te repère, immobile. Oh, mon amour, oh, ma Katherine. Tu es si posé qu'elle croit que tu ne l'as pas vue.

— Ici ! murmure-t-elle.

Murmure de théâtre, tendu et puissant, prêt à se rompre, interjection qui vaut des milliers de cris.

Comme si tu ne la sentais pas à un kilomètre à la ronde. Comme si tu ne pouvais pas la voir, ta promise, dans le noir. Comme si elle n'irradiait pas un feu aussi rouge que le cœur de la Terre. Le doute, la peur et l'horreur sont bien là, mais ils ne la font pas hésiter comme avant ; ils ne l'empêchent plus de rayonner, intensément.

— Ici, dit-elle en agitant la main dans ta direction.

Le geste est semblable à celui du marin dont le bateau battu par les flots déchaînés sombre dans l'océan ; on est pourtant au cœur d'une nuit d'été si calme que pas un seul de ses cheveux ne bouge.

Elle n'élève pas la voix pour t'appeler. Elle a peur qu'autrement il ne se réveille. Mais elle a aussi peur de ne pas le réveiller.

— Ici, dit-elle en t'appelant, en t'appelant par ce qu'elle croit être ton nom.

Elle se demande pourquoi tu ne cours pas, pourquoi tu n'es pas affolé.

Tu montes les marches qui mènent à la terrasse et souris dans le noir. Les coins de tes lèvres, là où s'insèrent tes muscles zygomatiques, abritent une certitude : très bientôt, elle connaîtra ton véritable nom. Tes lèvres sont pleines, chargées de baisers que tu as gardés pour elle et elles s'étirent à nouveau en un sourire lorsque tu la vois, car, enfin, l'heure est venue.

Comme tu es prêt, tu prends ton temps pour monter l'escalier. Rien ne sert de se presser. Maintenant que tu es sur la terrasse, tu l'aperçois étendu, qui lui tient la main même dans son sommeil. Elle trouve étrange que tu ne te mettes pas à genoux sur-le-champ pour lui venir en aide. Trouve étrange tes pas mesurés, ton air calme.

Oui, c'est cela l'amour. Le toucher de sa main, son toucher. Tu te penches en avant pour mieux le voir. Cet homme dont elle tient la main.

— Dieu merci, dit-elle, Dieu merci, tu es là. (L'ironie de la situation est presque trop charmante.) Je ne savais pas quoi faire. (Elle est sur la défensive.) Je l'ai assommé avec mes cachets. Ceux que je prends contre les crises d'angoisse et l'insomnie. (Elle débite leurs noms.) J'ai peur de lui en avoir trop donné. Oh, mon Dieu (elle supplie, maintenant), qu'allons-nous faire ?

Nous. Te voilà à présent un « nous ». Malgré tout ce qui s'est passé, elle croit que la peur et la nécessité vous lient l'un à l'autre.

— Je ne savais pas quoi faire, répète-t-elle en pleurant.

Elle essaie de se raccrocher à la réalité. La sécurité dans les habitudes ; peut-être s'imagine-t-elle que la répétition est porteuse de davantage de vérité.

— Tu as bien fait.

— Tu crois ?

— Parfaitement.

— Certain ?

C'est beau de pouvoir être honnête envers elle et, en vérité, elle a agi comme il le fallait, pour toi. Tu te redresses et regardes dehors, au-delà de la terrasse.

— C'est si calme, ici, dis-tu.

Elle se demande pourquoi tu admires le paysage alors que ton meilleur ami, dont on vient juste de découvrir qu'il est un monstre, est couché là, drogué, et que la police est en route. Elle ne comprend pas. Pas encore, du moins.

— De quoi parles-tu ? s'exclame-t-elle. (La panique fait enfler sa voix.) Qu'est-ce qu'on fait ? Où est la police ?

Tu ne réponds pas.

— David, tu as dit que la police arrivait !

C'est vrai, tu l'as dit.

— David ?

Elle se dirige vers toi, t'attrape le bras. Tu te tournes lentement pour lui faire face.

— Katherine.

— David ! (Elle croit avoir réussi à attirer ton attention à nouveau. Comme si c'était déjà arrivé qu'elle la perde.) David, *qu'est-ce qu'on fait ?*

— Viens là.

Tu l'attires vers toi. Tu la serres fort dans tes bras.

Elle se laisse aller un moment, se détend. Tu es grand et musclé ; tu sens le chaud, le propre, la certitude. Tu la connais si bien. Tu es fort et là ; tu sauras quoi faire.

Effectivement.

Tu aimerais que le temps s'arrête sur cet instant : la nuit, la lune froide qui veille sur le lac, l'amant endormi, le visage de ta bien-aimée pressé contre ta poitrine, juste sous ta clavicule. L'endroit parfait pour pleurer.

— Katherine ?

Tu la berces doucement, tout doucement.

— Oui ?

Elle renifle.

— Est-ce que je peux te dire un secret ?

Elle hésite, mais elle a envie d'être réconfortée.

— Oui, David ?

Tu te penches sur son oreille et, savourant chaque syllabe, tu lui dis :

— Je ne m'appelle pas David.

— Quoi ?

Elle reste dans tes bras, mais recule un peu pour pouvoir te regarder. Elle a mal entendu. Elle est épuisée, émotionnellement au bout du rouleau, usée, en loques. Elle t'a mal compris.

Tu souris, tu souris à son visage baigné de larmes. Ta voix est basse, aimante, empreinte d'un léger regret. Faire ses adieux est difficile, alors qu'accueillir ce qui est nouveau est réjouissant.

— Cela fait quelque temps que je ne suis plus David.

— Qu'est-ce que tu racontes, David ?

Cette fois, il y a une minuscule étincelle, un goût de cuivre, un éveil. Battant des cils pour chasser ses larmes, elle essaie de mieux te voir. Toi, l'homme qu'elle connaît sous le nom de David Balan, si calme, si gentil, si loyal que tu voles à son secours même après qu'elle t'a trahi, toi, l'homme qui l'aime toujours.

Tu te penches à nouveau sur son oreille et tu murmures ton nom. Tu te penches et tes lèvres forment les syllabes que tu glisses dans son oreille, le nom auquel elle t'associera à présent.

Ce nom qu'on t'a donné, un nom ancien, lourd comme une cape maculée, bordée de rouge, encroûtée. Tu lui dis ton nom.

Il n'est pas décevant, ce moment. Ce moment de vérité.

Et Ève prit de son fruit et en mangea, ses yeux s'ouvrirent, elle connut qu'elle était nue.

Ce moment d'entendement. Ce n'est pas une compréhension totale et profonde, pas encore, mais une première idée de qui tu es. Avant qu'elle ne puisse se raidir ou se préparer à crier, tes mains appuient sur ces zones très précises et sensibles de son cou, technique orientale ancienne qui t'a beaucoup servi au cours des siècles. Pour elle, ni drogues ni vin, ni substance chimique qui puisse altérer, déranger ou corrompre et

ses yeux se révulsent,

ses paupières se ferment, un rideau rouge de velours

qui s'abaisse

sur ce premier acte tumultueux. Tes bras supportent le poids de tout son corps amorphe,

désossé.

Tu la tiens.

Ton amour. Ta vie. Ton commencement, ta fin, enfin dans tes bras.

Tu soupires. Tu aimerais t'attarder, mais tu as des promesses à honorer et des kilomètres à parcourir avant de t'endormir.

Il te reste encore tant à faire.

24

Ma tête.
Mal à la tête.
Vraiment mal à la tête.
Vraiment mal à la tête et en plus, j'ai froid. Je ramène la couverture sur moi.
Il n'y a pas de couverture. Je suis par terre, nue sur le sol.
Mes paupières sont lourdes.
La lumière me fait mal aux yeux.
Je cille.
Vagues taches rouges.
Je cille.
Vernis à ongles rouge.
Doigts de pied nu.
Des pieds.

Une jeune femme est accroupie à côté de moi, qui me regarde. Des mèches de ses longs cheveux noirs sont plaquées sur son front et ses joues ; de fines créoles pendent à ses oreilles. Elle porte une robe couleur menthe, sans manches, marbrée de sang. Une des bretelles a été coupée et révèle un sein lourd, entaillé et éclaboussé.

J'ouvre la bouche.

La jeune femme pose un doigt sur ses lèvres bleuies et gercées.

Chuuut.

Elle tourne la tête vers la porte-fenêtre à travers laquelle on voit la lune briller.

En bas.

Je m'assois.
Impossible.
Ma tête est pleine d'éclats de verre et de pierres.
J'essaie de m'asseoir.
Doucement.
Où sont mes vêtements ?

Du doigt, elle me fait signe de la suivre ; son vernis à ongles est rouge.

Viens.

Mes jambes me supportent avec peine.
Elles tremblent.
Je me penche en avant,
Prends appui sur le canapé, me relève.
Je suis nue.
Des bouts de corde tombent par terre.

Elle recourbe le doigt.

Viens.

Je la suis vers la porte. Elle ne fait pas de bruit. Je ne lâche pas des yeux les formes sculptées dans la peau mate de son épaule, deux lignes ondulantes verticales contenues par une demi-lune. Leurs contours encroûtés me fascinent, de même que les traînées noirâtres qui descendent dans son dos.

Elle me montre la porte-fenêtre qui mène à la terrasse.

Elle se dissout et passe à travers la vitre, se tient de l'autre côté. Me fait signe.

Viens !

La vitre résiste à la pression de mes paumes.

Je tire sur la porte-fenêtre. Je tire autant que je peux, mais je n'ai plus aucune force dans les mains ; mes doigts moites glissent et dérapent. La fille me regarde à travers la vitre, les yeux écarquillés, les paumes ouvertes pour me signifier

Dépêche-toi !

J'ai beau y mettre toutes mes forces, j'arrive tout juste à entrouvrir la porte-fenêtre. Je ferme les yeux et tire à nouveau ; l'espace s'est agrandi. Il n'est pas encore assez large pour que je puisse me glisser à l'extérieur et la femme se désespère, sa bouche s'ouvre et, en silence, une fois de plus elle me lance :

Viens !

Il le faut.

Une jambe.

Fesses.

Buste, seins.

Épaule.

Cou, visage, joue éraflée.

Tête.

Deuxième jambe.

Raclement sur le côté de la porte.

Douleur, brûlure.
De l'autre côté.

Dehors sur la terrasse.
Il fait froid.
Brise sur peau nue.
Froid.
Sael gît, immobile.
Je me dirige vers lui.
Une silhouette assise près de son corps lève les yeux.

Bien qu'il soit exsangue et jaunâtre, son visage rebondi me semble familier. Un pantalon de survêtement, qui devait être bleu autrefois et paraît noir maintenant, colle à ses cuisses. Son soutien-gorge de sport gris est raidi par le vomi ou la bile verdâtre qui le macule, de même que ses tennis, dont une seule a un lacet, qui pend, défait. Une longue estafilade noire lui barre la gorge. Autour de son nombril, un triangle a été gravé dans la peau, chaque pointe elle-même ceinte d'un petit cercle.

Ses yeux ne sont plus que des têtes d'épingle aux reflets bleutés. Elle lève la main, paume vers moi. Là aussi, la peau a été lacérée.

Stop !

Elle me montre Sael du doigt, puis elle joint les mains et les pose sur le côté de sa tête.

Endormi.

Elle croise les bras comme pour se réchauffer.

En sécurité !

Puis elle se désigne elle-même avant de pointer la main droite sur moi et de passer son index gauche sur l'épaisse estafilade noire qui lui barre le cou. Puis elle me montre la maison. Ce qu'elle veut dire est clair. Sael s'en sortira, mais moi, je vais

Mourir !

Elle me montre les marches de la terrasse d'un signe de tête.

Descends !

Une autre femme se tient au pied de l'escalier. La trentaine bien sonnée, elle est vêtue d'un pantalon cargo, d'un haut noir et son visage, dont le côté droit est profondément entaillé de spirales, est encadré par des cheveux coupés court.

Avec de grands gestes frénétiques, elle me fait signe de la suivre.

Viens !

Je pose mon pied nu sur la première marche. Elle grince. La femme se couvre brusquement la bouche des deux mains, terrifiée par le bruit.

Silence !

Attentive à mes appuis, je descends aussi doucement et silencieusement que je peux en me tenant à la rambarde, et essaie de peser le moins possible sur l'escalier.

Une marche, puis une autre, puis encore une autre.

La femme me fait de grands gestes inquiets.

Dépêche-toi !

Les aiguilles de pin et les cailloux m'écorchent la plante des pieds sur le chemin. Il faut que je parvienne à la voiture, mais là, une autre fille, une rousse, m'attend, debout devant la portière côté conducteur. Elle aussi, avec son short en jean et sa chemise ouverte déchirée, j'ai l'impression de l'avoir déjà vue. Je me dirige vers elle.

Elle hoche la tête, les paumes tournées vers moi, comme si elle voulait me repousser.

Non !

Puis elle lève un bras et m'indique du doigt l'arrière du bungalow. Je pique un sprint dans cette direction, et grimace de douleur lorsque les gravillons pointus s'enfoncent dans la plante de mes pieds.

Tapie là, je retrouve une autre jeune femme, les cheveux joliment teints en violet, de grosses lunettes en écaille de tortue sur le nez. Elle est vêtue d'une robe blanche parsemée de minuscules fraises qui, remontée sur le haut de ses cuisses, révèle le contour d'un œil dans un cône.

Toi aussi !

Je m'accroupis. Elle me montre les taillis, masse sombre enchevêtrée.

File !

Je ne bouge pas. Là-bas, il n'y a que des bois enténébrés.

À nouveau, elle me montre les arbres.

File !

Je suis tétanisée. Mes oreilles bourdonnent. Mon cœur bat à tout rompre. J'ai mal dans la poitrine à force de m'empêcher de haleter. Impossible de bouger. Impossible.

Du doigt, elle continue de m'indiquer la forêt. Un seul chemin, une seule échappatoire.

File !

Au-dessus de moi, la porte-fenêtre qui donne sur la terrasse s'ouvre dans un bruit de frottement.

La lumière jaillit.

J'entends les craquements et les grincements de ses pas tandis qu'il se dirige tranquillement vers l'escalier.

Je ne peux pas bouger. Je ne peux pas. Un voile noir me tombe sur les yeux, mes oreilles sifflent.

File !
File !
File !

Je me retourne et détale.

25

Tu t'y connais en matière de nœuds. Tu sais faire le demi-nœud, la demi-clef à capeler, le nœud de cabestan également appelé nœud d'amarrage, le nœud de tête d'alouette, le nœud plat, le nœud de chaise, le nœud de grappin, le nœud de papillon, le nœud de pêcheur double, le nœud double, le nœud de huit, le nœud de neuf, le nœud de menottes, le nœud baril, le nœud de Blake, le nœud de hauban, le nœud de couronne, le nœud de brigand, le nœud coulant, le nœud à oreilles de lapin, le poing de singe, le nœud de boucher, le nœud de balançoire, l'épissure ajustable et la tresse portugaise.

Mais, penchée sur elle, tu as décidé de faire durer le plaisir un tout petit peu plus longtemps. Après tout, elle était ta préférée. Après tout, ton Agent a été fabuleux et ça te paraît vraiment dommage de mettre si vite fin à cette aventure.

Elle n'a nulle part où aller. Tu as mis les voitures hors service. Il n'y a personne à des kilomètres à la ronde. Tu peux bien la laisser courir, mue qu'elle est par un espoir vain, de vert pâle à vert foncé, les éclats de jade ajoutant une douceur infinie au goût. Tu peux bien laisser son adrénaline filer dans tes veines, la laisser croire qu'elle a une chance de s'en sortir avant que tu ne mettes fin à sa vie et à celle de ton Agent qui t'a porté sans la moindre défaillance tout le long de ton voyage.

La Chasse, la glorieuse Chasse !

Une seule a péri de ses propres mains depuis tout ce temps. C'est un événement rare. Il doit y avoir quelque chose de propre au Vaisseau qui fait qu'elle comprend le potentiel qu'elle détient, qui fait qu'elle veut vivre. Il est possible qu'elle t'ait vu arriver, tout comme il est possible qu'elle ait su pourquoi tu es venu. Après tout, tout est possible dans ce monde. Cette fois-ci, cependant, rien ne pourra te priver du plaisir de la Chasse, de l'excitation, de la joie de remettre l'inévitable à un peu plus tard.

Cendre et Calcaire, Fuchsia et Fluorescent, Bronze et Bois, Mauve et Marron, Champagne, Chartreuse, Sienne, Alezan, Chocolat, Cacao et Cuivre et Cobalt. Désespoir et Délire, Ravissement et Révulsion, Suffisance et Solidarité, Apathie et Acceptation, Essoufflement, Vivacité, Compétence, Nostalgie, Indulgence, Sécurité, Confiance et Ardeur.

Toutes ces choses, tu les as récoltées, chacune t'ancrant et te donnant la force d'arpenter le monde, de respirer, de vivre, de mener à bien ta mission afin que d'autres aussi puissent vivre.

Ainsi as-tu écouté, sourire aux lèvres, tandis qu'au-dessus de toi ta Katherine bien-aimée faisait tout son possible pour se faufiler de l'autre côté de la porte-fenêtre. Elle se dépêchait en essayant de ne pas faire de bruit. En nage et en état de choc, elle doit avoir froid sans ses vêtements.

Lentement, tu te lèves, tu t'étires, tu fais craquer ton cou d'un côté puis de l'autre en soupirant de plaisir. Tu montes à l'étage, tu entres dans la chambre, puis tu sors sur la terrasse et là, tandis que tu balaies la forêt du regard, tu penses à tout ce qui t'attend. Le ciel fourmille d'étoiles. Elles flottent dans le superficiel étang de la nuit, vaste étendue d'où émane une douce lumière violette. Un concert de milliers d'insectes se fait entendre : les sauterelles cliquent et crissent, les criquets, charmants, stridulent en chœur, les grenouilles à la voix plus grave coassent près du lac, cachées par la masse sombre des arbres. Une petite brise s'est levée, ses doigts légers caressent les hautes herbes. Elle est partie, maintenant, elle a entamé sa course finale. Tu aimerais qu'elle l'apprécie, qu'elle jouisse du spectacle qu'offre cette belle saison, mais tu sais que c'est peu probable. Quel dommage.

D'un pas léger, tu descends les marches de l'escalier en bois et pénètres dans cette nuit magnifique et sans pitié.

26

Je cours, cours, cours.

Il fait nuit noire, l'air est froid et je cours.

Je suis en trébuchant les formes mouvantes de la pâle lumière cendrée qui filtre à travers les arbres. Sur mon passage, les branches cassent, craquent et se tordent. Elles me piquent et me lacèrent la peau cependant que la femme qui court à côté de moi ne fait aucun bruit, ne déplace aucune frondaison. Je suffoque, j'halète.

Il faut que j'atteigne le canoë.

Il le faut. Je ramerai sans m'arrêter jusqu'à l'autre bout du lac où je chercherai de l'aide, loin d'ici, loin, très loin. Je trébuche dans les taillis, mes bras moulinent l'air, plus souvent je suis à terre qu'en train de courir, et voilà qu'un point de côté me perce le flanc, douleur aiguë, insupportable alors que je me débats pour passer au travers du filet tendu en travers de ma route par une plante grimpante et que je me glisse sous elle pour parvenir, enfin, à la minuscule crique.

Pas de canoë.

Où est-il ? Pourquoi n'est-il pas là, à l'envers, tiré sur le sable ? Pourquoi ? Pourquoi ? Je regarde à gauche, à droite et là, je vois…

Le canoë, à l'endroit, sa coque à moitié dans l'eau.

Dieu merci.

Je m'avance. Puis j'aperçois, éclairé par la lune, quelque chose. Une silhouette assise à la proue. Je m'arrête. Je m'apprête à faire volte-face, mais la femme qui m'a suivie court vers le canoë et son occupant. Elle se tourne vers moi et me fixe de ses yeux enfiévrés.

Viens !

Je m'approche avec prudence. Le sang qui bat mes tempes étouffe tous les bruits, à l'exception du son aigu que génère la panique.

L'ombre assise dans l'embarcation est complètement immobile. Seul s'entend le doux lapement de l'eau sur la rive.

Je marche vers le canoë. Un pied devant l'autre, traçant mon chemin à travers un air dense et épais. Je me rapproche et me rends compte que la silhouette est avachie et que son visage est caché par un suaire qui lui couvre la tête. Mes membres pèsent une tonne.

La forme ne bouge pas. Aussi terrifiant que paraisse ce spectre, ce ne peut être que mieux que ce qui me suit. Je tremble tellement que je n'arrive pas à lever la jambe pour monter dans l'embarcation. J'essaie à nouveau, je me concentre, les dents serrées, je rassemble toutes mes forces pour monter à bord. Cette fois, j'y parviens et pose un pied, *un pied*, au fond du canoë.

C'est alors que la forme enveloppée de son suaire se redresse lentement, puis se met debout. Je me fige. Une manche s'étend, le tissu maintenant la main cachée. Elle se saisit d'une des pagaies en bois et la brandit, m'empêchant de monter à bord. Je tente d'apercevoir son visage qu'occulte la capuche. Je ne vois qu'un trou noir.

L'ironie est amère. Il y a quelques secondes, il m'a fallu déployer toute ma force pour me hisser à bord et, maintenant qu'on m'en bloque l'accès, je suis prête à tout pour embarquer.

— S'il vous plaît, aidez-moi.

Je ne reconnais pas cette voix faible et sifflante qui se brise. Ce doit être la mienne.

— S'il vous plaît (il arrive), *je vous en supplie*, il va me tuer, il faut que je monte !

Son autre main, peau grise presque bleue, ongles épais, noirs et cassés, émerge peu à peu des plis du suaire, tenant un objet – un bol opalescent qui luit à la lueur de la lune, comme s'il était en nacre ou en ivoire.

Un petit papier est scotché dessus, un peu de travers et taché. Ses bords sont déchirés, comme si on l'avait arraché d'un carnet.

MERCI POUR VOTRE POURBOIRE

Je me penche pour voir ce qu'il contient. La lumière que reflète le lac est faible; malgré tout, j'arrive à distinguer un portefeuille et ce qui ressemble à une bouteille de parfum vide, une brosse minuscule avec un miroir sur le manche, un calepin, un portable. Brillants. Un rouge à lèvres sans son capuchon, un porte-clés, des lunettes de soleil, un baume à lèvres, un bouchon de champagne, une carte de visite professionnelle, un cordon d'alimentation d'ordinateur, une serviette en papier avec un numéro de téléphone griffonné dessus, un bracelet à breloques, un gant en cuir rouge, une paire d'écouteurs design. Chatoyants. Je perds l'équilibre et tombe en poussant un cri sur le sable compact et humide. Des asticots grouillent dans le bol. Ils fourmillent sur le portefeuille, se tordent en tous sens sur le porte-clés, s'agitent sur le gant, se massent sur le baume à lèvres, ondulent autour des pièces de monnaie.

Au loin, j'entends un sifflement.

Il faut que je parte. Il faut que je monte à bord, mais la pagaie m'en empêche.

— S'il vous plaît, il va me tuer, il arrive!

La pale de la pagaie, mouillée, glissante, vient me frapper durement le sternum.

Je baisse les yeux.

Attachée à sa fine chaîne, la broche pend à mon cou.

Katherine, acceptes-tu de la porter aujourd'hui, demain et pour toujours?

— Ça?

La capuche du suaire bouge un peu. L'acquiescement est à peine perceptible.

Ça ira. Je porte mes mains tremblantes à mon cou pour détacher la chaîne.

Katherine, acceptes-tu de la porter aujourd'hui, demain et pour toujours ?

Tant pis. Il faut que je monte dans ce canoë. C'est ma seule chance.

Avec un bruit sec, une branche se brise derrière moi.

Instinctivement, je me retourne d'un coup, m'attendant à le voir, mais ce n'est pas lui qui est là, c'est elle, debout à côté de l'arbre que nous appelons le porte-serviettes, à l'entrée de la crique. Il y a longtemps, il a dû être frappé par la foudre. Son tronc est barré sur toute la longueur d'une rayure noire et l'une de ses branches, inclinée à quarante-cinq degrés, offre un support idéal aux serviettes.

C'est à côté de celle-ci qu'elle se tient, à demi tournée vers le lac, son visage dans l'ombre. Mais je reconnaîtrais sa silhouette gracile entre mille.

— *Andrea ?!*

Je titube vers elle.

Elle se tourne vers moi. Je gémis. Malgré ma demande, son cercueil avait été fermé.

— Les dégâts sont trop importants, avait expliqué le médecin légiste. C'est trop dérangeant pour les proches.

Mais elle est là, elle est bien là, et je m'approche encore. Elle me fixe puis, délibérément, se tourne et regarde la branche sur laquelle Sael et moi accrochons nos serviettes.

C'est alors que je la vois qui pend. Petite, vert fluo, elle se balance au bout de sa chaînette métallique. Je tends la main et la prends. La fausse fourrure est douce et glissante.

Mes doigts se referment dessus et je me souviens.

Alors que je bouquine au parc, éclairée par la lumière de fin d'après-midi, Lucas s'est endormi sur mes genoux. Quand je baisse les yeux sur son visage et ses petits cils recourbés, je prends conscience d'une chose.

J'aime ce gamin.

Je lève les yeux sur son visage ravagé. Quel est le prix de l'amour ?

— Promis, je reviendrai le chercher.

Je tiens la patte de lapin serrée dans ma main.

Le sifflotement se rapproche.

Tiens-la. Elle porte bonheur.

Je cours vers le canoë, mes pieds traînant sur le sable mouillé. La plage a beau être minuscule, l'embarcation me semble inatteignable.

Il faut que je revienne. Il faut que je retourne auprès de Lucas. Il faut que je revienne.

Le spectre me tend le bol à nouveau.

J'hésite encore.

Le sifflotement se rapproche.

J'entends maintenant des brindilles craquer et des branches qu'on tord. Il est presque là.

Je presse une dernière fois la patte de lapin dans ma main, puis je la dépose dans le bol. Un instant, il ne se passe rien, puis le bol commence à irradier de la lumière. Le monde et moi retenons notre respiration tandis que la patte est engloutie, engloutie sous l'amas du portefeuille, du porte-clés, des calepins et des lunettes, comme un animal pris au piège de sables mouvants.

Un instant, le bol rayonne avec plus d'intensité, puis il s'éteint tandis que la figure spectrale le dissimule dans les plis de son vêtement.

Sifflotement.

Bruits secs de branches cassées, pas qui se rapprochent de la crique.

Avec ce qu'il me reste de forces, je me hisse à bord de l'embarcation.

Avec la pagaie, la silhouette tente de dégager le canoë du sable ; il tangue, mais ne se renverse pas. Nous ne bougeons pas. Mon Dieu. Mon Dieu. Je me retourne et vois une femme élancée, vêtue de ce qui a dû être une jolie robe bain de soleil blanche avec un motif floral bleu, maintenant maculée de sang. Une énorme tache imprègne le tissu au-dessus de ses seins. Un délicat entrelacs de gouttelettes vermeilles couvre ses bras et ses cuisses ; penchée en avant, elle nous pousse de toutes ses forces.

Nous ne bougeons pas d'un pouce.

Il a pressé le pas.

Une autre femme court vers nous, ses cheveux bruns feutrés par le sang, le torse nu, vêtue d'une jupe en jean tachée. Quand elle se penche à son tour, je vois, tatoué sur son épaule, un lis orange émergeant d'un amas d'étoiles filantes ; deux autres femmes viennent prêter main-forte, l'une vêtue d'une robe moulante noire et courte, de grandes créoles pendant de ses oreilles, l'autre, une belle femme – même dans la nuit, je me rends compte à quel point elle est bronzée –, en short blanc parsemé de taches roses et débardeur jaune orné d'un smiley noir. Tandis que cette dernière se précipite vers nous, ses cheveux sont balayés en arrière, révélant une joue sanglante, toute tailladée. Toutes ces femmes prennent place de part et d'autre du canoë et le poussent à leur tour de toutes leurs forces.

Quatre mortes poussant un canoë léger. Qui se met à tanguer follement, mais avance à peine.

À ce moment-là, à travers les arbres, je vois…

Je vous en supplie.

… une autre femme qui court vers nous. Son visage m'est inconnu. Elle est nue, à l'exception d'un flot de cicatrices qui cascade de ses seins. Une autre encore apparaît, cuisses fortes, cheveux bouclés courts, pan de sa chemise ouverte collé à ses blessures, suivie d'une sixième. Toutes s'arc-boutent, les épaules tremblantes. Mais d'autres continuent à jaillir du bois, certaines costaudes, d'autres minces ; l'une porte ce qui reste d'un short kaki maintenant en lambeaux tandis qu'une autre est vêtue de quelque chose qui ressemble aux vestiges d'une toge. L'une des femmes n'a que son soutien-gorge rose en dentelle, un des bonnets rouge profond, sa chair tressautant tandis qu'elle court. Il n'y a nulle trace de honte, nulle tentative de couvrir un mamelon ou de cacher une touffe de poils pubiens. La honte est réservée aux vivants. Elles ne font que venir à l'aide, leurs mains agrippant le bord du canoë. Quelques-unes, sans faire aucune éclaboussure, entrent dans l'eau ; elles se placent autour de la proue et la tirent de toutes leurs forces, sans qu'aucun remous n'atteste leurs mouvements.

Je les regarde. À ma gauche, l'omoplate d'une femme se contracte sous l'effort, étirant les estafilades qui boursouflent sa peau noire ; à ma droite, la queue-de-cheval d'une blonde se balance au-dessus de son front encroûté de rouge froncé par la tension. Derrière moi, une femme vêtue d'une longue robe en tissu grossier en lambeaux – on dirait de la toile de jute – pince ses lèvres bleuies et gercées et, toutes ensemble, elles poussent et cela finit par marcher, un centimètre après l'autre, le canoë glisse sur le sable mouillé, puis sur…

Il est là.

David émerge de la lisière de la forêt, traverse la clairière.

Se dirige vers nous.

Il sourit. Regarde autour de lui. Ses narines tressaillent, se dilatent. Puis il s'arrête brusquement, comme un pêcheur qui aurait ferré un poisson. Il a perçu l'odeur. Il se tourne et me voit. Me voit assise dans le canoë, la silhouette drapée de son suaire derrière moi. Nous voit entourées de toutes ces femmes qui tirent le canoë pour le mettre à flot.

Son sourire se fige. Il bondit vers nous, plus rapidement qu'aucun être humain n'a jamais couru. Déjà nous flottons, mais nous ne sommes pas assez loin du rivage et le lac est peu profond.

Il est à deux mètres, un mètre cinquante, un mètre.

Il se précipite en avant, mains tendues. Je hurle tandis qu'au même moment, tout à coup, il s'arrête. Au bord du lac. Il recule et émet un sifflement guttural absolument inhumain. Sa langue fait barrière contre ses dents, comme si l'eau était empoisonnée.

Il reste debout sur le rivage, grognant et sifflant tel un serpent, incapable de toucher l'eau. Les femmes ont toutes disparu. Comme si elles n'avaient jamais été là.

Une légère brume blanche s'élève, plane au-dessus du lac. Elle masque la vue, mais je sais qu'il est là, qu'il attend.

La voix s'élève au-dessus du rideau de brume, flotte sur l'eau. Elle a gardé ses intonations humaines, sonne comme celle de David, mais avec un tranchant métallique, un bourdonnement de guêpe, un grincement de scie.

— Je te donne une heure, ensuite, je te le promets, il va souffrir.

27

D'infimes vrilles tournoient et nous encerclent tandis que nous ramons dans un silence absolu seulement interrompu par le bruit de la pagaie plongeant dans l'eau. Je repense à ce qu'il a dit, à sa voix qui grésillait dans l'air ouaté.

Je te donne une heure, ensuite, je te le promets, il va souffrir.

Je l'ai drogué. Je l'ai laissé seul et sans défense. Voilà ce que j'ai fait. Parce qu'il fallait que je m'échappe. Que j'échappe à cette chose, ce que j'ai réussi à faire pour le moment, sauf que je me retrouve aussi démunie que Sael.

Je te donne une heure.

Je n'ai pas de montre. Sans aucun moyen de savoir l'heure, il est possible que des minutes ou des heures se soient déjà écoulées. Mais le lac n'est pas grand. On devrait bientôt atteindre l'autre rive. Dès que j'aurai mis pied à terre, je pourrai courir, trouver un téléphone, de l'aide.

J'ai l'impression que nous fendons les nuages, ce qui est peut-être le cas. Si ça se trouve, nous sommes dans les nuages, nous voguons à travers les nuages, nous flottons dans le ciel, nous l'écumons, nous dérivons vers la lune, nous…

Le canoë s'est arrêté.

— On y est ?

Aucune réponse ne me parvient à travers l'épais brouillard. Mais c'est le silence qui me fait peur. Une nuit à la campagne n'est jamais silencieuse, bien au contraire. Le chœur des criquets, des grenouilles et des engoulevents, le bruissement des feuilles caressées par la brise, tout concourt à l'hymne nocturne. Jamais il ne règne un tel silence.

— Où sommes-nous ?

Un bras s'étend et, émergeant du suaire, un doigt bleu cireux à l'ongle épais et noirci m'indique, telle l'aiguille d'une boussole, une direction.

— Dois-je descendre ?

Aucune réponse.

— Où trouver de l'aide ?

Dans ma tête, je l'entends encore.

Je te donne une heure.

Mon visage est humide ; je me rends compte que je pleure.

Sael, je vais trouver de l'aide. Je te le promets.

Je ne vois pas les cailloux et les petits galets que mes pieds doivent pourtant fouler, mais je n'ai pas mal, comme si la terre était recouverte d'un tissu fin. Aveuglée par le brouillard, la tête cotonneuse, mes sens engourdis, je tourne sur moi-même, perdue, sans savoir quoi faire.

Puis il se passe quelque chose.

Je me sens tirée.

Mon cœur s'arrête. Je suis sans voix dans ce monde sans bruit. Dressée en avant, la broche tire sur sa chaînette en argent comme un chien sur sa laisse, m'enjoignant d'avancer.

Ma seule solution est de la suivre.

Je ne vois rien. Je n'entends rien. Je ne sens rien si ce n'est une traction vers l'avant, à laquelle je n'oppose pas de résistance, posant un pied devant l'autre, enveloppée d'un vide moelleux.

J'ignore combien de temps je marche ainsi, mais le brouillard finit par se dissiper. Je fouille les ténèbres du regard, à la recherche de quoi que ce soit de tangible, de réel, qu'importe ; alors que l'entrelacs de vrilles s'éclaircit, je le vois.

Il se dresse devant moi. Je reste bouche bée.

Un vieux château. Énorme, obscur, monstrueux. Ses murailles en pierres grossièrement taillées montent à l'assaut du ciel, infranchissables. Je lève les yeux. Je devine des tourelles à moitié effondrées, leurs contours déchiquetés semblables à des dents d'ogre pourries. Incroyablement hauts, leurs faîtages se perdent dans la brume.

C'est absurde. C'est fou. C'est un lieu construit pour la mort.

Je n'ai aucune idée du temps que je passe à fixer le château, mais peu à peu, je prends conscience d'une douleur à l'arrière de mon cou. La broche me tire toujours en avant. J'essaie de m'en saisir pour la retirer, mais mes mains s'écartent d'elles-mêmes brusquement. La broche est glacée, tellement froide qu'elle brûle. Impossible de l'enlever.

Par pitié, la supplié-je, *ne me fais pas aller là-bas*. Mais elle reste sourde à mes appels.

Je trébuche sur le chemin, la broche m'entraînant inexorablement à sa suite jusqu'à ce que je franchisse l'entrée voûtée aménagée dans la muraille et que je me retrouve dans une cour pavée, vide de toute présence humaine, puis, plus loin encore, dans un lieu de désolation, obscur et oublié.

L'on n'entend ni claquement de sabots de cheval sur le sol, ni fracas de marmites, ni conversations. Aucun feu d'allumé dans les foyers, aucun rire féminin qui vienne réchauffer l'atmosphère. Cet endroit vide ne contient pas même de vestiges de son passé. Le bijou continue de me tirer en avant, à travers un vaste vestibule en pierre puis un étroit passage sombre avant de me guider vers un escalier aux marches d'abord finement taillées puis, au fur et à mesure que je descends, plus grossières. Je m'enfonce dans les profondeurs, la lumière de plus en plus ténue, passant sous des arches massives qu'étayent d'imposantes colonnes surmontées d'angelots aveugles et de gargouilles décrépites au sourire narquois, voilés de poussière. Je débouche dans une salle caverneuse dont le plafond voûté est soutenu par des croisées d'ogives en pierre. Des torches placées en hauteur émettent une lueur bleutée qui n'éclaire pas vraiment ni non plus ne réchauffe l'air. Je suis à nouveau tirée en avant, laissant derrière moi un premier, puis un deuxième tombeau. Cela fait des siècles que ces lits minéraux sont plongés dans le silence, en attente.

Je sais ce qu'est cet endroit. La chaîne se tend brusquement ; horrifiée et terrorisée, je traverse la crypte en trébuchant, d'un pas chancelant.

Tout à coup, la broche retombe mollement sur ma poitrine. Je m'arrête. Pliée en deux, j'essaie de reprendre mon souffle, aspire à grandes goulées l'air raréfié. Concentrée sur ma respiration, je ne comprends que peu à peu ce qui m'attend. Dans ces catacombes, cela devrait sentir quelque chose, la pierre humide, la pourriture ; je devrais avoir froid ou, au contraire, chaud à cause du manque d'air frais. À chaque inspiration, la poussière devrait m'étouffer. Mais il n'y a rien. Ni chaleur, ni froid, ni goût, ni odeur. Je lève les yeux pour voir où l'on m'a conduite. Dans la faible lueur bleue, ma destination finale se présente à moi.

Mon Dieu. S'il vous plaît. Non.

Tout comme les autres, lui aussi attend. Gris pâle, presque blanc. Le couvercle est légèrement poussé de côté, révélant une lame d'obscurité.

— Non !

Je hurle, mais aucun son ne sort de ma bouche. N'y a-t-il personne pour m'entendre dans ce lieu perdu et mort ?

La chaîne se tend à nouveau tandis que la broche m'attire vers le tombeau ouvert. Je trébuche et tombe.

— Non, s'il vous plaît, non, s'il vous plaît, s'il vous plaît, s'il vous plaît, non, je ne veux pas, je ne veux pas, non !

Je m'agenouille, mais, toujours traînée par la broche, je tombe à nouveau de tout mon long, mon corps continuant de glisser en avant. Mes joues râpent contre le sol en terre compacte. Lorsque j'ouvre la bouche pour crier de douleur, mes dents heurtent la paroi du tombeau ; peu à peu, je suis hissée, je vais être précipitée tête la première dans le cercueil de pierre.

— OK! dis-je en sanglotant. *Ça suffit!*

La gorge me brûle et, un instant, la broche cesse de me tirer. Je me remets debout et m'appuie contre le tombeau ; mon visage meurtri est maculé de terre et de poussière.

Ma poitrine se soulève avec difficulté. *Je vais le faire.* Sans un mot, je me plie à la volonté de cet objet possédé qui pend à mon cou, cette chose déterminée à m'enterrer vivante.

En pleurs, je passe une jambe à l'intérieur du cercueil, puis l'autre, restant un moment perchée au bord, comme si j'étais à la piscine, prête à me laisser glisser dans l'eau. Sous mes pieds, je sens quelque chose qui cède, tombe en miettes et crisse sous le poids de mes orteils et de mes talons. À cet instant, je suis soulagée qu'il n'y ait ni son ni odeur. Je m'accroupis et, lentement, m'assois, sentant des fragments se briser sous mon poids. Je regarde une dernière fois autour de moi, sachant que cette crypte est probablement l'ultime chose qu'il me sera donné de voir de mon vivant. Puis je m'allonge dans le cercueil.

Les contours étroits du sépulcre compriment mes épaules et mes bras. Je sens le frottement de lambeaux d'étoffe et de choses qui s'effritent sous ma peau nue. Je lève le regard. Sans un bruit, le couvercle se referme lentement, éclipsant toute lumière. M'enfermant.

Il faut que je sorte…

Instinctivement, je me redresse vivement, me cognant violemment le crâne contre le couvercle de pierre.

Je retombe en arrière, sonnée. Je n'ai pas la place de bouger. Cet espace n'est pas conçu pour les vivants. Tant bien que mal, je porte la main à mon front et essaie d'évaluer dans cette obscurité oppressante le sérieux de ma blessure. Mes doigts sont mouillés. Une goutte de sang chaud glisse le long de mon nez, de ma joue. Je presse le couvercle de mes mains, poussant de toutes mes forces, animée par la rage de vivre.

Rien.

L'obscurité est totale. Ce tombeau sera le mien.

Je vais mourir ici, je vais mourir ici, je vais mourir ici, je vais mourir…

Paniquée, je respire par saccades, puis j'entends une voix dans ma tête, une voix froide et claire qui m'ordonne :

Arrête d'hyperventiler, sinon tu vas utiliser tout ton air. Respire doucement.

Je me force à respirer calmement.

Inspire.

J'inspire.

Expire.

J'expire.

J'attends d'autres instructions, mais le silence s'est fait. Je ferme les yeux.

Puis un souvenir me revient en mémoire, précis et étrange.

Nous sommes partis tôt pour aller cueillir des champignons – Regarde, Maggie –, Maggie et moi regardons dans la direction que nous indique maman ; les champignons sont là, petits, sombres, à moitié cachés dans l'herbe. Je sautille sur place, tapant dans mes mains tandis que maman rit…

J'ouvre les yeux sur d'impénétrables ténèbres. Je ne sais pas d'où sort ce souvenir. Je ne sais pas qui sont ces gens. Je les referme et je me vois…

… cachée au pied du mur du monastère, l'herbe me chatouillant les pieds ; cachée, car je dois attendre que les garçons soient partis pour

pouvoir entrer et apprendre à lire, ce qui doit rester un secret parce que je ne suis qu'une fille, une simple fille ; malgré tout, les moines disent que je lis aussi bien qu'un lettré et que je…

Je vais mourir.

… traverse la place du marché sous le regard haineux des villageois qui murmurent et marmonnent ; ils écoutent les histoires qui circulent, puis ils les colportent à leur tour, des histoires aussi empoisonnées que la belladone et qui ne tarderont pas à se traduire en actes ; pas encore parce que le pire n'a pas été dit, mais ce n'est qu'une question de temps avant qu'ils ne me traitent de…

Prisonnière.

… dans le ventre de cette cuisine où, penchée au-dessus de la grosse marmite en fonte, les cheveux tirés en arrière sous ma coiffe, les joues luisantes de sueur, j'attends la tombée de la nuit ; c'est alors que je monterai l'escalier, le cœur battant, guidée par la lueur de la chandelle qu'il aura placée à mon intention sur la septième marche, jusqu'au haut de la tour où languit mon bien-aimé, et où il n'y aura plus ni seigneur ni servante, mais deux amants, c'est ce qu'il m'a dit…

J'ai du mal à respirer.

— *Prends soin de lui, Katherine, je te le confie.*

Lucas.

J'ouvre grand les yeux.

Souviens-toi de Lucas. Il faut que je reste éveillée. *Je n'ai pas le droit de renoncer.* Je dois me réveiller. Me forcer par tous les moyens à me réveiller.

Je m'oblige à saisir la broche entre mes mains, sa brûlure me tiendra éveillée, mais elle n'est plus que tiède. Je presse alors mon pouce sur la minuscule épée qui fait partie du fermoir et la douleur, nette et puissante…

Il la range dans sa chambre, dans le petit coffret doré. Il s'en sert pour attacher sa cape, une belle cape en laine qui gît par terre à présent, en tas. Elle est dans ma famille depuis des temps immémoriaux, elle appartenait à une tribu celte – *c'est ce qu'il m'a raconté lorsque nous étions allongés l'un contre l'autre dans l'obscurité, tout en haut de la plus haute tour, juste avant de couvrir mon corps du sien.*

Maintenant, je la brandis. La lumière de la lune la fait briller et ici, dans l'air suave de la nuit, je n'en ai besoin qu'un instant avant de la remettre à sa place. Puis je dégaine le couteau et récite la formule consacrée qui remonte à la nuit des temps et passe la lame sur mes poignets, goûtant la douleur…

La broche circulaire devient presque trop chaude dans ma main, je dois être en train de mourir, je me meurs, mon esprit s'échappe, *mon Dieu, je ne veux pas mourir, je ne veux pas mourir…*

… Je traverse le vaste vestibule. La fête bat son plein. Ils sont tous imbibés d'alcool, la noblesse ne se tient plus. La grande table en bois est trempée d'hydromel, le sol jonché d'os que se disputent, parmi les joncs, des chiens dans des grognements féroces. La musique est paillarde, les convives tapageurs. Personne ne me voit. La tête couverte d'une capuche, silencieuse. Même en temps normal, ils ne me verraient pas. Les servantes sont invisibles. Y compris celles qui laissent un filet de sang derrière elles. Je ne me hâte pas. Un toast! *s'écrie quelqu'un. Les mots sont autant de pierres. De pierres qui pleuvent sur mon dos. Je m'arrête un instant.* Un toast! *Ceux qui sont encore capables de lever leur calice le font. Toute la nuit, ils n'ont fait que porter des toasts. Ils tournent le regard vers le seigneur et sa jeune épouse. Son visage est empourpré, ses yeux brillent. Il rit. Prend la main de son épousée dans la sienne. Abreuvé d'hydromel, il triomphe. Il embrasse la main de sa dame. Les invités hurlent leur joie.* Un toast! *Je me remets en*

marche et entends encore : Que la vie vous donne de nombreux fils ! *Je souris.*

Mes paupières sont si lourdes, si seulement je pouvais me reposer un instant, me réveiller de ce cauchemar, je…

… descends dans la crypte. Dédié aux morts, ce lieu est tranquille. Frais. Silencieux. Quelques torches coincées dans leur support métallique brûlent tout en haut de la salle. Je passe devant une rangée de tombeaux en pierre, sous le regard mort des anges de pierre. Je me dirige vers ce qui m'attend à l'autre bout de la crypte, vers ma propre sépulture. Elle me sera bien utile. Elle est déjà occupée, mais je sais que son hôtesse ne m'en voudra pas.

Je repousse le couvercle. Crissement de pierre contre pierre, semblable à un grincement de dents de géant. Je pousse jusqu'à ce que j'aie assez de place pour me faufiler à l'intérieur. Je me déshabille, révélant mes poignets cerclés de rouge. Tu es poussière et à la poussière tu retourneras. *Une jambe après l'autre, je me coule dans le cercueil. Dans l'obscurité fétide. Le fond est jonché d'ossements. Mais le précédent occupant de ce lieu ne se plaindra pas. Après tout, je ne suis pas une personne, juste une servante. Allongée sur ma couche mortuaire, j'use de mes dernières forces pour remettre le couvercle en place. Mon sang s'écoule de mes veines, dessinant une ligne de vie, preuve de mon existence, et, avec lui, ma volonté me quitte. La pierre écorche mes doigts qui deviennent sanguinolents et glissants. Je me mords la lèvre, mes bras n'en peuvent plus, enfin, le couvercle bouge et se referme dans un crissement, ne laissant passer qu'un filet d'air ; ma respiration s'amenuise, le couteau a été efficace, la broche en anneau bien replacée dans la chambre et bientôt je m'en irai ; ils ne me trouveront pas une fois que l'incendie se sera propagé.* Je ne peux pas respirer, je ne peux pas respirer…

Je suis je suis *je suis*

28

La femme ouvre les yeux.

Ses yeux sont ouverts dans le noir. Il fait trop sombre à l'intérieur. Il n'y a pas assez d'air. Ses bras s'étendent et ses paumes prennent appui contre la pierre. Elle se met à pousser. Le couvercle est lourd, il devrait être impossible pour quelqu'un d'allongé de le faire bouger et pourtant, pourtant, peu à peu il bouge, glisse sur le côté.

Une main émerge, les doigts agrippant le bord du couvercle, tandis que l'autre continue de pousser, de forcer…

Lentement, la femme s'assied, déroulant vertèbre après vertèbre, jusqu'à ce qu'elle se tienne droite, figée. Puis elle recommence à pousser, se servant du poids de son corps. Un pied par terre, puis l'autre. Muscles, tendons, tissus, fibres, os. Elle se meut comme si elle était restée immobile un très long moment.

Les rayons de lumière que projettent les torches sont réfléchis. Les rayons de lumière traversent sa cornée, ses pupilles. L'iris s'agrandit, se rétrécit, s'agrandit à nouveau, s'ajuste. La lumière est malléable. Elle ondule, ondule et se propage à toute vitesse jusqu'à ce qu'elle soit captée et analysée par des millions et des millions de cônes et de bâtonnets, des bâtonnets et des cônes qui transportent la couleur, les détails, les formes perçues dans la pénombre et l'obscurité, primaires, secondaires, en périphérie et de face, et tout, absolument tout est enregistré, converti en impulsions électriques envoyées à son cerveau, son cerveau où l'image est fabriquée.

La femme fait un pas en avant. Puis un autre et encore un autre. Un pied devant l'autre. De plus en plus vite, elle marche, avance à grandes enjambées, puis se met à courir.

Ne regardant ni à droite ni à gauche, elle remonte l'escalier en pierre, traverse le passage qui débouche dans le hall. Il n'y a plus rien à voir, ni seigneurs et dames vêtus de beaux atours, ni serviteurs empressés, ni feux qui brûlent dans les âtres, ni tapisseries sur les murs, ni joncs sur le sol. Alors qu'elle franchit l'entrée voûtée qui la mène dehors, la femme sent l'air de la nuit sur sa peau nue puis la caresse d'une brise légère. Chacune de ses cellules réagit, chaque poil du duvet qui recouvre son épiderme se dresse de joie. Elle inspire profondément, remplit ses poumons d'air, d'air bienfaiteur et nourrissant. Son sang s'enrichit et brille de tous les éléments que l'air lui apporte. Son dos, ses seins sont exposés au monde entier, obscur. Ainsi qu'à la vie.

Elle frissonne et se réjouit de constater que son corps proteste. Sa peau est refroidie par ses propres gouttes de sueur. Elle s'émerveille du moindre picotement ressenti. Sa chair, douce et sensible. Nue dans la nuit. Les étoiles, minuscules têtes d'épingle au-dessus d'elle et la gravité qui ancre son corps. Ses pieds, nus. Grâce à ses oreilles, elle capte les sons, le murmure du vent dans les arbres, celui des choses qui s'éveillent une fois la nuit tombée. Au-delà, elle entend d'autres bruits et sait que, là-bas, elle trouvera ce dont elle a besoin.

La femme se met à courir vers les eaux sombres, vers la petite embarcation à moitié tirée sur le sable, décidée, prête à agir.

29

Tu attends ta bien-aimée. Tu as regardé son visage blême s'éloigner ; elle s'est tournée vers toi quand tu lui as dit combien de temps elle avait avant de revenir.

Je te donne une heure.

Mais la lune décline rapidement et toujours aucun signe de ta bien-aimée. L'heure est presque écoulée. Où est-elle ? Elle n'a nulle part où aller et, de toute manière, tu l'aurais sentie, tu es si bien connecté à elle maintenant. Tu sais ce qu'elle pense, ce qu'elle ressent, tu connais ses peurs, ses espoirs et ses secrets, ses rêves et ses ravissements. Si elle était allée trop loin, tu le saurais ; elle est proche, tu en es certain. Malgré tout, une promesse est une promesse et Katherine devrait savoir que tu ne parles pas en l'air. Il est important de tenir sa parole. Tu regardes cet homme qui dort. Tu soupires, tu hoches la tête.

Tu as choisi, parmi ceux du bloc, un long couteau de cuisine tranchant. Pour le moment, tu n'as pas besoin de te servir de la lame spéciale qui t'attend sur la terrasse ; tu la réserves à quelqu'un qui t'est cher, à ta bien-aimée. Lame heureuse, dame heureuse et Katherine et toi n'allez pas tarder à être unis dans le sang, dans la mort, dans le rouge, apogée et union de destinées. Tu la baptiseras parmi les restes de son mortel amant. Tu montes les marches et sors sur la terrasse où il gît, immobile. Tu prends le temps de respirer l'air de la nuit, de regarder briller les étoiles, la lune flotter dans le ciel. Tu considères l'homme assoupi. Celle que tu aimes du plus profond de ton âme a bien fait. Son idée était vraiment judicieuse ; elle t'a considérablement simplifié la tâche. Ton Agent a vraiment aimé cet homme. Pour toi, il n'a fait que jouer son rôle. Tu saisis le couteau.

— Merci, dis-tu à l'homme.

Profondément endormi, il ne peut pas t'entendre, mais c'est la pensée qui compte. *Merci.*

Puis…

… toi qui n'es jamais surpris, qui connais les désirs et les fantasmes de tout être et de toute chose, les perversions les plus sombres et les idéaux les plus élevés, les pensées les plus brillantes et les plus merveilleuses…

… tu ne la vois pas qui attend dans l'obscurité.

Tu ne la perçois pas, tu ne sens pas sa couleur rouge ni ne discernes la myriade d'éléments qui la composent, la nébulosité d'amour, de doute, de peur, de joie, de culpabilité, d'anxiété, de confiance, d'espoir et de milliers d'autres choses qui font que Katherine est *Katherine*, qu'elle est *qui elle est.*

Elle tient ta lame sacrée serrée dans sa main, la lame de l'infini, la lame de la moisson, la lame que tu as laissée sur la terrasse et que toi seul devrais manier. Toi qui lis dans les pensées, qui entends les réflexions intérieures, qui dévores les émotions, qui prêtes l'oreille aux secrets intimes du monde, toi qui peux percer l'obscurité de ton regard et qui goûtes la douce musique cristalline des astres, tu ne l'as pas sentie, absolument pas. Pour la première fois depuis que tu existes, un vent de panique te saisit.

— Katherine, dis-tu, Katherine, mon amour.

Mais elle ne te répond pas, elle se contente de te regarder en tremblant de tous ses membres, les lèvres retroussées en un rictus qui lui dénude les dents, un grognement sourd sortant du fond de sa gorge ; elle n'est pas Katherine, mais quelqu'un d'autre, quelqu'un d'entièrement différent, une chose étrangère agrippant cette lame qui t'appartient, nue et sauvage, la peau pâle et froide, les yeux rouges, emplis de quelque chose qui n'est pas Katherine. Tu n'es plus seulement inquiet ; ta respiration s'accélère, ton cœur bat plus fort et, pour la première fois, tu as peur.

Elle grogne, puis bondit.

Elle est dans tes bras. Mais elle n'est plus chaude et malléable, elle est féroce et décidée, incroyablement forte tandis qu'elle se jette sur ta gorge, te griffe les yeux, te mord, te lacère tel un chien enragé.

Malgré tout, tu pourrais encore avoir le dessus.

Mais voilà que sourd en toi cette chose jusqu'alors enfouie.
Mais voilà que sourd en toi cette chose jusqu'alors enfouie.
Mais voilà que sourd en toi cette chose jusqu'alors enfouie.

Tu sais et tu es conscient, tu as vu ce qui s'est passé la fois où tu pensais avoir perdu.

La nuit où elle était restée chez toi et t'avait appelé dans son cauchemar et que tu étais accouru.

« Je t'en supplie, t'avait-elle dit. Je t'en supplie. »

Il l'avait entendue au plus profond des ténèbres les plus insondables, avait émergé du fond de la prison de son enveloppe charnelle, sous et au-delà du mur, ce petit éclat brillant secret bien réel, son vrai moi s'était élevé encore et encore et l'avait prise dans ses bras et lui avec elle, unis comme simples homme et femme, il avait pris possession d'elle, mais non pas dans un esprit de luxure ni même de haine ou de lubricité, mais d'amour, avec une infinie douceur, ce qui est bon et bien, parce qu'il l'avait aimée de tout son cœur humain et tendre et, ce faisant, il avait été, un moment au cœur de cette nuit, vraiment lui-même. Avant que le cauchemar ne recommence, avec son cortège de folie, de barbarie, de terreur et de désespoir, de malheurs et de tortures d'innocents, de souillures et de dégradations, de vies ruinées formant un amas coagulé, un tissu empoisonné par la mort qu'il connaîtrait intimement et devrait porter en lui tout le long de son existence. Les hurlements, les supplications, les chairs meurtries et la désespérance.

Et maintenant, Katherine était dans ses bras, ses bras à lui qui lui étaient rendus, et il savait la douleur, le remords, la souffrance, la fureur, la haine et l'angoisse qui s'ensuivraient s'il ne le faisait pas et c'est ainsi qu'il s'était adressé à Katherine, à la Katherine qu'il aimait de tout son cœur. Il savait que la femme qui sifflait, qui grondait, qui crachait et se jetait sur ses yeux pour les lui arracher n'était pas elle, mais il croyait, il croyait que quelque part, Katherine était là et qu'en conséquence il n'avait pas d'autre choix, et ce fut donc par amour, avec foi, qu'il lui tendit son corps enfin à nouveau sien et qu'il ouvrit les bras pour la recevoir, faisant au même instant, avec une profonde sincérité, écho aux mots de sa bien-aimée.

— Je t'en supplie, l'implora David Balan.

La femme poussa un hurlement de triomphe infernal et plongea la lame dans son corps, jusqu'à la garde. Le cri tira de sa torpeur l'homme endormi sur la terrasse, le ramenant à la terrible réalité de ce monde ; lui aussi se mit à hurler ; Katherine vit les yeux de David Balan se révulser tandis que son corps, inerte, basculait contre la rambarde, puis chutait sur le sol en terre en contrebas, les yeux fixés sur un point dans le ciel que plus jamais il ne verrait.

Laisse faire maintenant, car il est convenable que nous accomplissions ainsi tout ce qui est juste.

AU COMMENCEMENT

Il ne les avait pas tout de suite vus. Il était sorti dans la nuit pour prendre l'air et s'éclaircir les idées après être longtemps resté dans la pièce bondée et surchauffée, à observer le spectacle qu'offrait le défilé incessant de ceux qui venaient, un par un, payer leur tribut et s'agenouiller aux pieds de la jeune femme. Il ne savait comment, mais la rumeur s'était répandue à la vitesse de l'éclair. Dans l'ombre, oublié de tous, le cœur lourd et accablé par un sentiment de solitude, il avait enduré la scène jusqu'à ce que, n'y tenant plus, il sorte contempler les étoiles indifférentes qui brillaient sans pitié ni miséricorde au firmament.

Les yeux levés, il se remémora la première fois qu'il l'avait vue.

Elle était petite, la peau mate et pas totalement dénuée de charme. Elle lui avait semblé pudique. Ses parents avaient dû la pousser pour qu'elle le salue. Il l'avait étudiée tandis qu'elle se tenait devant lui, tête baissée, ses cheveux foncés masquant son visage. Le mariage avait été arrangé.

Deux jours après cette rencontre, elle était venue le voir alors qu'il était seul dans son atelier. Elle était restée debout, éclairée par les rayons de lumière qui filtraient à travers les ouvertures et dans lesquels dansaient des grains de poussière, entourée d'éclats et de copeaux de bois. Ses yeux brillaient et sa voix était dure.

— Hosanna, lui avait-elle dit avant de lui parler de visions, d'anges et du Très-Haut.

Elle était restée plantée devant lui, les yeux brillants et la voix de plus en plus forte et, tout à coup, il s'était rendu compte qu'elle était belle et que cette beauté n'était pas pour lui.

Il l'avait frappée.

Il l'avait frappée du plat de la main. Le coup était parti tout seul, sans qu'il le veuille, et l'avait atteinte à la joue. Elle s'était arrêtée de parler et le silence qui s'était ensuivi avait été terrible.

Sur sa joue, il voyait la marque blanche laissée par sa paume ; un mince filet de sang s'écoulait d'une de ses narines, là où la partie charnue de sa main l'avait atteinte. Elle ne s'était pas recroquevillée sur elle-même, elle n'avait ni pleuré ni ne lui avait demandé pardon, se contentant de le regarder avec pitié et une profonde tendresse.

Il lui avait ordonné de le laisser, puis c'était lui qui avait pleuré. Car il savait qu'elle était belle, qu'il l'aimait et qu'elle ne serait jamais sienne.

Il avait passé la nuit à se retourner dans son lit. Jamais il ne retrouverait l'homme ou les hommes qui avaient foulé aux pieds l'innocence de cette jeune fille.

Impossible de savoir si elle était rusée ou si la perte de son innocence l'avait rendue folle, mais rien ne pouvait la faire démordre de l'idée que ses visions étaient appelées à se réaliser.

Lorsqu'il s'était confié à eux, ses proches l'avaient poussé à la répudier, que ce soit au vu et au su de tous ou en toute discrétion. Il avait refusé. Sa mère avait pleuré et son père lui avait dit qu'il n'était qu'un idiot d'accepter d'élever l'enfant d'un autre ; qu'il serait traité de cocu et couvrirait sa famille de honte. Lui ne pensait qu'au visage de sa promise et au mince filet de sang. Jamais il ne pourrait renoncer à elle.

Le lendemain, il lui avait dit que lui aussi avait reçu la visite de l'ange et que celui-ci lui avait accordé sa bénédiction. En pleurs, elle l'avait embrassé, inondant sa poitrine de ses larmes. C'était la première fois qu'elle le touchait de sa propre initiative. Il avait alors vu qu'il pourrait, même modestement, se faire aimer d'elle et avait pris sa résolution.

Ainsi s'étaient-ils mis en route. Non pas chassés par les murmures et les regards torves, les petites vexations que lui seul semblait percevoir, mais parce qu'elle croyait qu'ils n'étaient pas en sécurité en ce lieu. Quand il l'avait pressée de s'expliquer, elle avait esquivé, se contentant de répéter qu'ils devaient s'en aller. Dans son regard, il avait vu de la peur et su qu'elle disait vrai. Même si aucune cérémonie n'avait encore officialisé leur union, dans son cœur il se sentait marié à elle et n'envisageait pas un instant de la laisser partir seule.

La première nuit de leur périple, alors qu'ils reposaient allongés sous des couvertures grossières, il avait tendu le bras vers elle dans le noir, espérant trouver un peu de réconfort à son contact. Elle n'avait ni bronché ni protesté, mais était restée passive et distante, le regard fixé sur le ciel, le corps aussi inerte qu'un roc. Il avait retiré sa main et, de ce moment-là, ne l'avait plus touchée, que ce soit pour exprimer sa tendresse ou sa haine.

Ils avaient poursuivi leur voyage, franchissant nombre de collines caillouteuses. Accablés de chaleur la journée, ils frissonnaient la nuit sous un froid glacial qu'exacerbait un vent piquant. Ils croisaient peu de monde et il leur arrivait de cheminer des heures entières sans échanger un mot. Seul le bruit métallique produit par la clochette qui pendait au cou de l'âne portant le poids croissant de la jeune femme brisait le silence.

Il avait l'espoir secret et honteux que ce voyage lui ferait perdre l'enfant qu'elle portait, mais elle ne montrait aucun signe de faiblesse. Sa jeunesse, sa force et sa détermination le terrifiaient. Il était épuisé au-delà du possible, mais résolu à ne jamais l'abandonner. Une argile amère les liait à jamais.

L'heure d'enfanter arrivant, ils durent s'arrêter et trouver refuge.

L'accouchement fut long et laborieux, mais elle ne cria qu'une fois, au moment où la tête de l'enfant paraissait, couverte de sang. L'homme avait espéré que ce moment les rapprocherait, mais il n'en avait rien été. Elle avait bien agrippé sa main tandis qu'en nage elle poussait, mais même à ce moment-là elle était restée aussi majestueuse et fière qu'une reine, ne semblant en aucune manière avoir besoin de lui. Lorsque le nourrisson avait vagi, enivrée par le pouvoir qu'elle détenait, elle avait poussé un cri de triomphe et de joie.

Ce ne fut que longtemps après, alors qu'il se tenait debout dans la nuit, à distance de la jeune femme et du flot silencieux de personnes venues la voir elle et son enfant, qu'il les avait remarquées.

Trois silhouettes se profilaient dans l'obscurité. Elles étaient grandes, bien plus qu'aucun homme qu'il avait jamais croisé, avec de larges épaules et un corps puissamment charpenté. Ces individus étaient vêtus de longues robes taillées dans un tissu riche au drapé souple, sombre dans la nuit étoilée. Leurs têtes étaient enturbannées et leurs visages invisibles, car ils lui tournaient le dos. En silence et sans qu'ils le voient, il s'était approché d'eux. Ils se tenaient là comme des statues, sans parler, le regard tourné vers l'abri de fortune.

Puis l'un d'eux brisa le silence.

— C'est donc arrivé.

Il avait parlé d'une voix basse et grave, comme s'il avait la gorge encombrée de terre.

Un deuxième homme lui avait répondu d'une voix légère et chantante comme une brise caressant les roseaux.

— Nous avons étudié le ciel, les signes étaient clairs… Un Vaisseau naîtra lorsque les astres s'aligneront dans un ciel flamboyant et elle portera un enfant qui remodèlera le Chant.

Et la voix grave avait demandé avec impatience :

— Mais comment un enfant né du commun des mortels pourrait-il détenir un tel pouvoir ? Il sera le feu qui nous consumera tous.

Une troisième voix, à peine plus qu'un murmure, s'était fait entendre. C'était une voix qui parlait de déserts infinis et de racines blanchies sinueuses, la voix la plus ancienne que l'homme eût jamais entendue.

— Même si le Chant est modifié à jamais, nous n'en serons que témoins. Le ciel peut bien s'enflammer et brûler ou le soleil noircir et s'éteindre, nous ne pouvons altérer ni changer la Musique. N'oubliez pas que nous nous bornons à observer, à témoigner et rien d'autre.

Tous trois étaient restés silencieux et l'homme crut qu'ils avaient fini de parler. Mais alors, la voix à peine audible ajouta, d'un ton hésitant :

— Malgré tout, on voit déjà les effets que produit la naissance de cet enfant.

— Tu parles de celui qui porte la Faucille ?

— Celui qui Récolte, qui inflige d'indicibles souffrances aux filles d'Ève, répondit la voix basse. Un Acheveur de Vie qui cherche à épargner des vies.

Le souffle archaïque assenait ses vérités.

— Et qui œuvre à préserver l'Harmonie.

Après un instant de silence, l'homme qui parlait dans un murmure ajouta :

— Allons présenter nos hommages, puis partons. Le jour ne va pas tarder à se lever et la route du retour est longue.

Les trois silhouettes s'étaient dirigées vers l'étable et ceux qu'elle abritait. À ce moment, les étoiles s'étant mises à luire avec une intensité terrible et magnifique, il avait clairement distingué les trois personnages. Leurs robes, l'une prune, l'autre cuivre et la troisième bleu outremer, étaient brodées de fils d'or et d'argent. Chacun d'eux portait un objet. Le premier tenait un petit coffret en bois avec une claire-voie dorée, le deuxième un panier en roseau couleur crème tressé et le troisième choyait entre ses mains un pot verni violacé. Les plis de leurs turbans masquaient toujours leurs visages, mais il vit que la peau de leurs mains était couleur sable et leurs doigts, serrés autour de leurs offrandes, d'une longueur et d'une finesse inhabituelles. Alors qu'il les suivait du regard, le dernier de la file se retourna et lui jeta un coup d'œil avant d'emboîter le pas à ses compagnons.

L'homme resta un long moment seul dans le noir.

Les années passèrent, l'homme eut une belle vie, même si elle ne dura pas plus de trente printemps de surcroît. Il faisait bon usage de ses journées et, la plupart du temps, dormait tranquillement. Parfois cependant, sans prévenir, le souvenir de ce moment singulier l'assaillait. Le ramenait à cet instant et à cet endroit. Au moment où il avait regardé les trois silhouettes se diriger lentement vers l'humble abri où se reposaient la femme et l'enfant et vers lequel les gens affluaient pour s'incliner devant eux.

Il se remémorait l'instant où le dernier homme s'était retourné et l'avait fixé. À ce souvenir, il frissonnait. Il serrait la mâchoire et fermait les yeux, sans pour autant parvenir à chasser de sa mémoire ce qu'aucun homme n'aurait jamais dû voir.

Les yeux argentés, le regard d'un autre monde.

LE FAUCHEUR RETROUVÉ MORT

« C'était comme si le diable en personne le guidait »

LE TUEUR EN SÉRIE DE SINISTRE NOTORIÉTÉ, responsable de la mort de douze femmes, a été formellement identifié : il s'agit de David Balan, un avocat de trente-cinq ans travaillant pour le cabinet Jacob & Riviera.

Selon les autorités, c'est une lettre écrite de la main du tueur lui-même qui a permis à la police de localiser sa dépouille dimanche matin à Waterville, dans le Vermont.

Balan a été retrouvé le cou brisé et le torse criblé de coups de couteau. Selon toute vraisemblance, il serait tombé à la renverse d'un balcon en bois situé à l'étage d'un bungalow, après avoir été mortellement poignardé par Katherine Emerson au cours d'une lutte.

Un informateur anonyme avait révélé à la police que Balan était parti pour le Vermont dans l'intention d'assassiner Katherine Emerson, la petite amie de Sael de Villias. L'un des meilleurs amis de Balan, de Villias est président de la société RuBu Enterprises.

Surnommé le Faucheur – Balan se servait d'une faucille pour mutiler le corps de ses victimes –, l'homme a commis une série de meurtres qui ont confondu la police new-yorkaise pendant quatre mois et fait régner la terreur sur la ville. Les victimes de Balan – des femmes âgées de 20 à 37 ans – ont toutes été retrouvées dans leur appartement, la porte d'entrée verrouillée, nues et attachées à leur lit.

La plupart habitaient dans des immeubles équipés de caméras de vidéosurveillance et sept d'entre elles dans des immeubles avec concierge, mais Balan a réussi à n'être jamais filmé. Par ailleurs, aucun concierge ni gardien ne l'a identifié et personne parmi les témoins ne l'a jamais vu en compagnie des victimes.

« On aurait dit un fantôme », nous a confié Nick Gusti, enquêteur en chef de la police de New York, à l'occasion de la conférence de presse qui s'est tenue dimanche après-midi. « Il pouvait aller et venir à sa guise. »

Méticuleux à l'extrême, Balan n'a laissé que très peu d'empreintes et de traces d'ADN derrière lui, alors qu'il déshabillait ses victimes et passait parfois beaucoup de temps dans leur appartement, situation en tout point inédite et que ne parvient à expliquer aucun des experts travaillant sur ce dossier.

« C'était très troublant », a déclaré Sandra Haddon, l'une des analystes médico-légales. « Cela fait quatorze ans que je travaille dans ce laboratoire et je n'ai jamais rien vu de semblable. »

Dans l'appartement de Balan, la police a retrouvé un journal dans lequel le tueur a détaillé certains de ses meurtres. Des objets ayant appartenu aux victimes ont également été récupérés.

« Il les avait cachés partout dans son appartement, c'était vraiment très étrange », a indiqué William Heinreich, porte-parole de la police de New York.

Eliza Clare, psychiatre et criminologue pour le compte du FBI, est persuadé que, très tôt, Balan a développé une obsession pour Katherine Emerson, mais que sa véritable cible était de Villias. « Tuer Andrea Bowers, puis planifier l'assassinat de Katherine Emerson était sa façon à lui d'avoir des rapports d'ordre sexuel », a déclaré Clare. Les signes cabalistiques laissés sur le corps des victimes indiquent par ailleurs que chaque assassinat était soigneusement prémédité et faisait partie d'un plan plus vaste qui devait conduire au crime final.

Plusieurs amis de Balan ainsi que des membres de sa famille refusent de croire qu'il était le Faucheur. Pour sa mère, Sierra Balan, son fils a été victime d'une machination.

« Jamais David n'aurait commis de telles atrocités. Je ne peux pas accepter cette idée. Il est innocent », a-t-elle affirmé dans une interview.

« Je suis complètement sous le choc », a ajouté Jeanette Castelli, collègue et amie de Balan, qui a déclaré les connaître, lui et de Villias, depuis le lycée. « Je ne l'ai jamais vu manquer de respect à une femme et je n'aurais jamais imaginé qu'il soit capable de commettre des actes aussi monstrueux. »

De Villias et Emerson ont pour leur part refusé de commenter la nouvelle.

Balan, décrit par ceux qui l'ont connu comme quelqu'un de bien, comme un gars sympa et beau gosse, a été comparé à Ted Bundy, le tueur en série qui a avoué le meurtre de 28 femmes et en a très vraisemblablement assassiné beaucoup d'autres.

Selon Clare, il n'est pas illogique de le comparer à Bundy : « Tous deux sont séduisants, blancs, issus de milieux aisés et éduqués. Ils se sont servis de leur charme, de leur belle gueule et de leur éducation pour attirer et s'attaquer à des femmes célibataires. »

La plupart des proches des victimes ont été soulagés d'apprendre la mort de Balan. « Je sais que sa mort ne me rendra pas ma sœur, mais au moins toute cette histoire est derrière nous, maintenant », a déclaré Susie Ranford, la sœur d'Emily – dite « Emmy » – Ranford, quatrième victime du Faucheur et fondatrice de l'association NRPS (Ne rentrez pas seules) qui avait mis en place un système d'escorte pour les femmes qui rentraient seules à leur appartement.

À ce jour, beaucoup sont encore révoltés et écrasés par le chagrin. « J'aurais aimé le tuer de mes propres mains », a ainsi confié Miguel Rodriguez, le père de la jeune Samantha Rodriguez, âgée de vingt-trois ans et deuxième victime du tueur en série.

« On ne saura jamais pourquoi il a fait ça. Il a brisé d'innombrables vies », a déclaré Anthony Goldmark, le fiancé de Melissa Lin, vingt-sept ans et cinquième victime du Faucheur.

C'est une frustration que partage l'enquêteur Gusti qui a expliqué : « On aurait aimé pouvoir l'interroger afin de mieux comprendre ses méthodes et d'empêcher qu'une telle chose se reproduise à l'avenir. Trop de questions demeurent aujourd'hui sans réponse. »

La dépouille de David Balan a été rendue à ses parents, Martin et Sierra Balan. Une cérémonie privée se tiendra à Evergreens, dans le Connecticut, et son corps sera inhumé en un lieu tenu secret.

« Nos prières et nos pensées vont aux familles et aux amis des victimes », a déclaré Donald McNeel, le maire de New York. « Toute la ville s'associe à leur peine. Les victimes ne sont plus, mais jamais nous ne les oublierons. »

30

Chaque nuit, il fait le même rêve.

Dans ce rêve, tout est blanc. La tente en toile est blanche, les nappes sont blanches. Il y a d'énormes bouquets de fleurs et d'herbes: de la lavande, des lupins, du romarin, et aussi des roses. Une brise légère pénètre dans la tente par les ouvertures. Dans ce rêve, tout le monde est heureux, tout le monde rit. Les invités sont assis autour de petites tables rondes. Posées dessus, des bougies ont été allumées en prévision de la soirée. Katherine et lui, assis à la table des mariés, font face aux invités. Devant eux, il y a un gâteau. Haut de plusieurs étages, il est nappé d'un glaçage blanc. Dans son rêve, il sait que c'est un gâteau à la carotte, son préféré. Dans son rêve, il sait qu'il doit prononcer un discours et que Katherine et lui doivent couper le gâteau. Il entend le tintement d'une fourchette contre un verre, suivi d'un autre, puis encore un autre.

— Un discours, un discours! s'exclame quelqu'un, bientôt rejoint par l'ensemble des convives.

Katherine et lui se lèvent et il déclare:

— Je veux simplement dire que je vous aime tous. Chacun d'entre vous. Merci de faire partie de ma vie, merci pour votre amour, pour votre soutien, pour votre amitié et votre sagesse.

Dans son rêve, il se tourne vers Katherine et lui dit:

— Quel que soit le lieu où tu te trouves, ce lieu est mon chez-moi.

Dans son rêve, ils s'embrassent. Un baiser doux devant lequel tous se mettent à applaudir et à s'esclaffer.

Ça, c'est pour la partie heureuse du rêve.

Puis il prend un couteau dans sa main. Un couteau à gâteau classique, en argent avec le manche recourbé. Une fois dans sa main, le couteau se retourne, comme s'il était vivant. Il bouge tel un petit animal, il se tortille. Il baisse les yeux et voit qu'il a changé. Il est plus vieux et plus grand. La lame est tranchante des deux côtés. La garde est courbe. Il est rouillé par les ans, presque rouge.

Alors, il commence à avoir peur.

Les claquements de mains et les encouragements s'intensifient.

Quelqu'un crie : « Coupez le gâteau ! », injonction que reprend l'ensemble des convives : « Coupez le gâteau ! Coupez le gâteau ! »

Mais il ne veut pas couper le gâteau avec ce couteau. Quelque chose ne va pas avec ce couteau. Katherine pose sa main sur la sienne. Katherine n'a pas remarqué que le couteau a changé, que ce n'est plus un simple couteau, mais quelque chose d'autre. Il essaie de lui dire que le couteau a changé, qu'il est différent. Qu'il ne veut pas que cette lame rouillée, bizarre, s'approche de leur gâteau de mariage.

Elle hoche la tête et lui sourit. Sa main pèse sur la sienne qui tient le couteau. Ce n'est pas un couteau, c'est une dague.

Elle lui sourit avec tendresse, mais elle est très forte. Il va être forcé de couper le gâteau avec la dague. Il essaie de reculer et lève les yeux sur ses invités pour leur demander de l'aide quand il voit…

Une femme.

Debout dans l'entrée. De longs cheveux épais lui recouvrent les épaules. Sa peau est pâle, cireuse. Elle porte une robe verte à manches longues. Celle-ci semble usée et rapiécée, piquetée de moisissure blanchâtre, *mais non, c'est impossible*, se dit-il. Il tente de mieux voir l'inconnue, mais elle se tient à l'écart de la foule. Elle ne chante ni ne tape dans ses mains, ne se réjouit ni ne rit. Elle le regarde, il s'en souvient, comme elle l'a toujours fait, ses yeux creux ombrés.

— Coupez le gâteau ! Coupez le gâteau !

Il regarde à nouveau et voit que le couteau n'est plus qu'à quelques centimètres du grand gâteau blanc.

Il essaie de crier *Non !* – cette lame ne doit pas toucher leur gâteau, leur avenir, leur bonheur.

Mais dans son rêve, il ne peut pas l'arrêter. Dans son rêve, la lame finit par plonger dans le gâteau.

Un liquide sombre dégouline de chaque côté de la lame. Un liquide rouge sombre qui vient former une mare dans l'assiette.

Quand il lève les yeux à nouveau, la salle est vide. Il n'y a plus personne hormis David et Katherine, tous deux assis à l'autre bout de la tente.

Ils le regardent, applaudissent et l'acclament. Mais quand il leur sourit, il voit cette femme aux longs cheveux bruns se diriger vers eux une assiette à la main. Posé dessus, un morceau de gâteau dégoulinant de sang. Katherine et David ne peuvent pas la voir, mais dans son dos, elle tient une dague avec un grand manche ouvragé. Elle glisse lentement vers eux, ses longs cheveux masquant son visage.

Il voudrait crier *Non !* mais aucun son ne sort de sa bouche. Il voudrait courir, mais l'air est épais, visqueux. Quand la femme arrive devant leur table, David et Katherine lèvent les yeux ; elle se penche vers eux pour leur parler et leur offre une part de gâteau ; David tend son assiette et dit :

Stop! essaie-t-il de hurler. *Stop!*

Mais David tend son assiette et dit:

— S'il vous plaît.

La femme sort le couteau de derrière elle, le lève au-dessus de sa tête et, lorsqu'il s'abat, Katherine ne regarde ni la femme ni David, mais détourne le regard sur Sael. Elle sourit, mais son sourire s'est transformé en une traînée de sang.

C'est alors qu'il se réveille, en nage, le cœur battant. Il reste allongé. Le regard fixé au plafond tandis que l'appareil de thérapie sonore à bruit blanc chuinte. C'est grâce à la lumière de la salle de bains qui filtre à travers la porte entrebâillée qu'il peut voir le plafond. Car il ne peut plus dormir dans le noir. Il reste allongé, fixant le plafond. Peut-être allumera-t-il la télévision. Peut-être que dans un instant il se lèvera, qu'il ira pisser un coup. Peut-être qu'il gagnera la cuisine, qu'il ouvrira le réfrigérateur, qu'il le refermera. Peut-être boira-t-il une bière. Peut-être se servira-t-il un autre verre d'eau. Peut-être surfera-t-il sur le Web, peut-être travaillera-t-il. Peut-être fera-t-il une de ces choses. Il est éveillé, le regard fixé au plafond.

« Qu'est-ce que cela peut bien vouloir dire? avait-il demandé au thérapeute quand il croyait encore qu'une thérapie pourrait l'aider.

Que croyez-vous que cela veuille dire?

Mais Sael n'a pas envie de discuter du sens de ce rêve; il veut juste qu'il cesse. La thérapie ne semble pas l'aider. Il a une ordonnance pour de l'Ambien, pour du Xanax et du Clonazepam et, dans le placard de la salle de bains, une petite bouteille remplie de cachets. Il se lèvera peut-être pour aller en chercher un. Une fois le rêve passé, avec un peu d'aide, il pourra se rendormir. Peut-être prendra-t-il un cachet. En fait, non.

Il reste éveillé.

Qui sait combien de somnifères elle lui a donné? *Tu aurais pu me tuer, tu sais? Peut-être était-ce ce que tu voulais.* Il était inconscient, mais entend toujours le hurlement qui l'a transpercé et ramené à la réalité alors même qu'encore sonné et clignant des yeux, il l'a vue…

— *C'était de la légitime défense, il allait nous tuer.*

… poignarder David en pleine poitrine alors qu'il se tenait devant elle les bras grands ouverts. David qui, les yeux révulsés, avait alors basculé par-dessus la rambarde, à ce moment déjà, marionnette désarticulée.

— *Sael, je t'en prie, crois-moi.*

Mais pourra-t-il jamais la croire à nouveau ?

— *C'est donc David qui t'a dit que…*
— *Oui.*
— *Et tu l'as cru ?*
— *Oui.*
— *Pourquoi, Katherine ? Pourquoi ?*
— *Je ne sais pas, je ne sais pas ! Peut-être à cause de la fois où tu as coupé ma culotte ou de celle où tu es monté jusqu'à ma chambre par l'escalier de secours…*
— *Et cela suffirait à faire de moi un tueur en série ?*
— *J'avais peur ! Et puis il m'a dit ce qui s'était passé avec Sara.*
— *Je te l'ai déjà raconté ; je ne t'ai pas menti.*
— *J'avais une trouille bleue. Je ne savais pas…*

L'ironie de la situation est vraiment amère. Alors qu'il a trahi David, il a été trahi à son tour. Alors que David les a rapprochés, il est aussi la cause de leur séparation.

— *Alors tu t'es dit que j'étais…*
— *Ça ne s'est pas passé comme ça…*
— *Tu t'es dit que j'étais un tueur en série.*

— …

— *Tu as cru que j'avais tué Sara et toutes ces autres femmes.*

— *Sael, je…*

— *Tu as cru que j'allais te tuer.*

— …

— *Réponds-moi, nom de Dieu !*

— *Oui.*

Partout étalée. L'histoire, mais pas la vraie, n'importe quelle version qui circule, n'importe quelle rumeur qui se répand. Leurs visages aussi. Un vrai virus, une éruption d'opinions, de spéculations ; affichée, débattue, discutée, combattue, approuvée, théorisée, objet d'ébahissement. C'est à peine s'il ose sortir en public. Quand il n'a pas le choix, il met des lunettes de soleil et se coiffe d'un chapeau. Mais cela ne suffit pas.

Le Faucheur, le monstre responsable de la mort d'au moins douze personnes et qui a terrorisé une ville entière, a été officiellement déclaré mort…

Les gens le regardent autrement. Et pas uniquement la police et ses inspecteurs suspicieux et sceptiques. « Vous ne vous êtes jamais douté de rien, vous n'en avez jamais discuté ? Allez, racontez-nous. Vous étiez endormi tout le temps qu'a duré l'attaque ? Pendant combien de temps ? »

Même ses amis proches se sont éloignés de lui, comme s'il aurait dû soupçonner quelque chose. Savait-il quelque chose ? Pourquoi n'a-t-il rien su ? Pourquoi ? Et s'il était complice ? *Vous étiez si proches.* Peut-être qu'au fond de lui il sait que, comme d'habitude, tout n'a pas été révélé. Pourquoi n'a-t-il pas su, ou dit quelque chose sur l'homme qui était son meilleur ami, sur ce David qui répugnait à capturer araignées et cafards, qui refusait d'utiliser des tapettes à souris dans les dortoirs de la fac ?

Elles sont tellement mignonnes ! On pourrait les apprivoiser, leur apprendre à nous amener des bières, à chanter a capella.

Les experts qualifient de trophées les objets retrouvés dans l'appartement de David. Il ne s'agit pas seulement des journaux intimes, des notes et du reste, ni des sous-vêtements non plus, mais d'objets tels que le livre, la figurine, la barrette à cheveux, le rouge à lèvres. Des objets courants, triviaux. On a aussi retrouvé une boucle d'oreille, une chaussure, une brosse à dents, une photographie, de la nourriture pour poissons.

David qui l'appelait ou discutait avec lui devant une bière. *Sael, mon vieux, je m'inquiète pour toi, parle-moi. Qu'est-ce qui se passe ?*

Il y avait un très grand nombre d'objets, tous des hommages aux victimes.

Sael, Sael ! Un commentaire ? Qu'avez-vous à déclarer ? Sael ! Seriez-vous prêt à nous accorder une interview ? À ce que l'on écrive un article sur vous ? Sael, nous aimerions vraiment savoir ce qui s'est passé, nous voulons savoir, nous avons besoin d'entendre votre version.

« Pas David », a-t-il déclaré à la police, aux enquêteurs, à tous ceux qui voulaient bien l'écouter. « Pas David, ce n'est pas possible. » Il y a erreur, une terrible erreur, mais la lettre et les indices retrouvés disent tous *si, si, si*, c'était lui.

— *Salut, tu sais où se trouve Cooper Hall ? Je suis complètement perdu.*
— *Suis-moi, j'y vais, justement.*
— *Merci.*
— *Au fait, je me présente. Sael.*
— *Et moi, David. Enchanté de faire ta connaissance.*

— *Nous sommes de tout cœur avec ceux touchés de plein fouet par la tragédie, avec les familles et les amis des victimes.*

— *Tu veux aller prendre un verre après les cours ?*
— *Avec plaisir.*

Katherine Emerson, âgée de trente-quatre ans, est la seule à avoir réchappé aux attaques brutales du Faucheur.

Cette jeune femme courageuse s'est battue non seulement pour se défendre elle, mais aussi pour défendre son petit am...

Abruti par les somnifères, trébuchant, il s'était précipité au bas des marches, là où gisait David. Quand elle avait voulu s'approcher, il lui avait crié dessus. Elle était barbouillée de sang et de terre, comme tout droit sortie d'un film d'horreur. Il avait hurlé encore et encore, et sangloté ; les mots qu'il avait fini par réussir à prononcer avaient été couverts par la sirène des voitures de police, encore loin dans la nuit noire. Il avait fallu lui administrer un tranquillisant. Sa voix était devenue rauque à force d'avoir vociféré.

Espèce de tarée, espèce de psychopathe, tu l'as tué, tu l'as tué, tu l'as tué !

Cela fait un mois, deux semaines et quatre jours qu'il ne l'a pas vue.

Je t'aime, Sael, je t'en supplie, ne fais pas ça.

Peut-être qu'il se lèvera, qu'il enfilera une tenue de sport et sortira courir.

Sael, je t'en supplie. S'il te plaît, restons unis dans cette épreuve.

Il peut courir le long de la rivière. Il ne croisera pas grand monde. On ne l'embêtera pas.

Sael, j'ai besoin de toi.

Il courra, courra, courra jusqu'à ce que sa tête soit vide de toute pensée et que seul existe le sentier devant lui ; il courra jusqu'à ne plus entendre que les battements frénétiques de son cœur, jusqu'à ne plus sentir que sa poitrine qui se soulève pour inspirer, puis se creuse pour expirer, sa poitrine qui inspire, qui expire, qui inspire, qui expire, la course le portant ainsi sans fin en avant.

Sael, tu m'as dit que tu m'aimais. Je croyais que tu m'aimais. Je croyais que tu voulais que l'on se marie.

Il courra jusqu'à ce qu'il ne pense plus à rien ni personne, jusqu'à ce qu'il ne reste plus que lui, que son corps tout entier absorbé par la course.

C'est vrai Katherine, moi aussi je l'ai cru.

Il se lèvera bientôt, mais pour le moment, il reste allongé.

31

Assis sur un banc dans le parc, nous regardons les promeneurs passer devant nous. Quelques adolescents sont assis dans l'herbe, camaïeu de denim et de rires ; l'inévitable guitare se fait aussi entendre, mais rien d'insupportable. Pour une fois, les Hare Krishna ne sont pas là à chanter. Des pigeons se battent autour d'un reste de petit pain. Les gens déambulent. Une fille et un garçon prennent des photos avec de vieux appareils argentiques. Je me tourne vers mon compagnon.

— Comment ça se passe côté yaourt glacé ?

Il me considère un moment de ses grands yeux marron solennels, puis se remet à lécher le cornet de façon méticuleuse en le faisant tourner sur lui-même afin d'égaliser la glace et d'éviter qu'elle ne dégouline. Il acquiesce.

— C'est bon ?

— C'est bon.

— Parfait.

Je ferme les yeux un instant, m'adosse au banc et écoute les rumeurs de la ville qui nous parviennent. Chassés par la brise, des brindilles et un gobelet en carton roulent sur le sol ; quelque part, un petit chien aboie. Au loin, des voitures klaxonnent, bruit qui paraît presque amical. Il n'est pas difficile d'avoir foi en l'humanité à la fin d'un après-midi de dimanche, un cône de *frozen yogurt* à la main. J'ouvre les yeux et vois un couple passer devant nous ; ils ont une vingtaine d'années et marchent main dans la main en discutant et riant. Instinctivement, je lève la main et, sous ma chemise, sens la présence discrète du bijou toujours pendu à mon cou. *Katherine, acceptes-tu de le porter aujourd'hui, demain et pour toujours ?*

— Kat ?

— Oui, mon chéri ?

Je me redresse et le regarde.

— Qu'est-ce qu'il y a ?

— Tu veux goûter ?

Il me tend sa glace.

Je sais ce que signifie ce geste. Quand j'avais quatre ans, la glace était quelque chose de sacré, à ne partager avec personne ou presque. J'ai dû avoir l'air vraiment triste à ce moment-là.

— Merci beaucoup !

J'en goûte un rien. Elle est tellement sucrée qu'elle pourrait illuminer une ville entière.

— Ouah, c'est sucré !

— Tu en veux encore ?

— Ça va. Merci, mon chéri.

Je bâille. La journée a été longue. Je me suis levée à 7 heures pour prendre le train. En lisant l'édition week-end du journal, je me suis aperçue que mon histoire était passée en page seize. Intérieurement, j'ai remercié une nouvelle fois le gouverneur qui est entré de façon si chevaleresque dans ma vie et m'a servi de bouclier contre les médias.

Merci monsieur le gouverneur pour votre appétit insatiable, votre attirance pour les jeunes filles pubères, votre goût pour les fouets en cuir, les couches et la cocaïne. Même si je plains vraiment votre femme et votre famille, je voterai pour vous lors des prochaines élections. Si vous n'êtes pas réélu, je vous ferai porter un panier de fruits, quelque chose en signe de ma gratitude.

Comme on est dimanche et que peu de trains circulent, j'ai eu le temps de relire les documents, de m'assurer que j'avais signé partout où il fallait – les pages que m'avait envoyées l'avocat, celles du Service d'aide à la famille et de la protection de l'enfance de l'État de New York, les documents des tribunaux, de l'administration fiscale, tous papiers s'accordant à officialiser le fait que j'allais devenir la tutrice légale de Lucas Theodore Bowers.

La plupart des femmes célibataires devraient souscrire une assurance-vie, mais la majorité d'entre elles, dont je fais partie, ne le font pas. Contrairement à Andrea Bowers, âgée d'une trentaine d'années, en excellente santé, non fumeuse, employée et mère.

J'aurais pu leur dire qu'Andrea gérait scrupuleusement ses finances. Qu'elle payait toujours son loyer en temps et en heure, qu'elle partageait les factures de gaz, d'eau et d'électricité, qu'elle réglait ses impôts en avance, qu'elle épargnait et vivait modestement mais pas avec pingrerie, et que, d'une façon générale, elle était fichtrement prévoyante.

Ce qui fait que Lucas n'a pas de soucis à se faire.

L'assurance-vie stipule qu'une part significative du montant versé devra être mise de côté pour payer ses frais d'université, ce qui me va très bien, et que le tuteur sera libre d'utiliser le reste à sa discrétion. Ce qui veut dire à *ma* discrétion.

Il aura suffi de trois semaines pour que tout se débloque et soit réglé ; après tout, c'est pour le bien de l'enfant et pour honorer les dernières volontés du parent. Cela n'a probablement rien à voir avec le fait qu'après s'être battue contre le tristement célèbre tueur en série surnommé le Faucheur, cette jolie jeune femme, tout à coup devenue la coqueluche de New York, de l'Amérique tout entière, voire du monde entier, a menacé d'en appeler aux médias et de s'exprimer dans diverses émissions pour alerter l'opinion sur le refus de l'administration de la laisser s'occuper de l'adorable fils de son amie assassinée, ce qui n'aurait pas manqué de placer les différentes parties prenantes dans une situation embarrassante.

Prends soin de lui, Katherine.

Ou peut-être que c'est pour le bien de l'enfant.

Peu importe. Ce qui compte, c'est qu'après avoir sonné à la porte de cette maison de banlieue défraîchie je l'ai entendu courir en criant :

— Kat !

Enfin il était dans mes bras et me serrait le cou de toutes ses forces.

— Kat ! Kat !

Andrea, je te le promets.

Au retour, nous sommes restés silencieux, nous regardions par la fenêtre, bercés par les mouvements du train, par la succession des panneaux de gares. C'était comme si nous devions tous les deux avoir mis suffisamment de distance entre nous et cet endroit pour pouvoir nous dire que nous en avions réchappé et pouvoir parler.

Et il y a tellement de sujets dont nous devons discuter et tellement de choses à faire que je suis totalement débordée. Voilà donc pourquoi nous sommes au parc, en train de savourer une glace au *frozen yogurt*. Chaque chose en son temps.

Maintenant, tandis qu'il lèche son cône, je peux lui poser des questions. « Qu'est-ce qui s'est passé avec Mme Kaskow ? Elle avait l'air un peu… bizarre quand on s'est dit au revoir. »

En réalité, c'est peu dire ; elle était livide, les lèvres pincées. Le sac de Lucas avait été préparé et déposé dans l'entrée. « Au revoir, rentrez bien. »

Puis elle avait fermé la porte et mis le verrou.

— Elle a peur. Elle a peur de moi parce que j'ai dit des choses.

Il lâche ça d'un ton neutre, pour lui il s'agit d'un simple constat.

Au début la police n'a rien voulu nous dire, mais nous avons fini par savoir.

C'était Mme Kaskow qui avait prévenu la police judiciaire de New York, puis celle du Vermont.

— Elle doit vraiment tenir à vous, m'a confié un des policiers avec incrédulité. Elle voulait *absolument* qu'on envoie quelqu'un.

Sael avait hoché la tête, l'air sombre. Moi, je savais qui se cachait derrière ça.

Maintenant, il faut que je le lui demande.

— Quelles choses ?

— Maman et l'autre fille sont venues.

— Une fille, pas une dame ?

— Oui, elle était pas vieille, elle avait du métal sur les dents.

Il retrousse la lèvre pour me montrer.

— Des bagues ? OK, continue.

— Elles ont dit que je devais réveiller Mme Kaskow et lui dire qu'elle devait appeler la police et que la police devait aller te chercher.

Il s'était tenu debout à côté de son lit. Une main d'enfant avait griffonné l'adresse du bungalow sur un bout de papier.

— Qu'est-ce qu'elle a dit ?

— Elle s'est fâchée tout rouge. Elle m'a dit de retourner dans mon lit sinon j'aurais une fessée.

— Et qu'est-ce que tu as fait ?

— Les dames, elles m'ont dit que si elle disait non je devais lui dire de la part de sa sœur Mindy : « Rappelle-toi l'été avec l'oncle Nicky et la piscine. »

Qu'est-ce que c'est que cette histoire ?

— Et qu'est-ce qu'elle a fait, elle ?

— Elle a allumé sa lampe et elle m'a regardé. Elle avait très peur, comme si qu'elle avait vu un monstre, elle tremblait et elle a dit « C'est une plaisanterie, comment tu sais ça, c'est pas possible, personne ne sait, tu peux pas connaître cette histoire, pourquoi est-ce que tu me fais ça ? » Alors je lui ai dit que Mindy avait dit : « Dis à Lalabelle qu'une promesse est une promesse. Dis-lui que je lui demande de téléphoner. »

Il fut donc un temps où Cheryl Kaskow était surnommée Lalabelle.

— Et elle a appelé ?

Il ne peut plus s'arrêter, les mots sortent tout seuls de sa bouche.

— Kat, elle pleurait, elle pleurait beaucoup, elle m'a dit d'aller me coucher et m'a traité d'un nom méchant, dit-il en baissant les yeux.

— Ça t'a fait de la peine ?

Il hoche la tête.

— Elle a dit que j'étais une bête de foire. Elle m'a hurlé dessus pour que je sorte de sa chambre, elle m'a dit « sors d'ici, espèce de bête de foire ». (Il me regarde.)

— Pourquoi a-t-elle dit ça ? Pourquoi elle était si en colère ?

Tu l'as tué, salope, putain de salope, tu l'as tué, tu l'as tué, espèce de psychopathe, tu l'as tué…

— Mon grand, tu n'es pas une bête de foire. Je suis désolée qu'elle t'ait dit ça. Elle avait juste peur. Parfois, on a l'air en colère et on dit des choses méchantes, mais ce n'est pas pour de vrai, c'est juste parce qu'on a peur.

Espèce de tarée, tu l'as poignardé, pourquoi ? Pourquoi as-tu fait ça ? Tu es complètement folle…

Il acquiesce, mais ne me regarde pas dans les yeux. Sa lèvre tremble.

— Hé, regarde-moi.

Il finit par lever les yeux.

— Je suis désolée que tu lui aies fait peur, mais il fallait qu'elle appelle parce que j'avais besoin d'aide. Ta maman et Mindy le savaient bien. Il fallait que tu m'aides et je suis très très fière de toi.

— Kat, et l'homme pour de faux, il est parti, maintenant ?

— Oui, mon chat, il est parti.

— C’est bien. Il était pas gentil.
— Ce n’est pas si simple que ça.
Ma gorge se serre, mes yeux se remplissent de larmes.
— Il a quand même fait mal aux dames et à ma maman.

Est-ce que je peux te dire un secret ? Je ne m’appelle pas David.

— C’est vrai, de ce point de vue-là, il était très méchant.
— Il ne reviendra plus ?
— Non, mon chou, il ne reviendra plus.
Il me regarde à nouveau, puis il acquiesce.
— OK.
— Il va y avoir plein de nouvelles choses dans notre vie, tu sais ?
— Comme quoi ?
J’essaie de prendre un ton détaché.
— Je pensais à une nouvelle école. Qu’est-ce que tu en dis ?
Ce sujet m’inquiète depuis un moment. Je voudrais qu’il se sente en sécurité dans un endroit qu’il connaît déjà, mais là où il est, il sera toujours considéré comme le fils d’une des victimes. Avec les regards, les discussions… Il faut qu’il puisse repartir de zéro. Les gens tireront les conclusions qu’ils voudront quand ils nous verront ensemble. Ils n’ont pas besoin de connaître toute l’histoire.
— D’accord.
— Ça ne t’inquiète pas ?
— Non. Mme Ryder, elle était pas très gentille de toute façon.
— Elle aussi, elle devait avoir peur. (J’inspire profondément et me jette à l’eau.) Tu sais, Lucas, il vaudrait peut-être mieux que tu ne parles pas des dames.
Il sourit et hoche la tête.
— De toute façon, elles sont parties maintenant.
Pour une bonne nouvelle, c’est une bonne nouvelle.
— Peut-être que tu peux partager ce genre de… nouvelle avec moi d’abord, OK ?
— OK.

— Devine quoi d'autre va changer.
— Quoi ?
— On va déménager.
Il est tout ouïe.
— Avec un camion ?
Sa question me fait rire.
— Peut-être qu'on aura effectivement besoin d'un camion. Pourquoi cette question ?
— Mon copain Caleb, il a déménagé avec sa famille et il a dit qu'un très gros camion est venu, un camion plus grand qu'un tyrannosaure !
— Houlà, c'est énorme ! Je ne sais pas si le nôtre sera aussi grand. On verra.
— Et où on va habiter ?
— Où as-tu envie d'habiter ?
— Quelque part où je peux avoir ma chambre.
— Je pense que c'est jouable. Quoi d'autre ?
— Et mes crayons de couleur.
— D'accord.
— Et une barre de pompier.
— Pourquoi une barre de pompier ?
— Comme ça, quand on devra aller quelque part ou que tu me diras « Lucas, descends prendre ton petit déjeuner », je n'aurai qu'à me laisser glisser sur la barre !
— Très bien, je garde l'idée en tête pour quand on cherchera. Autre chose ?
— Kat ?
— Oui ?
Il semble inquiet à présent. Je me raidis. Je ne veux pas imaginer ce qu'il va me demander ni ce que je devrais lui répondre.

Tu es sûre que l'homme pour de faux est parti ? Pourquoi on peut pas habiter avec maman ? Et si les dames reviennent ?

Je me prépare.

— Est-ce qu'on pourrait avoir un chien ?

— Un chien ?

— Ouais. On peut ?

Le soulagement m'enivre. C'est vrai qu'un chien, ça serait sympa.

— Pourquoi pas ?

— Ouais ! (Il fait des bonds, exécute une petite danse, chante, se tortille en tous sens et remue du popotin.) Un chien ! Un chien ! Un chien !

Il est adorable et vraiment drôle. J'éclate de rire.

— J'aurais aimé que tu sois *un peu plus* enthousiaste que ça !

— Oh…

Il vient de penser à quelque chose. Il s'arrête et me regarde, à nouveau inquiet.

— Kat ?

— Oui, Lucas ?

— Le chien, c'est pas un problème pour le bébé ?

Je le regarde. Une voiture klaxonne, la guitare égrène ses notes tandis que les rires des adolescents me parviennent étouffés comme s'ils venaient de loin.

— Quel bébé ?

— Le bébé qui va arriver. Celui que tu vas avoir.

Jusqu'à présent, je n'ai eu qu'une vague impression. Peut-être causée par le stress. Il y a des millions d'explications au fait que mes règles sont en retard. Je n'ai même pas encore acheté de test.

Je me force à parler d'une voix calme, à choisir mes mots avec prudence.

— Alors comme ça, tu es au courant pour le bébé, hein ?

— Peut-être que le chien lui ferait mal.

Il se prépare à la déception, il s'efforce d'être un grand garçon, d'être fort. Je le fixe. Il soutient mon regard, ses grands yeux marron de garçon de quatre ans essayant de lire mon visage, attendant anxieusement ma réponse.

— Non, Lucas, finis-je par répondre, je ne pense pas qu'un chien ferait de mal au bébé.

L'anxiété cède place à la joie ; son visage s'éclaire et se fend d'un large sourire. Il pose sa petite main légèrement collante sur la mienne, se penche à mon oreille et, dans l'air doux de cette fin d'après-midi, me confie son dernier secret :

— Je l'appellerai Nouille.

ÉPILOGUE

À vrai dire, il n'avait jamais eu l'intention de s'inscrire à ce cours facultatif.

— Photographie argentique et développement, tu crois vraiment ?

— Tout compte, lui avait répondu son ami Ian. N'écarte rien. Les facs adorent ce genre de trucs.

En réalité, ça n'avait pas été si mal. L'enseignant, Phil, une ancienne pointure dans son domaine, avait à l'époque photographié tout un tas de personnalités. Et tant qu'on évitait de le brancher sur le sujet de la lumière qui, visiblement, le faisait bander, il était plutôt sympa.

Le cours avait commencé depuis environ deux semaines quand elle était venue s'asseoir à côté de lui et lui avait demandé s'il portait sa casquette des Yankees de façon ironique.

— Non, lui avait-il répondu, surpris.

— Je préfère parce que l'ironie, ça fait au moins un an que c'est complètement *has been*, avait-elle conclu en souriant.

Elle s'appelait Lorna. Elle avait un côté de la tête rasé, mais pouvait le masquer en rabattant ses cheveux, un piercing à la lèvre et un tatouage d'ourson en gélatine en haut du bras droit. Il l'avait trouvée belle et, contrairement aux gens qu'il avait rencontrés jusqu'alors, drôle et avec des idées bien arrêtées sur tout un tas de sujets. Mais il avait été trop intimidé pour oser lui demander si elle aimerait sortir avec lui. Sûrement que s'il lui avait proposé une sortie ciné-restau, elle lui aurait ri au nez.

Quelqu'un – il ne se rappelait plus qui – leur avait suggéré d'aller au petit parc d'Union Square pour leur projet de classe et ils s'y étaient retrouvés. Lorna voulait prendre en photo les touristes découvrant le groupe d'Hare Krishna en plein trip de danse et de chant. Sauf qu'une fois n'est pas coutume, les illuminés n'étaient pas là.

— Typique, avait dit Lorna. Voyons voir ce qu'on peut trouver d'autre, maintenant qu'on est là.

Il y avait un SDF assis à quelques mètres d'une femme bon chic bon genre qui parlait au téléphone, lunettes de soleil sur le nez et sacs de courses posés à ses pieds chaussés de sandales, mais Lorna n'avait pas voulu en entendre parler.

— Ç'a été fait des millions de fois, avait-elle déclaré.

Le spectacle des pigeons se battant pour un quignon de pain près d'un rastafari endormi l'avait ragaillardie.

— Pas mal !

Elle avait commencé à prendre des photos.

Il avait fait de même jusqu'à ce qu'il les voie quelques mètres plus loin.

La lumière qui baignait la scène, la manière dont ils étaient assis l'un à côté de l'autre, à l'aise sans être collés ensemble, lui avait plu. Le petit garçon était vraiment mignon et la femme superbe. *Quelque chose* se dégageait d'elle, une qualité familière, mais il n'arrivait pas à dire quoi exactement.

Il avait donné un léger coup de coude à Lorna. Elle avait embrassé la scène du regard, la femme et le petit garçon assis sur le banc sous les arbres, la lumière dorée, le cône de glace, l'impression de paix, et avait haussé les épaules.

— Total gnangnan.

Elle avait bâillé, puis s'était concentrée de nouveau sur les pigeons et le rastafari.

Il s'était tourné à nouveau vers la femme et l'enfant et sans réfléchir ni même faire de mise au point, il avait appuyé sur le déclencheur.

Clic.

Plus tard, dans la chambre noire saturée d'odeurs de produits chimiques et à peine éclairée par l'ampoule rouge, ils avaient développé leurs photos chacun leur tour ; c'était effectivement sympa de voir, comme par magie, les images prendre peu à peu forme et se préciser.

Phil avait raison : pour vraiment comprendre et apprécier la photographie, il fallait en passer par les méthodes de la vieille école.

Il était debout, le regard fixé sur sa photo quand Lorna s'était penchée par-dessus son épaule.

— Alors ? C'est quoi ?

Elle avait considéré le cliché à son tour.

— C'est pas mon style, avait-elle concédé, mais j'aime bien l'effet de flouté et de radiance que tu as obtenu avec la femme aux cheveux courts. Comment t'as fait ça ?

— Aucune idée, avait-il répondu sans pouvoir détacher son regard de la photo.

Elle avait jeté un dernier coup d'œil, avait haussé les épaules et commencé à ranger la chambre noire.

Une femme et un petit garçon en train de manger une glace, tous deux assis sur un des bancs du parc, main dans la main, c'était tout ce dont il se rappelait. Et l'effet cool produit par la nana blanche qui irradie et est un peu floutée, comme s'il avait réussi à ne surexposer qu'elle, ne l'embête pas. Ce qui l'embête, c'est l'autre femme dont il ne se souvient absolument pas. Mais elle est là, jolie Noire mince, debout à côté du banc, une main posée avec légèreté sur le dossier.

Du haut de l'escalier, Lorna l'appelle.

— On va boire une bière chez Cort. Tu veux venir ?

Sur la photo, la jeune Noire regarde les deux personnes assises sur le banc d'un air mélancolique, un étrange petit sourire aux lèvres, tout à la fois triste et fier.

— Mike ?

— J'arrive, répond-il en montant les marches.

— Putain, t'en as mis du temps ! dit-elle en lui souriant.

— Désolé.

Il lui rend son sourire et tous deux descendent la rue.

Dans le fond, Lorna avait raison. À part l'effet de surexposition de la femme assise sur le banc, la scène n'avait rien d'extraordinaire. Mais ce n'était pas grave ; il pouvait faire son choix parmi plein d'autres photos. Il ne voulait plus y penser. Tout ce qui comptait, c'était qu'il sortait avec la fille de ses rêves et que la soirée ne faisait que commencer.

REMERCIEMENTS

Il m'a fallu près de quatre ans pour finir ce livre ; tout du long, j'ai été soutenue et encouragée par un grand nombre de personnes formidables. Comme il m'est impossible de toutes les nommer ici, j'espère qu'on me pardonnera cette liste incomplète. Certains cependant ont joué un rôle essentiel et méritent, à ce titre, tous mes remerciements. Tout d'abord, merci à mon sensationnel agent littéraire Alexandra Machinist qui a, dès le début, cru en moi ; tu es une suprême lectrice, une reine de l'efficacité. Merci aussi à ma bonne étoile, mon éditrice Hannah Wood qui m'a accompagnée tout le long de ce projet. Sans ta passion et tes intuitions brillantes, ce roman ne serait pas ce qu'il est aujourd'hui. Tu es géniale. Merci à toute l'équipe d'HarperCollins pour son travail et son implication. Merci à Dorothy Vincent pour son excellent travail de représentation à l'étranger et pour les parties de jeux de société ! Merci à Richard LaFontaine, avocat senior, qui a partagé avec moi son savoir sur les avocats et les crimes, ainsi qu'à Heather Haddon qui m'a aidée avec la rédaction de l'article de presse. Merci à John Vincler et à toute l'équipe de la salle de lecture Sherman Fairchild de la Morgan Library de m'avoir fourni des sources d'inspiration et pour leur accueil chaleureux. Merci à Mike Javett pour son soutien pendant que j'écrivais et à Fred Wistow pour son aide et ses conseils. Merci à mes tout premiers lecteurs Alex Goldmark, Mariana Elder et Jean

Casetelli dont les conseils et les retours m'ont été des plus précieux. Merci à Paragraph : Workspace for Writers de m'avoir fourni un cadre de travail parfait pour écrire ce livre et à tous les merveilleux auteurs rencontrés à cet endroit et qui font maintenant partie de ma famille d'écrivains. Merci à la famille Arisman pour son amour et son amitié indéfectibles durant toutes ces années et à Kathy Tagg, toujours prête à porter un toast avec moi. Merci également à feu Cortland McNeel, un grand homme, le premier à avoir parié sur moi et à avoir publié mon travail. Cort, tu me manques et j'aimerais tant que tu sois encore parmi nous. Merci à Lucy qui, en discutant avec moi durant mes heures sombres a réussi à me faire voir la lumière. Tu m'as aidée à devenir un meilleur écrivain. Merci à New York et à ses habitants pour l'inspiration sans fin dont ils sont la source. Et, pour finir, mes remerciements les plus profonds à mon bien-aimé Armando, mon ancre dans la tempête. Où que tu sois, cet endroit est mon chez-moi. Te amo, mi amor.

Photocomposition Belle Page

Impression réalisée en janvier 2017
par Cayfosa
pour le compte des éditions Calmann-Lévy
21, rue du Montparnasse 75006 Paris

CALMANN LEVY s'engage
pour l'environnement en réduisant
l'empreinte carbone de ses livres.
Celle de cet exemplaire est de :
800 g éq. CO_2
Rendez-vous sur
www.calmann-levy-durable.fr

PAPIER À BASE DE
FIBRES CERTIFIÉES

N° d'éditeur : 1510155/01
Dépôt légal : janvier 2017
Imprimé en Espagne